唐代文学研究年鉴

TangDai WenXue YanJiu XianJian

【2010】

中国唐代文学学会
广西师范大学文学院 编

广西师范大学出版社

·桂林·

图书在版编目（CIP）数据

唐代文学研究年鉴. 2010 / 中国唐代文学学会，广西师范大学文学院，广西师范大学出版社编. —桂林：广西师范大学出版社，2010.9

ISBN 978-7-5495-0017-8

Ⅰ. 唐… Ⅱ. ①中…②广…③广… Ⅲ. 古典文学—文学研究—中国—唐代—年鉴 Ⅳ. I206.2-54

中国版本图书馆 CIP 数据核字（2010）第 178084 号

广西师范大学出版社出版发行

（广西桂林市中华路 22 号 邮政编码：541001
网址：http://www.bbtpress.com）

出版人：何林夏

全国新华书店经销

桂林广大印务有限责任公司印刷

（广西桂林市临桂县金山路 168 号 邮政编码：541100）

开本：890 mm ×1 240 mm 1/32

印张：12 字数：330 千字

2010 年 9 月第 1 版 2010 年 9 月第 1 次印刷

印数：0 001～1 500 册 定价：36.00 元

如发现印装质量问题，影响阅读，请与印刷厂联系调换。

《唐代文学研究年鉴》编委会

主　编　张明非

副主编　吴相洲

编　委　（按姓氏笔画为序）

王友胜　李　浩　吴在庆　吴相洲

余恕诚　张明非　陈尚君　尚永亮

查屏球　赵昌平　康　震　葛晓音

董乃斌　戴伟华

目 录

一年记事

一年研究情况综述

一年论文摘要

新书选评

问题研究综述

港台及海外研究介绍

索引目录

一年记事

中国李白研究会第十四届年会暨李白国际学术研讨会在苏州科技学院召开

由苏州科技学院人文学院和中国李白研究会共同主办的“中国李白研究会第十四届年会暨李白国际学术研讨会”，于2009年6月13日至16日在苏州科技学院举行，来自北大、复旦、北师大、川大、苏大、台湾师大等众多高校和科研机构，及来自哈萨克斯坦、韩国、新加坡等地的海外学者近80人参加了会议，会议共收到李白研究论文50余篇。与会专家、学者围绕李白的生平、思想、创作，以及李白诗歌的文学史地位、李白诗歌接受史、李白及其诗歌的当代价值、李白诗歌在海外的传播等议题作了广泛、深入和热烈的探讨，提出了许多新颖的见解，推进了李白研究的进一步发展。会议期间，与会专家、学者还结合李白当年在苏州的行迹，考察了灵岩山馆娃宫旧址、太湖石公山、林屋洞以及同里水乡民俗风情等。

“2009中国·潮州韩愈国际学术研讨会”在潮州举行

为纪念韩愈治潮1190周年、潮州韩祠创建1010周年，由中共潮州市委、潮州市人民政府主办，中国唐代文学学会韩愈研究会、潮州市潮州文化研究中心协办的“2009中国·潮州韩愈国际学术研讨会”于2009年9月21日至23日在潮州举行。来自海内外的专家学者共110多人提交了60多篇论文，围绕“韩愈与潮州文化”这一主题，进行了多侧面、多角度的深入研讨。从韩愈刺潮之原因及业绩，到潮州“崇韩文化”的形成发展；从韩愈之生平行实、诗文技巧、人格魅力等，到韩愈的政治、哲学、文学、教育思想观念与现代经济文化建设的关系和影响；从“韩愈现象”的本质，到韩愈诗文在海内外的传播等，所涉问题广泛，内容丰富深入。

杜甫流寓陇右1250周年纪念大会在甘肃天水、成县举行

2009年10月12日至14日杜甫流寓陇右1250周年纪念大会暨学术研讨会，在甘肃省历史文化名城天水和千年古县——成县隆重举行。会议由天水杜甫研究会和成县人民政府共同举办。参加此次会议的有中国杜甫研究会会长张忠纲，副会长林继中、韩成武、林从龙、葛景春等学者，以及天水、成县当地的40余名专家、学者。与会者围绕杜甫陇右诗的创作和杜甫陇右行踪进行了既有理论深度又有独特见地的研讨，并参观了《杜甫陇右行踪大型摄影展》和成县杜甫草堂、成州大云寺等杜甫纪念遗迹。

一年研究情况综述

初唐文学

□ 攸兴超

据中国期刊全文数据库、人大复印报刊资料索引和上海图书馆编《全国报刊索引》的不完全统计，2009 年初唐文学研究的相关论文约有 100 多篇，数量较前两年有较大幅度的上升。研究队伍中，在读或毕业不久的博士、硕士研究生占了相当大的比重，少数本科生也涉足该领域。从论文内容上看，主要涉及初唐文学的传承流变和阶段性特征、初唐文学思想、作家作品研究等方面，研究范围较为广阔，除了对初唐诗歌创作继续关注之外，对初唐史学与文学、文学与当时社会生活等问题也有较多讨论。从论文数量的分布上看，研究的重心除了四杰、陈子昂等传统热门作家外，帝王与宫廷诗人在本年度重新得到关注，并取得了一定的成绩。研究者努力尝试以新思路、用新方法进行研究，努力打通文史哲界限，以广阔的视角综合性地研究问题，在初唐史书编纂与文学发展，科举制度对文学的影响等方面有一定建树。现就年度发表的论文成果，择要综述如下。

一、总体研究

本年度从总体上对初唐文学进行研究的论文有近 20 篇，论及的问题主要有：初唐对前代文学理论的接受和新变、初唐的诗歌创作活动、诗歌发展与科举制度的关系、唐初史学与文学的相互关系等。

黄威《〈梁书〉、〈陈书〉不载〈玉台新咏〉考:兼论唐初人对待宫体诗的态度问题》(《哈尔滨学院学报》2009 年第 12 期)一文指出,在初唐文学观念的影响下,时人对《玉台新咏》的态度是表里不一的:一方面,因其中所收多为当时喜闻乐见的宫体诗作,私下为人们所喜爱;另一方面,迫于舆论压力,公开谈论时又加以大力贬斥。《梁书》、《陈书》为官修史书,表达的是当时为官方所认可的观点,对宫体诗持批判态度也是必然的。因此,作为世交晚辈的姚思廉出于为徐陵隐讳的目的,避而不提徐陵编撰《玉台新咏》一事。研究者在"遗忘说"之外,结合初唐文学环境,提出避讳一说,值得思考。梁尔涛《走向隐逸:唐初朝野文学思想的共同趋向》(《苏州大学学报》2009 年第 5 期)认为,走向隐逸是唐初朝野文学思想的一个共同趋向,以隐逸为雅是唐初朝野文学思想中一个共生相长的重要交汇点。以太宗为首的统治集团的推崇,使得以隐逸为雅成为唐初主流雅正文学观的重要内容,从而使隐逸文学在文学史上首次成为庙堂文学的重要组成部分,这对后来王孟等人的创作有重要影响。隐逸文学在唐初朝野的盛行,对山水田园诗在初唐盛唐之交的强势崛起具有重要的先导意义。

刘萍《唐武后中宗朝的诗会研究》(四川师范大学硕士论文)对武后中宗时期宫廷诗人的集体吟咏情况进行了综合性的考察,对当时诗会繁荣的原因、诗会的表现特点、诗会对唐诗发展的贡献等方面进行了有益的探索。文章对诗会作品的探讨,立足于诗人集体创作的心态和诗人群体所展现的精神面貌,对武后中宗时期的诗会做了较为全面的分析和把握。文章认为,诗会中诗人们的创作更加注重诗歌声律的和谐与诗歌技巧的研练,这使得近体诗的体式日趋成熟,促进了盛唐诗歌高潮的到来。

关于"诗赋取士"对唐诗繁荣的促进作用,学界已进行了较多的讨论,产生了大量的成果。贾丹丹《论"诗赋取士"之前唐初科举与诗歌的关系》(《西南大学学报》2009 年第 4 期)则对"诗赋取士"之前的唐初几十年中诗歌与科举的关系进行了考察。

文章认为，唐初科举考试诗赋是在尚文的背景下，以统治者对诗赋文辞的喜爱为契机，逐步向制度化渗透的结果。它经历了一个复杂的过程，到高宗永隆二年的科举改革，始从混乱变为有秩序。诗赋杂文成为进士科的考试内容，既由其科目内容决定，同时也是大批文士以其科举经历共同选择的结果。省试诗与初唐宫廷应制、唱和诗有着内在的一致性，可以看做宫廷唱和兴趣的延伸。伴随“诗赋取士”的确立，唐代诗歌与科举的联系得到进一步的加强。

对唐初八史与文学交叉影响的研究依然是本年度的一个热点，研究者重点讨论了唐初八史对史传叙事传统的继承和嬗变，唐初八史的文学性及对古文运动的影响等。史素昭、张玉春《唐初八史与唐传奇的兴起》(《湘潭大学学报》2009 年第 2 期)针对学界较少关注的八史对唐传奇的影响展开论述，认为唐初八史对唐传奇的产生和发展有一定影响。唐初八史叙事文字以散体为主，直接为传奇作者取法；唐初八史的修撰，以史书对小说材料的选用为特征，表现出历史叙事与小说叙事二者兼容的叙事模式，为唐传奇叙事的兴起和发展起到了良好的促进作用，其叙事强调虚实结合就是这种作用的直接结果。

二、帝王与宫廷诗人研究

本年度在唐初帝王及宫廷诗人的研究上取得了一定的成绩，相关论文有十五六篇。研究者对武则天、文章四友、龙朔诗人群体等的诗文创作和文学成就及其影响等问题有较多讨论。

李宝玲《武则天郊庙歌辞的政治观察》(《第二届乐府与歌诗国际学术研讨会论文集》，2009 年)一文，通过对武则天创制郊庙歌辞的观察，从作乐思想的本质及其郊庙歌辞的政治实践，说明其政治操作的一面。武则天藉由郊庙歌辞的创制，强化“祯祥——天符——帝业”的概念，在仪式的重复进行中，复制其为“神圣天子”不可移易的氛围，在体制内的合法制度下，成功地以有德有位者的身份覆盖其女性身份，颠覆了男性所建立的牢不可破的祭祀制度，最终以女性天子的身份主持祭祀，为她的帝王

之道顺利铺路，将其逐步推向了正当化、合法化。

关于文章四友，本年度有三篇全面、综合性地进行研究的学位论文可以参看：鲁志刚《初唐宫廷诗风与“四友”诗歌：兼论近体诗成熟定型》（东北师范大学硕士论文）、廖岚《杜审言其人其诗研究》（湖南大学硕士论文）和王芹《李峤及其诗歌初探》（山东师范大学硕士论文）。上述文章对初唐宫廷诗风以及近体诗体式的确定与文章四友的诗歌关系进行探讨，由宫廷诗的流变及对四友诗歌的影响，进而讨论文章四友诗歌成就及其在从六朝诗风到盛唐之音的嬗变过程所作出的特殊贡献。

另外，上官仪和龙朔诗人群体也引起了较多的关注，产生了一些论文成果，这里不再叙述。

三、作家作品研究

（一）王绩研究

本年度对王绩的研究较为平淡，创获不多。王辉斌《论王绩的婚姻诗》（《南阳师范学院学报》2009 年第 2 期）一文认为，王绩是唐代诗人中第一个以妻子为描写对象，即最早从事婚姻诗创作的诗人。王绩在其婚姻诗中不仅以“野人”、“野客”等自称，还戏称其妻为“野妻”、“野妇”。由于这些“野”字的存在，使得王绩的婚姻诗充满野味、野性与野趣，因而极具审美意味。文章指出，王绩的婚姻诗创作，不仅拓展了唐诗的题材领域，而且也影响了时人与后人，使婚姻诗成为可与山水诗、送别诗等相媲美的诗歌品类。陈智《论王绩的生命观及其文学创作》（华中师范大学硕士论文）认为，王绩的生命观是矛盾的，其平淡掩饰不了焦虑，放旷摆脱不了孤寂。王绩化解个体生命矛盾的主要方式是以“自适”作为生存原则。文章从现实根源和思想根源两方面分析王绩生命观的成因，并进一步探讨其在王绩文学创作中的体现，对王绩的创作心态有较为深入的揭示。

（二）王梵志研究

本年度对王梵志的研究，除文献资料的发掘外，王梵志诗歌对社会群态的表现也得到了一定的关注，取得了一定的成绩。

肖潇《从王梵志诗看唐代下层民众的生活和心态》(河北师范大学硕士论文)是一篇史学论文。作者认为,王梵志数百首五言白话诗真实记录了唐代下层民众的生活和心态,展示了下层民众鲜活的时代图景。通过对诗歌文本的细读和深入理解,考察唐初租庸调制度下,下层民众所受的经济剥削和政治压迫;探究佛教对唐代下层民众人生观的影响、唐人的家庭和婚姻观念以及他们的教育原则和处世方法。文章指出,王梵志诗较为完整地描述和再现了当时下层社会的生活百态和众生群像,使人真实而深刻地感受到社会下层的心理气氛和思想脉搏。张新朋《敦煌本〈王梵志诗〉残片考辨五则》(《敦煌学辑刊》2009 年第 4 期)对《俄藏敦煌文献》中《王梵志诗》写卷残片进行考辨,并逐一叙录,进一步理清了敦煌文献中《王梵志诗》写卷的数量及写卷之间的关系,为《王梵志诗》研究提供了新的材料,同时对敦煌文献总目的编纂及相关专题目录的编纂也有一定的借鉴意义。

(三)四杰研究

四杰研究是初唐文学研究的重点和热点,本年度相关论文有 20 多篇,在研究对象的分布上有较大的不平衡性,研究者关注较多的是四杰综论和王勃研究,对其他三位作家则较少涉及。

在对四杰整体的研究中,四杰赋体文学创作得到了研究者的持续关注,李丹、何易展《初唐"四杰"新文体赋之新变综论》(《宁夏大学学报》2009 年第 6 期)指出,某种文体的兴盛,归根结底是那个时代的思想文化及由此形成的审美趋向作用的结果,四杰处文风革新之际、诗体新旧代变之时,学风、文风、时风熏染异俗,其文体赋作品在句式、音韵、叙事方式、抒情色调之浓淡等方面,与汉代的文体赋有所差异。初唐四杰赋吸收和借鉴了汉赋和楚骚的气势、精神,又吸收了魏晋抒情赋的特色,兼容并蓄各体赋因子的优点,有些实难以某体赋为四杰具体赋篇目定类,而以某某赋因子而论似更为确当。从这种角度而言,四杰的赋作确实在时代背景和天才的创造中熔铸成了具有自己时代特色和个人精神气质的佳作,赋体文学众体兼备,不仅在诗歌领域标新于诗坛,作为一代创作群体,在赋体文学领域,亦应独领风骚。杜松柏、何易展《初唐四杰赋中的松韵意象及原型批评》

(《广西社会科学》2009 年第 12 期)提出,“松”这一传统的原型母题意象大致表现为超群出众的象征、贞洁不渝的写照、坟茔青葱的代指、幽远隐逸而近乎神化仙驾。因为受隐逸思想以及志远心屈、才高位下的人生经历的影响,初唐四杰的诗赋对松韵母题原型意象进行了继承和创新,使之更加叛逆或变异,以寄寓人生曲折。文章进一步指出,初唐四杰赋对松韵情结的衍变,在长期的文化积淀和文人心理中,“松”逐渐成为一种表洁抒志的“母题”的反映。这种趋于共同文化心理的选择,使松韵情结自唐代始,便更多地不唯能表“岁寒之心”,以匹隐逸高洁之士;亦以青葱之姿,以覆坟冢之侧,而且更多地关照它的枯瘦之姿和不屈而愤懑的落寞之态了。

李伟《豪迈激越与慷慨悲壮的交织:从“文儒”的角度看王勃的人格特征和文学创作》(《南都学坛》2009 年第 2 期)继续从“文儒”的角度对王勃进行研究。文章认为,作为初唐时期最具代表性的“文儒”型士人,王勃在接受家族儒学传统影响时,又和昂扬蓬勃的时代风气相激荡,形成了特殊的入仕观,从而创作出具有豪迈激越风格的骈文作品,有效地变革了积年绮碎的文学风气。同时儒学在王勃失意时给予其精神力量,使其在坚守儒道时的作品具有慷慨悲壮的品格,因此“文儒”的身份特征和思想观念成为影响王勃文学创作的重要因素,其豪迈激越和慷慨悲壮风格的交织则是“文儒”观念影响下的王勃创作的鲜明特点。作者指出:“王勃的新型人格趋向既继承了魏晋时期任情适性、超凡脱俗的文人风度,更从深层意蕴上与盛唐独立自由、气势郁勃的时代精神契合,与之相表里的崭新文学风貌不仅是对梁陈颓靡文风的革新,更预示了盛唐文学高潮的来临。”丁美娥《王勃的家世与交游考论》(江西师范大学硕士论文)指出,王勃的广泛交游对其创作题材、体裁、文学观念等都有较大的影响,这点较少有人注意到。文章对王勃的家世和交游情况进行了较为详细的考述,以交游作为出发点,进一步探索了这一情况对其诗文创作的具体影响。

本年度对四杰中另外三位作家的研究十分沉寂,相关论文不到 5 篇,这种研究的不平衡性似应引起学界的重视。

(四)陈子昂研究

本年度陈子昂研究仍为热点,相关论文达 15 篇,较上一年有所增加。研究的内容多为陈子昂的诗文革新思想及诗歌创作,创获不多。值得注意的是余祖坤《陈子昂政治思想的墨学渊源》(《文学遗产》2009 年第 2 期)一文。文章认为,陈氏家族有很深厚的墨学文化传统,陈子昂诗文中也多次流露了他对墨学的信仰与推崇,墨学对他的政治思想也产生了深刻影响。陈子昂的政治主张虽然总体上没有超出儒家的仁政思想,但其中也有很多方面明显来自墨家思想。墨家的"尚贤"学说是陈子昂任贤思想的直接来源。墨子的功利主义思想在陈子昂身上也体现得尤为明显。息兵安民是陈子昂政治主张的又一重要内容,对于安定边防的正义战争他支持并亲自参加,对破坏生产、劳民伤财的战争则极力反对,陈子昂对战争的辩证态度与墨子的"非攻"思想有某种亲缘关系。文章认为,陈子昂的政治思想吸收了墨学中符合自己政治出身和政治动机的部分,同时又做到了与儒家以及其他学派思想的融会贯通,在面对具体的现实政治时,又做到了因时、因地制宜,表现出比较融通的理论见识。

(五)沈、宋研究

本年度对沈、宋的讨论,依然集中在二人对律诗定型的历史作用等问题上,龚祖培《七律的定型者究竟是谁》(《中州学刊》2009 年第 5 期)认为,考查诗体定型要以诗人群体的作品符合格律为依据,但不是全部诗人的全部作品都符合格律。明人胡震亨"自景龙始创七律"的经典论断虽然对后世影响很大,但与史实不符;李峤的七律尽管全部合律,但写作年代不是最早的,因此不能作为七律定型的唯一代表。武则天统治时期的"石淙诗"是研究七律的重要材料,可以证明七律在此时已经定型。沈佺期的七律写作年代早,作品多,影响较大,因此他应是这一诗体定型的代表人物。祁宏涛《沈佺期、宋之问诗韵考》(西北师范大学硕士论文)以《全唐诗》中所收录的沈佺期和宋之问的全部诗歌作为研究对象,运用传统的系联法,进行穷尽式的系联、归纳,分析并归纳出沈、宋诗歌的韵例,确定每首诗的韵脚,进而总结出它们的韵部。然后将在其诗作中出现的所有韵的同用、独用情况与《广韵》的同用、独用进行比较，发现沈、宋诗的用韵几乎与《广韵》规定完全相同，出韵极少。文章认为，沈、宋在诗律上的贡献，在于从前人和同代人应用格律形式的各种实践经验中，把已经成熟的形式肯定下来，最后完成律诗形式定型任务。文章为上述论断提供了音韵统计的数据支持。

（六）张若虚研究

张若虚《春江花月夜》一诗的艺术魅力和历史功绩历来受到研究者的高度评价，王栋梁、王刚《〈春江花月夜〉文学史价值新探：接受史视野下的阐释》（《中国海洋大学学报》2009 年第 1 期）则一反常调，指出：《春江花月夜》的千年沉寂反映着该诗经历了漫长的接受过程。从接受史的角度来看，该诗在它诞生之后的相当长的历史时期内并未受到认可，对文学史的发展产生的实际影响相当有限。在评价该诗历史价值时，应当坚持文学价值和文学史价值分别评判的二维原则，才能客观地认识到张若虚的历史地位。此外，文章还对《春江花月夜》长期湮没无闻提出了新的解释：《春江花月夜》很可能长期未被当做是一个文学整体来接受，作者推测"《春江花月夜》原为用此同一个乐府题目创作的九首单篇，作者用高超的艺术技巧对其进行了加工，其目的或为供歌女演唱。所得长篇虽成就极高，然而在当时并不被人们看成独立的长篇歌行；而且由于它是下层文人创作的供歌女演唱的诗歌，所以就愈加不被重视。这一忽视使得张若虚《春江花月夜》在刚刚诞生的当代即从文献中走失，是《春江花月夜》千年沉寂的直接原因。

综观 2009 年初唐文学研究的态势，研究者积极创新的努力是值得肯定的，然而存在的问题也是不可忽视的。在论文数量上升的同时，质量没有得到相应的提升。除少数研究者在某些固定领域逐步深入研究外，多数的研究者仍在浅层次徘徊，材料陈旧，创获较少。研究队伍中，在读博士、硕士研究生占了相当大的比重，其创新精神可嘉，但在研究的广度和深度上仍有较大的提升空间，有一些论文是仓促草率的应付之作，缺乏学术研究应有的严谨。初唐文学大家不多，热点和重点问题相对集中，历年研究也较为成熟，但仍有进一步拓展的空间，这就需要研究者更加努力发掘，而非简单重复前人观点。上述问题一部分为历年初唐文学研究的通病，应当引起学术界的重视。希望来年初唐文学研究有更多新成果。

盛唐文学

□ 莫道才　杨颖

2009 年的盛唐文学研究，在研究成果的数量与质量上，与往年相似而略有进展。在数量上，据中国期刊网和中国优秀博士硕士论文全文数据库统计，各类期刊发表的相关论文约为 150 篇（不包括李白、杜甫、王维），与上年基本持平。而就质量而言，研究整体表现出一定的深度，在对文献资料的考证、对历史材料的运用上更加深入，更加注重创作与诗人本身经历的关系，从宗教、地理、历史习俗及文化心理等方面剖析作家作品及盛唐文学整体，取得了较为突出的成果。现择要分类加以简介。

一、整体研究

随着唐代文学研究的深入，对盛唐文学的整体研究与当时的历史背景和时代风俗结合得更为紧密，而在历史背景下作家的生活环境、个人经历与其创作的关系也渐为学者所重视。丁放、袁行霈的《宫廷中的诗人与盛唐诗坛——盛唐诗人身份经历与创作关系研究之一》（《文学遗产》2009 年第 1 期）一文，根据诗人的身份、地位、主要生活经历将盛唐诗人分为三大类：宫廷中的诗人、在地方担任官职的诗人、在野诗人，重点论述了宫廷中诗人与盛唐诗坛的关系。这类诗人又可分为三类，即皇族、宰相及知贡举或掌典选的大臣、朝廷中的下层官吏,文章分别论述了这三类诗人在盛唐诗坛中所起的作用。作者认为:以唐玄宗为代表的皇族本身诗歌创作及诗歌活动就十分活跃,加上他们对周围文人的提携鼓励,对推动唐诗的高度繁荣有着明显的作用;以张说、张九龄为代表的宰相及朝廷重臣的创作,艺术技巧较为纯熟,且他们参编类书、参与修史、善写文章的经历对其诗风有所影响,使得他们的诗作多雍容典雅,写盛世之音,与其他诗人诗风迥异,对唐诗发展有一定的贡献;而以王维为代表的朝廷中下层文人,则更具有文学才华,其诗作内容较丰富,技巧很成熟,在盛唐诗歌发展中起了重要作用,也是向第二大类诗人自然过渡的桥梁。宫廷中的诗人们对盛唐诗坛有着直接影响,他们的文学主张和创作成就对当时的诗歌创作起到了较大的推动作用,创作中虽多政治因素,但也反映了当时社会和朝廷的真实现实,是盛唐气象的一部分。玄宗朝的进士科举制度也对盛唐诗坛产生了重大影响,宫廷中诗人大量五言排律的创作和应试诗歌为五言排律的规定,推动了唐诗体式的完备和成熟,而绝句进入宫廷则缩短了宫廷诗歌与民间诗歌的距离。这类宫廷中的诗人主要活跃于开元年间,后随着政局动荡变化,逐渐离开了宫廷,诗风也发生了变化,反而开辟了盛唐诗歌的新天地,也使得他们与第二、三类诗人出现了交叉。这类宫廷中的诗歌也存在明显不足,其内容相对薄弱,体裁较为单一,但同时宫廷生活的经历又使得诗人们更深入地了解当时的上层社会,为其创作带来话题与灵感。

吕蔚的《安史之乱中诗歌创作的多元形态——盛唐诗人职位变化对诗歌美学风貌的影响》(《华南师范大学学报》2009 年第 2 期)同样注意到诗人身份地位的改变会影响他们的思想及创作。吕文中指出安史之乱的爆发使得许多盛唐诗人的政治地位随之变化,他们或升为高级官职,或降至低级官职,或未居任何官职,甚至陷贼叛营,不同的经历导致其创作呈现出多元状态和不同的美学风貌,既体现出某种写实性,又怀有理想,与中唐诗风有所区别。

一时的社会风尚对文学创作的影响是巨大的,因此对盛唐不同风尚的研究也一再引起关注。查正贤的《论制举与唐代隐逸风尚的关系》(《文学遗产》2009 年第 5 期)着重通过对唐代制度的考察论证了唐代制举制度与隐逸风尚的关系。作者认为唐初士人的退隐之风在创设制举的过程中起到了直接的推动作用,而之后制举的发展使得相关诏书的颁布借助传统的隐逸话语,“把应举士人命名为沉沦草泽、待时而出的隐逸之士,从而塑造了唐人的隐逸意识,直接鼓励了士人把自身多个阶段的经历描述为隐逸生活。制举所塑造的隐逸意识及这一塑造活动本身,是唐代隐逸风尚的重要组成部分”,而“帝王对其考试程序的灵活运用,使之能在实践层面上具体落实这一关系,并随着前后社会情势的变化而不断调整,从而进一步充实了它与隐逸风尚的关系”。这种制度与风尚关系的探讨深化了对唐代整体社会的认识,也为相应的文学研究提供了另一个侧面。

从宗教角度进行的研究在本年度盛唐整体研究中也占有较重的分量。胡遂的《论盛唐诗的“有我”与“无我”》(《湖南师范大学学报》2009 年第 2 期)一文,以佛教中的慧能南禅宗理论观照盛唐诗歌,认为盛唐诗的“有我”和“无我”与佛教思想颇为契合,其中的“有我”即是“吟咏情性”,正是当时慧能南宗禅的理论核心“佛性论”在诗坛上的表现。而正因为禅宗思想的渗入,盛唐诗虽“吟咏情性”,但并不滥情,它既有真性情,却又超越了情性,达到了一种“无念”、“无相”、“无住”的“行到水穷处,坐看云起时”之洒脱、超逸。就在这种大自然“光彩与我同”的境界中,诗人得到了极大的精神愉悦与难以言说的解脱自在,盛唐诗也达到了圆融澄澈的“无我”境界。寇凤凯《盛唐时期的道教“三教合一”思想探析——以敦煌道教讲经文为中心》(《今日科苑》2009 年第 10 期)一文则以敦煌道教讲经文为依托,探讨了盛唐时期道教的“三教合一”思想,认为敦煌文献中的《道教中元金箓斋讲经文(拟)》在继承前人对三教关系的认识上,积极反思三教论衡所带来的后果,并对盛唐时期的道教“三教合一”思想进行了总结,倡导三教同源、同质说,是目前所见到的关于道教“三教合一”最早、最明确的表述。

二、山水田园诗派和孟浩然研究

有关山水田园诗派的整体研究以葛晓音的《"独往"和"虚舟":盛唐山水诗的玄趣和道境》(《文学遗产》2009 年第 5 期)为代表,葛文在其对盛唐山水诗与晋宋山水诗相承关系研究的基础上,进一步考察玄趣与道境在盛唐山水诗中的体现。通过对"独往"和"虚舟"两个诗语的梳理与解读,认为这一对源自《庄子》的哲学概念,在两晋玄学、宗教典籍及唐代诗文的语境中得到多重阐释,内涵逐渐丰富,"其理念本身以形象鲜明的比喻来表述,而且其含义最适合在描写隐逸生活和山水游赏的诗歌中充分发挥,因而其意象自然化为山水诗意境的组成部分,从诗人的行迹和心境两方面表现盛唐诗人对超然物外、游于大道的妙悟。这就是盛唐山水诗独具'泠然独往'之趣的基本原因"。

作为盛唐山水田园诗派的代表,对孟浩然的研究一直为学者所关注。孟祥光的两篇论文《盛世之隐与孟浩然诗的独特"气象"》(《乌鲁木齐大学学报》2009 年第 3 期)和《试析孟浩然诗中的"田家乐"》(《岱宗学刊》2009 年第 6 期),分别从不同的角度探讨了孟浩然的诗作。前者结合孟浩然盛世隐居的特殊生活经历,考察其诗中盛唐气象的与众不同之处。认为孟诗中既有盛唐常有的壮大雄伟的气魄,也包含恬适安然的情趣,而两者同样是盛世气象的表现;这种独特气象的形成,与其隐居襄阳的独特生活方式有着紧密联系,其隐居之地的人文传统和自然气息都对他诗中独特气象的形成有重要影响。后者着重探讨孟诗中表现的"田家乐",认为这类"以田家为表现主体","为描写农村居民的生产、生活状态以及与之相关的风土人情等内容,以描写客观现实生活中的问题与感受为主"的诗作,体现了孟诗中恬静安乐富有个性的面貌,从某些侧面显示了盛唐风韵。可以说,后文正是对前文观点的进一步表述。

王辉斌的《论孟浩然与佛教及其佛教诗——兼与王维的同类诗比较》(《江汉大学学报》2009 年第 8 期)一文,关注了孟浩然与佛教的关系及其佛教诗创作,并进一步比较了其与王维同类诗作的异同。王文认为，孟浩然与佛教结缘早于王维，他与僧人交往频繁，雅好登游各种佛寺禅居，且参加过相关的佛事活动，这一切对他的思想变化、生活习性、文学创作、审美情趣等产生了一定程度的影响。而孟浩然的佛教诗题材广泛，内容丰富，多是借佛为题进行山水景物描写，同时表现出对佛家生活的向往；而“弃世慕佛诗”则是他仕进失意后的产物。与王维佛教诗相比，孟诗中的佛理成分要弱化许多，两者都具有较高的审美价值。

从文论的角度对孟浩然诗风进行印证，则有张国庆的《〈二十四诗品〉之典雅、清奇及其与孟浩然诗风》（《学术探索》2009年第2期）。作者先对《二十四诗品》中《典雅》、《清奇》两品的内涵做了详细梳理和分析，再用这两种风格印证孟浩然诗风，得出典雅清奇是孟氏诗风的突出特点。究其原因，孟浩然的个人学养、生活际遇、人格品趣、生活环境、自然景色及其所处的时代社会等多方面因素结合，方使得孟诗风格如此突出。

三、边塞诗派及相关作家研究

本年度边塞诗派的研究重新获得关注，对边塞诗的整体研究呈现出一定的地域特点。应晓琴在《北方文化对唐代边塞诗的影响》（《船山学刊》2009年第3期）一文中探讨了北方各地域文化对唐代边塞诗的深远影响，并进一步分析了各种地域文化影响下的边塞诗人。文中认为关中的雄伟风格与历史意识造就了王昌龄；西北少数民族乐舞的音乐旋律前轻后重，影响到岑参在北庭所作歌行对句尾用字的强调；北朝贞刚，燕赵慷慨，风格浑浩绵长，英雄气重、不著艳笔的特色影响了高适、卢纶、李益的诗作。王之望、姜声调的《唐代边塞诗与幽、蓟平台》（《天津大学学报》2009年第6期）一文，以唐代东北边塞的幽、蓟二州为依托，考察了这两地的边塞诗人及其创作。文中指出活动在此两地的诗人以陈子昂、高适、李白为代表，他们的边塞诗作内容丰富，形式多样，主旨鲜明，清新刚健，对唐代的诗风矫正和示范方面具有深远的影响。

对边塞诗的研究不仅着眼于其中的地域文化方面，也关注诗作中的人文内涵。唐红的《唐代西域边塞诗中的边愁与作者文化心理探微》（《塔里木大学学报》2009 年第 9 期）中，就着眼于边塞诗中流露的边愁情绪，从作者的文化心理角度进行了分析。唐文认为边塞诗中表现出的思乡怀亲、边地苦寒、功名难求等边愁情绪与文化、地域、时代有着密切的关系，这些因素导致了作者独特心理情感的形成，反之，作者的文化心理构成对作品所表现的情绪也有着根本的影响。

张华林的《现存“唐人选唐诗”中的边塞诗定量分析》（《郑州航空工业管理学院学报》2009 年第 6 期）一文，以唐人选唐诗为研究对象，对 14 种选本中收录的 245 首边塞诗进行了定量分析，认为在唐代初、盛、中、晚不同的历史阶段，唐人对边塞诗人及其诗作的接受和评价有一定的差异性，其产生有着深层次的内因，即社会环境和文化氛围的变幻直接导致了唐人诗歌审美趣味的历史变异。

岑参、高适、王昌龄是边塞诗派的代表诗人，也是边塞诗派研究中的热点。本年度学界对岑参的研究不仅体现在他的边塞诗上，更注重对其诗作整体艺术手法的探讨。陶文鹏、陆平《论岑参诗歌创造奇象奇境的艺术》（《齐鲁学刊》2009 年第 2 期）一文，以岑参的边塞诗和山水诗为考察对象，认为“实中求奇”和“想象出奇”是岑参创作这两种题材的表现方法，往往全篇构思新巧，多写奇幻的梦境；在修辞上擅长用夸张、拟人和比喻；句法上奇峻峭拔，起句尤奇，多用因果句和名词语句，并与杜甫同时创造颜色字置于第一字的奇句，还可使抽象词与具象词直接联结；炼字以意胜，常把名词与形容词用做动词，其动词诗眼平字见奇，常字见险，使诗句的意象活灵活现。

高适研究有张海蕴的硕士论文《论高适诗歌中的忧患意识》（西南大学，2009 年），全文分三章，分别探讨高适诗歌中的忧世之思，忧生之叹，及诗中忧患意识的成因和意义。认为儒家思想的影响、盛唐时期特殊的时代背景、建安文学的影响及家道衰落的现实是其忧患意识的来源，而意义在于形成了其诗歌雄浑悲壮之风。另有张馨心的《高适开元二十三年征诏长安考》（《唐都学刊》2009 年第 6 期)一文,根据高适《酬秘书弟兼寄幕下诸公》诗序中自述"征诣长安",以及李白《赴上都》诗中所称"上都"两证,考辨出高适开元二十三年应是赴长安应制举试,而非洛阳。

王昌龄研究集中在对其诗学理论的探讨上。董学文、吴登云的《王昌龄"境思"说的诗学地位》(《湖南社会科学》2009 年第 4 期)中提出:在中国古代诗学史上,王昌龄第一个把"境"引入诗论,倡导"纵横"思维,阐述"境思"理论,提出"意境"审美范畴,是中国诗歌艺术思维的一个重大转折。文中深入探讨了王昌龄的"放情"与"情境"审美论、"境思"与"物镜"审美论、"纵横"与"意境"审美论,最终指出:"境思"成为中国诗歌以心灵自由为特征、强调主体情感抒发的基本思维模式。从"象"思维到"境思",是中国审美思维的一次富有历史性跨度的心灵横向超越。这一思维变革的价值,远远大于"意境"概念本身的价值。杨新平的《王昌龄诗歌章法论》(《广西社会科学》2009 年第 5 期)一文,认为王昌龄在前人章法理论的基础上,密切联系诗歌创作实践,将诗歌篇体分为"头"、"肚"、"尾"三部分,并对各个细部的写作方式作了深入探讨,对后世诗论产生了一定影响,在文章学史上也有独特的价值。

李颀作为边塞诗派中的另一重要诗人,本年度的研究中也有所涉及。罗琴在《论李颀诗歌的语言特色和艺术风格》(《长江师范学院学报》2009 年第 1 期)中提出,李颀诗歌的语言特色是通俗质朴、简洁流利,其艺术风格为高古雄健,并在文中对李诗中对颜色词语的运用,以及叠字、对偶等修辞手法的运用次数进行了详细的统计。隋秀玲的《李颀的道家思想与玄理诗探析》(《郑州航空工业管理学院学报》2009 年第 5 期)一文,认为李颀的玄理诗一方面通过想象表述了道士们的神秘生活及神仙面貌,流露出对道教神仙的钦羡;另一方面,则是通过自身体验,提炼出对社会人生的深刻认识,极具警世价值。

四、张说、张九龄及其他作家研究

张说和张九龄都是盛唐时期文坛和政坛上的领袖,在初盛唐士风和文风的转折上都起着重要的作用，本年度对他们的研究成果较为丰富。

对张说的研究多立足于他所处的时代历史背景，考察其政治理想及诗文创作对士风文风的影响。曾智安《论张说的"大手笔"与开元政治理念的转变》(《河北师范大学学报》2009 年第 5 期)一文指出：张说的"大手笔"主要用于"润色王道"，而在此过程中，他为开元盛世树立了光明、正义的政治形象，提供了自觉、理性的进取动力与高远、超俗的政治理想，以精巧的构思向朝廷、时代展示了这种政治理想在当下实现的可能，并促使其在开元盛世得以实践，从而在事实上完成了开元盛世政治理念从功利层次向王道层次的提升，为盛唐气象的形成奠定了精神基础。林大志的《论贬谪时期张说诗歌创作心态的演变历程》(《河北师范大学学报》2009 年第 4 期)重点探讨张说在武后朝贬谪钦州和玄宗朝贬谪相州、岳州、荆州等地时的心态演变过程。文中详细梳理了张说的贬谪经过，并结合诗作分析他在贬谪期间的心情感怀，将其在不同时期、不同地域的心态变化细加甄别，较为完整地勾勒出了张说贬谪期间的创作心态演变历程。

学界对张九龄的研究同样多与其所处的时代历史相关。薛正昌的《九龄风度与清澹诗宗——相业与诗文并举的一代名臣张九龄》(《重庆师范大学学报》2009 年第 4 期)一文，广泛征引史料，从政治和文学两方面综合考察了张九龄的政治人格和文学贡献。仲红卫的《从文化人格看古代士人政治困境的形成及其解脱——以张九龄罢相为中心》(《长安大学学报》2009 年第 2 期)则以张九龄的政治生涯为考察对象，分析了张九龄擢相的原因、任宰相期间与胥吏集团的冲突、其本身政治理想的内在矛盾、理想破灭后的选择，并以之辐射到古代士人整体在政治困境中的一种普遍选择，具有一定的价值。另外还有一些论文，从初盛唐诗风转折的角度考察张九龄的诗作对盛唐诗风的影响，从内容到艺术上给予张九龄诗作更多的肯定。

张宁的硕士论文《张九龄〈曲江集〉考论》(山东师范大学，2009 年)从文献学方面对张九龄其人及其《曲江集》做了系统的考证。全文分四章，分别考辨了张九龄家世生平；梳理了《曲江集》的版本流传情况，并对其进行了校勘；对其诗歌内容和形式进行了分析，并探讨了张九龄与盛唐山水诗派的关系及其诗歌的接受与传播；论述了《曲江集》的文献价值。附录为张九龄的年谱。金艳的硕士论文《张说、张九龄山水诗比较研究》(陕西师范大学，2009 年)，探讨了张说和张九龄在唐代文学由初唐向盛唐过渡中所起的关键作用，尤其是他们的山水诗创作对盛唐山水诗派形成的重要影响。

本年度中小作家研究，有易玲的硕士论文《贾至岳州诗研究》(东北师范大学，2009 年)，重点探讨了贾至受房琯集团所累，贬至岳州后的诗歌创作情况，进而对贾至的整体文学成就做了分析。总结了贾至的诗歌成就以及在后世被接受的情况。另有李荣昌的《愿守黍稷税归耕东山田——刘眘虚隐逸思想探析》(《船山学刊》2009 年第 1 期)一文，以刘眘虚现存 16 首诗作为考察对象，探究其隐逸思想，作者认为刘诗中所表现出的对陶渊明的倾慕只是其隐逸思想的一方面，最深层的原因是出于对禅佛的理解、接受和热爱。这种对中小作家的关注在一定程度上拓宽了盛唐研究的范围。

五、文学理论研究

盛唐时期的文学理论虽不像诗歌创作那么繁荣，但一直处在学界的研究视野当中，上文述及王昌龄研究时所提及的论文即可显示出本年度文论研究的深度。除此之外，还有尹一兵的硕士论文《〈河岳英灵集〉诗学观研究》(湖南师范大学，2009 年)，较为系统地探讨了殷璠的《河岳英灵集》乃至整个盛唐诗坛的诗学观。作者认为《河岳英灵集》所体现的诗学思想是在初唐及其以前诗学观念的基础上继承和发展而来的；其题材的选择和诗体的选择是可以与殷璠所明确的诗学观念相印证的；《河岳英灵集》是一个可以扩展的文本，不但包含着殷璠个人的诗学观，也可延伸到整个盛唐诗人群体的诗学思想。

综上所述，可以看到本年度的盛唐文学研究在深度和广度上都有所开拓。深度上，对文献资料的挖掘及应用，文学研究与历史、文化考察的结合，都取得了一定的成果；广度上，一些中小作家也逐渐进入了学界的研究视野。但对除唐诗外其他文体的研究还比较薄弱，有些论文观点重复、缺乏新意，造成论文良莠不齐、泛而不精的现象，期待来年的盛唐文学研究在更多论题上展现出更为可喜的成果。

中唐文学

□ 李芳民

2009年度有关中唐文学研究的论文，据中国知网《中国期刊全文数据库》及中国人民大学报刊复印资料中心所编《中国古代、近代文学研究》两者统计，约有150余篇(不包括元稹、白居易及韩愈、柳宗元四家)。从总体上看，本年度论文数量有所增加，且出现了一些较前有所开拓的论文。其中宏观综合研究较为突出，论文数量较多，所关涉的面较广；作家作品研究虽涉及作家不少，研究的方法、视角也较为多样，但大作家研究依然为学人关注的重点；小说研究本年度虽论文数量不多，但总体水平较高。下面依论文内容，择其要者略作介绍。

一

本年度宏观综合研究的论文，约有20余篇，涉及中唐时期诗文词赋各体文学研究、诗人群体研究以及政治、宗教、文化等与中唐文学相关性研究多个层面。其中不少论文都显示出视野开阔、角度新颖的特点。

围绕盛中唐之际政治、学术、士风之变以及由此引起的文学风貌的变化，学界尝有论及。本年度邓芳的《“致君尧舜上，再使风俗淳”——试论盛唐后期到中唐前期的文儒思想及其文学影响》(《北京大学学报》2009 年第 3 期)一文，就此做了进一步的探讨。文章结合盛中唐政治、文化的演变及盛唐后期“文儒”这一群体政治地位的下降，分析了他们思考社会人生、构建理想政治方式的变化以及这种变化对盛唐后期到中唐文学所产生的影响。认为从盛唐后期开始，以文辞雅丽、通晓儒学为特征的文儒，由于受吏能之士的排挤及遭受安史之乱的打击，其政治地位急剧下降，这一变化，使得他们必须回答儒家之道在具体的政治格局和时代风气下如何实现的问题。因此，盛唐文儒提出的“礼乐雅颂”的盛世理念，在盛唐后期到中唐的“文儒”那里则主要转化为“致君尧舜”(即要对君主匡以尧舜之道)和“化下”(即以礼乐和道德教化百姓，以达到“再使风俗淳”的目的)两个方面，这样“上感下化”也就成为这一时期文学中的一个重要命题，而且直接影响到元和诗歌高潮的到来。

与邓文相近，刘顺的《中唐时期文儒的转型与宋学的开启》(《学术月刊》2009 年第 3 期)也是一篇围绕“文儒”这一士人群体展开讨论的论文，不过论述的侧重点有所不同。文章主要以中唐时期文儒的转型及其影响为中心，指出由于盛中唐学术、政治、社会阶层变动等因素的纽结，带来了中唐文儒的转型。其主要体现为儒学核心命题由礼乐向道德内转、文儒主体意识自觉强化以及由上述二者的变化带来的儒学话语体系在政教、个体修养和文学三者关系认定上的变化。关于文儒转型对文学风貌的影响，作者认为主要表现为文学在儒学话语体系中已不再与政教与个体心性修养保持平衡，而成为“载道之具”，文学的外在美学风格也异于盛唐，求新求变、尚奇尚怪、化理入诗、情理合一成为重要的美学特点。尽管中唐“文儒”的生存处境与政治影响均难达到开元之时，但儒学之精神却因文儒之阐扬而得以保存与发扬，因此中唐时期所形成的心性之学与主体人格及学术志趣，对后来的宋学均有开启之功。

中唐为唐宋文化变革的转型期，学界于此大致已形成共识，但于变革发生的具体时段以及具体表现，则还可讨论。本年度方丽萍的《从贞元士人的财富观看唐宋变革》(《暨南学报》2009年第4期)就此提出了自己的看法。作者认为从德宗贞元时期的文人创作来看,这一时期义利不再是截然对立的两种价值,官商界限不再分明,新型的士商关系已出现,写作成为主要的谋生手段。这些现象,均与此前有较大差异而与宋代有许多相似,因此,认为唐宋变革在贞元时期已表现得较为突出。

关于中唐的古文运动,近年来较少论及,而本年度则有童岳敏的《唐代古文运动与〈春秋〉学派》(《兰州学刊》2009年第4期)与杨遗旗的《古文运动对中晚唐辞赋创作的影响》(《求索》2009年第6期)二文。童文主要将中唐时期文学上的古文运动与学术上的《春秋》学派结合进行考察,从群体构成与学术思想的角度,论析了两者之间的互动关系。通过分析古文作家群体与《春秋》学派之间的联系,作者认为,古文运动主张文以明道、关注时弊,具有强烈的政治批判意识,其和《春秋》学派的政治指向是一脉相承的,《春秋》学派以学干政的讽喻精神也深深地影响了当时的古文创作。而杨文则主要探讨了古文运动与中晚唐文人辞赋创作之间的影响关系,认为中晚唐的辞赋创作在思想、艺术方面表现出的新特点,虽与辞赋本身发展的规律性相关,但更重要的是受到了韩、柳所倡导的古文运动的影响。一是古文运动所倡导的"文以明道",促使中晚唐辞赋创作形成了雅正范式;二是"不平则鸣"的创作思想,直接促进了中唐骚体赋创作的繁荣;三是古文创作"辨理论事"的特点和散体单行的文体风格,促使中唐辞赋普遍有了议论说理和散体化的特点。

咏史诗创作的兴盛,是中晚唐诗坛的一个重要现象,学界也多有关注。本年度韦春喜、张影的《试论中晚唐咏史诗产生的历史文化原因》(《四川大学学报》2009年第1期)、毛德胜的《在材料与手法之间——论中晚唐咏史诗对于历史的艺术处理》(《山西师范大学学报》2009年第6期)二文则就此作了新的探讨。韦、张文认为,与此前的同类题材相比,中晚唐的咏史诗表现出了新的特质,即以对历史人物、事件评论、反思为特征的史论体咏史诗成为重要的类型。这一变化与中晚唐时期科举考试内容的变化、帝王崇尚经史、以史为鉴的思想意识以及用人的文化导向所形成的史论意识与风尚有着密切关系。同时,中晚唐史论体咏史诗议论深刻新警、善于翻案的特点,也与这一时期史学思想的新变疑古之风有关。毛文则借鉴俄国形式主义叙事理论,分析了中晚唐咏史诗在历史的艺术处理方面所表现出的特征。认为从咏史诗的发展历史来看,中晚唐的咏史诗已逐渐摆脱了史的束缚,越来越重视对历史的艺术处理而不是历史本身,其主要表现是,诗人通过浓缩时间、时间绵延来重构历史时间,通过对因果的简化与因果的假设进行历史因果的变换,从而使中晚唐的咏史诗表现出极强的艺术性。另一方面,中晚唐的咏史诗在历史材料与艺术处理之间所体现的尊重历史事实、强调历史识见、注重有为而作又和俄国形式主义叙事理论之间存在着一些差异。

以铜雀台故事及其历史本事为题材,自南朝至唐代诗人的创作多有涉及,但不同时期的诗人对于这一题材的关注程度、角度与主题处理则有所不同。本年度邓小军、马吉兆的《铜雀台诗"宫怨"主题的确立及其中晚唐新变》(《北方论丛》2009 年第 4 期)一文,以开阔的视野对这一题材类型的诗歌做了全面的考察,揭示了不同时代诗人在处理这一题材诗歌时的角度变化与主题演变。文章认为中国古代以铜雀台为题材的诗歌,有着较为真实可信的历史本事,南朝至初唐的诗人确立了铜雀台诗的"宫怨"主题,诗人为铜雀妓唱出了人生悲歌,但对造成歌妓悲剧的原因并未触及,这与南朝时期宫人配陵制度的废止有关。而在唐代由于这一残酷制度的恢复,中晚唐诗人创作的唐铜雀台诗的主题则发生了两大新变,一是对奉陵宫人的同情和对活人配陵制度的批判;二是随着历史意识的加强,越来越多地表现出对悲剧制造者的批判和对世事沧桑的感悟。

本年度还有一些从历史、文化、宗教的视角出发研究中唐与中晚唐文学的论文,虽立论角度不同,却都围绕各自的论题做了有益探索。其中如李德辉的《中晚唐文馆与文学》(《湖南科技大学学报》2009 年第 5 期)、袁绣柏的《论中唐音乐的民间化趋势及其对乐府诗的影响》(《沈阳师范大学学报》2009 年第 3 期)、孙鸿亮的《佛教禅宗与中唐艳诗的复兴》(《河南社会科学》2009

年第 1 期)、刘艳萍的《中晚唐道教对艳诗创作的影响》(《三峡大学学报》2009 年第 1 期)等,都是其中值得注意者。

二

本年度对中唐作家作品的研究,仍集中于中唐时期有影响的作家,尽管此前围绕相关作家的研究已较为充分,但本年度或从新视角立论、或在内容上有新拓展,仍出现了一些较出色的论文。

寒山子研究,本年度有数篇论文涉及,其中张勇的《寒山的论诗诗》(《安徽师范大学学报》2009 年第 2 期)及杨峰兵、唐圣《寒山子形象在中美两国之嬗变略疏》(《汕头大学学报》2009 年第 4 期)二文值得注意。张文认为寒山的论诗诗促进了论诗诗文体的正式诞生,指明了禅诗发展的“典雅”方向,开启了以诗喻禅的新思路,因而具有重要的学术价值。杨、唐文指出寒山子在中国经历了从“隐士”到“菩萨”的演变,而在美国则由菩萨而转变为群众英雄,这种转变,是两种异质文化交流融合的结果。

刘长卿与佛教的关系,此前研究成果不多,本年度何剑平的《刘长卿与佛教相关事迹考》(《武汉大学学报》2009 年第 5 期)一文,就刘长卿与佛教相关的两个问题做了较为扎实的考证。一是关于刘长卿接触佛教的时地考索。作者结合刘氏的作品分析认为,刘长卿在早年居长安与洛阳时,已接触在京、洛广为流传的北宗禅法,时间在开元末天宝初。二是刘长卿与天台宗的关系。认为安史之乱后,刘长卿渡江南迁,与僧人交往频繁,而从其所交往的僧人看,他与北禅宗与天台宗的关系尤为密切。

邵明珍的《韦应物的仕隐心态平议——兼论其诗歌主导风格并非“高雅闲淡”》(《华东师范大学学报》2009 年第 4 期)一文,针对学界以“淡泊名利”、“高雅闲淡”来概括韦应物人品、诗风的观点提出了不同的意见。指出从韦应物的仕宦经历与作品中透露的心态,很难得出韦应物其人“淡泊名利”的结论。关于韦应物的诗风,作者认为实际上韦诗兼具“古淡”“流丽”等特征,“高雅闲淡”、“冲和平淡”并非其主导风格,仅以韦集中为数不多的近似于陶诗风格的山水行旅诗来概括韦应物诗歌的总体风格，以“冲淡”、“闲淡”框定其风格特征，既不科学，也不符合诗人的创作实际。

孟郊是中唐时期影响较大的诗人之一，但近年来的研究相对较为沉寂，本年度则有喻学才的《孟郊乐府诗论》(《鄂州大学学报》2009 年第 3 期)、吴相洲的《论孟郊诗的表述方式》(《首都师范大学学报》2009 年第 5 期)等文。喻、吴二文，或以平实见长，或以新颖取胜，值得注意。喻文从思想内容与艺术特征的角度对孟郊乐府诗的价值与意义作了全面的论析，并对其在中唐乐府诗坛上的地位提出了自己看法。作者认为以往的文学史对于孟郊的诗歌一向评价甚低，对他的乐府诗也很少提及，一些文学史在论述新乐府的历史时也只承认杜甫以后元白是直接继承者，而于陈子昂、李白之后和韩愈同时的毕生从事反对浮靡诗风且有复古理论和创作实践的孟郊则视而不见，认为这样的观点是值得商榷的。

吴文则将孟郊诗歌的特点从表述方式的角度进行了分析与归纳，提出了一些颇具启发性的新见。作者认为，孟郊诗歌个性鲜明，其最为独特之处就在于他采用了一种统分结合、意象裂变的表述方式，即，或先提出一两个结论性命题，再将这些命题展开分析，形成由总到分，由一到多，层层深入的表述格局；或采用归纳的方法，先罗列各种现象或道理，最后归结为一个结论，形成由分到合，由多到少，逐渐收拢的表述格局；或将意志和情感凝结在一两个意象上，并以这些意象为核心，形成无限裂变的表述格局。作者认为这种表述方式，其优点是能紧紧地抓住读者，给读者留下深刻的印象，有时还显示出一种特别的理趣；缺点则是容易造成对读者的压迫，剥夺读者想象品味的空间，使诗歌失去含蓄的韵味。文章还对这种表述方式的形成原因与渊源及影响作了分析。

卢仝诗歌以奇险怪异著称，本年度卢仝研究的论文数量较多，涉及“卢仝体”的特点、卢仝诗歌的趣味以及卢仝具体作品的研究等方面。围绕“卢仝体”的论析，主要有李军的《卢仝体艺术特征简论》(《盐城师范学院学报》2009 年第 5 期)与肖波的《论卢仝体》(《荆楚理工学院学报》2009 年第 6 期)二文。李文认为“卢仝体”的艺术特征主要表现在题材的怪异性、主旨的批判性、语言的趣味性、风格的怪异滑稽几个方面;而肖文则以“独辟蹊径的创新意识”、“细腻翻新的童话题材”、“参差错落的散文笔法”和“奇僻怪异的字词意象”来概括。关于卢仝诗歌趣味与具体作品的研究,本年度郑慧霞连续发表了《简论卢仝诗的“怪趣”》(《绍兴文理学院学报》2009 年第 3 期)、《试论卢仝诗的“俗”趣》(《郑州航空工业管理学院学报》2009 年第 2 期)、《试论卢仝的艳冶之作》(《唐都学刊》2009 年第 2 期)、《卢仝〈月食诗〉主旨探微》(《中国韵文学刊》2009 年第 4 期)等数篇论文,从不同侧面对卢仝诗歌作了探讨,提出了自己的看法。

皇甫湜研究,此前研究成果不多,本年度有李最欣的《韩愈与皇甫湜关系辨正》(《中州学刊》2009 年第 1 期)一文,认为皇甫湜为韩愈弟子的流行观点不能成立。文章通过对韩愈、皇甫湜相关作品的解读分析、时人对二人关系的体认以及韩愈与皇甫湜是否存在授受事实等方面的辨析,认为韩愈与皇甫湜是朋友而非师弟子关系。另有吴在庆、李芊的《皇甫湜、李贺研究二题》(《河南科技大学学报》2009 年第 6 期),就皇甫湜的生年做了新考证。文章据皇甫湜集《答刘敦质书》文中对自己相关经历的自述,认为学界依韦处厚《上宰相荐皇甫湜书》等材料确定皇甫湜生于大历十年至十二年的观点与皇甫湜自己的叙述存在相悖之处,皇甫湜自己的叙述应更为可信,故皇甫湜当生于贞元元年(785)至贞元三年之间。文章还结合皇甫湜任陆浑尉的时间及对李贺《仁和里杂叙皇甫湜》一诗的分析,就李贺府试的时间提出了新说,认为以元和元年六月至十月最为可能。

本年度围绕李贺、贾岛、姚合、张籍、刘禹锡等作家亦有一些论文,但总体上看未有大的突破进展。

本年度还有一些围绕作家作品考证的论文。其中马淑然的《顾况诗文著录与版本考述》(《图书馆杂志》2009 年第 12 期)对顾况作品集及其版本的历代流传情况做了较为全面系统的考述,黎国韬的《大历十才子名号考》(《中山大学学报》2009 年第 2 期)对“大历十才子”名号出处与人名作了考辨,徐礼节的《唐张籍诗误收林逋诗二首》(《安徽农业大学学报》2009 年第 5 期)对张籍两首与宋人林逋重出诗进行了考证,也都可资参考。

三

本年度小说研究论文数量不多,但不乏扎实与新颖之作。

唐人小说与历史之关联,是唐代小说研究的一个重要话题。本年度史昭素、张玉春的《唐初八史与唐传奇的兴起》(《湘潭大学学报》2009 年第 2 期)、李南晖的《作为国史材料的唐人偏记小说——以行状为中心》(《中山大学学报》2009 年第 4 期)二文即与此相关。史、张文主要从唐初八史的小说色彩对传奇创作影响的角度,分析了其与唐传奇创作的关联,认为唐初八史浓郁的小说色彩对唐传奇的产生有一定影响,八史叙事文字以散体为主直接为唐传奇所取法,八史历史叙事与小说叙事二者兼容的叙事模式为唐代小说叙事的兴起起到良好的促进作用,唐传奇叙事强调虚实结合就是这种作用的直接结果。而李文则以唐人所撰行状为讨论中心,就刘知几所称的这类"偏记小说"与其进入正史记录时的内容取舍与行文差异作了探讨。作者从唐代史馆的史料征集制度入手,分析了偏记小说进入唐国史的途径,并通过具体行状的分析,从记事原则、细节描写和情节编排、人物评价等方面揭示了偏记小说的特色、国史利用偏记小说的情形以及唐代史官和文士处理相同内容时采取的不同叙述方法。

唐五代笔记小说的研究,本年度有已故卞孝萱先生的《唐五代笔记诗话纠谬——以刘禹锡事迹为例》(《阅江学刊》2009 年第 2 期)一文。文章运用文史互证的方法,对唐五代笔记小说中所涉及的有关刘禹锡的事迹做了考证辨析,指出《云溪友议》、《幽闲鼓吹》、《玉泉子》、《本事诗》、《鉴诫录》、《北梦琐言》、《唐语林》等笔记小说所载刘禹锡事迹在事实方面的讹误,从而提醒学人在使用笔记小说材料时应注意去伪存真。

中晚唐侠义小说兴盛,其中女侠形象的塑造是这一时期此类小说的一个重要特点。关于唐人小说中女侠形象之特点与意义,学界已多有论及,本年度王昕的《唐人小说中的女侠形象及其影响》(《文学评论》2009 年第 3 期)则就此提出了与前此研究者不同的新见。文章认为,中晚唐侠小说中侠的阶层、性别的分化与演变,是侠义精神和审美理想在士人阶层衰落的表现,唐人小说中的女侠客,并非女权伸张的形象化体现,女侠的外在形象和情感方式异于唐传奇对于普通女性的叙事模式,女侠形象缺乏女性色彩而偏于中性化。由于性别对女性身心的限制,使得游侠世界中的女性比男性更早地顺应了现实世界的束缚,而女性性别角色的依附性也给予侠义小说的文本演变以深刻的影响,女性体质上的弱势,刺激了剑术、武术向幻想、虚灵的一面发展;侠女的出现预示着侠义文学价值取向从注重个人性情的舒展、个人意志的实现到强调伦理秩序、道德价值的变化。

除上述外,本年度杨为刚的《世风、士风与唐代婚恋传奇的流传与接受——以欧阳詹与太原妓传闻为中心的比较研究》(《中国文化研究》2009 年春之卷)、罗欣的《唐代博物小说的生态视野研究》(《社会科学家》2009 年第 2 期)也是较有新意之作。前者以欧阳詹与太原妓的爱情故事为中心,通过对孟简《咏欧阳行周事并序》与中唐元稹《莺莺传》等爱情传奇的比对分析,揭示了当时婚恋传奇采用诗序结合形式的深刻的社会原因以及其中所蕴含的当时新兴进士阶层生存状态与心路历程,并通过中唐以后欧阳詹故事流传所形成的不同叙事文本,分析了晚唐时期世风与士风的交互作用对唐传奇流传和接受的影响;而后者则从生态学的角度观照唐代博物小说的价值,对其中蕴含的生态学史料价值、生态伦理观以及生态和谐意识做了分析。

晚唐五代文学

□ 亢巧霞　吴在庆

近年来，学界明显加强了晚唐五代文学的研究，发表了一系列研究论文论著，从相关学科、不同视角展开广泛探讨，本文即对2009年度的研究成果加以综述。

一、晚唐诗人研究

个体诗人的研究，是晚唐研究重点之一。近年来，学界对晚唐个体诗人的研究呈扩大之势，特别是中、小诗人更多进入学界视野。李文初、周松芳《晚唐诗人李郃的籍贯问题》(《中国典籍与文化》2009年第3期)一文针对伴随李郃墓志铭在河南偃师附近出土后，学界对李郃诸如籍贯等若干问题所进行的探讨，对其籍贯提出自己的观点。文章认为据新出土墓志铭推断李郃祖籍在"洛阳一带"有证据不足之嫌，充分肯定了陈尚君和孟二冬的相关研究，认为李郃籍贯系为延唐则更为妥当。沈文凡、牛菲《笔写现实墨洒边塞——晚唐于溃诗歌创作简论》(《重庆三峡学院学报》2009年第1期)认为于溃诗歌一反晚唐浮艳雕饰的诗风，以质朴无华、明快直接为特点。其诗作从不同层面反映晚唐社会弊病和边塞问题，具有一定的诗史价值。

李秀敏《陆龟蒙自传体小品浅论》(《名作欣赏》2009年第7期)分析了陆龟蒙《江湖散人传》、《甫里先生传》两篇自传小品文对史传文学的传承与创新。沈文丛、赵丹《晚唐诗人李贺的生死观——兼论唐代诗人对生与死的理解和诠释》(《长春大学学报》

2009 年第 7 期)认为李贺的病痛和政治失意,造成其心理阴霾。并且,在韩孟诗派诗风影响下,李贺诗歌将反映的生活延伸到"鬼的世界",形成虚幻荒诞的风格特点。后期李贺意识到生死皆无法排解内心痛苦,进而走向求仙的奇幻道路,其诗作开始描述仙境之美好。邹艳、徐勇《"峭冷"诗人"清峭"诗——兼论姚合诗歌对中晚唐苦吟诗风的创新》(《江西教育学院学报》2009 年第 4 期)着重分析姚合诗风的个性特征及他对晚唐苦吟诗风创新的贡献。

张祜的诗歌研究。王辉斌《大唐题咏诗创作第一人——论张祜的题咏诗》(《南阳师范学院学报》2009 年第 11 期)通过梳理文献资料,认为张祜为唐代大量创作题咏诗的第一人。指出张祜寺院禅林、亭台楼阁、园林山居三类题咏诗,对中晚唐交替时期山水诗的繁荣与发展,起到了无可替代的作用。谢伟《略论张祜诗的艺术特色》(《沈阳农业大学学报》2009 年第 5 期)一文从张祜诗歌的炼字之精确、对仗之工巧及其风格之多样三个方面分析其诗歌艺术特色。赵乐、程郁缀《试论中晚唐诗人张祜的宫词》(《内蒙古大学学报》2009 年第 1 期)以张祜 38 首宫词为对象,探究了宫词及张祜宫词产生的背景和内容。

晚唐诗人"隐逸"生活和心态的研究。吴在庆《晚唐诗人镜湖处士方干传略》(《宁夏师范学院学报》2009 年第 1 期)一文从方干身世、心态、诗歌特点及方干对后世影响四个方面论说方干。王定璋《论晚唐诗人唐求》(《西华大学学报》2009 年第 2 期)一文认为:唐求诗作中最突出的是其与山人往来、与处士交往的隐逸之乐和自由孤寂之趣。唐求隐居山野,四海流寓,穷苦匮乏却始终不向权贵折腰的性情亦让后人心生敬意。李双月《论晚唐诗人吴融的隐逸心态》(《山东文学》第 10 期)一文梳理出吴融不同时期的作品,结合诗作的创作背景,认为吴融在"仕""隐"之间不存在艰难的心理路程。

关于晚唐诗人许浑生卒年等问题的考订近年备受关注。罗时进《晚唐诗人许浑卒年应如何考订——与吴在庆、高玮商榷》(《中州学刊》2009 年第 2 期)一文乃回应吴在庆、高玮发表于《中州学刊》2007 年第 6 期的《诗人许浑生卒年新说及晚唐两许浑考辨》一文对其所提出的许浑生卒年说进行商榷的辩答文章，罗文尽管承认晚唐虽可能有两位许浑，但仍然坚持诗人许浑的卒年还是应确定在咸通年间为宜。近年来，罗时进和吴在庆对于诗人许浑卒年问题的不断深入考订，对晚唐文学研究颇有裨益，这种学术上的论辩有益于研究的深入，是值得提倡的。

晚唐群体诗人研究。张彩霞《晚唐咸通十哲诗歌的语言特点》(《名作欣赏》2009 年第 10 期)一文从不同角度分析十哲的诗歌语言独特之处，认为：咸通十哲受贾岛影响较深，他们注意语言的锤炼与字句的琢磨。他们常用"名词＋形容词(动词)＋补语"的句式组织语言，安排结构，造成静态的外观显示的效果。而且，十哲勇于创新，将炼字具体到每一字。方胜《晚唐文人的"费冠卿情结"》(《北京理工大学学报》2009 年第 2 期)考察了中唐费冠卿在晚唐诗人心中引起强烈共鸣的原因。指出费冠卿对待功名的豁达态度及其处理仕宦矛盾的方式，缓解了晚唐文人仕宦矛盾的内心冲突。杜庆英《从晚唐诗歌的色调看晚唐诗人的悲剧心态》(《西安社会科学》2009 年第 5 期)一文认为：晚唐绮艳和穷寒两派诗人的诗歌呈现不同色调——寒苦色调下的穷途之哭、绮艳色调下的伤感哀怨皆体现了晚唐诗人无比凄苦的悲剧心态。沈有珠《晚唐诗人残缺意象的审美心理透视》(《贵州文史丛刊》2009 年第 2 期)从废城残宫、残花缺月、仕途蹇塞诸意象入手分析，认为晚唐诗人将家国之恨、身世之悲融入意象，使得诗作充满浓郁的感伤色彩。

二、晚唐五代艳诗、怀古诗研究

艳诗和怀古诗乃晚唐诗歌的两种重要类别。刘艳萍连续发表了数篇有关晚唐艳诗的文章。其《中晚唐艳诗研究述评》(《湖北师范学院学报》2009 年第 2 期)一文从文学史著作、论文两个方面，分别概述 20 世纪 90 年代以来中晚唐艳诗研究的发展情况。文章指出关于中晚唐艳诗的总体研究，取得了一定成就。但仍有所欠缺，主要表现在研究的深度不够和缺乏对其动态的发展脉络的梳理两方面。对于艳诗相关的社会文化背景、文人心理因素、文学观念变革、诗体与词体的交融互渗及不同作家艳诗风格的延续传承等问题研究较少。文章以李商隐、杜牧、韩偓为代表,梳理了近年对单个作家艳诗作品的研究情况。《中晚唐冶游狎妓之风与艳诗创作》(《聊城大学学报》2009 年第 1 期)一文则重点描述了中晚唐社会风尚与艳体诗创作互相促进和影响的关系。此外,刘艳萍《中晚唐道教对艳诗创作的影响》(《三峡大学学报》2009 年第 1 期)论述了道教的世俗化对艳诗的内容、风格和手法等方面产生的重要影响,道教使得艳诗具有各种各样的仙道蕴涵。

咏怀诗意境、意象及产生背景的研究作为晚唐诗歌之细化研究,备受关注。韦春喜、张影《试论中晚唐史论体咏史诗产生的历史文化原因》(《四川大学学报》2009 年第 1 期)一文提出:中唐之后,咏史诗较之前期出现感性成分居主导地位,理性认识较少的特点,逐步表现出新的特质——对历史人物、事件进行评论、反思,表现出强烈的历史理性精神。究其原因,作者认为中晚唐时期,科举考试表现出对历史内容的强化倾向促使咏史诗大量涌现;探讨历史兴亡、论辩古今盛衰的史论自觉意识和风尚的形成以及标崇历史学识之风构成史论体咏史诗发展的另一因素;晚唐注重新变疑古的史学思想为翻案体咏史诗发展的根源之一。张绪《晚唐怀古诗的迁逝意象分析》(《广东白云学院学报》2009 年第 4 期)一文认为:晚唐怀古诗将自然的时间流逝和社会人事的变迁整合成一个完整的意象,具有历史理性和情感性统一的特点,揭示出迁逝是大自然和人类社会的共同规律。

三、晚唐五代诗格研究

诗格为唐代出现的一种论诗著作的通称①。晚唐五代诗格受到学界重视,主要从文学理论角度进行考察。李江峰《七十年晚唐五代诗格研究的回顾与展望》(《渭南师范学院学报》2009年第1期)一文,通过梳理文献资料,分三个阶段分析了晚唐五代诗格的研究现状。认为晚唐五代诗格的研究有待"对每一部作品进行细致梳理,分析其理论价值,探讨其理论的形成轨迹"。李江峰陆续发表了数篇有关晚唐五代诗格的文章。如:《晚唐五代诗格的著作群体》(《广西师范学院学报》2009年第2期)、《晚唐五代诗坛与晚唐五代诗格的理论建构——理论与创作互动的实证考察》(《延安大学学报》2009年第2期)、《磨练:晚唐五代诗学的理论核心——以诗格为中心》(《古籍整理研究学刊》2009年第3期)等。李江峰通过分析著作群体的理论和创作情况,提出这一时期诗格著者以僧人为主,他们的诗格明显受到佛教文化与思维方式的影响。同时,著者诗风以苦吟为主,"晚唐五代诗格著作群体中的苦吟诗人群体给这一时期的诗格带来了独特的诗论主题与思想。晚唐五代诗格论诗重'磨练',这正是苦吟诗风在诗论中的反映"。查明昊、卢佑诚《晚唐五代诗僧群体的文学理论》(《吉林师范大学学报》2009年第2期)一文,则以诗僧群体为切入点,考察诗僧们的诗禅观、以禅喻诗诗歌理论;阐述了晚唐五代诗僧在句法理论、语言层面的独特;分析了晚唐五代诗格著作对宋人诗话的影响。文章指出以禅评诗、以禅拟诗、以禅参诗、以禅论诗为诗僧"以禅喻诗"理论的具体手法。

---

① 唐代诗论不外诗格、选集、论诗诗、本事诗、句图及论诗书等几种表达形式。在这几种著作形式中,诗格无疑是运用最为普遍、数量也最多的一种,所以"唐代诗学的核心就是诗格"。(参见张伯伟《隋唐五代文学批评总说》,日本中唐文学会编《中唐文学会报》2000号,1—2页,日本好文出版公司2000年10月出版)

四、晚唐乐府诗研究

乐府诗研究历来是古代文学研究中的热点，尤其是汉乐府、六朝乐府和中唐新乐府运动等，都曾有大量的研究论文及相关专著发表，但晚唐乐府研究却一直少人问津。刘亮《晚唐乐府诗人述论》（《海南大学学报》2009 年第 2 期）一文据《乐府诗集》统计出晚唐时期的乐府诗有 411 首，又从《全唐诗》和其他文献中收集 18 首《乐府诗集》未收的新乐府诗。作者依据地域和诗人身份，将晚唐乐府诗人分为三大群落：前期绮丽派诗人群、后期现实主义诗人群和乐府诗僧群。另外，作者将晚唐乐府诗人的乐府观念概之为三：以张祜为代表的绮丽为美的乐府观；以皮日休为代表的现实主义乐府观；以贯休为代表的“以文为戏”乐府观。除此之外，刘亮《晚唐乐府诗创作题材初探》（《乐府学》2009 年第 4 辑）提出：礼乐颂歌、艳情闺怨、边塞战争、咏物、江南风情、说理咏怀、宴饮歌舞、都市繁华、农村、历史兴亡、游仙、游侠等乃晚唐乐府诗创作的主要题材。刘艳萍《唯美的世界与绮怨的情怀——温庭筠艳体乐府诗论析》（《安徽文学》2009 年第 7 期）一文认为温庭筠艳体乐府诗共同创造出一个温馨甜美、颓废香艳的美的世界。诗人构建这个美的世界正是他在现实极度失意中用诗歌营造的理想家园；这个美丽世界的女子拥有美丽外表和绮怨情怀，她们身上的慵懒与厌倦隐含整个时代精神的影子——即从政治事功、边塞征伐转向了在繁华都市的声色歌乐中的自我沉醉和满足。

五、晚唐五代词研究

文学在发展过程中，不同文体的产生与发展自然有其特殊的条件与成因，但文体之间的互渗与影响则仍是重要因素之一。诗词两种文体之间的相互影响也是如此。从晚唐诗歌和社会风貌与词体的相互作用分析词体，成为今年晚唐五代词学研究的亮点。余恕诚《中晚唐诗歌流派与晚唐五代词风》（《文学评论》

2009年第4期）一文以温庭筠、韦庄等人为例，着重论述中晚唐诗派在词体初建过程中的作用和影响。文章先后考察了中晚唐流行的由李贺开启到李商隐、温庭筠趋于极致的绮艳诗风，与以温庭筠为代表的花间词风之间的演进关系和韦庄词之底蕴与白居易诗词明朗爽快的接受关系。文章认为花间词中温韦之不同，与中晚唐诗派相关。温词上承源自李贺的温李诗风。这种诗风，本来就是“向着词的意境与词藻移动的”，温庭筠再将此带入词中，遂确立了晚唐文人词的主导词风。韦庄对温词并非没有继承，其词仍然属于温庭筠所建立的晚唐五代文人词的本色形态，但他同时继承了白居易等大众化的明畅浅易的诗风词风，显得与通常的五、七言诗更接近一些。文章不唯角度新颖，而且分析细致入理，颇能给人以启发。邓乔彬《进士风与晚唐词》（《文学遗产》2009年第2期）一文以进士文化为本，提出晚唐词与进士文化密切相关——进士文化是晚唐词兴盛的文化动因，是自诗而词的转换背景。文章认为，随着进士文化至晚唐的转型，“儒林”文化传统向“文苑”精神倾斜，进士阶层在思想及行为上更见“无行”、“轻薄”，这成为词之香而软主体风格的主要文化动因之一。邸宏香、马丽《〈花间〉集体貌词浅析》（《长春师范学院学报》2009年第3期）一文侧重分析了花间词的语言形式、文学修辞等。作者以花间集中描写女子身体的词汇为研究对象，从构词类型展开分析，认为《花间集》的女子体貌词汇几乎都是复合式构词方式，包括联合型、偏正型、动宾型、主谓型和补充型五种类型。

另外，欧明俊、庄伟华《从花间词看晚唐五代女性闺中生活》（《文史知识》2009年第3期）一文着重透过花间词作，走近晚唐五代女性的生活场景。通过解读词作中女子的梳妆打扮、服饰器物、生活方式三个方面，指出：晚唐五代的女性生活，虽琐碎，但展示给我们更多的是她们生活的细致、审美的趣味、文化的品味和心灵的驿动。周兰《刚柔相济的花间别调——论〈花间集〉中的边塞词》（《辽宁工程技术大学学报》2009年第4期）探讨了《花间集》中边塞词的特点与形成原因，提出以边塞题材入词的做法，乃花间词人突破“词为艳科”的勇敢尝试，开拓了词的题材和境界。

综上所述,2009 年学界对于晚唐五代文学研究取得了可喜成绩,在研究的广度深度方面有所拓展。一些研究开始涉及诗学理论、乐府诗等领域;一些研究注意到社会风貌、诗体词体、语言形式等的互动关系。随着研究内容的拓展和方法革新,相信必将推进晚唐五代文学研究的进一步发展。

王维研究

□ 康震　张原源

作为盛唐代表诗人,王维一直是学术界关注的焦点。2009 年,王维研究呈现出全面发展的繁荣景象。从整体上看,王维研究在创新与发展中走向多元与深入。一方面,随着美学阐释、文化研究、比较研究等研究方法的渗透,学者对王维研究的角度不断拓展创新,另一方面,在前人研究的基础上,学者对王维研究问题的选择与阐释也更加趋向细致深化。综观 2009 年,中国内地虽未有有关王维的论著出版,但据不完全统计(不包括港台地区),全年各期刊共发表有关王维的研究论文 160 余篇(包括优秀硕士博论文 6 篇),内容广泛涉及王维及其诗文作品的诸多方面。在此基础上,本文拟对 2009 年王维研究的几个主要问题进行概括综述。

一、王维的生平经历研究

王辉斌《中华书局版〈王维年谱〉疏误》(《运城学院学报》2009 年第 3 期)一文指出陈铁民整理的《王维年谱》依从赵殿成

《王右丞集笺注》出现了许多疏漏，主要有：王维的生年当为694年；王维离家赴长安的时间应为“时年二十”，而不是《王维年谱》中提到的15岁；三是《王维年谱》关于祖咏开元十三年“东行赴任”于齐州、王维卒于上元二年七月的论断都不可信；《赠房卢氏琯》一诗当作于开元二十二年及其后而非《王维年谱》所记的开元二十一年以前；王维的“蓝田别墅”实际应分为两处而不是《王维年谱》中所认定的一处。谭庄《王维卒年王说质疑——与王辉斌同志商榷》（《唐都学刊》2009年第6期）一文则针对王辉斌对王维卒年的质疑提出了不同看法，认为王维卒于上元二年七月的判定应该是成立的，并通过对《旧唐书》、《谢弟缙新授左散骑常侍状》、《送邢桂州》、高适刺蜀时间等相关资料的梳理对王辉斌的观点逐一进行辩驳。

一直以来，王维生平经历的考证问题始终是学术界争论的焦点之一，总体而言，赵殿成、陈铁民所主张的王维生于701年的说法由于出现了王维与其弟王缙研究材料相左的情况，而被学界普遍质疑。关于王维生年的考证也出现了692年、694年、699年、700年、701年等多种说法，而王维的卒年也有760年、761等多种见解，学者们各执己见，莫衷一是。这一阶段的王维生平经历研究仍从《新唐书》、《旧唐书》、《王右丞集笺注》等旧有研究材料出发，没有掌握更多有助于解决争议的新材料，因而关于王维生平经历的考证仍以学术讨论为主而未能达成共识。

二、王维的人格心态、佛禅思想研究

王维一生深受儒道佛的思想熏陶，而他在人生的不同时期所表现的创作心态、人格理想对其诗文创作的影响等问题也是学者们关注的热点。纵观有关王维人格心态的研究，学者多从王维出仕与隐逸之间的思想矛盾与融合出发对其人格心态与诗歌创作的关系进行剖析。由于王维曾投降安禄山的伪官经历与后期半官半隐的生活，前人对王维人格持质疑与贬低态度的亦不鲜见。本年度学者对王维的人格心态研究也大多以仕隐为研究角度，但从整体上倾向于从诗歌创作的成就与艺术层面对王维寄托于山水之上的平和超脱的人格予以揭示与肯定，这也有助于人们从王维的诗歌创作层面对其人格心态给予更为客观的评价。

庞君民的《盛唐士人的隐逸与王维“山水人格”的塑造》(西北师范大学,2009)是一篇角度较为新颖、阐释较深入的优秀硕士论文。作者指出，盛唐时期的隐逸文化对盛唐士人的心理结构与价值观产生了重大影响，使盛唐士人形成了注重“道”、重视自我心灵、追求闲适、推崇清、逸人格的集体文化人格。王维作为盛唐士人的代表将自身情志与自然相结合使其诗歌在人与自然的结合中展现出王维的理想人格形象即融合了儒家的“仁”、道家的超脱与佛禅思想三种哲学的“山水人格”，而王维的人格特征也使其诗歌有了空灵、飘逸的独特风格，二者相互对应，融合于诗境之中。

佛禅与王维的关系仍是王维研究的热点，论文涉及王维生活经历与佛禅思想的接受、佛禅对王维人格思想发展的影响，佛禅思想对王维诗文创作的整体影响、王维诗文作品中展现的佛禅思想等众多方面。除从佛教禅宗对王维创作的影响这一传统论题出发，对王维诗歌创作与佛教禅学的关系作出阐释外，一些学者也尝试从佛禅的宗教理论切入。如王早娟《佛教思想对王维诗歌影响探析》(《西北农林科技大学学报》2009 年第 6 期)一文，从佛教世界观的想象与变幻、佛教无常、色空的思想、“境随心转”的佛教心性论、佛教的禅定思想等方面，探讨对王维诗歌的思想、意象、意境、艺术性的影响。田猛《从“空”字诗再看王维的佛禅思想》(《哈尔滨学院学报》2009 年第 8 期)一文以佛禅思想中的“空”为切入点，选择了《山居秋暝》、《鸟鸣涧》、《鹿柴》等 8 首包含禅趣诗与“空”有关的诗进行解读，分析了王维禅佛思想产生的原因，并指出王维诗与禅融合的原因主要为佛与诗在思维上的共同点即二者都重体验与意象的创造。

与此同时，儒道思想与王维诗歌创作的关系也逐渐为学者所重视。毕宝魁《谈王维的儒家情怀》(《山西大学学报》2009 年第 1 期)在肯定王维佛教思想的同时，也明确肯定了王维强烈的儒家情怀。他认为，从行为上看，王维的行为方式遵循儒家处世方式,从思想上看,王维思想的本质也是儒家的,王维的一生都具有儒家理想情怀,而其又信奉佛教,是“内儒外佛”的文人。

三、王维诗歌研究

(一)山水田园诗

本年度王维山水田园诗研究文章有30余篇,总体上看,侧重于发掘诗歌的审美内涵与王维的思想精神,而从审美内涵、文化接受与影响角度的研究也成为王维研究中的突破点。主要集中在以下几方面,一是对其美学意蕴与艺术特征的探讨。如胡遂、罗姝的《行到水穷处,坐看云起时——论王维山水诗的“云”、“水”意蕴》(《湖南大学学报》2009年第3期)揭示了王维诗歌中“水”与“云”意象的丰富意蕴,指出“水”意象蕴藏着禅宗的“空性”与“静寂”思想,而“云”意象展现出的淡泊与自由境界则受禅法影响,王维将禅宗禅法的精神融入诗文创作中使其山水诗体现出心境与物境、物境与禅境的交融与统一。张清华《肇自然之性成造化之功——论王维辋川山水诗的艺术美》(《合肥师范学院学报》2009年第1期)通过对王维辋川山水诗的绘画美、旋律美、意境美与诗歌所蕴含的禅理与禅趣的阐释,揭示了王维山水诗蕴含的艺术之美。二是从文化学角度进行解析。如乔华瑜《论王维山水诗歌中的庄园文化》(《现代语文》2009年第5期)指出庄园文化的构建所造就的隐逸情怀、庄园生活中呈现的天人合一的思想与宗教体验、审美体验融合而成的忘我境界都对王维的心理文化与诗歌创作产生了深远影响。

(二)边塞诗、送别诗、应制诗及文章

与山水田园诗相比,本年度有关王维边塞诗、送别诗、应制诗、骈文、散文等其他题材的论文不多,其视角也大多局限在思想内容和艺术特色方面。但对王维不同类型诗文的研究无论选题角度还是深入程度较前都有所推进,其中也不乏论述独特、内容充实、具有启发意义的文章。

周莹《王维出塞诗与吐蕃事略》(《西藏大学学报》2009年第3期)一文中指出唐朝与吐蕃的和战关系不但是一个时代的背

景，更与王维出使边塞的经历及其诗歌创作相关。王维的边塞诗反映出唐朝与吐蕃之间连年征战的紧张局势，但也能使人们从其边塞诗及其创作背景中认识到唐蕃之间走向融合统一的主流关系。

针对少有学者关注的王维应制诗，王志清发表了《王维：应制七律第一人》(《文史知识》2009 年第 1 期）一文，对王维七律应制诗的艺术价值与史实价值给予了肯定。文章指出王维不拘泥于传统歌颂式的应制诗的格式，使诗歌呈现出了不同于一般应制诗的诗意。而与传统应制诗有所不同，王维的应制诗也大多从大处着笔，体现出阔大的意境，具有深远的意味。

关于王维文的研究，本年度有陆烨的硕士论文《高华典贵天机秀绝——王维文研究》(江南大学，2009)，作者分析了王维文章的题材内容、艺术特色与写作手法的特征。指出王维将真情灌注在文章写作之中，文章题材内容丰富，既有关注政治、自述经历的内容，又有反映王维与亲人的感情与友人的交游的内容，而山林的平和闲适生活、佛理禅意的体悟与碑志哀祭文也是其文章的主要题材。关于王维文章的艺术特色，作者分别从其以事写人、以言写人、以形写人的写人艺术、融汇了诗意、理趣与声色的写景艺术与博览群书、引经据典的用典等三个方面进行分析。同时指出以诗为文、骈散结合是王维文章的主要写作手法。实际上，正如陆烨在文中所言，王维的山水诗文对后世的山水游记创作产生了深远影响，而王维在墓志铭、祭文的写作中记人记事的史传写作手法也改变了墓志与祭文中的千篇一律的人物写作方式。总之，王维之文在许多方面对文学史的发展作出了重要贡献。

四、王维诗歌的美学特征与艺术技巧

苏轼对王维诗“诗中有画”的评价自古以来一直被人们反复体味，而对“诗中有画”的阐述也常因后人阐释角度的不同而出现较多异议，本年度学者对“诗中有画”的评析是王维诗歌美学意蕴研究的热点问题，但并未出现较为新颖的研究结论。比较而言，王志清的《王维诗美的适度原则和中节控制》(《福州大学学报》2009 年第 5 期)与赵晓驰的《王维近体诗句法功能探析》(《安康学院学报》2009 年第 5 期)这两篇文章对王维诗歌美学特征与艺术手法阐释角度较为独特。王志清文从中国传统诗美的角度看待王维的诗，认为王维诗歌遵循了“温柔敦厚”的适度原则与中节控制，又融合了道家超脱的精神与禅宗虚静的意境，具有委婉含蓄、“文质彬彬”的美学风貌。赵晓驰文指出句式异常所形成的诗歌形式静与变的统一、诗歌句法多解所形成的诗歌的多义性以及成分异置所体现的诗歌语言的陌生化，都是王维对诗歌语言与语境的构建，也使其诗歌呈现出独特的艺术魅力。文章将语言学研究与诗学研究相结合，论述了王维近体诗句法的丰富的诗学功能，为今后研究王维诗歌创作艺术技巧提供了新思路。

比较研究，也是王维诗歌艺术研究常用的方法，本年度此类文章值得注意的有以下几篇。一是与陶渊明的比较。陈戈《陶潜和王维田园诗艺术风格差异性浅析》(《文学教育》2009 年第 12 期)指出陶渊明与王维的田园诗艺术成就虽然很高，但二者的艺术风格却并不相同。陶渊明与王维的田园诗分别体现了随性自然的道家思想与空灵虚静的禅意、静穆与静寂、无我之境与有我之境的不同侧面。于东新的《儒道释三种基质自然观之比较——以陶潜、王维、杨万里为例》(《名作欣赏》2009 年第 17 期)对三人的不同自然观进行了比较，指出：陶渊明受儒道思想影响具有玄秘的自然观；王维在佛家禅理影响下呈现出空寂的自然观；杨万里则以理学的角度看待自然而展现出理趣的自然观。三者代表着不同基质的自然观，对待天地、自然的观念也不相同，但在本质上又都具有“天人合一”的思想。二是与孟浩然的比较。王辉斌的《论孟浩然与佛教及其佛教诗——兼与王维的同类诗比较》(载《江汉大学学报》2009 年第 4 期)从前人较少论及的孟浩然的佛教诗出发，探讨了孟浩然的佛教诗的特征并将其与王维的佛教诗进行比较。文章指出王维禅趣诗艺术成就较高，孟浩然的佛理诗则较为突出，而孟浩然在佛教诗中所表现的仕途失意主题则形成了他与王维佛教诗的最大不同。但从整体上看，二人的佛教诗在推动唐诗的发展、促进人们对佛教的认识等方面都具有重大作用。三是与李白、杜甫的比较。曹姗姗的硕士论文《盛唐三大家咏物诗比较研究》(华东师范大学，2009)对代表盛唐咏物诗最高成就的李白、杜甫、王维的诗作了比较，认为从修辞手法上看，三家诗综合运用各种修辞令咏物诗具有强大的艺术表现力；从诗歌章法上看，两段式的布局、连章体咏物诗为杜甫所喜爱，“末用借结法”则在杜甫、李白等人的咏物诗中普遍存在，三家诗中都有寓言体的咏物诗，而在乐府体咏物诗方面，三者又各具特色。同时，作者也分别对三家咏物诗的物象进行归纳并以此为基础分析了三者在风格上的异同，并进一步阐释了三家咏物诗对中晚唐咏物诗的影响等问题。

五、王维的诗歌翻译及其与海外作家的比较研究

在中外文化交流日益频繁的背景下，王维的诗歌翻译及其与海外作家的比较研究也日益步入学者的研究视野。由于文化背景、思维方式、语言运用等方面的差异，如何准确恰当地将王维诗歌翻译为英文是中诗英译中亟待解决的难题。吴欣《从王维一首诗的五种英译看译诗的最高境界》(《长春理工大学学报》2009 年第 8 期)选择王维《鹿柴》的五种英译本加以对比，指出译诗的最高境界体现在使译文形式服务于内容，在诗歌的翻译中注重体现对原诗的审美感受与理解，着力于锤炼译文的修饰文法等方面，并在翻译中保留原诗的意境。朱雯佳的英文硕士论文《论王维山水田园诗英译版本中的画语言再现》(上海外国语大学，2009)分析了王维仕隐的双重身份及其诗歌特点，并通过对唐诗与中国绘画的关系研究探讨了王维诗歌的文化内涵与艺术特点，提出应该将中国传统的绘画理论借鉴到王维的诗歌翻译中，“笔”、“墨”、“思”、“景”、“气”、“韵”等绘画原则的指导都将有助于在诗歌英译中实现王维的山水田园诗的绘画语言的再现。

近年来，比较文学研究的繁荣为王维研究提供了更大的空间，王维与海外作家的比较研究也渐渐兴起。其中比较集中的，

一是对王维与同为田园诗人的华兹华斯的比较，程丽云《关于人与自然的思考——华兹华斯与王维自然观的比较研究》(《现代交际》2009 年第 10 期)一文着重分析了华兹华斯与王维思想境界与自然观的差异，指出华兹华斯的诗歌受浪漫主义自然观影响，表现出对人与自然、人与神的哲学理性思考，而王维在“天人合一”与禅宗思想影响下，在诗歌中追求的是“有我”之境。郑翔《王维与华兹华斯田园诗的异同——以〈鸟鸣涧〉和〈黄水仙花〉为例》(《陕西师范大学学报》2009 年第 38 期)一文中，作者比较了王维的《鸟鸣涧》和华兹华斯的《黄水仙花》，指出二者的田园诗都具有语言简练、以动衬静的特点，但从诗歌主题与思想看，王维的田园诗多表现佛学、政治、友情，而华兹华斯的诗歌则多以爱情、儿童、乡村为主题。王维的诗富于禅意而华兹华斯则以表达自我的真实情感为主。二是王维与日本诗人松尾芭蕉的比较，周建萍《王维山水诗与松尾芭蕉俳句之比较——以禅道思想影响为中心》(《徐州工程学院学报》2009 年第 6 期)指出他们都受禅道影响，具有相似的美学思想。尽管王维的田园诗在盛世的大背景下表现出怡然自得的情态，而松尾芭蕉的芭蕉俳句则常呈现出凄冷、悲凉的意味，但二者都以山水田园为审美对象，追求艺术精神与品格，具有相似的艺术精神。

六、王维的其他研究

本年度从文化史角度对王维的研究主要集中在对王维在绘画史上地位的研究与对王维创作的宗教文化背景研究等方面。胡友慧《王维画作审美旨趣与南宗宗主地位的确立》(《船山学刊》2009 年第 1 期)一文指出，王维的文人画所代表的文人画家的理想人格、画作中的书法意味，泼墨山水的画法，以及其画中悠远的背景和淡泊的风貌，都代表了南宗画派的审美旨趣，也使其南宗宗主地位得以确立。作者另一篇文章《从王维〈辋川图〉到“辋川现象”——文化史与绘画史互动的个案研究》(《浙江艺术职业学院学报》2009 年第 4 期)通过梳理绘画史上《辋川图》的流传脉络提出有关“辋川现象”的观点，继而从诗画、隐逸、禅宗的文化史角度对"辋川现象"进行了解读并借助对《辋川图》流传与演绎的特点分析指出文化史对绘画史的深远影响。

成希的硕士论文《从哲学观照和审美体验看唐代佛道二教对山水诗的影响——以王维李白诗歌为例》(湖南大学,2009)一文,从中国传统宗教文化对诗歌创作的哲学与审美影响角度分析了唐代佛道二教对山水诗的影响。文章借助王维和李白的山水诗揭示了佛教影响下山水诗所呈现出的空静圆融之境与道教影响下的山水诗的清灵神仙之境,并在此基础上探讨了唐代佛道二教对山水诗的观照与意境构建等方面的影响。

王维研究还涉及其他方面,如王维的接受史研究,袁晓薇的《解读一个"全面的典型"——王维诗歌接受史研究刍议》(《阜阳师范学院学报》2009 年第 2 期)指出对王维的接受史的研究不应局限于纵向研究,经典性和多样性的统一、经典性和流行性的统一、经典性和普及型的统一是"王维现象"的三个方面,它们不但是王维诗歌影响后世的主要特点,也为我们以此为基点从不同层面考察王维接受史提供了参考模式。李丽的硕士论文《〈王右丞集笺注〉中诗歌注释研究》(陕西师范大学,2009)从训诂学的角度对《王右丞集笺注》的注释内容、体例、方法等方面进行了全面考察。指出赵殿成对王维诗文的校注保存了大量异文,有许多值得肯定的见解,但也存在一些校勘内容的错误与注音方面的不足。作者从地理名物、人物、动植物、职官制度等方面对赵殿成的注释内容进行一一归纳并从文学鉴赏的角度从写作手法、用语、诗歌主旨三个角度加以分析,在肯定赵殿成在地理名物、人物释义等方面治学严谨、注释详尽的同时,也指出了引文错误、典故考证失误等方面的纰漏。而从注释方式上看,《王右丞集笺注》以征引式为主也融合了自注式,间夹着参见式,而这也是清代诗歌注释风格的体现。

综上所述,2009 年的王维研究在继承与发展中呈现多元化、细化的特点。其中,王维的生平思想、山水田园诗及诗歌中的画境禅意、审美蕴藉等传统问题仍是研究的热点。毋庸讳言,角度新颖、有所突破的成果并不多见,但也应看到,诸如从文化学、生态学角度考证王维的山水田园诗、从中国传统诗学角度探讨王维诗歌的美学特质等研究方式还是为王维研究提供了一些新的方法与视角。与此同时,无论是从特定角度切入对王维边塞诗、应制诗及其文章的研究,或是以比较研究的方法对王维及其他作家的关系进行研究,还是从文化学等角度阐述与王维相关的文化问题,都表现出研究者对以往王维研究较为薄弱部分的重视,而这些成果也将为王维研究进一步深入开拓出更为广阔的空间。

李白研究

□ 王友胜　吴春秋

本年度学界关于李白研究的成果包含以下内容:(1)据文献检索,在全国报刊上发表的各类文章中,题名含"李白"者有 324 篇,经甄选,与学术研究相关的文章约有 237 篇。(2)学术论文集《李白文化研究》由巴蜀书社 2009 年 10 月出版,共收录文章 35 篇。(3)李白研究会第十四届年会暨李白国际学术研讨会 2009 年 6 月在苏州科技学院召开,与会的海内外学者近 80 人,提交李白研究论文 50 余篇。根据学术综述的写作惯例,本文旨在客观、简明地阐述本年度李白研究所取得的学术新成果与争鸣热点问题,鉴于发表的相关文章篇目浩繁,良莠不齐,故仅择其精要者分门别类地加以概述,不拟参入己见,其相关论点由诸方家见仁见智。

一、关于李白生籍与生平行实的研究

自清代以来,有关李白的生籍一直是李白研究中的热点问题，亦是难点问题。由于存世文献史料的拘囿，时至今日，我们对此依然难下定论。本年度发表的相关论文中，王元明的《李白籍里洛阳说——〈中国唐代诗人研究——李白新论〉补证》（《洛阳工学院学报》2009 年第 3 期）及《李白籍里"山东说"新探》（《洛阳工学院学报》2009 年第 5 期）两篇文章对此问题再次进行了探讨与论证。王元明早在其 2000 年出版的学术专著《中国唐代诗人研究——李白新论》一书中便提出了李白籍里洛阳说的新论，一直就是此观点的极力鼓吹者，此两篇论文亦旨在进一步为其论点添砖加瓦。前一篇文章主要通过对与李白同时的高适、独孤及二人诗文中的人名、地名考辨，同时引北宋徐铉《稽神录》所载《李白旧宅酒榼》一文及南宋李吕《澹轩集》中《读太白集》一诗二者地名相互佐证，综合论证李白的籍里乃今河南省洛阳市。其主要论点如下：(1)高适所作《宋中别周、梁、李三子》中言及的"李侯"及李白，其诗末二句"京洛多知己，谁能忆左思"卒章显志，京洛，及洛阳，诗题中周、梁、李三人均为京洛人，故得证李白为洛阳人士。(2)独孤及《送李白之曹南序》一文中有"徒见三河之游倦，百镒之金尽"句，其中"三河"便是三川——黄河、洛河、伊河，由于秦置三川郡，治所在洛阳，故此"三河"即洛阳。又说孙钦善从高适《别韦参军》诗中"归来洛阳无负郭，东过梁宋非吾土"一句可以得证高适"盖与苏秦同乡"，因此此处亦可用独孤及之序文中的二句证明李白是洛阳人士。(3)徐铉《稽神录》中所载《李白旧宅酒榼》一文中所提及的"洛阳空宅"是"李翰林旧宅也"。(4)收入李吕《澹轩集》卷一的《读李太白集》一诗中有句云"学成喜侠任，长剑辞三川"，其"三川"便是前所言高适诗中的"三河"，此处亦代指洛阳，由此句句义可知李白幼时乃在三川地区成长，故故乡应该为洛阳。由此而王元明的另一篇文章《李白籍里"山东说"新探》则通过杜甫的《苏端薛复筵简薛华醉歌》中"近来海内为长句，汝与山东李白好"二句进行了重新解读，重在考证其中所云"山东"并非今日之山东，而是指崤山和函谷关以东的地方，再进一步论证其具体位置便是今日之洛阳，因而得出结论，李白之"籍里山东说"，实乃是"籍里洛阳说"。纵观此二文，其依据的作品均非出自李白之手，所稽引的文献也并非基于传统研究中认为与李白生平关系最紧密的“两序一碑”，而是另有发掘，其观点自成一家，思路独特，其方法论本质上说是外证法。

关于李白生卒年问题的讨论，本年度亦有沈曙东、杨栩生合撰的《李白生卒年之再考察》(《绵阳师范学院学报》2009 年第 1 期)一文论及。李白之生卒年，历来众说不一，自清人王琦提出李白生于长安元年(701)，卒于宝应元年(762)之后，当代学人亦提出了许多不同看法，并各有论证。而沈曙东、杨栩生此文，基于李白《为宋中丞自荐表》、《为宋中丞请金陵表》二文的创作年考，兼引他文，最后再次论证李白的生卒年应分别是长安元年与宝应元年，可以说是维持了传统观点。

关于李白生平行实研究有两篇较为重要的文章，一是戴伟华《李白自述待诏翰林相关事由辨析》(《文学遗产》2009 年第 4 期)，一是胡旭《李白居翰林及赐金放还考辨》(《南开学报》2009 年第 3 期)。戴文中共罗列了李白一生三次自述关于待诏翰林的情况：(1)天宝十三载(754)魏颢“江东访白”时，李白对他的谈论，见魏颢《李翰林集序》。(2)至德二载(757)请宋中丞推荐的自述，见李白《为宋中丞自荐表》。(3)宝应元年(762)十一月李白临终前对李阳冰的叙述，见李阳冰《草堂集序》。作者通过对比李白待诏翰林的异同，并综合其他史料对其进行考察、梳理和推断，进一步论述李白以道教徒或道教徒兼文学家的身份供奉翰林的观点。此文以新的眼光和视角审视现有文献，从中发掘出口述历史的痕迹，以口述历史的研究方法为切入点，颇有启发，有助于我们多层次地探讨出京后李白思想、生存状态及其由此触及的时代变迁对士人存在方式的影响。胡文主要讨论了两个问题，一是李白居翰林的身份，到底是翰林供奉，还是翰林学士。一是李白赐金放还的原因。其主要观点如下：(1)开元、天宝时期，是翰林供奉向翰林学士过渡的特殊时期，这两者暂时并存，难以严格区分，并且时人常常互相混淆。而李白当时的身份，应当是翰林供奉。(2)李白被赐金放还的原因，主要是政治原因，即李白在居翰林期间的交游，使他不自觉地介入了隐性的朋党之争，最终导致了他被赐金放还。除此之外，李白自身的家世、与唐玄宗的关系、缺少在文化机构的历练和经验、自我期待及唐玄宗对李白定位的反差等因素也都是促使李白赐金放还的原因。

另有武安国、王英勇、刘景春《李白五次光临南阳稽考》(《南都学坛》2009 年第 1 期)一文,梳理李白一生五次南阳履迹及有关诗篇 13 首,并结合当地文化对此进行了一番论述。王问靖《酒隐安陆非久隐 蹉跎十年不蹉跎——李白安陆十年再研究》(《孝感学院学报》2009 年第 5 期)一文则对李白在安陆寓居十年之间的心态及创作概况进行了一番勾勒。

此外与李白生平行实相关的论文,因其选题与内容前人已多有论述,不能出新,因篇幅有限,兹不赘述。

二、关于李白思想与世界观的研究

本年度出版的绵阳师范学院李白文化研究中心所编《李白文化研究》(第一辑)共收录文章 35 篇,编者旨在将李白研究的方方面面综合起来,以"李白文化"一词概述之。薛天纬的《〈李白文化研究〉序》(《苏州科技学院学报》2009 年第 3 期)一文对"李白文化"这一概念的含义以及研究意义进行了剖析,认为狭义的"李白文化"当是以李白精神为核心的,这种精神为李白所独具,是李白区别于、并超越了中国古代其他文化人(包括其他杰出文化人)的最重要精神品质和人格力量,围绕李白精神和人格来研究"李白文化",要旨是把研究对象置于民族文化传统的大背景和民族文化发展的大视野下探讨李白文化的历史价值、现代意义乃至未来意义,从而汲取积极内核来塑造新的历史条件下的民族精神,其意义十分深远。

葛景春的《李杜与唐代南北文化交流》(《杜甫研究学刊》2009 年第 3 期)一文则是从地域文化来研究李白的思想,提出了比较新颖的观点:李白是唐代长江流域南方文化诗人中的典型,杜甫是唐代黄河流域北方文化诗人中的典型,他们各是南、北文化传统在诗歌领域中两大派的杰出代表。因此,李杜的诗歌都有着浓郁的地域文化色彩。李白的诗歌深受南方长江流域文化的影响，有明显的道家思想和道教文化的印痕，充满着巫祝文化神话想象的浪漫楚风和不受拘束的山林派的自由作风，而杜甫的诗歌却深受北方黄河流域文化的影响，有着浓厚的儒家思想，务本致用的理性意识及史官文化直面社会现实的写实传统。在唐代南北文化交流的过程中，李白适应盛唐时代道家和道教文化高涨的思想潮流，将南方的道家和道教文化与山林派自由放浪的诗风带进了京城，客观上起了对盛唐尊道之风推波助澜的作用，对北方京城的儒家文化和典雅诗风起着思想解放和文化交融的作用。而在盛中唐社会转折之际的文化思潮转型时期，杜甫由两京南下巴蜀，漂泊江湘，客观上则起着将北方儒家务实致用的文化传统和京城的典雅诗风向南方传播和文化交流的文化使者作用。他们二人在南北的文化交流中，也从各自地域文化中汲取文化与文学的营养，丰富了各自的诗歌文化色彩；在完成唐代南北文化交流和相互交融的历史使命的同时，扩大了文化的视野，也超越了各自的文化局阈，提升了诗歌的文化内涵，成为唐代最具文化代表性的伟大诗人。

康怀远《"五岳寻仙不辞远，一生好入名山游"——李白亲和自然的人生哲学意趣》（《山花》2009 年第 2 期）一文则从李白喜好游历山水的角度出发，立足文本，深入剖析李白对老庄思想的接受与发展，认为"李白亲和自然，把老庄哲学天道自然观所赋予的对主体生命的领悟，化作一种大彻大悟的自我觉醒。"文中还指出了中国哲学中"天人"关系与李白诗文的密切关系："'天人之道'既是儒家经书（以及子书等）中的'大训'，也是道家学说中的'大德'，统而观之就是'推天道以明人事'。李白可谓兼之。"文末总结了李白的人生哲学实际上乃是一种和谐理念的体现——"由此可见，李白亲和自然的人生意趣其实就是自我主体心灵与客体宇宙的和谐对话。"而这也正是李白人生哲学意趣的价值所在。

杜敏《论李白现象的当代化》（《唐都学刊》2009 年第 3 期）一文则抛出了一个较新的概念"李白现象"，并对之进行界定："李白现象，是指以李白个体为中心所生发的一切社会性的行为与活动，既包括唐时李白的活动及社会对李白诗歌的传唱与扩散,也包括后代对李白作品的学习与传播,还包括对李白个体的研究等不同的内容。”而后,文章沿着“李白现象的特点”、“李白现象的生发基础”、“李白现象的当代化”这么一条主线展开了较为详细的论述,其中关于“李白现象的当代化”这一问题,作者提出了如下几条建议:(1)在观念上,增强时代责任感,将李白从单纯的文学领域解放出来,关注李白现象的生成问题。(2)在方式上,应将李白之人、李白之诗歌以当代大众最易接受的方式传播出去,使受众在接受中提升,在接受中发展。(3)在组织上,应当多主体地进行李白及李白诗歌的传播,既可以官方组织行,也可在民间传播;既可搞多群体的竞技,也可以以个人方式进行。

卢如华《浅议湖湘文化对李白创作与思想的影响——兼论湖湘文化的源头》(《湖湘论坛》2009 年第 5 期)一文以李白出川路径的选择策略来研究李白与湖湘文化的关系,认为李白浪漫的创作深受湖湘文化熏陶,血性传承、经世济用等南楚湖湘文化特质对李白最终形成“济苍生”社会政治理想产生了重大影响,而李白在文学上的成就亦反哺了后世的湖湘文化。

另有沈端民《李白的货币思想》(《长沙理工大学学报》2009 年第 4 期)、李宇林《论李白的人才意识》(《天水师范学院学报》2009 年第 3 期)两篇文章分别从经济与人力资源的角度出发来对李白思想进行解构阅读,立意较新。

三、关于李白诗歌艺术与文学主张的研究

张道新《极言视角下的李白诗歌》(《辽宁工业大学学报》2009 年第 2 期)一文从语言认知的角度来分析李白的诗歌艺术,认为“极言”不仅是反映极性意义的言语形式,也是反观说话人认知世界的窗口,以极言为视角考察了李白诗歌的极言创制方式,并透过极言反观诗人的内心世界,阐释了李白诗歌独特艺术风格的语言机制和认知机理。汤华泉《李白五古三论》(《苏州科技学院学报》2009 年第 3 期)一文对李白的五古诗歌创作情况进行了较为详细的梳理,将其分为古风、乐府、酬应三类,并统计其总数为 479 首,对葛景春提出的 512 首(参见葛景春《论李

杜五言古诗之嬗变》,《中州学刊》2006 第 5 期)这个数字持怀疑态度。此外,该文还对李白五古为唐五古之正宗、李杜五古之异同这两个方面问题进行了辨析论证,可为李白五古研究提供诸多理据、开拓若干思路。

李德辉《涌动的江上诗情——论江行生活与李白诗歌创作的关系》(《苏州科技学院学报》2009 年第 3 期)一文认为李白长期在外漂泊,主要走水路,江行经验丰富,他所创作的江行诗也是唐代最多最好的,江行生活与他的创作具有明显的因果关系。是文从文学创作与江河行旅的关系入手,探索李白江行诗的艺术特色,提出并论证了“为何李白一到江上就多诗情”这一论题。认为此问题还触及诗人情兴的引发与自然环境的关系,涉及诗人构思与取景的关系、诗歌题材与创作个性的关系,有一定的普遍意义。

李白的饮酒诗一直是学界关注的热点,传统的研究往往以西方的“酒神精神”来阐释其饮酒诗的创作。而伍宝娟、冯源《“酒神精神”无以有效阐释李白咏酒诗探析》(《绵阳师范学院学报》2009 年第 1 期)一文则对此提出了质疑,认为西方“酒神精神”与李白饮酒诗所体现的“诗酒精神”具有文化内质上的根本差异性,其文化根源、主要内涵及醉所表现的精神实质都不同,于是对其阐释的有效性理应遭到质疑,因此不能简单地以西方的“酒神精神”理论套用在对李白饮酒诗的阐释和研究上。

黄九清《蒙太奇手法在李白诗歌中的运用》(《淮北煤炭师范学院学报》2009 年第 4 期)一文以电影艺术研究中常用的蒙太奇艺术表现手法,对李白的诗歌进行剖析解读,通过分析李白诗中蒙太奇的四种表现方式,即平行、对比、隐喻、复现来引领读者去思考诗歌之外的更丰富的内涵和更深邃的意境。

木斋《论李白词为词体发生的标志》(《中州学刊》2009 年第 1 期)认为词体的创制,是李白天宝初年宫廷生活的产物,有着从宫廷乐府诗、宫廷歌诗到宫廷应制词,再到以词体抒发个人情怀的渐进过程,李白的宫廷词确为词体发生的标志,其中《清平乐》为李白所创制,也是词体文学的最早创制。对于历来争议颇多的《菩萨蛮》、《忆秦娥》两词文中也进行了一番考证,认为是李白天宝二年秋的思归之作。

另有侯延爽《李白诗词音乐及演唱初探》(《中国音乐》2009年第3期)、《李白诗歌的音乐》(《音乐创作》2009年第4期)两篇从音乐入手研究李白的文章。前者主要对李白诗词音乐及演唱,从有乐器伴奏、无乐器伴奏、词乐演唱、现存李白诗词古乐谱梳理等四个方面进行论述,研讨其诗歌与中国古代音乐的关系,推演出李白诗词演唱的特点,进而钩沉李白诗歌音乐创作、吟、唱的历史原貌;后文则重点分析了李白诗歌的音乐环境,并采用了管理学中SWOT的分析方法[笔者按:SWOT是一种管理学分析方法,它是由旧金山大学的管理学教授于20世纪80年代初提出来的,SWOT四个英文字母分别代表:优势(Strength)、劣势(Weakness)、机会(Opportunity)、威胁(Threat)]来研究李白诗歌音乐中的整体环境,是为李白诗歌研究中的首创,其分析情况见下表:

李白诗歌音乐创作的整体环境SWOT分析表

S(Strength 优势)	W(Weakness 劣势)
1. 唐朝太平盛世的相对稳定的政治环境; 2. 唐朝经济的繁荣与强势; 3. 李白生于四川这一音乐诗歌文化丰富的地区; 4. 当时社会文化普及基础良好; 5. 唐代歌妓对于诗歌与音乐的传播及影响; 6. 文人辈出的竞争性; 7. 李白与当时的文人形成的诗歌创作的相互提携氛围; 8. 李白云游的丰富生活阅历。	1. 唐代政治官场的相互倾轧; 2. 唐代文化传播方式相对落后; 3. 李白孤傲侠义狂放的性格; 4. 当时唐代的政治文化中心局限于西部地区; 5. 歌妓传播诗歌与音乐题材喜好的局限性; 6. 文人辈出的竞争近乎残酷; 7. 边陲战事与社会深层的动荡。

O(Opportunity 机会)	T(Threat 威胁)
1. 文人应诏入仕途的选拔机制； 2. 政治上相对的稳定； 3. 唐代诗歌文化的整体发展； 4. 有以文会友的交际空间； 5. 唐代歌妓需要适应其自身生存的新作品； 6. 诗歌与音乐演唱的整体合一性。	1. 政治观点的包容性威胁； 2. 政客们的权力争斗的危险； 3. 战争中流离的生命危险； 4. 记谱方式导致只留下文体，而丢失了音乐的本源流传； 5. 时代的局限限定了诗歌体裁。

除此之外，还有多篇将李白与国内外作家对比来分析其艺术创作特点及思想内涵的文章，其选题立意虽新，然因其作者对李白的认识以及前人的研究成果了解不够，导致其内容上对所比二者的关联性分析显得不甚缜密，解构上亦显松散，读之觉得生硬牵强，故此不论。

四、关于李白某些具体作品及作品版本、传播的研究

李白名诗《闻王昌龄左迁龙标遥有此寄》作于何时何地，历来存有疑问。高步瀛、朱光潜等都认为夜郎地处贵州西北，而龙标在湖南西部，从地理上来说，与诗意不合，故推断李白此诗的写作年代应当是其流放获赦去金陵之后(详参高步瀛《唐宋诗举要》，上海古籍出版社，1978 年版；朱光潜《艺文杂谈》，安徽人民出版社，1981 年版)。张起《李白〈闻王昌龄左迁龙标遥有此寄〉的创作时间、地点及异文》(《成都大学学报》2009 年第 5 期)一文则对此观点提出了质疑，其文章主要观点如下：(1)该诗的创作时间，据《河岳英灵集》的成书年代推断，当是在天宝十二载前，又据詹锳《李白诗文系年》及傅璇琮《唐代诗人丛考 · 王昌龄事迹考略》二者分析，此诗创作年代大约为天宝七载至天宝八载之间。(2)此诗首句“杨花落尽子规啼”，缪本作“扬州花落子规啼”，从全诗判断，作“扬州花落子规啼”更合理，因为诗中似以地名串掇诗句，扬州、龙标、五溪、夜郎，分别是寄诗地、贬所、路线、方向、蛮荒处所，四个地名巧妙嵌入诗中，甚为妥帖。另因古时

扬州明月天下闻名，诗人多好以之入诗，故首句作“扬州”与后三句中的“明月”相呼应。(3)诗中的“夜郎”一地，并非为今流行的“今贵州桐梓县”，据《舆地纪胜》卷七一、《历代舆地沿革图·隋地理志图》和《唐地理志图》南六卷西二等文献考据，李白所云“夜郎”当是隋代的“夜郎”，而唐时此地实名为辰溪，辰溪在东，沅州芷江和叙州龙标均在辰溪(隋夜郎)西偏南处，故确可以说“夜郎西”。

阮堂明《〈代寿山答孟少府移文书〉旨意发微》(《孝感学院学报》2009 年第 5 期)一文认为，李白此文形式上采取“檄移”体及“假山灵之意”的第三人称表达方式，都体现出与南齐孔稚圭《北山移文》之间的紧密关联；不仅如此，李白文中所表达的“功成身退”人生理想，其实也是在《北山移文》强调隐逸的道德意义的制约下，为借隐求仕寻求正当性、合理性的一种表达。因此，文中所谓“功成身退”，与其说体现了李白所追求的人生理想，毋宁说是李白的一种言说与姿态，甚至是一种巧意安排的策略。

杨朴《诗歌意象背后的原始意象——重解“青梅竹马”并兼论析李白的〈长干行〉》(《名作欣赏》2009 年第 11 期)一文引入弗洛伊德、维克多·特纳等人的理论，以精神分析与象征符号角度及方法来审视李白的《长干行》，从而得出诗中“青梅竹马”的原始意象实乃“是对一种原型形式的模仿。这种原型形式是唐代结婚仪式的一种习俗，是成年人结婚必经的文化仪式。这种结婚仪式是一种巫术仪式，通过这种性结合的仪式可以保证夫妻真正地结合在一起，永不分离”。同时还指出，“‘青梅竹马’无疑是望夫女童年时期性生活的象征性表现”。此外，该文还通过象征符号的分析方法来对诗中的诸多词语进行了解构阅读，提出了:“‘青梅竹马’和‘望夫台’是一个相对的两极性结构，‘望夫台’是对‘青梅竹马‘象征情感的‘解构’.”这样一种观点，由此得出结论:“李白以望夫女视角和口吻的叙述，在‘望夫’时想到了她们的‘青梅竹马’、‘两小无猜’，既符合望夫女痛苦的思想逻辑，又使这个望夫女的悲剧命运更为深刻凝重。”这篇文章在方法和方法论上都颇具创新意识。

曾明《李白〈送友人〉之“友人”事迹考》一文通过对文献资料

的检索考证，认为题目中的“友人”实为范崇凯。范崇凯是唐玄宗开元四年状元，后应诏作《花萼楼赋》，为天下一。李白此诗，应是他 15 岁时在蜀中送别范崇凯赴长安赶考前之作。同时对范崇凯的情况也进行了一番考证，认为今传范崇凯所作的《花萼楼赋并序》，并非范氏所为，而是高盖之作。

骆海辉《李白诗歌词汇文化意义的解读与翻译》(《绵阳师范学院学报》2009 年第 12 期)一文中引进了翻译中“存异伦理观”的概念，即翻译就是要保留原文的语言和文化差异，不要用本土的语言文化价值观去压制原文的他性话语。是文主要以李白《静夜思》的 21 种英译本为分析数据(译例)，分析了不同译者对诗中“床”和“明月”文化意义的解读和英译，通过比较和讨论，提出译者在对词汇文化意义进行解读时，应遵循从众的原则；而在对词汇文化意义的表达时，则应采用异化的翻译策略。另有数篇关于李白诗歌版本、翻译研究的文章，较为重要的有邬国平、邬晨云《李白诗歌的第一部英文译本——小薰良译〈李白诗集〉、译者与冯友兰等人关系及其他》(《江海学刊》2009 年第 4 期)、陈清贵等《以美学视角的“对等”比较李白诗歌中数词的英译》(《西南科技大学学报》2009 年第 5 期)等，因篇幅所限，此处不多加枚举。

五、关于李白故里之争

李白的生籍问题一直是学术界研究讨论的焦点与难点，对这一学术公案的判断可谓歧说迭出，莫衷一是。而在学术争鸣之外，四川省江油市与湖北省安陆市于 2009 年又因“李白故里”这一商标究竟谁属而挑起争端。事件缘起于 2009 年 8 月中旬，湖北安陆在央视 4 套投放城市宣传片，每天播出三次，宣传片内容是“李白故里，银杏之乡，湖北安陆欢迎您”。江油市方面认为这种做法对李白故里构成侵权，要求安陆方面停止“李白故里”这类宣传，双方争执不休，即使在国家工商行政管理总局作出安陆使用“李白故里”的提法不构成侵权的批复之后，江油市仍然不断向安陆市发出律师函，要求其停止类似宣传，否则将对其进行上诉。一时间,此事引起各大报纸、网站的竞相报导。此事件实际上折射了现代社会发展中存在的“文化搭台,经济唱戏”规律,“李白故里”之争的背后实际上是两座城市发展的经济利益之争,这也从侧面反映了李白,或者说李白文化在当代社会的影响及其效应,已经远远超出了学术的范围;而如何在发展经济的同时,尊重文化、尊重历史,使得经济发展与文化发展和谐共存,是一个值得我们深思的问题,若“李白故里之争”背离历史原貌、背离学术研究,一味地以经济至上为原则,那么最终将沦为一场闹剧。

六、小结

综观本年度李白研究概况,可见如下态势:(1)从论文数量来看,本年度有 300 篇左右,比往年更多,呈明显递增的趋势。(2)从论文选题来看,作者多选用传统研究中一些前人已有充分论述的热点问题,研究内容又多停留在较为浅显的层面,能用新材料分析新问题的文章少之又少,故选题重复,缺乏新意,鲜有突破创新的成果。(3)从研究方法来看,传统的考据类研究逐渐减少,呈现出从文学研究转向文化研究的趋势。许多论文的研究范畴不再拘囿于文学,而是涉及管理、经济、音乐、心理等方面,呈现出多元化的局面。总的来说,李白研究依然是学术探讨的一个热点,在文化广泛交融的今天,学术研究完全可以有新的方法、新的视角,李白研究也是这样。然而无论是传统的考据也好,现代广阔的文化学、人类学视角也好,任何一种模式,如果过于拘泥,则难免顾此失彼,拘泥于前者则恐滞后,拘泥于后者则又恐过度解读,如何把握好传统研究方法与现代广阔的文化学视角之间的关系,这应当是值得当前李白研究者认真思考的一个问题。

杜甫研究

□ 孙桂平　李翰

2009年度杜甫研究大致情况为：刊载于各类期刊上有一定质量的论文总计180余篇，硕博士论文总计在15篇以上，另有一些杜集、杜诗学著作和今人的杜甫研究著作出版。《文学遗产》第3期发表4篇研究杜诗的论文并附"编者按"，希望学界更加重视对包括杜甫在内的经典作家与经典作品，作出具有时代性、学术性、独创性的新阐析。这一举措对于杜甫研究的深化发展，具有指导作用。本年度《杜甫研究学刊》所刊论文质量稳步提升，选题视野更为开阔，比如刊载了多篇杜诗域外影响的论文。其他刊物上发表的杜甫研究论文，从选题、征引文献、阐释水平和遵守学术规范等多方面综合考察，整体质量较前有所提升。以杜甫为研究对象的硕博士论文在数量上未见明显增长，但选题难度增加，整体质量较好。从研究者的结构看，老学者经常推出力作，以获得硕博士学位为主体的中青年学者继续将杜甫推向深入，而一大批青年学子正带着热情加入杜甫研究的行列中。这些说明，杜甫研究整体状况良好，而且仍然是古代文学研究的热点。

一、杜甫生平思想等相关问题

(一)生平研究

杜甫生平方面可供研究的余地已不大，本年度相关的考证文章数量也不多，围绕的也多是一些老问题。如王辉斌《杜甫的婚姻及其婚姻诗》(《四川文理学院学报》2009 年第 6 期)、《傅光〈杜甫研究〉(卒葬卷)商评》(《黄冈师范学院学报》2009 年第 4 期)、蔡副全《杜甫与赞上人交游在同谷考》(《前沿》2009 年第 7 期)等对杜甫婚姻、卒葬、交游等问题的辨析。朱少山《杜甫流寓夔州期间三诗编年琐考》(《宜宾学院学报》2009 年第 9 期)针对《杜诗详注》提出不同看法,可供学界参考。

本年度出现了若干利用杜诗考察古代地理气候生态的论文,如王小红的《杜诗与成都的历史地理研究》(《杜甫研究学刊》2009 年第 3 期)、邓乐群的《杜甫飘泊诗作中的陇蜀荆湘沿途生态环境》(《湖南社会科学》2009 年第 6 期)与《杜甫诗歌所叙唐代陇蜀荆湘气候特征》(《南通大学学报》2009 年第 6 期),这些属于杜甫生平考证的外拓研究,较有新意。

(二)心态研究

诗人心态应当是诗歌研究的重要问题,本年度讨论杜甫心态,值得注意的论文有杨胜宽《说杜甫的"心"事》(《杜甫研究学刊》2009 年第 4 期)将杜甫"心"事归纳为:动"心"之事(诗情的记忆与盛世的梦想)、揪"心"之事(危局的焦虑与仕途的围城)、痛"心"之事(历史的无情与黎民的无辜)、忧"心"之事(人生的飘荡与家国的命运),概括力甚强。潘殊闲《试论杜甫的"安得"情怀》(《杜甫研究学刊》2009 年第 3 期)检索杜诗中使用"安得"一词达 28 次,认为这是杜甫精神品质的象征和缩影。何骐竹《试论杜甫诗中的"行不进貌"——以踟蹰、徘徊为例》(《杜甫研究学刊》2009 年第 2 期)对杜诗中"踟蹰"与"徘徊"二词进行解析,认为杜甫"行不进"的心绪可分为两个方面,其一,现实困境形成心绪不安未定的状态;其二,对于朋友间短暂聚首的依恋。这种"行不进"缘于对乱世中聚散艰难的不忍,欲以依止的行为断阻漂泊,以展露一个旅人不由自主的不安定感。韩晓光《杜甫诗歌中的"星"意象浅析》(《杜甫研究学刊》2009 年第 3 期)认为"星"意象在杜诗中出现频率高,浸染着诗人丰富的人生况味与浓郁的审美情感。周艳菊《杜甫诗中的漂泊感》(《湖南工业大学学报》2009 年第 2 期),刘儒、李寅生《浅论杜甫晚年寓湘诗中的自悯意识》(《南华大学学报》2009 年第 4 期)或总体纵览,或则取一时一地来考察，均有一定新意。

(三)思想研究

思想研究向来是杜甫研究的热点，本年度这方面的论文仍较多，在揭示杜诗蕴含的儒家思想之外，对于其他方面如杜甫的文艺思想、教育思想等也有明显拓展。林继中《杜诗的张力——忠君爱民思想在杜诗中的表现形式》(《文学遗产》2009 年第 3 期)认为，忠君与爱民的矛盾，在杜诗中形成了两种类型的张力：一是在字句间形成张力；一是在内、外结构间形成张力。感受杜诗的沉郁顿挫，不能不注意其中几乎无处不在的张力。王煜《"圣"照耀下的"史"——杜甫几首咏怀古蜀史迹诗读后》(《杜甫研究学刊》2009 年第 3 期)认为杜甫几首咏怀古蜀史迹的诗歌既是对古蜀史的阐发，又是对唐玄宗、肃宗政权更替的暗喻，而统摄于忠君报国这根"经"。张宗福《论杜甫诗歌中的诸葛亮情结》(《杜甫研究学刊》2009 年第 1 期)认为杜诗中的诸葛亮情结与诗人对儒家人生价值观的认同密切相关。

李新《论杜诗的充实美——兼论杜甫对于孟子美学观的继承》(《湖南科技学院学报》2009 年第 6 期)是一篇论述杜甫文艺思想的论文，该文认为杜甫继承了孟子的"充实之谓美"的思想，并在其一生的诗歌创作中体现出来，主要表现为叙事纪实诗的史笔实录、写景纪行诗的写实求真、思亲怀友诗的真情实感三个方面，做到了事实、景实、情实。李凤歧《〈戏为六绝句〉与杜甫文学思想》(《佳木斯大学学报》2009 年第 4 期)认为《戏为六绝句》主要是针对当时复古思潮全面否定齐梁文学的偏颇做法，转而赞赏齐梁文学的语言清新绮丽、声律和谐的形式美，公然表示不怕步齐梁后尘。这说明，杜甫的文学思想具有开放性和发展性，不泥古，不薄今。毛敏《略论杜诗中的教育思想和教育方法》(《杜甫研究学刊》2009 年第 4 期)选题较有新意，对杜甫研究中很少被关注的问题提出自己的意见。

二、杜诗艺术及相关问题

(一)论杜诗主题

从主题角度研读杜诗,是杜诗学的重要传统,本年度在这方面出现了一些有新意的论文。莫砺锋《穿透夜幕的诗思——论杜诗中的暮夜主题》(《文学遗产》2009 年第 3 期)认为暮夜诗是杜诗中非常重要的一类主题。杜甫身世艰辛,忧愁填胸,夜难安眠,故对夜景有细致入微的观察和绘声绘色的描写,对不眠之夜的复杂情怀有深刻真切的抒发。杜甫暮夜诗中的名句名篇数量惊人,是唐诗艺苑中的一束奇葩。周克勤《杜甫失眠诗探析》(《杜甫研究学刊》2009 年第 4 期)考察杜甫写失眠的诗、失眠原因以及这类诗歌的艺术特色,认为杜甫失眠诗多有名篇名句,感人肺腑,原因在于能将真情实感凝练于清词丽句之中。李新《论杜甫的悯农诗》(《华北电力大学学报》2009 年第 5 期)认为悯农之作是杜诗的重要内容,杜甫将"安史之乱"前后农夫所遭受的众多天灾、兵祸之苦真实记录下来,并将自己对他们的哀悯、同情与赞许等诸多情感寄寓其中。这些诗作继承了推重农耕的儒家思想传统,对后世悯农诗创作产生了深远影响。王菊芹《杜甫草堂自适诗刍论》(《宁夏大学学报》2009 年第 5 期)认为杜甫栖居草堂时期创作的自适诗,通过极具童趣与乡野气息的诗语写出了对大自然的真善情怀,又注重探求心理感受,形成人文与自然相契合的审美体验,为田园诗的发展增添了新的元素。

(二)论杜诗艺术

本年度杜诗艺术研究方面的论文依然不少,诗歌体式、写作手法、修辞语言、意象典故,角度、视点多样,将这一开放式的永无终结的课题继续推向深入。李翰《杜甫七绝平议》(《文学遗产》2009 年第 2 期)认为每一种艺术形式都有其适用范围及美学规定性,杜甫长于古体长篇及七律,因之形成特定的艺术思维,妨碍了他的七绝创作。杜甫将律诗及长篇叙事诗的写作方式应用于七绝,虽然具有艺术开拓精神,却并未因此提高七绝的美学品格。刘宁《杜甫五言古诗的艺术格局与杜诗"诗史"品质》

(《文学遗产》2009 年第 3 期)认为宋人称杜诗为“诗史”,这种将“一人之诗”与一代之诗密切联系的诗史观的形成和流行,与宋代历史笔记和日记写作趋于兴盛,通过个体小历史记录和反映公共大历史的史学风气逐渐增强有关。杜诗在艺术上,积极探索了将个体人生与公共历史相结合的表现形式,其五古对赠答与行旅之表现传统的深入开拓,正代表了探索的成就。曹辛华《论杜诗“遣兴体”及其诗史意义》(《文学遗产》2009 年第 3 期)认为杜诗中凡是以抒写各种感兴为主,采用“随时适兴”、“借物托兴”等方式来独白内心、遣忧解闷的诗作,均可称为“遣兴体”。杜甫以其“遣兴观”及其“遣兴体”创作实践,对传统的“诗兴”观有所改造,杜诗“遣兴体”是对先唐“遣兴”诗歌经验成就的继承和吸取,是其“转益多师的结果”,也是其对初盛唐各种遣兴之作的发展、创新。除此之外,其他一些从体式角度探讨杜诗的论文也很有质量,如张节末《作为审美游戏的杜甫夔州七律——以中古诗歌律化运动为背景》(《学术月刊》2009 年第 9 期)、张英《论杜甫变体七律及其拗句格》(《中国韵文学刊》2009 年第 1 期)、陈俐《杜甫盛唐七律论》(《湖北社会科学》2009 年第 8 期)、王辉斌《杜诗“吴体”探论》(《太原师范学院学报》2009 年第 5 期)、舒志武《论杜甫七言拗律的形式特点和地位》(《华南农业大学学报》2009 年第 4 期)、段婧《杜甫戏题诗新论》[《安徽农业大学学报(社会科学版)》2009 年第 6 期]等。

杜诗写作艺术方面,贾丹丹《抒情诗歌中的叙事图景——杜甫前期诗歌叙事艺术探析》(《船山学刊》2009 年第 2 期)将长安十年和安史之乱两个时期杜诗对客观世界的叙事分为四个层次:“以抒情为重心的简单叙事”、“背景式、广角式的全景叙事”、“以单一场面为主的戏剧性叙事”和“客观故事的完整叙事”,从叙事方法入手分别作了分析。张戬《论杜诗的以典咏怀手法》(《唐都学刊》2009 年第 1 期)认为杜诗大量运用并发展了以典咏怀手法,使用典与现实人生思考和自我体认达至浑然一体。杜诗典故群及对多重典源的消化,在一定程度上形成了“秘响旁通”的美学意蕴。胡绍文《略论杜诗寻常动词的艺术化》(《杜甫研究学刊》2009 年第 1 期)分析了杜诗寻常动词艺术化的四种途径：选用最佳搭配；动词在特定的语境里传递多重审美信息；借动词实现情景交融；通过动词实现时空融合、营造广阔的意境，角度新颖。

（三）关于杜诗理论

杜诗理论如“沉郁顿挫”、“诗史”等问题，是杜甫研究中难以定论的难点，本年度依然有学者知难而上。王辉斌《杜诗“沉郁顿挫”辨识》（《杜甫研究学刊》2009 年第 1 期）认为“沉郁顿挫”是杜甫将“沉郁”与“顿挫”合而为一所产生的一个诗学概念。在杜甫之前的中国古代诗文等作品中，沉郁和顿挫既与思想内容无关，也不属于风格之列，而是一指构思的深刻，一指声调的变化，即其皆属于艺术（表现形式）的范畴。以“沉郁顿挫”称指杜甫诗歌风格者，乃肇始于明清之际贺贻孙《诗筏》一书，其后即成为杜诗学的基本概念，这是杜诗接受史上的一项创举。韩成武《新论“沉郁顿挫”的内涵》（《杜甫研究学刊》2009 年第 2 期）则认为“沉郁”和“顿挫”都兼有内容层面和形式层面的因素。“沉郁”内容层面的内涵是：思想博大精深，内容厚重丰满，感情深沉郁勃；其形式层面的内涵是：使用“时空并驭”的手法，造成景物的巨大空间感和厚重历史感，使抒情形象有“视通万里，思抚百年”的特征。“顿挫”内容层面的内涵是：批判现实，匡正君王。形式层面的内涵是：诗句意思的频频逆转，以丽景反衬愁情的手法，从而形成回旋、激荡的文势。李新《论杜诗中的“春秋笔法”》（《殷都学刊》2009 年第 1 期）认为杜诗将主观伦理道德评价寓于客观叙述史实，以一字寓褒贬的“春秋笔法”，用以讽君王、刺权贵、警达官、严华夷之辨，这也是杜诗获得“诗史”称号的重要原因之一。曾永成《“诗性历史”的最充分而绚丽的文学形态——从“美学的和历史的观点”看“诗史”》（《杜甫研究学刊》2009 年第 4 期）从“美学的和历史的观点”来审视杜诗的“诗史”问题。认为不能局限于以诗记史的含义，而应该是严格意义上的“诗性历史”，是对历史的真正的审美反映和艺术掌握。

（四）诗篇笺释

在组诗研究方面，钟树梁《读杜甫〈秦州杂诗〉评析》（《杜甫研究学刊》2009 年第 1 期）认为秦州杂诗 20 首是杜诗纪程碑式的作品，既是典型的述志之作，也是他深入乡邑、周览山川、俯察民情、细观社风的宏伟诗篇，是诗史也是图经。宋金亮《〈秋兴八首〉的时空表现及其审美文化意义》（《内蒙古农业大学学报》2009年第4期）认为《秋兴八首》乃杜甫情感化写实的一组诗。这一组诗以时空为载体，再现并承载诗人主体特定时期的生存样态、波澜起伏的心灵感受以及深刻浓烈的情感体验。在强调感性重视体验这一共同点上，文章试图从时空表现角度在展现诗人主体时空意识、观念的同时去呈现其自有的审美文化意义。

单篇诗作研究方面，孙桂平《〈绝句〉（两个黄鹂）的艺术得失》（《语文建设》2009年第11期）分析了《绝句》（两个黄鹂）的剪裁之妙，认为该诗也是言志之作，隐含着诗人对时事的深切关注，并透露出诗人对于王朝中兴可期的喜悦之情。从艺术上说，这是一首好诗，但并非好的七绝。鲁克兵《〈茅屋为秋风所破歌〉与杜甫的誓言》（《玉溪师范学院学报》2009年第5期）认为《茅屋为秋风所破歌》的结尾部分可作为一个誓言来看待。这个誓言在思想上受到儒家和佛家的共同影响，而在表现形式及其所传达出来的意蕴上，则受佛教的影响更多。在词句解读方面，杜甫《游龙门奉先寺》诗“天阙象纬逼”一句，有版本“天阙”作“天窥”，韩成武、张岚《“天阙”应为“天窥”之误》（《天水师范学院学报》2009年第6期）对杜甫诗集中共12首五言八行仄韵体诗进行声律、韵律、对仗三个方面的考察，发现杜甫创作时有着把律诗的格局引入仄韵古体诗的心思，即尽量使用律句，尽量在中间两联使用对仗，尽量不用邻韵。认为根据对仗的要求，从字的声调和词性上来权衡，应该是“天窥”而非“天阙”。

林英德《杜甫“熟精〈文选〉理”“理”字新解》（《宜宾学院学报》2009年第1期）认为这个“理”字有三层要义：一、指由《文选序》及《文选》编目所体现出的编选者的文学观及其审美趣味；二、指《文选》作品的创作技巧和创作规律，与“法”、“意”相关联并包含后者；三、“理”字乃是虚指，其含义不必强解，它只不过用来表明当时社会崇尚阅读《文选》的一种风气而已。辨析细致，持论通达。

三、杜诗影响与杜诗学相关问题

(一)杜诗的域外影响研究

杜诗在域外广有影响,但以往国内学界对此关注不多,本年度《杜甫研究学刊》刊载了若干介绍杜诗域外研究的论文。郝稷《翟理斯〈古今诗选〉中的英译杜诗》(《杜甫研究学刊》2009 年第 3 期)介绍了杜诗英译先驱者英国汉学家翟理斯《古今诗选》中的杜诗翻译并予以简评,希望藉此促进这一领域的相关研究。曹春茹《朝鲜柳梦寅〈燕京杂诗〉与杜甫〈秦州杂诗〉之比较——兼论柳梦寅对杜诗的接受与批评》(《杜甫研究学刊》2009 年第 3 期)认为朝鲜汉文学家柳梦寅学习杜诗而能不为所拘,《燕京杂诗二十首(次杜少陵秦州杂诗)》在情感基调、典故运用等方面与杜甫《秦州杂诗》有很多相似之处,但在题材、意象、整体色调、氛围、用词等方面又有不同之处,是一组较有水平的五律,这是中朝诗歌交流的一个典范。王红霞、李廷宰《21 世纪以来韩国杜甫研究述评》(《杜甫研究学刊》2009 年第 3 期)考察自 2000 年到 2008 年,韩国学者公开发表的杜诗专题论文有 36 篇左右,以杜甫作为研究对象的学位论文有 10 篇左右,介绍杜甫生平和阐释杜甫诗歌的专著有 16 部左右。发现上述杜诗研究有两个特点:(1)在研究方法上偏爱以小见大,通过分析具体问题考察杜诗全貌。(2)注重杜诗与韩文学作品的比较,注重中韩杜诗研究的比较。不足之处在于:(1)杜诗的韩文误译影响了研究水平。(2)杜甫在韩国的接受史未被梳理。(3)研究视角不够丰富,宏观研究应加强。刘晓凤、王祝英《路易·艾黎与杜甫》(《杜甫研究学刊》2009 年第 4 期)介绍了杜甫对新西兰人路易·艾黎(RewiAlley)的影响:(1)热爱中国文化。(2)翻译《杜甫诗选》,积极传播杜诗。(3)践行诗圣精神。上述论文有助于我们了解域外杜诗研究情况。

(二)杜诗的域内影响研究

近年来从接受学角度研究作家作品的论文不断增加,受这一学术风气的影响,本年度有关杜诗影响的论文也较多。谷曙光《陈师道:学杜而得韩——略论陈师道对杜甫、韩愈诗歌的接受及其比较》(《杜甫研究学刊》2009 年第 4 期)认为陈师道以学杜、韩为基础形成后山体,代表了宋人欲跳出唐诗藩篱的努力,而这也反映了杜甫、韩愈对宋诗的意义。郝润华、邱旭《试论李梦阳对杜甫七律的追摹及创获》(《甘肃社会科学》2009 年第 4 期)认为李梦阳学杜在七言律诗方面用力尤勤,表现为题材、表现手法、艺术风格以及对民歌的态度等方面,是其"诗必盛唐"思想的具体反映。李新《论〈红楼梦〉对于杜诗的接受》(《山西师范大学学报》2009 年第 1 期)认为《红楼梦》融汇杜诗表现在三个方面:(1)红楼诗词,用杜诗典。(2)红楼人物,称引杜诗。(3)借钗黛语,品评杜诗。这在一定程度上反映出清代士人对于杜诗的接受程度,对杜诗的传播也有推动作用。吴淑玲《唐人选唐诗及敦煌写卷中少见杜诗的传播学因素》(《杜甫研究学刊》2009 年第 1 期)从传播学角度分析唐人选唐诗及敦煌写卷中少见杜诗的原因在于:杜甫未能成功介入进士诗人团体;杜诗不符合多数唐代唐诗选本推崇的风尚;杜甫对自己诗歌创作和传播的态度谨慎;敦煌写卷少见杜诗应归结于地域限制。侯小宝《略论文彦博对杜甫诗歌的接受》(《杜甫研究学刊》2009 年第 3 期)认为文彦博改变了北宋前期西昆诸家尚华美而轻视杜诗平淡的审美倾向,其诗在语言、用典、声韵、描写等方面都可谓得杜诗之真趣。这反映了杜诗在北宋中叶诗坛尤其是士大夫诗人群体中的影响。曾亚兰《毛泽东借阅杜甫草堂杜诗珍善本及与杜诗的关系》(《杜甫研究学刊》2009 年第 4 期)介绍了毛泽东视察草堂杜诗版本陈列室以及借阅草堂杜诗珍善刻本的相关情况,认为毛泽东诗词受杜诗影响很深。王繁《杜诗基础教育流传考》[《淮北煤炭师范学院学报(哲学社会科学版)》2009 年第 4 期]调查统计现行基础教育中流传的杜诗,累计为四十二首;除重复选入外,约十九首。所选诗作体裁多样,以律诗居多,亦有绝句、乐府等。这些诗作对于培养青少年的爱国情感和社会责任感大有裨益,也有助于他们形成积极健康的亲情观、人生观和价值观。

(三)杜诗学论著研究

本年度这一方面的研究论文篇数较多,而且整体质量较好,这里择要予以介绍。刘辰翁的杜诗评点为元明清三代看重并被大量刊刻。焦印亭《刘辰翁评点杜诗著作叙录》(《杜甫研究学刊》2009 年第 3 期)梳理了刘辰翁评点杜甫诗的版本情况。佐藤浩一《关於仇兆鳌〈杜诗详注〉的音注——一万处以上的音注意味注什么》(《古典文献研究》2009 年)认为仇兆鳌根据自己诵习杜诗的经验,出于真切了解杜甫及其诗作的"知人论世"热情,也为了替包括皇帝在内的读者着想,而不避重复地施加音注,这一万处以上音注皆出自仇兆鳌之手,是《杜诗详注》独有的特色。吴中胜《翁方纲论杜甫诗法》(《杜甫研究学刊》2009 年第 1 期)认为:杜诗是翁方纲诸多著述中的重要话题,翁方纲论杜涉及字法、句法、格律、篇法、杜诗学等多方面内容,以"肌理说"为根本立场,通过评杜又丰富和完善了"肌理说"的理论内涵。邝健行《〈寄李十二白二十韵〉钱笺说有未周论》(《杜甫研究学刊》2009 年第 2 期)抉摘《钱注》《寄李十二白二十韵》诗后《笺曰》一段文字的可议之处,并深入探论全诗的运意,以申明钱说之未必可信。张家壮、林继中《从结构分析中得心解——浦起龙〈读杜心解〉特色之一》(《杜甫研究学刊》2009 年第 2 期)认为清代浦起龙《读杜心解》注重文本结构的分析,将篇章与诗人的情感因素结合起来考察。不但分析意与象之关系,更深入地揭示杜诗内在的生命构成,理出"一篇命脉"之所在。这种"浑然一体"的结构分析有别于八股式的评点,是浦注的一大特色。李爽《〈钱注杜诗〉决定性突破清廷禁毁令考述》(《杜甫研究学刊》2009 年第 4 期)认为同治年间曾国藩《十八家诗钞》杜诗卷援引钱注,吴棠重刻《杜诗镜铨》附刻张溍《读书堂杜工部文集注解》于书末,《杜文注解》明确引用并深刻认同钱注学术创见核心成果,是《钱注杜诗》决定性突破清廷禁毁令的关键环节,关系到太平天国革命及汉人力量在清朝政权内之崛起这一重大政治背景。沈亮《清代海宁陈氏家族杜诗学研究》[《南京理工大学学报(社会科学版)》2009 年第 5 期]认为清代杜诗学表现出明显的地域聚集特征,如海宁就集中了 17 位杜诗学研究者,陈氏一门五人各有著述,其中陈之壎《杜律陈注》五卷、陈訏的仇兆鳌《杜诗详注》的批点以及《读杜随笔》二卷较有意义。杨思贤《胡小石先生杜诗研究发微》(《杜甫研究学刊》2009 年第 3 期)认为胡小石先生的杜诗研究具有史家眼光、朴学的治学方法,以及诗人的体验与会心,这是他在杜诗研究方面取得成就的重要原因。

四、相关专著和硕博士论文

(一)硕博士论文

据不完全统计,本年度以杜甫及其作品为研究对象的硕士博士论文有十余篇,下面择要介绍。硕士论文有伍均均《杜甫旅食京华研究》(复旦大学,2009),王哲《清代诗话中的杜甫研究》(华东师范大学,2009),闫秋玉《杜诗历史人物论稿》(吉林大学,2009)、张会《杜诗虚字研究》(西南大学,2009)、赵天一《杜甫交往诗研究》(西南大学,2009)等篇。博士论文有张家壮《明末清初杜诗学述论》(福建师范大学,2009)、贾卉《符号意义再现:杜甫诗英译比读》(上海外国语大学,2009)等篇。上述学位论文涉及杜甫生平、交游、思想、艺术及杜诗学等方面,涵盖广泛。

(二)专著

本年度以杜甫及其作品为研究对象的学术新著不多。《杜诗杂说全编》(三联书店 2009 年版)是已故学者曹慕樊研究杜诗作品的专著,包括《杜诗杂说》、《杜诗杂说续编》。曹著研究杜甫注重其儒家底蕴,强调从思想到文学全面分析杜诗的内涵。范震威《一个人的史诗——漂泊与圣化的歌者杜甫大传》(河北大学出版社 2009 年 7 月版)侧重从研究杜甫的家世、亲戚入手,揭示家族文化底蕴对杜甫诗歌及为人处世潜移默化的影响。基于这一理解,该书多选择杜甫与亲友交往的诗作,结合杜甫的人生轨迹,按照时间的顺序,揭示杜甫漂泊旅途中心灵圣化的过程。这是继朱东润《杜甫叙论》,冯至《杜甫评传》,陈贻焮《杜甫评传》,金启华、胡文涛《杜甫评传》,莫砺锋《杜甫评传》,韩成武《诗圣:忧患世界中的杜甫》之后的又一部全面考察杜甫生平的学术著作。刘开扬、刘新生《杜甫诗集导读》(中国国际广播出版社 2009 年 1 月版)是《国学大讲堂》系列书籍中的分册,属于普及性的杜诗研究读物。葛景春《李杜之变与唐代文化转型》(河南教育出版社2009年8月版)分上、中、下三编。上编主要论述李杜五古、七古、律诗、绝句等的诗风之变。中编探讨了三个方面的问题:李杜之变是唐诗主潮之变;李杜审美观的差异与唐诗的审美思潮之变;李杜诗歌的地域色彩与唐代南北文风走向之变。下编讨论了三个与杜甫有关的问题:1.李杜文化价值观的转变;2.杜甫务本致用的文化价值观对中唐人的影响;3.杜甫的文化人格与中唐文化转型。附录部分从接受美学的观点重新解读李杜优劣论。

本年度还出版了一些杜诗集和杜诗学著作。广陵书社出版《杜工部诗集》,以清康熙四十五年(1706)编成的《全唐诗》扬州诗局刻本为底本,原样影印,宣纸线装,共收杜甫诗19卷1000余首。中华书局出版《杜甫诗选》(插图本),由著名学者张忠刚选注。上海古籍出版社出版的《钱注杜诗》(全二册)。河北大学出版社出版韩成武、孙微、周金标等点校的《杜工部诗集辑注》。万卷出版公司出版金圣叹《杜诗解·唱经堂第四才子书》,由周锡山编校。安徽大学出版社出版《黄生全集(全四册)》,其中包括《杜诗说》。这些书籍的出版,对于杜诗的普及和杜诗研究入门,无疑会产生积极的影响。

以上是本年度杜甫研究的相关情况,主要集中于诗歌,关于杜甫的文、赋,几付阙如。这也许应当引起学界的注意。

韩愈研究

□张弘韬

2009年可说是韩学研究的丰收年,“2009中国·潮州韩愈国际学术研讨会”召开,又有近百篇关于韩学研究的论文发表,两篇硕士论文和两部专著面世，涉及的范围之广，质量之高，数量之多都超过之前，这表明韩愈研究已成为当代学者关注的重点，“韩学”已成为当前古代文学研究的显学。下面就我所见，综述如下。

一、诗文研究

韩愈诗歌研究。吴振华的《试论韩愈诗歌的艺术表现力》（《周口师范学院学报》2009 年第 4 期）一文从韩愈诗歌刻画景物、人物的生动逼真、“以文为诗”的具体内涵等方面，论述了韩诗具有高超的艺术表现力，是货真价实的“诗”。韩愈的“以文为诗”实际上是诗文交融的必然结果，在诗歌流变史上，是文体变革内驱力作用下普遍性规律起作用的体现，具有永恒的范式意义。马亚伟的《论韩愈诗歌多样艺术风格》（《大众文艺》2009 年第 9 期）指出韩诗在艺术上不唯独险怪，更有许多刚柔并济的诗篇，韩诗中偶有比兴等艺术手法的应用，还可见细腻婉约者。以往把韩愈诗歌的风格理解成单一的奇崛险怪，把奇崛险怪理解成晦涩生僻是一种偏见。郭春林的《从删改〈月蚀诗〉看韩愈对奇险风格的倡导与约束——以〈月蚀诗效玉川子作〉为例》（《中国文化研究》2009 年第 2 期）一文从分析韩愈对卢仝《月蚀诗》的删改入手，认为这从一个侧面体现了韩愈对于诗歌奇险风格的倡导和约束，此诗规范了韩孟诗派的发展方向，便于读者接受，具有重要的诗歌史意义。

赵李娜的《论韩愈诗中太阳意象之运用》（《理论界》2009 年第 3 期）对于韩愈诗歌中的日意象进行了考察，探究这类普通的但较容易为人忽视的意象群，或有助于从不同角度理解韩诗的风格，观照诗人的内心世界。朱天助的《韩愈〈南山诗〉之“易”象》（《湖南科技学院学报》2009 年第 5 期）一文分析了《南山诗》中所引用到易学之“象”，其具体表现在四个方面：(1)援用八卦的方位，以凸显终南山地理位置的险要；(2)受《说卦传》的影响，铺陈且化用易象而成诗中之物象；(3)深悟《易》取象之精髓，《周易》多人心营构之象，故《南山诗》之物象多非实写之象，取其象征之旨;(4)体察易学观物取象,参赞天地之神,契取易学日月同功之用,故整首《南山诗》充溢着雄浑的气质,与韩愈此时欲兼济天下的志气相符。

对韩愈文的探讨。何敏锐的《韩愈赠序刍议》(《前沿》2009年第4期)从不同被赠者的视角探讨韩愈赠序中所融入的情感,对同僚用义,对秀才用劝,对亲朋用性,对佛老用辟。当然并不拘泥于一种情感,互有交叉,彼此相融,但主次有别。不仅拓宽了赠序的叙事功能,也为赠序打开了一个新的境界。杨伯的《韩愈抒情观之重估——以〈送高闲上人序〉为中心》(《南开学报》2009年第4期)分析了韩愈对“情”的独特规定,揭出韩愈在继承和扬弃中确立了“情”、“德”并重,张扬主体的抒情观。这种抒情观,本身即是抒情与明道的辩证统一。曹春茹《朝鲜柳梦寅〈送黄圣源洛出宰尚州序〉与韩愈〈送董邵南序〉之比较》(《中州大学学报》2009年第3期)一文,指出二者在文体、内容、艺术等方面有异曲同工之妙,都以宽慰友人、抒发政治怀抱为主要内容。不过,前者意在“勉”,后者意在“留”。前者如一位老友娓娓道来,饱含政治智慧;后者则如一位师长,循循善诱,显现大儒赤心。两篇序都有一波三折、错落有致、微言大义、语短情长的艺术特征。从表达上看,前者坦诚、直率,通俗平易,后者含蓄委婉,令人深思。

黄耀堃的《试论韩愈〈送穷文〉的声律》(《南开语言学刊》2009年第1期)一文讨论了《送穷文》的韵脚,并通过分析《送穷文》的韵例,考察韩愈如何运用韵脚,以及处理声病的方法。

周悦的《从汉唐碑志的文体演变看韩愈碑志的正与变》(《中国文学研究》2009年第3期)一文,指出在汉唐碑志文体的演变历程中,汉代的蔡邕、六朝的庾信、唐代的韩愈是三个不同阶段具有标志意义的人物。蔡邕碑志创造出碑志行文的基本格式,“传”主叙述,“铭”主颂赞,叙颂兼备,语言则崇雅趋骈。庾信碑志在此基础上结构凝固,承袭语言崇雅的取向,由精雅发展为雅丽;形成骈四俪六隔句作对的精美句式。韩愈碑志则在汉魏六朝、初盛唐碑志基础上新变:变骈为散,变雅为奇。相对于前代碑志,韩愈碑志多新变,而相对于后世碑志,韩愈碑志被尊为正体。他将碑志文体发展到前所未有的新阶段与新境界，最后完成了碑志文体的演进历程。杨子怡《论韩愈岭海诗文之变》(《韩山师范学院学报》2009 年第 1 期)，认为韩愈从宪宗元和十四年贬潮开始，其诗文发生了很大变化。一是情感和心态之变，由早年的凌厉恣肆、愤激牢愁一变为哀婉悲戚，但哀婉中有平和，悲戚中有自解。二是风格之变，从贞元后期开始的奇险狠重、佶屈聱牙一变为语浅感深、不烦绳削、自然平易，但好奇的审美惯性及其独特经历和文化个性，使得其平易畅达中不无排奡狠重之硬语。莫山洪《论中唐骈散相争与韩愈的"破骈为散"》(《中国文学研究》2009 年第 1 期)认为韩愈"破骈为散"，改变了六朝以来骈文占据主导地位的局面。其破骈为散的主要方法一是增加句子的字数改变原来的对仗；二是故意把原本可以作为好好的对句改为不对仗的，几个很标准的句式已经构成对句长联，他又突然增加一句，打破骈文的对仗形式；三是把对仗句式演变成排比句式；四是强调"惟陈言之务去"。韩愈破骈为散，体现了骈散相争的对立而又互融的特点。

二、思想与文论

关于韩愈的"道"。张清华的《韩愈的儒学人性说》(《周口师范学院学报》2009 年第 6 期)，对历代人性说进行了梳理，从孔子"性近，习远"、孟子"性善"说、荀子"性恶"说、董仲舒"性无善无恶"、"性亦善"说、扬雄"性善恶混"说、到韩愈的"性三品"说、再到宋代"天命之性"与"气质之性"，论证了人性是本，才、情由本而出，触物而生。沈时蓉的《论韩愈文论观的矛盾与统一》(《北京化工大学学报》2009 年第 3 期)分析了韩愈提出的三组矛盾的文学审美命题，包括"修辞明道"与"以文为戏"、"师古贤人"与"陈言务去"、"不平则鸣"与"其言蔼如"，揭示出韩愈文论观表面的矛盾性与内在的统一点，认为这种理论上的互相补充呼应，对立而统一，使得韩愈的文学思想成为自给自足的圆满系统。殷海卫《论韩碑中的"文"与"道"》(《北方论丛》2009 年第 1 期)认为韩愈自觉地把碑志文创作纳入古文运动中，为其"明道"

服务。其碑志文既兼实用与文学之美，又鲜明地体现出“文”与“道”的相互贯通与融合。这不仅铸就了韩碑的文学化、经典化，也使其“文以明道”理论更趋圆融。

关于韩愈的教育思想。陆敏珍《论韩愈〈师说〉与中唐师道运动》（《社会科学战线》2009 年第 1 期）认为中唐以来，儒家师道的兴起只是一些充满忧患的士人的思想表述，实践上表现为个人的理想、勇气与践履。由于缺乏政策的支持尤其是儒家之道在整个国家政治意识形态中的地位，重建师道的话语只能是一种士人的批判方式，在当时仅仅是一种边缘声音。真正将师道运动与国家政策、社会制度相结合，则要等到北宋庆历时期。胡楠的《韩愈〈师说〉与后现代主义师生观》（《科教文汇》2009 年第 2 期）认为后现代主义师生观早已在韩愈所著《师说》中有了鲜明体现，如主体间“我——你”关系，对话式关系，互惠式关系等。

韩愈的文学理论及相关问题。李丽琴的《论经学信仰与韩愈“文以明道”的文学阐释观念的提出》（《东方丛刊》2009 年第 2 期）认为，作为一代大儒的韩愈，在对其为学和为人的探讨研究之外，其为道的一面，也即其儒之为儒的终极关切和心灵信仰的一面。在经学信仰的视域中，“文以明道”的提出，实是韩愈的经学信仰在诗学层面的一种表现。郭淼的硕士论文《韩愈写作理论研究》（长春理工学院，2009）认为作为中国古代写作理论发展史上的中心人物，韩愈以其博思厚蕴的千载之言为中唐前的写作理论进行了颇具新创的梳理，集文学家、思想家、哲学家于一身的“文章巨公”韩愈以其精道的宏论概说，或独发新见，或扬弃古声，或因时发言，开启了中国古代写作理论发展的又一拐点。该文尝试以辩证的言说立场，阐明韩愈写作理论的内涵及写作理论要义所在。论述集中以韩愈的“五大写作概义”为主核，就其理论言发背景、思想内蕴，理论影响进行细节性的具述，通过对于焦点理论的言说、关键问题的把握、主流思想的讨论，旨在深入浅出地阐明韩愈写作理论的主体思想，进一步论证韩愈之说在中国古代写作史上的历史地位与借鉴价值。在此基础上，再着重以辩证的视角对韩愈写作理论的得与失加以论证，从而客观地指出韩愈在写作理论上的贡献与局限。

三、家世与交游

由于史书记载不一,关于韩愈先世、故里等问题学界一直存有争议。刘真伦《韩愈先世辨疑》(《周口师范学院学报》2009 年第 4 期)认为韩愈出身庶族而非士族。苏全有、李玉莉的《韩愈故里问题研究综述及相关思考》(《焦作大学学报》2009 年第 1 期)、程峰、张全顺《修武韩文公故里碑、韩文公墓碑解读》(《焦作大学学报》2009 年第 1 期)、程峰《韩愈故里问题再探讨》(《中州学刊》2009 年第 3 期)和《韩愈先世辨析》(《周口师范学院学报》2009 年第 3 期)等文对韩愈故里问题进行了探究。其中《修武韩文公故里碑、韩文公墓碑解读》一文对 2006 年 6 月,修武县城关镇赵厂村韩氏后裔在赵厂村北韩氏祖茔内挖掘出的宋熙宁款《唐韩文公故里》碑、明嘉靖款《唐昌黎伯韩文公墓》碑、明隆庆款《唐昌黎伯韩文公故里》碑、清嘉庆款《韩文公祠祭田》碑、清道光款《唐昌黎伯韩文公故里》碑等五通石碑进行了分析,为研究韩愈故里问题提供了珍贵的实物资料。

韩愈和白居易之间的私人关系一直比较模糊,令人费解。沈文凡、张德恒《韩白关系略论——以文道观为中心》(《西华大学学报》2009 年第 3 期),通过挖掘韩白两首同韵诗《北极一首赠李观》、《酬张十八访宿见赠》中涉及韩白关系的内蕴,发现韩白交情疏淡实在是由于二人性格、趋向不同所致。而由此引起的两人哲学思想、政治观念、诗学观念之差异,则是韩白形同陌路的主要原因。在哲学思想和政治观念上,韩愈倡明道统,希望通过提倡古风来扭转谬戾浇薄的世风,进而达到富国强兵的目的,并在其文章中反复申述道德仁义的思想;而白居易则显得更内敛,他以自己的行为为世人提供了一个知足不辱的范型。在诗学观念上,韩白两家虽有一个共同的倾向——复古,但其侧重点却各不相同:昌黎复古,复其神,求其变;乐天复古,复其形,守其制。二者一主神似,一主形似,两水中分,判然各异。韩白诗学思想之迥异是多重因素共同作用的结果。而其尤者则是韩白二人各自独特的趋尚以及两派成员之人生经历及好尚。

赵永平《论韩愈的交友诗》(《学理论》2009 年第 3 期)认为韩愈的交友诗更多地表达他对友情的珍视,对一己之情的抒发,对亲情的眷念和对自然的喜爱。他的诗歌充满了浓郁的人情味,展示了他细腻、丰富的内心世界,传达出真挚、炽烈的情感,闪耀着人性美的光辉。郗韬《唐代古文运动中的独孤及和韩愈》(《安徽文学》2009 年第 2 期)对独孤及和韩愈这两位在古文运动中起过重要作用的作家进行了比较。李最欣《韩愈与皇甫湜关系辨正》(《中州学刊》2009 年第 1 期)认为韩愈和皇甫湜是朋友关系而非师弟子关系。

四、继承与影响

余祖坤《孟学与韩愈的人格及心态》(《广西大学学报》2009 年第 2 期)认为韩愈以孟子作为自己的精神支柱,以孟子的言行作为自己的言行准则。孟子的人格和学说融化为韩愈的灵魂,并极大地激发了他的生命潜能。韩愈将他从孟子继承而来的独立人格、君臣观念以及处世态度付诸现实事功之中,将士人的独立人格和事功精神紧密结合起来;其以道自任的担当意识、浩然之气以及执著的事功精神,对后世尤其是两宋士人产生了不可低估的影响。郑继猛《论韩愈对屈原文学精神的继承》(《安康学院学报》2009 年第 2 期)从四个方面论述了韩愈对屈原文学精神的学习和继承:第一是由于对理想政治的执著追求而能不顾个人安危,勇于讽谏君王;第二是严于律己、宽以待人的人才观和处世观在其诗歌中共同反映出了对埋没人才世风的厌恶和严厉批判;第三是韩愈和屈原在精神上的相通,即自励自强,保持自己追求高洁人格,不附和世俗的脱俗品格;第四是文学创新精神的相同,重视和崇尚独创,呈现出鲜明的独立个性。张清华的《韩愈与〈鹖冠子〉》(《周口师范学院学报》2009 年第 6 期)论述了韩愈以儒学思想修身治国,除了在治国政要上辟佛抑老外,并不一概排斥其他学派思想,对百氏杂家有可取者,不但予以肯定,且兼收并蓄。他的《读〈鹖冠子〉》一文,较全面评说了《鹖冠子》一书的思想。该文从黄老道家鹖冠子,《博选》之“四稽”、“五至”及《学问》之“九道”、“礼乐仁义忠信”等方面出发,解读退之论鹖冠子与其学说,探讨退之肯定鹖冠子的原因及他对别派学说的态度。郑健民的硕士论文《韩愈六朝文学接受研究》(复旦大学,2009)借鉴接受美学理论,结合六朝的文学作品及韩愈的仕历和作品,探讨了韩愈对六朝文学的接受。

洪本健《欧阳修天圣学韩:北宋“文学自觉”的重要标志》(《华东师范大学学报》2009 年第 3 期)认为欧阳修的创作成就的取得,与努力学韩,具有高度的“文学自觉”,有密切的关系。欧阳修天圣学韩的“文学自觉”,表现在他划清了科举应试写作同真正的文学创作的界线;表现为与此前柳开、穆修等以复古道为唯一旨归的学韩有明显的不同;表现在对文学群体力量和结盟的重视;也表现在其学韩已从模拟走向超越,让文学创作自具面目;还表现在以欧阳修为代表,北宋文人、学者、官员的三位一体,使文学发展和繁荣得助于学术研究的推动和行政力量的有力支持。作为影响一代文坛的宗师,欧的天圣学韩自然成为北宋“文学自觉”的重要标志。查金萍《试论欧阳修苏轼对韩愈儒学思想的接受》(《文学评论丛刊》2009 年第 2 辑)一文认为韩愈是中唐儒学思想的坚决捍卫者和振兴者,他对儒学思想的贡献具体体现在攘斥佛老、建立道统、领导古文运动与重视“师道”四个方面,宋人对韩愈的思想颇为重视,宋代儒学家对韩愈儒学思想进行接受自不待言,欧阳修、苏轼作为文学家对韩愈儒学思想也进行了各具特色的接受,由于受当时的社会环境和个人经历的影响,他们在接受中又有创新,这种发展创新是北宋古文运动之所以能在他们的领导下取得胜利的重要原因。薛幼萍《略论韩愈和欧阳修祭文之异同》(《韶关学院学报》2009 年第 8 期)比较了韩愈、欧阳修在散文创作上的成就。同为散文大家,其相同之处在于:在表现浓郁哀情的同时,寄寓了深沉的身世之叹;情感上悲怆动人;风格上缠绵悱恻。不同之处在于:韩文造语奇崛,欧文平易婉曲;韩文气势激荡,欧文纡徐缅邈。指出这些异同缘于二人所处的时代以及个人的身世遭际。时伟《试论韩诗对苏诗的影响》(《周口师范学院学报》2009 年第 1 期)认为韩愈与苏轼虽处于不同时代，但在诗学思想和诗歌创作上却有很多相似之处。从对诗歌题材、体裁、语言、风格的认同等方面，可以看出韩诗对苏诗有重要影响，但苏诗整体上青出于蓝，既全面吸收韩诗的艺术成就，又有新的推进。乌仁图雅的硕士论文《北宋六大家之韩文接受与创新》（内蒙古师范大学，2009）认为宋代是中国历史上急剧演进的时期，北宋尤为如此，位列唐宋八大家之首的韩愈，就是在此特殊社会背景下得到重新认同的。宋代的散文家和理论家，不但将韩文作为创作的直接母本，而且随着社会文化的不断更迭，有意无意地对韩文作了新的阐释，而在学习接受中不无创新。其中最具代表性的人物当为北宋六大家。他们对韩文的接受和创新让我们清晰地看到了韩文潜藏意义的外化和衍化，即文学的社会造型功能。该文以接受学、阐释学为器识，试图高屋建瓴地勾勒出北宋六大家韩文接受与创新的大致风貌。洪本健的《评朱熹的韩欧文变化“无心”“有心”论——以两家赠序文为例》（《周口师范学院学报》2009 年第 6 期）一文认为由于个性和风格的不同，就行文的变化而言，韩欧文正如朱熹所指出的那样，在“无心变”和“有心变”之间，存在着明显的差异。在实为有意却表现为“无心”的艺术创造功力方面，韩愈更胜一筹。全华凌《论金元士人对韩愈接受的特点》（《船山学刊》2009 年第 4 期）认为金元时期文人士大夫对韩愈的评价、接受也呈现出一些新的特点：对个体的儒学修养和传统伦理道德看得较轻，而对文章文法的研究比较重视。

朱易安、程彦霞《晚清宗宋诗派对韩愈及其诗歌的新阐释》（《上海大学学报》2009 年第 4 期）论述了晚清宗宋诗派以苏轼、黄庭坚为发始，将宋诗的体派传统上溯至韩愈，再由韩愈推源至杜甫，从而完成了唐宋一体的诗学思想的构建，打破了明以来诗坛崇尚盛唐的主流局面，重新确立了韩愈在诗歌史上承前启后的重要地位；同时宗宋诗派对韩愈诗歌中折射出来的儒家正统思想、人格魅力以及诗歌风格进行了新的阐释，赋予了韩愈及其诗歌较为深厚的历史内涵和时代精神。宗宋诗派对韩愈及其诗歌多层面的阐释，不仅凸显了韩愈在文学史上的地位，也使韩愈的儒家生命哲学的价值在晚清内忧外患的特定语境中重新彰显出来，从而也传达了宗宋诗人求变求新的诗学主张以及关怀现实的忧患意识和除弊去疾的革新意识。宗宋诗人是通过对韩愈诗歌的阐释来张扬自己的诗学观念和政治理念的，而韩愈诗歌则因宗宋诗人的阐扬而有了新的意义和价值。代亮《曾国藩的韩愈情结》(《船山学刊》2009 年第 3 期)认为曾国藩在为学及立身行事上推崇韩愈，至目之为“千古大儒”。同时对韩愈诗文也揄扬不已，他既借鉴韩诗的一些技法，又心仪于韩诗的“兀傲”及“诙诡”；对韩文则关注尤多，更以其倔强之气与雄奇之风相倡，具有鲜明的当下针对意义。陈飞《偏见与执著——吴世昌评韩愈读后》(《河南教育学院学报》2009 年第 2 期)认为吴世昌的《重新评价历史人物——试论韩愈其人》一文有些“不同寻常”，作者承认有一定的“偏见”、“成见”，似与其一贯的学术精神不尽一致。对此可从“近因”和“远缘”来理解，其中“远缘”更具深层决定意义。故其“重新评价”所指广泛，旨意深远，具有一定的启示和借鉴意义，同时也包含某种学术“难题”。

姚佳妮的《万古江山留姓氏，千秋俎豆荐馨香——潮汕崇韩古诗思想内涵和艺术风格初探》(《汕头大学学报》2009 年第 4 期)通过对潮汕崇韩情结在潮汕古诗作品中的表征进行梳理，把崇韩情结置于诗歌这一微观的文化视域中去观照，从而探寻潮汕崇韩古诗的思想内涵和艺术风格，并证实崇韩古诗既是潮汕崇韩文化的构成，也丰富推动了潮汕崇韩文化的内涵和发展。

2009 年有两部韩愈研究专著出版，即谷曙光的《韩愈诗歌宋元接受研究》(安徽大学出版社，2009 年 4 月版)和张仁福的《中国南北文化的反差 韩愈与欧阳修的文化透视》(中国社会科学出版社，2009 年 6 月版)。前者是一部韩愈诗歌美学接受的研究专著，通过细致爬梳宋、元两代文献资料，对韩诗的接受进行了深入分析，展现了宋元两代对韩诗的接受历程和深层艺术关系，多有创见，为唐宋诗歌流变提供了一个新的研究视角。后者分析了韩愈和欧阳修的文风，将审美分析与文化透视相结合，探讨了中国古代以至当代南北文化的差异问题。

总的说来，2009 年度韩愈研究取得了明显的进展，主要表现在：(1)论文总数多，虽然部分论文还存在选题重复、缺乏新意等问题，但有相当数量的论文观点新颖，角度独特；(2)对韩愈诗文接受的研究吸取西方接受美学理论，成为近年来韩学研究的新热点；(3)参与研究的人数多，年轻的新人多，已形成了老、中、青结合的研究队伍。这表明，在老一代学者提出建立“韩学”后，“韩学”研究已成为当代学者关注的重点，“韩学”已成为古代文学研究领域的显学。当然，“韩学”研究还需要专家学者从多层面、多视角进行挖掘，从而进一步将其引向更深更高的境界。

柳宗元研究

□ 李　乔

本年度公开发表的柳宗元研究论文不少，超过了一百篇，讨论话题涉及柳宗元的生平与思想、柳宗元与中外作家的比较、柳宗元文学思想的接受与嬗变、柳集版本研究，等等。由于篇幅所限，本文将选择部分具有代表性的论文分类加以介绍，不当之处，尚祈方家予以批评指正。

一、生平研究

在柳宗元被贬永州期间的心理研究方面，骆正军《柳宗元贬永期间的心态主流之剖析》(《船山学刊》2009 年第 3 期)认为柳宗元被贬谪永州期间的心态主流为“无悔”。十年“炼狱”使柳宗元的思想更加成熟、笔力更加雄健、知识更加广博、灵魂倍加净化。他虽然无奈于世事，却痛定思痛，运用手中的如椽巨笔，写下了近 500 篇诗文。为后人留下可资借鉴的、光泽璀璨的思想财富，因此而无愧于生民，无悔于人生。永州的十年，可以说是柳宗元“无奈的十年、无愧的十年”,更是“无悔的十年”。曹建华《从“千万孤独”到“为农信可乐”——柳宗元在永州的山水游踪及心路历程》(《语文学刊》2009 年第 6 期)指出,柳宗元在被贬永州的十年间创作的大量山水诗不仅描写了永州城周边诸多美景,也记录了柳宗元的游踪,更重要的是记录了柳宗元在永州的心境变化的心路历程。从初到永州的“千万孤独”、“叫羁鸿哀”。到几年以后的“稍与人事间,益知身世轻”、“为农信可乐,居宠真虚荣”,这种由思想意识的转变所带来的心境的转变,是柳宗元亲近大自然、特别是亲近下层农民生活之后的必然结果。而这种思想意识和心态的转变。奠定了柳宗元后半生的基本心态,此后十余年,柳宗元带着这样的心态走完了人生历程。赵新国《柳宗元的无奈之举》(《湖南科技学院学报》2009 年第 6 期)认为柳宗元被贬永州后,一再向永贞革新的反对派们投递书信,企求能重新得到朝廷起用的无奈之举源自他被贬永州后的生活状况和光耀柳氏家族以及“利安元元”的经国济世思想。

由于过于热爱、同情贬谪文人,在研究他们时,研究者们不断为他们贴金,不惜搜集只言片语,断章取义,百般美化,因而形成突出罪人身份、突出险恶环境、突出健康问题的“三突出”模式。在柳宗元研究中,盛行着一个“名为司马,实如囚徒”说,因此形成了这样一个众所周知的印象:贬到永州任“司马员外置同正员”的柳宗元,过的是“未被羁押的囚徒”生活。陈松柏《“名为司马,实如囚徒”辩——以柳宗元为个案,论贬谪文人研究的“三突出模式”之一》(《广东技术师范学院学报》2009 年第 1 期)一文,从柳宗元在永州享有充分的学习自由、人身自由与言论自由三个方面分析认为,柳宗元在永州是个有职无权、只拿工资、不做实事,却可以读书、任意遨游且享有充分自由的闲散官员。他的另一篇文章《论贬谪文人研究“三突出模式”之二——以柳宗元为例》(《广西社会科学》2009 年第 4 期),认为贬谪文人研究“三突出模式”其实是存在偏差的。以柳宗元为例,因为柳宗元被贬到永州,那里就成了“蛮烟瘴雨,榛莽荒厉”之地;因为柳宗元住过龙兴寺,该寺就成了“破旧荒凉”的庙宇。实际上,永州是一个山清水秀、空气清新的所在;对柳宗元及其全家而言,龙兴寺则是最理想的居住之处。

洋中鱼《柳宗元永州行迹再考》(《湖南科技学院学报》2009年第1期)对柳宗元永州行迹龙兴寺、南亭、石城村、南涧重新进行了考释,提出了自己独到的见解。

二、思想研究

关于柳宗元的儒家思想,李伏清《柳宗元"自"论新释——从"天"和"人"的双重角度重申儒家"人道原则"》(《河南师范大学学报》2009年第1期)指出柳宗元在儒道互补的基础上,继承并发展了传统哲学中的"自"论思想,从构成世界整体的"天"、"人"双重领域重申儒家的基本价值——"人道原则",在学术思想史上有着一定的价值。他的另一篇文章《论柳宗元的辨伪思想》(《邵阳学院学报》2009第6期)认为,处于中唐儒学复兴思潮背景下的柳宗元,在辨伪方面作出了卓越的贡献,主要表现从源流、著述作者、文辞、史实、文义内容等角度对诸子学产生了系列的怀疑,并进行论辩。柳宗元这一思想为宋学辨伪思想的全面展开开启了序幕。张金玉《论柳宗元女性墓志文对儒家妇德文化的超越》(《柳州师范高等专科学校学报》2009年第3期)指出,在女性墓志文中,柳宗元不仅继承了儒家传统妇德文化,而且还有所超越,他一反儒家"女子无才便是德"的传统观念,提倡和赞美那些聪慧有才的女子。曾礼红《试论柳宗元的女性观——以女性墓志铭为中心》(《安徽文学》2009第3期)通过对柳宗元撰写的16篇女性墓志铭分析后认为,在柳宗元看来,理想的女性应该具备孝仁、礼顺和齐家等品格,同时还应该具有一定的学识。

柳宗元佛教思想研究是本年的最大热点,发表有多篇论文,其中郑建钟《论柳宗元的"儒佛同道"思想》(《西北大学学报》2009年第5期)指出柳宗元之所以认为儒佛可以融会、统合,其基本依据就在于佛教与"孔子同道",即表现在以下三个主要方面:在思维方式上儒佛同道思想对把握世间万象具有相似方法论意义,在哲学内涵上儒佛心性论及反对天命的理性精神相通,在政治、经济与伦理生活中展示了对规范性的共同要求。翟满桂《统合儒释的文化贯通——柳宗元与佛教论略》(《湖南文理学院学报》2009 年第 5 期)认为柳宗元好佛既有家庭影响,也有社会环境的原因,更有个人对佛教独到的见解。柳宗元"好佛"是为"求道",是为"统合儒释",同时也反映其入世与出世的思想的碰撞。丁三省《柳宗元的诗文与佛教》(《信阳师范学院学报》2009 年第 3 期)认为柳宗元好佛对其诗文创作有较大影响。不仅表现在他的散文中释碑铭、记佛寺、赠僧人及其他有关佛事的文字占有相当的比重,更表现在其诗文在不同的层面上受到佛教的影响。张勇《柳宗元的佛教律学观》(《湖南科技学院学报》2009 年第 11 期)指出,从柳宗元为律师所作的碑铭、塔铭,及其在与律宗学人交游过程中所留下的诗文中可以清晰地看到其律学观。柳宗元提出"律为大乘"命题,强调戒律在整个佛法体系中的理论意义,又大力宣扬戒律"仪范后学"之实践功能,还论证了佛教之"律"与儒家之"礼"的相通相合性。柳宗元律学观的意义在于,扭转当时僧众以修"大乘"为名"小律而去经"的局面,从而规范佛教、统合儒释,使其更好地担当起"佐世"之时代重任。郭莲花《柳宗元的弥陀净土信仰》(《柳州师范高等专科学校学报》2009 年第 1 期)从历时、交往、个人因素、宗教背景等方面考察柳氏成为弥陀净土信仰的接受情况。柳氏成为弥陀净土信仰者,始于贬谪永州初期,这与他受修净土的天台宗学人重巽的影响、本身的遭遇和对世间的感慨有关。他对弥陀净土的信仰程度和心态表现在深入经论、斥异见、解疑惑、重修证上。张勇《柳宗元〈大鉴碑〉中的"负问题"》(《中国社会科学院研究生院学报》2009 第 5 期)指出与王维和刘禹锡为惠能所作的碑铭把"法衣"与"顿悟"放在十分突出的位置不同,柳《碑》只字未提这两项惠能六祖地位及禅法特色的重要标志,这是柳《碑》中最大的"负问题"。中唐时期,"法衣"之争、"顿渐"之别,是禅宗南北两派争斗的焦点,"顿悟"也是横隔禅宗与教宗的一道鸿沟,还是影响儒佛关系的一个重要因素,因此,柳宗元在"凡言禅皆本曹溪"的形势下,借奉诏为惠能撰写碑铭的机会,本着"黜异蹈中"的原则,有意避开"法衣"与"顿悟"这两个敏感字眼,重点申明惠能禅的"中道”立场与“性善”特征，从而实现其会通禅宗南北、会通禅教，进而会通儒释之目的。柳《碑》中的“负问题”正是柳宗元和谐佛教观的集中体现。张勇《论柳宗元的〈东海若〉》（《文学遗产》2009年第2期）指出，在《东海若》提倡净土信仰及念佛、持戒等修行实践的背后，隐含着柳宗元火热的现世关怀与冷静的理性思考。“西方净土”其实是柳宗元儒家“大同”理想的折射，它虽然在现实之中不可能实现，但能给处于乱世之中的人们提供一个美好的理想，成为他们精神的依托，从而引导他们“趣于仁爱”。柳宗元对念佛、持戒等修行实践的强调，目的在于规范当时比较混乱的南宗禅，从而让它更好地担负起“佐世”之重任。《东海若》对净土信仰的提倡，从表面来看是非理性的，但这种非理性选择的背后却隐含着作者理性的思考。程羽黑《柳宗元〈龙安海禅师碑〉所记禅宗法统释证》（《社会科学》2009年第7期）认为柳宗元对禅宗的批评与台禅两宗法统上的矛盾有关，他对两宗的态度是从“正统”和“旁传”的角度出发而非义理上的简单认同和排斥。同时，通过与李华的碑文比较可以看出，天台九祖荆溪湛然主导的教风转变是如何影响到了奉佛文人的信仰态度。

在柳宗元道教思想方面，张勇《柳宗元对道教“真经”的理解与评价》（《管子学刊》2009年第3期）指出，柳宗元站在儒家立场之上本着“经世”的原则对《老子》、《庄子》、《列子》、《文子》、《亢仓子》五部道教“真经”作了理性地考证与评价，从中可以较为清楚地看到他对道家、道教的理解与态度。

在柳宗元经济思想方面，曾少文《试论柳宗元以民为本的经济思想》（《中共桂林市委党校学报》2009年第3期）认为柳宗元的经济思想和他的哲学观与政治观是一脉相承的，都是围绕以民为本的核心来实现他“心乎生民”的社会理想。他的重农观，不仅是对传统的“强本节用”思想的继承，而且凸显了“利于人而备于事”的世界观和人生观；他的赋税观，着眼于“则贫者固免，而富者固增”的主张，与管子的“富者靡之”，“贫者为之”的观点有相通之处，凸显了柳宗元的爱民思想；他的富利观，贯穿着“思利乎人”、“利满天下”的国强民富思想，完全突破了儒家的“国不利为利，以义为利”、“德者，本也，财者末也”的轻利重义的狭隘观点。

在柳宗元教育思想方面，赵新国《论柳宗元的教育思想及影响》(《湖南师范大学教育科学学报》2009 年第 2 期)认为柳宗元一生不但重视教育理论，更重视教育实践，注重教育的施教方法，主张儒、佛调和，教育要培养“忠君、孝亲”，符合“公之大者”和具有“生人之意”政治理想的人才；提出“顺天致性”教育方法和“交以为师”的师生关系主张，对现代教育发展起着重要的影响。

三、诗文研究

莫山洪《论柳宗元的“化骈为散”与古文形式的确立》(《浙江社会科学》2009 年第 4 期)认为古文形式的确立依赖于韩愈、柳宗元对文章形式的革新。柳宗元少学时文，受六朝、初唐骈文影响颇深，其古文“化骈为散”，即化对句为散句，骈散结合，化典雅为通俗，不用或少用典故，化简单的对句为散句长联，将骈文的声韵辞藻方面的特点运用于散文之中，化骈文声韵为散文声韵，使散文一样具有声韵美，多用虚字，形成新的文气。柳宗元之所以改革文章，并取得突出成就，是因为他对骈文采取了扬弃的态度，同时也是因为他在贬谪中试图表现自己的才智，以引起朝廷的关注。喻国伟《柳宗元的创作主体论》(《柳州师范高等专科学校学报》2009 年第 3 期)认为柳宗元对创作主体的认识是相当深刻的，在他看来，创作主体应该做到文以行为本，在先诚其中；读百家书，旁推交通；感激愤悱，伸以歌咏。曹建华《从作者的“立诚”到读者的“尽味”——柳宗元文学创作论与批评论述评》(《湖南科技学院学报》2009 年第 6 期)认为柳宗元的文学创作论和文学批评论有着极为丰富的内容。在创作论系统中，柳宗元首先强调作家自身的品德修养，即以“立诚”为先；在素材、题材的积累上则要尽量“广纳”，然后再去芜存菁、兼收并蓄；在表现手法的借鉴上则要“博采”，尽量多地借鉴前人的成功经验；就文学创作的特质而言，主要是本乎比兴的“导扬讽喻”，即以艺术形象为中介，间接地诱导和激发人们的思想感情。在批评论系统中，第一个原则是“信实”，即文风朴实，内容真实可信；其次分析了“知难”，因而要求“辨玉”，即客观公正、从整体上评价作品；再次是“尽味”，即以丰富多彩的文学作品，满足读者多种多样的口味。

周慧玲、杨年丰《试论柳宗元山水游记的“旷如”与“奥如”》(《湖南科技学院学报》2009 年第 1 期)指出柳宗元以“漱涤万物，牢笼百态”的文笔表达了永州、柳州山水“旷如”和“奥如”的特色：“旷如”为出，多为宜登高望远，使人心旷神怡的全景：“奥如”为入，多为曲径通幽，令游者妙会于心的近景。他以大智若愚的心态投迹山水，表现“浩乎沛然”的特异山水，创造出了泛发着勃勃生趣的山水游记作品。赵欣《柳宗元山水文学美学特点形成原因初探》(《新西部》2009 年第 8 期)认为柳宗元山水文学凄神寒骨的美学特点主要根源于柳宗元见弃于国家社会，见弃于时代的极为孤独的悲剧性品格，并且与他超然卓越思想家的见识、文学运动领袖的胸襟以及他自觉的美学追求是分不开的。陈丽荣《论柳宗元山水游记独特艺术风格及其成因》(《太原师范学院学报》2009 年第 1 期)认为柳宗元的山水游记充满了他对“不遇之景”的热爱和对自己仕途上不幸遭遇的感受，张扬着决不气馁、积极向上的精神动力。这些特点和柳宗元的思想取向密切相关。身为思想家的他以儒家思想作为理想的标准，又吸收百家思想革新儒学，在借助佛道的虚静避世排遣心中的苦闷后以更为积极的态度和强大的力量投入对现实的关注中。正是这种内在的精神本质使得柳宗元的山水游记有了独特的魅力。艾瑛《析“永州八记”中“虚实相生”的写景艺术》(《文史博览》2009 年第 10 期)柳宗元的“永州八记”在中国山水文学发展史上具有举足轻重的地位，艺术特征鲜明，在景物描写中，作者巧妙运用“虚实相生”的艺术手法，或勾勒虚景，或留置虚白，使个人情感表达更为婉曲深幽。

杨文榜《“投迹山水地，放情咏〈离骚〉”：论柳宗元的诗学观》(《太原师范学院学报》2009 第 6 期)指出柳宗元既强调诗歌干预现实生活的社会功能，又强调了诗歌抒发个人情感的美学功能，他的“长吟哀歌，舒泄幽郁”的诗学观，揭示了优秀诗歌作品强势诞生的动力学因素。喻国伟《柳宗元诗作的多元审美价值》(《贺州学院学报》2009 第 2 期)认为柳诗的审美价值在于其深刻地表现了曲折委婉的骚怨情怀、对生命圆满的期待、孤傲坚贞的人格、幽冷峭洁的风格以及楚越风情风俗的幽峭之美。这些审美特质同诗人命途多舛与知识分子的固有情怀有密切关联。

四、比较研究

在比较研究方面,张晓花《谈谢灵运、柳宗元贬谪后心态不一的原因》(《河北北方学院学报》2009 第 6 期)认为谢灵运写于贬谪期间的山水诗歌除了反映抑郁的心情外,还有一种放松和闲逸的味道;而柳宗元贬谪期间创作的山水诗歌满含愁肠百结的苦恼和愤懑,几乎是一种痛苦的低沉的呐喊。贾名党、孟祥东《刘知幾与柳宗元辨伪方法论略》(《晋中学院学报》2009 年第 5 期)指出在辨伪方法上,柳宗元继承了刘知幾于史实和文义等层面来考辨古籍真伪之路径,并在从源流、语言文字、古籍之著者考辨及伪书并非毫无价值亦有可取之处等诸多方面对古籍辨伪方法作了新的拓展。曹春茹《朝鲜柳梦寅〈送韩山郡守李子信序〉与柳宗元〈送薛存义序〉之比较》(《玉林师范学院学报》2009 年第 2 期),指出这两篇有诸多相同或相似之处,即都是贬谪期间借赠别来讨论官民关系,表达自己的民本思想;都运用了比喻、对比手法力图表达得形象、明白。但艺术风格上又有显著不同,前者详尽、直率,后者简洁、委婉,前者在感情和气势上略胜一筹,后者在结构安排上稍显优势。

五、接受与嬗变

柳宗元文学思想的接受与嬗变方面,周玉华《试论柳宗元借鉴元结游记艺术》(《社会科学论坛》2009 年第 12 期)认为柳宗元在艺术上对元结山水游记在景物选取、意象描写、环境创设及情感透露等方面有很多借鉴和接受。杨再喜《苏轼对柳宗元诗歌的大规模接受及其后世影响——再论苏轼的"第一读者"地位和作用》(《社会科学辑刊》2009年第6期)认为苏轼是柳诗接受史上第一位重要理论的阐释者、大规模接受风气的开启者和成功的接受艺术的启迪者。苏轼作为一个具有崇高地位的诗人,在自己的创作实践中开始全方位地学习模仿柳诗,给后世读者树立了榜样,开启了大规模接受柳诗的风气;在接受的过程中,苏轼以柳诗为基础,结合自己的审美情趣,进行艺术上的升华,不断开拓新的接受方法,能够在艺术效果上源于柳诗却又高于柳诗。杨再喜《中兴诗人对柳宗元诗歌的接受——以陆游为例》(《兰州学刊》2009年第11期)认为陆游对柳宗元诗歌的接受表现在引禅入诗,在诗中表现出相同的意境;相似的诗歌题材和艺术风格;对柳宗元诗歌的深入阐释和高度评价等三个方面。

柳宗元诗文在海外的传播与影响方面,王丽娜、吴聪聪《柳宗元诗文在国外》(《河北师范大学学报》2009年第2期)对柳宗元诗文在欧美、俄、日、韩等国家的传播情况做了介绍。曹春茹《朝鲜汉文学家柳梦寅对柳宗元古文理论的接受与变通——以"文以明道""旁推交通"为例》(《邵阳学院学报》2009年第2期)指出,朝鲜王朝中期著名汉文学家柳梦寅的散文理论深受柳宗元的影响,如反对骈文、倡导古文,赞同"文以明道"和"旁推交通"作古文等观点。但他又对柳宗元的理论做了适当变通,结合朝鲜的时代特征和创作实际,扩充了"道"的范畴和内容,辩证地探讨了"旁推交通"的积极和消极作用,从而形成了自己新的散文理论体系。曹春茹《朝鲜文坛对柳宗元的接受与批评述略》(《柳州师范高等专科学校学报》2009年第2期)指出,柳宗元的诗文最晚于唐末就传入了朝鲜,被以次韵、拟作、集句、引用、化用等方式接受,其文学理论也被接受并在创作中践行。朝鲜的文人们还各抒己见,展开了对柳宗元其人及诗文的批评,其中大部分是肯定、赞誉,也有少部分指责或指瑕。

六、其他研究

在柳集版本研究方面,岳珍《柳集五百家注俞良甫翻宋本考述》(《中国典籍与文化》2009年第1期)认为元末明初俞良甫翻宋本《新刊五百家注音辩唐柳先生文集》高度忠实地反映了宋本原貌，具有较高的文献价值。刘汉忠《柳集版本丛考》（《广西地方志》2009 年第 4 期、第 6 期）对多种柳集版本的刊传、版本特点及学术价值做了介绍。

尹占华《〈幸南容墓志铭〉非柳宗元所作》（《中国典籍与文化》2009 年第 2 期）从避讳、认李绛为同年、文末署名、抄袭柳宗元及韩愈文章中的词句四个方面论证《洪城幸氏族谱》所载柳宗元作《唐故开国子祭酒文贞公墓志铭》系伪作。喻国伟《〈龙城石刻〉应是柳宗元手迹》（《广西社会科学》2009 年第 10 期）从石刻内容、书体风格、书家个性及其流传过程等方面考察辨析后认为，《龙城石刻》都不是宋人伪作，而应是柳宗元手迹。

李伏清《柳宗元论左氏与〈左传〉、〈国语〉及〈春秋〉之关系》（《湘潭大学学报》2009 年第 6 期）指出，综观《柳宗元集》，柳宗元认为鲁人左丘明，曾言事孔子，稍先于或稍晚于孔子或与孔子同时，为《国语》的作者。《春秋》为经，《左传》为《春秋内传》、《国语》为《春秋外传》，左氏为《国语》、《左传》二书的作者。孔子根据左丘明之《左传》、《国语》中的鲁史删定而成《春秋》，而在孔子之后的一位姓左的史官又通过对《春秋》经的训诂疏解而作《春秋左传》。

喻国伟《柳宗元书法源流考辨》（《南宁师范高等专科学校学报》2009 年第 2 期）认为柳宗元擅长的书体是草隶，其行楷具有虞体风格。其草隶师从张芝、钟繇、索靖、张旭、皇甫阅，行楷师从“二王”、虞世南诸人。

与上一年度相比，2009 年柳宗元研究的学位论文不多，仅有 4 篇硕士论文，分别是杨驰的《柳宗元骚体作品探索》（中国社会科学院研究生院）、师东斌的《柳宗元记体文研究》（西北师范大学）、曹瑞丽的《柳宗元旅游文学研究》（河南大学）和孙义勇的《韦柳诗风及成因之比较》（重庆师范大学）。

白居易、元稹研究

□ 殷祝胜 张宁

本年度发表元白研究论文200余篇，其中元白合论14篇，白居易研究160余篇，元稹研究30余篇，数量远多于往年。讨论的问题涉及作家生平与思想，诗、文、词、小说等各体作品，境内外的影响接受等诸多方面，范围相当广泛。就论文质量看，虽然疏浅之作不少，但眼光独特、论证充分、新人耳目的论文也比往年增多。下面从三个方面述其大要。

一、元白合论

首先是关于元白唱和诗的探讨，有4篇文章。赵乐《元白唱和诗研究》(《北京大学学报》2009年第6期)一文试图以较全面的视角阐述元白唱和的动因、内容和艺术等层面，认为"元白的唱和以大量的实践将唱和诗领域中'和意'传统巩固成'和韵'体例，为后人开辟了新的方向"。唱和诗"在元白特定生活时段起过友情交流、精神慰藉的作用，是唱和诗的'缘情说'的体现，因此也应予以正视和肯定"。段承校《元白唱和及其诗史意义》(《盐城师范学院学报》2009年第3期)一文指出元白唱和诗继承了和意唱和的传统，开创了和韵唱和的新天地。元白"将赠答诗的内容特征和分题拈韵联句的形式特征融合改造成次韵唱和诗，开启了诗人间相互异地唱和的新的形制规范，打破了传统唱和诗的时空条件的诸多限制，为文人艺术化交往确立了新的范式，这便是元白次韵唱和的诗史意义"。郭自虎《诗到元和体变新——元稹次韵律诗刍议》(《安庆师范学院学报》2009 年第 10 期)一文围绕着元白的酬唱,分析了元稹的次韵律诗,探讨了中唐元和诗坛呈现出的明显的新变特征。作者认为:“元稹的次韵律诗就是其突出代表。次韵成为风尚始自元稹,元稹次韵律诗因难见巧,花样翻新,在当世就产生广泛影响,从而丰富了唐诗体裁。‘元和体’这一称号的出现与之关系密切。”李红雨的《“元和体”补正》(《青年文学家》2009 年第 21 期)一文就陈寅恪先生《元白诗笺征稿·元和体诗》中对元和体的界说,从时间、内容、作家等方面作了补充,认为“小碎篇章不但包括部分艳情诗,也包括感于时事人生而‘取其释恨佐欢’的以自我吟畅之作如惜春悲秋、叹老伤穷、离愁别恨、思亲恋友等内容……讽谕诗不属于元和体诗。诗人群体上,以元白为主盟,包括元白一派其他一些仿效元白唱和等诗作的诗人和所谓江湖间‘众新进小生’”。

其次是论元白诗歌传播的,有两篇。吴淑玲《元、白诗歌的传播学考察》(《贵州师范大学学报》2009 年第 3 期)一文考察了元白诗歌传播的范围、速度、方式等,认为“元、白诗歌在唐代的互相流通和广泛传播,不仅成为二人互相交流感情的重要手段,使得元、白酬唱成为诗坛永远的佳话,而且在当时为诗人传名,并影响当时的诗歌创作,有助于诗艺的探讨”;“新乐府诗派的形成,‘元和体’称谓的出现,都与元、白诗歌的广泛传播有重要关系”。而柏红秀《论乐人与元白诗歌的传播》(《河南师范大学学报》2009 年第 6 期)一文则专论乐人在元白诗歌传播中发挥的作用,认为乐人和元白的密切交往使他们对元白诗歌极为熟悉,而且使部分诗歌被选入乐曲中传唱,乐人流动性强使得元白诗歌能够在全国迅速扩散。

论元白艳诗的也有两篇,作者皆为刘艳萍。其《从元稹、白居易艳诗看中唐诗歌的写实倾向》(《长安大学学报》2009 年第 2 期)一文认为“元稹、白居易的艳诗或铺陈情爱细节,或对歌妓戏谑调笑,或表现悲欢离合的艳情感受,多与其艳情及狎妓经历相关。这反映出中唐诗歌强烈的主体化倾向和写实色彩,同时这种主体化倾向、写实色彩与其诗歌观念有着密切的关系”。《杜牧艳诗的雅化色彩及其与元白艳诗之异同——从杜牧对元稹、白居易艳诗的批评说起》(《长春大学学报》2009 年第 9 期)一文认为"元、白这些艳诗有将诗歌这种'雅'的文学样式俗化的倾向",与杜牧艳诗的趋"雅"特质不同。

其他方面的文章有如下几篇。李明《敦煌变文与元白平易诗风》(《广西社会科学》2009 年第 2 期)一文以典籍的记载来印证敦煌变文的流行对元白平易诗风生成的影响,认为"敦煌变文与元白平易诗风在句式、风格、语言、运用的手法等方面都有内在的一致性","元白平易诗风的兴起体现了从传统到世俗的思想的转变"。肖伟韬《"元、白"的无嗣之忧及其文化心理意蕴》(《兰州学刊》2009 年第 4 期)一文认为"无嗣之忧"是"元、白二人晚年更加自觉地投入佛、道信仰,试图在佛、道的信仰中,寻找到命运的依托和精神的归宿"的重要原因。郭自虎《从〈论语〉的交友之道看"元白"并称的文化含义》(《孔子研究》2009 年第 4 期)一文依据儒家的交友之道剖析"元白"并称所包含的文化含义,认为"元白"并称是朋友的典范,不仅"散发出人性美的光辉",也有利于催生新诗体,推动文学高潮的到来。此外还有论元白诗风对郑谷诗的影响、元白判文等方面的文章,在此就不一一介绍了。

二、白居易研究

这方面论文以探讨白诗文本的为最多,有 100 多篇,其次是作者研究,大约 30 篇,影响与接受研究有 10 来篇,其他还有关于白居易的词和散文的讨论。

(一)作者研究

主要包含两方面内容,一是关于白居易生平的,有近 10 篇;二是关于白居易人生态度和文艺思想的,有近 20 篇。择要介绍如下。

论白居易生平而较有见解者有文艳蓉的《白居易子嗣考辨》(《重庆社会科学》2009 年第 2 期)和曲峰的《也谈〈白居易娶了谁家的女子〉——与余迎先生商榷》(《文史知识》2009 年第 4 期)。前者据《白居易家谱》、《白邦彦墓志》等新发现的文献,认为“白居易确实是以侄孙阿新为后,阿新为白景受之子白邦翰。白景受即龟郎,他作为嗣孙之父,而被视为白居易的嗣子”。后者对余迎关于白居易在元和十年前与牛李党争关系的看法提出异议,认为白居易在李宗闵、牛僧孺对策案及盗杀武元衡事件中表现,与牛李党争无关。白居易人生态度的讨论。曹淑娟《白居易的江州体验与庐山草堂的空间建构》(《中华文史论丛》2009年第2期)一文“尝试聚焦于白氏的园林文本,观察他如何言说、诠释自己的造园与居游体验,展开有关庐山草堂的讨论”,认为“白氏宦途失意,以草堂作为家居之外的‘他方’,既作为逃出尘世的隐匿之地,也作为向天地宇宙开放的门户,提供居游者中断尘世的时间锁链,藏身于天地之间,寻求并延续暂时性的超越经验,草堂也成为后世文人在山水间辟建园林的基本精神标记”。邵明珍《论白居易的“知足”与“不足”——兼论其忠州起复后之仕隐心态》(《中山大学学报》2009年第3期)一文认为:“白居易之‘知足’更多表现在物质生活层面,他对其一生的政治理想其实有着强烈的‘不足’。忠州起复之后,其思想演变相当复杂而且时有反复。他在遭受了再次的政治挫折之后,在不得已的情况下走向了‘中隐’与‘独善’,但其内心始终没有放下‘安人活国’、‘兼济天下’的‘功名’之想,表面上优游安闲、‘省分知足’,内心却是有着深深的‘不足’。”杜学霞《白居易在杭、苏时的“吏隐”心态及思想渊源》(《韶关学院学报》2009年第4期)一文指出:“白居易出刺杭州、苏州时持‘吏隐’心态,他的思想随着环境变化不断由‘兼吏隐’向‘隐于吏中’倾斜。白居易‘吏隐’思想受到魏晋以来的‘大隐’观的影响,也是中唐现实环境的产物。禅宗的世俗化,庶族地主的人生趣味,儒家济世情怀,中唐后期复杂的政治环境等均是白居易‘吏隐’思想产生的重要原因。”杜学霞《白居易在洛阳期间的佛教信仰》(《河南科技大学学报》2009年第6期)一文认为白居易“在洛阳期间与圣善寺、奉国寺、长寿寺、香山寺、天宫寺等著名佛寺均有密切的往来,这些佛寺分别属于密宗、禅宗、净土宗等不同宗派。他在洛阳期间佛教信仰有不拘门限、兼容并蓄等主要特征。白居易的佛教信仰在唐代后期有代表性”。

以上是对白居易不同时期人生态度的论述，此外尚有从总体上进行论述的。宋淑芳《白居易在唐宋文化转型中的典型意义》(《南都学坛》2009 年第 5 期)一文认为："白居易思想上的三教融合、处世态度的'吏隐'、生活上世俗化的倾向、诗学观念上游走于雅与俗之间等，使白居易成为中唐从唐型文化向宋型文化转型过程中的重要代表人物。"陈龙《唐代三教融合思潮对白居易思想的影响》(《暨南学报》2009 年第 1 期)一文认为："白居易的行为方式和生存智慧，真正体现了三教融合这一时代精神。在唐宋文化转型之际，白居易更以其独特的诗歌风格和人生思考，开种种风气之先。"李黎、李寅生的《念彼深可悔 自问是何人——白居易的自省意识探析》(《乐山师范学院学报》2009 年第 3 期)一文对白居易在多首诗作中表现出来的自惭自愧的自省意识的来源进行了探究，认为"其一是由于多灾多难童年少年记忆，其二是因为中年时期文艺观念的促进，其三是因为晚年时期中隐的行为让他心生不安"。

白居易文艺思想的讨论。李昌舒《论白居易的诗、酒与琴及其美学意蕴》(《2009 江苏省美学学会年会"当代审美文化与艺术传统"学术研讨会会议论文集》)一文认为："诗、酒与琴是获得闲适的三个重要途径，通过写诗、饮酒、弹琴，白居易实现了'日常生活的审美化'，这对于中国美学在中晚唐时期的转向具有深刻影响。"李昌舒又有《论白居易的独善心态及其审美意蕴》(《文艺研究》2009 年第 11 期)一文，通过对白居易诗歌中的"忘"、"闲"、"慵"、"适"四个概念的解读，探讨白居易独善心态的特点及其审美意蕴。杜学霞《从"审悲"到"审乐"——论白居易的闲适美对中国审美理想的改变和影响》(《河南社会科学》2009 年第 2 期)一文指出，唐以前以悲为美的审美理想在白居易那里得到明显改变。白居易经历的人生前后两个时期，使其完成了从悲剧体验向喜剧体验的转变，他的美学思想从追求"审悲"转向追求"审乐"，"白居易后期极力推崇具有'审乐'意识的闲适美，致使宋代以后'审乐'成为文人的重要审美理想和审美范畴"。赵子抄《浅谈白居易对谢灵运山水诗的两种态度》(《现代语文》2009 年第 4 期)一文指出白居易对谢灵运山水诗有两种态度：

一是在《与元九书》中从“六义”的审美标准出发对谢灵运山水诗持否定态度，二是在《读谢灵运》诗中对谢灵运山水诗大加赞赏，认为从中“可以看出其包括创作题材、审美趣味，思想内容等一系列的变化”。

(二)诗歌文本研究

这方面论文中，有关《长恨歌》与《琵琶行》的各有30余篇，合计占一半以上，《长恨歌》主题与《琵琶行》音乐描写仍是讨论最多的话题，情况与往年相似；另外50余篇论文，其考察对象或为白居易某一类题材诗歌，或为白居易某一时期诗歌，或为白居易某一单篇诗歌，讨论其思想内容、文化意蕴、艺术特色等。这方面研究取得了以下成绩。

《长恨歌》研究方面有日本学者下定雅弘《解读〈长恨歌〉——兼述日本现阶段〈长恨歌〉研究概况》(《南开学报》2009年第3期)一文。其论《长恨歌》主题，持“爱情”说，文中较新颖的是其指出：“白居易认为，《长恨歌传》是讽刺李杨沉溺情爱的文章、《长恨歌》是描写玄宗对贵妃之情爱的诗歌。由于有了《传》，批判的任务可由《传》一力承担下来，所以白居易就可以毫无顾虑地让深刻的爱情成为《歌》的焦点。”文章还对日本现阶段《长恨歌》研究情况作了介绍，颇有参考价值。

《琵琶行》研究成绩好于《长恨歌》。杨朴《天涯沦落恨的同构性象征——〈琵琶行〉故事后面的原型模式》(《名作欣赏》2009年第15期)一文认为琵琶女的故事是白居易原型心理的象征，“隐含着白居易多重的情感同构，这种多重同构表现为一个‘天涯沦落恨’的原型模式，而正是这个‘天涯沦落恨’原型模式组成的故事成为白居易‘天涯沦落’原型心理的象征化表现”。宿月《秋月荻花 瑟瑟胡曲——从〈琵琶行〉看白居易的西域音乐情结》(《绵阳师范学院学报》2009年第6期)一文认为白居易“在许多诗歌中都表现出对西域音乐的独特感受。他将对西域音乐的理解领悟力与其西域情结相沟通，用形象生动的语言意象，为人们呈现出对西域音乐与众不同的感受，生动再现西域音乐特色。而《琵琶行》中对琵琶女演奏技艺的精湛描摹，更体现了他对西域音乐的高超鉴赏力和音乐素养，将西域音乐的特性表现得淋漓尽致”。吴晟《意象·时空·心理——〈琵琶行〉与〈青衫泪〉文体比较》(《艺术百家》2009 年第 4 期)一文从意象、时空、心理三个角度对《琵琶行》与元杂剧《青衫泪》进行比较，认为《琵琶行》中的琵琶女是寄托作者“天涯沦落之恨”的审美意象，《青衫泪》则是一种写意手法，剧中白居易并不是作者所写意的载体之“象”;《琵琶行》中的时空是某个秋夜的浔阳江上，《青衫泪》中的时空则多次转换或并置;《琵琶行》主要通过刻画琵琶女的弹奏动作和表情间接揭示她的内心世界，《青衫泪》则直接通过女主角的歌唱来表露她的心理活动。这些论文都能从较为独特的角度进行阐释，对《琵琶行》的讨论有所深化。

白居易某类题材诗歌的探讨。日本学者中木爱《试论白居易诗中生理层次的“闲适”表现——兼及姚合闲适诗》(《中华文史论丛》2009 年第 2 期)一文详细分析了白居易在闲适诗中对生理层次舒适感的歌颂及其所使用的词汇，指出“白居易闲适诗最大的意义在于，从日常生活场景中发掘审美的价值，以个人的幸福感为素材，将其上升到一个全新的闲适诗境”;“白居易将诗歌语言从固定形象的束缚之中解放出来，为其注入全新的色彩，使它更贴近实际生活”。文章还将分析结果与同时代的姚合诗歌加以对照，指出两人之间的密切关系。夏炎《试论唐代北人江南生态意象的转变——以白居易江南诗歌为中心》(《唐史论丛》2009 年第 11 辑)一文以白居易丰富的江南诗歌作为研究素材，详细讨论了白居易亲身体验到的唐代江南生态环境。认为“白居易新江南生态意象扭转了唐以前北人对江南的不公正看法，以白居易为代表的北人的江南生态意象在唐代发生了重大转变。在唐代北人的眼中，江南已不再是蛮荒落后地带，而是与实际发展状况相符的客观的江南”。高林清《论白居易叙事诗的艺术特色》(《辽宁教育行政学院学报》2009 年第 3 期)和《略谈白居易叙事诗在中唐诗坛的意义》(《文教资料》2009 年第 2 期)二文皆论白居易的叙事诗。前者从抒情风格、赋比兴手法、语言特点、小说性等方面探讨了白居易叙事诗的艺术魅力。后者从白居易叙事诗体现了“中唐崇俗尚实的审美风尚”及代表了“富有鲜明个性的艺术创新”两个方面“肯定白居易叙事诗在中唐诗坛的特殊意义和美学价值”。杨为刚《长安的槐树景观与唐代的科举文化——以白居易为中心的研究》(《唐都学刊》2009 年第 1 期)一文分析了白居易不同时期诗歌中槐树意象所具有的不同含义,指出从其早年《和松树》中槐树的“此如小人面”到晚年《赠皇甫宾客》中“轻衣稳马槐阴路”的转变,反映了“白居易以外乡人的身份进入长安,通过科举制度的选拔,又经过铨选制度的遴选,几经沉浮,最终挤入社会上层”的经历,“由此进一步研究在科举文化背景下槐树所具有的时代含义,以及由此反映的科举士子在长安的生活情状,从一个特殊的视角观照中古时期由以经学为中心的贵族文化到以文学为中心的科举文化转变的过程”。卢宁《白居易“三三七”体诗歌探源与分析》(《牡丹江师范学院学报》2009 年第 3 期)一文论述白居易的新乐府诗中存在大量的“三三七”体诗歌,认为其源头,除发轫于中国民歌中的“三三七”体谚谣这一远因外,汲取变文中之“三三七”体,运用到自己的诗歌创作中,是其最直接、最重要的原因。汤其林《白居易的诗中乐舞》(《湖南医科大学学报》2009 年第 6 期)一文对白居易诗中所描绘的乐舞进行分析,将之分为社会生活乐舞、宫廷乐舞、宗教祭祀乐舞等三种。

白居易某一时期诗歌的探讨。刘艳萍《白居易的洛阳诗及其文化意蕴》(《河南科技大学学报》2009 年第 5 期)一文认为:“白居易创作的大量表现洛阳的诗中,关于洛阳自然和园林景观的描写极富诗情画意,侧重表现的是其远离喧嚣的幽静,以及诗人在此间的闲适;寺观也失去了宗教的超然高蹈和庄严肃穆,而成了和园林别业一样供人游赏的景色宜人之地。其笔下的洛阳是‘闲’与‘隐’的统一体。白居易深刻地体验到了洛阳文化的精神底蕴,并以自己的‘中隐’思想和闲适情怀深化了洛阳的文化蕴涵。”左志南《向内收敛 尚理重意——白居易晚年创作风格的转变与其对唐诗题材的开拓》(《宁夏大学学报》2009 年第 5 期)一文分析了白居易晚年诗歌注重理趣的创作趋势,认为这在一定程度上弥补了唐诗内省不足的短处。

单篇诗歌的探讨。谢思炜《白居易诗中的麽些史料》(《清华大学学报》2009 年第 4 期)一文对白居易《蛮子朝》诗作了新的笺证，认为“白居易《蛮子朝》诗‘摩挲俗羽双限伽’中的‘摩挲’一词应指唐代的磨些族（纳西族），白诗中所叙述的磨些人参与朝贺之事，为各种史料所不载。在此基础上，可以推测诗中语汇的含义：‘限’很可能是指纳西舞蹈‘窝热热’，‘限伽’则是‘窝热之舞’的意思；‘双’可能是指舞蹈中的两次腾跃动作，或每两圈的重复动作；‘俗羽’应是一个音意合译词，指磨些舞者的雉尾装饰。在《蛮子朝》中作者有意使用了若干外来音译语词，其作用在于显示作品介入现实的广泛，使作品带有更明显的时事性和新奇色彩，也使新乐府诗的语言更加丰富。”堪称诗史互证的佳作。刘铭、徐传武《白居易〈井底引银瓶〉诗主旨新解——以〈周易·井卦〉为坐标》（《周易研究》2009 年第 3 期）一文认为：“白居易的《井底引银瓶》诗实际是用《周易·井卦》来起兴的。他‘讽喻王不明，贤人修己全洁而不见用，怀才不遇，而心中恻怆’这一主旨，通过该诗的‘爱情悲剧’，导向和辐射到当时的政治现实。他极有可能是通过该诗来讽喻皇帝，反映其对永贞革新的态度，并对因革新而遭打击的官员表示深深的同情。”邵明珍《〈放鹰〉诗是白居易向皇帝建言“驭臣之术”》（《文史知识》2009 年第 11 期）一文认为，白居易的《放鹰》诗并非表达其对“封建君主翻云覆雨的驭臣之术”的感慨，而是恰恰相反，是其“向皇帝建言驾驭之术”。傅绍磊的短文《白居易〈牡丹芳〉中的“卫公”指谁》（《江海学刊》2009 年第 1 期）对白居易《新乐府·牡丹芳》中的“卫公”作了考证，认为是指卫国公杜鸿渐。

（三）影响与接受研究

这方面主要是关于中国境内影响与接受的研究，但也有域外情况的探讨，论文数量不多，但成绩可观。

境内情况的考察以尚永亮的三篇论文最值得关注。其《论宋初诗人对白居易的追摹与接受》（《社会科学辑刊》2009 年第 4 期）一文认为：“白居易及其诗歌在宋初受到群体的认同和仿效，与宋初君臣的游乐之风、统治者对白居易的褒扬、馆阁词臣崇尚浅易的诗学趣味以及白氏遗迹对活动在洛阳一地文人集团的浸染均有直接关联，而陶穀、李昉、李至、徐铉、晁迥、释智圆，特别是王禹偁等诗人对白居易的多方面追摹，则是白诗接受浪潮中的重要推动因素。考察宋初诗人对白诗的接受,主要表现为闲适、讽谕两大类型诗歌的创作,而其共同特点,乃在于唱和形式的汲取和模拟手法的运用。”《论方回之崇白及其对白诗的评点》(《北京大学学报》2009 年第 5 期)一文指出方回在学江西派黄、陈诗的同时,也学习白居易。在方回晚年诗中,“有大量涉及白居易及其诗作的篇章,他的若干自述,也明确展示了取法乐天诗的意图”。《瀛奎律髓》选了白居易诗 127 首,数量居唐人第二。他对白诗的评论,“或聚焦于白诗平易自然的特点,或将白诗与他人诗作进行比照,或以后人对白诗的承传为基线,寻觅其衍化轨迹”,多切中肯綮,已具有相当的创作接受学的意识。“而从根柢上论,他的每以乐天自比和取法白诗,固然缘于历经事变后对闲适生活的向往,但另一方面,也缘于其学江西后的困而知返,缘于其对白诗创作无粉饰、近人情旨趣的体悟和认肯。”《论王若虚对白居易的接受及其得失》(《社会科学》2009 年第 9 期)一文认为:“王若虚之推赏白居易,一方面固然缘于他对白诗的喜好,另一方面则具有鲜明的现实针对性,既是对宋人过度贬抑白诗的一种反拨,也是对当世诗坛求靡夸多、务奇争险风气的一种针砭,而其救治的药方,便是向白诗的‘哀乐之真发乎情性’、‘坦白平易,直以写自然之趣’回归。王诗对白诗的效法,有失有得。而从接受史的角度看,其理论与创作均具启示意义。”此外张煜《万斯同〈新乐府〉对白居易〈新乐府〉的因革》(《乐府学》第 4 辑)一文指出万斯同所著《明史新乐府》,在创作手法上与唐白居易新乐府有一脉相承的关系,但突破了白居易新乐府创作的格局,不局限于以诗讽刺,而是以诗存史。这也是有新意的发现。

域外情况的考察有日本学者静永健《从〈白氏文集〉看 13 世纪中朝日三地文化交流》(刘维治译,《南阳师范学院学报》2009 年第 1 期)一文。作者认为“《白氏文集》流传朝鲜半岛与日本白诗已成为当时跨越海域的一种文学标准。同时代的高丽王朝的李奎报与日本的藤原定家都是白诗的爱好者、研究者、传播者,因地域关系、接触版本不同,即高丽王朝是中国宋朝新开版的宋刊本,日本则是八九世纪传来的手抄的唐抄本,因而便产生了不同的受容姿态与结局”。

(四)其他方面研究

首先是对于白居易词的探讨。木斋《论白居易曲词写作的词体发生史意义》(《新疆大学学报》2009 年第 3 期)一文认为“白居易等人的新乐府运动,在客观上成为链接宫廷到民间的桥梁,也成为士大夫精英文化与民间文化相互交流的纽带,在推动民间曲词兴起的同时,又将盛行于民间的一些文学形式汲取到自己的创作之中,新乐府诗三三七的句式结构直接对词体的句式方式产生了影响”,因而“白居易词体写作具有发生史意义”。聂建华短文《白居易〈忆江南〉之九江辩》(《九江日报》2009 年 4 月 3 日第 5 版)认为白居易《忆江南》之“江南好”一首乃忆九江之作,也可成一说。

其次是对于白居易散文的探讨。谢思炜《拟制考》(《文学遗产》2009 年第 1 期)一文列举唐人撰写拟制的几种情况,分析了《白氏文集》翰林制诏中拟制存在与史“不合”的原因,确认这部分作品为白居易所作,并对其史料价值加以说明,对“伪文”说提出否定意见。其论证有较强的说服力。王士祥《笔精思密——论白居易〈性习相近远赋〉的艺术特征》(《名作欣赏》2009 年第 8 期)一文认为此赋“不仅切中题意铺衍成文,而且自觉迎合时代精神,语必宗经,言中章句,显示出其深厚的经学根底;同时在程式的规范下通过迎合命题旨趣展现了自己的学优才高。文章观点鲜明,结构谨严,不枝不蔓,以协谐的韵律和灵活多变的句式形成了其灵动的神韵”。

此外尚有乔立智《白居易诗歌三家校勘辨正》(《求索》2009 年第 10 期)一文,比对顾学颉《白居易集》、朱金城《白居易集笺校》以及谢思炜《白居易诗集校注》三书,就其中的校勘疑议之处作了进一步辨正。

三、元稹研究

《莺莺传》仍是热点,对它的研究有十多篇论文,讨论最多的是这篇作品的艺术特色。祖国颂、林继中《〈莺莺传〉叙事艺术探析》(《东南学术》2009 年第 2 期)一文从矛盾的人物形象,镜像化的人物关系，叙事空白的表意形式，以及"诗"与"史"的内外结构互补等方面分析了《莺莺传》在叙事方面的鲜明独特的艺术性。郭自虎《日常生活的诗意再现——论〈莺莺传〉对唐传奇的创新》(《江淮论坛》2009 年第 5 期)一文认为《莺莺传》将诗与文作深度融合，具有较高的艺术性和示范性，另外它"不同于一般唐传奇追求题材的怪奇与情节的离奇，以其鲜明的现实色彩在唐传奇中最具典型性，它是中唐乃至此后科举制度下风流士子们爱情生活方式的缩影"。周承铭《试论〈莺莺传〉的艺术价值》(《浙江教育学院学报》2009 年第 1 期)一文认为《莺莺传》的艺术价值不仅成功塑造了莺莺形象，"更反映在人物人格表现复杂性的描述、春秋笔法的运用、结构的创新探索和多种文学因素的整合等方面"。这些文章都有一定新意。

其他多是从比较和影响的角度展开讨论的文章，其中宋剑华、李哲《古典爱情的现代演绎:〈伤逝〉与〈莺莺传〉之比较研究》(《海南师范大学学报》2009 年第 5 期)一文认为:"鲁迅小说《伤逝》的故事情节，大胆借鉴了《莺莺传》的叙事模式，并将现代青年的'恋爱自由'，纳入到传统'私奔'现象去加以思考"。颇有新意。另外黄贤忠《从崔莺莺的姓氏谈起——论元稹与山东士族》(《合肥学院学报》2009 年第 4 期)一文认为"崔莺莺的家世境遇和她的姓氏可能是对唐代山东士族衰落的社会地位的真实写照"，通过"考察元稹的家世和仕途经历，发现他与山东士族存在着错综复杂的关系纠葛，而这一点也表现在张生对崔莺莺的态度上"。以小说与历史互证，见解也较为独到。

其次是论元稹诗歌的文章，也有 10 多篇。刘铁峰《论贬谪对元稹诗歌创作的影响》(《湖南人文科技学院学报》第 2009 年 5 期)一文指出:"贬谪所导致的人生陡降使元稹更真切直接地感受社会与人生的艰难，受此影响，对贬谪骚怨情感的抒发与具体谪居生活的描写，成为他诗歌创作的主要内容。反复的贬谪迁徙，使元稹有机会感受谪居地不同的人文风物，它在开阔了元稹眼界的同时，也拓展了他诗歌创作的题材范围。"董以平《元稹〈遣悲怀〉与苏轼〈江城子〉比较探析》(《飞天》2009 年第 8 期)一文认为，两篇作品"同是思念，内容不同"，"同是细节，角度不同","同是梦境,虚实相应","对比突出,反照强烈","体裁不同,结构相似"。陈翀《元稹佚诗〈题虎丘山生公讲堂影牌〉考》(《文学遗产》2009年第3期)一文据日本蓬左文库藏那波道园本《白氏文集》(细井平洲旧藏本)卷一一之跋语,考得元稹"写于道生法师像侧之木牌上"的佚诗一首。黄冬红《〈才调集〉元稹诗歌考略》(《柳州师范高等专科学校学报》2009年第4期)一文依据周相录《元稹年谱新编》所考元稹与莺莺、韦丛等女子交往之事迹,论证"《才调集》中所录元稹艳诗中《春别》、《离思》(五首)、《桐花落》、《梦昔时》、《暮秋》、《樱桃花》、《桃花》、《白衣裳》(二首)、《蔷薇架》、《忆事》等共十五首皆应为韦丛而作"。都可以参考。

论元稹散文的也有两篇。杨军《元稹散文概说》(《苏州科技学院学报》2009年第2期)一文对元稹的制诏文、奏议碑铭、行状、祭文等做了分析,认为"元稹散文的首要价值是其历史文献性品格,其次是生活教科书品格。元稹散文蕴含着浓厚的情感成分,有独特的艺术感染力。在文体、文风、文学语言方面有开创性贡献,是中唐古文运动的重要一翼"。傅绍磊《论宦官内争与元稹及其制诰改革》(《西南交通大学学报》2009年第4期)一文认为:"与元和逆党结交的元稹成为元和逆党打击政治对手的工具,由元稹起草的相关制诰也往往成为他打击政治对手,拉拢政治盟友的政治工具,这恰恰违背了元稹制诰改革的宗旨,即通过客观明确的叙述进行善恶分明的褒贬,减少制诰的政治倾向性,增加其庄严性、严肃性,从而使其具有教化的意义。"

论元稹思想与心态的有刘铁峰的《元稹与禅宗论略》(《南华大学学报》2009年第5期)和许金华的《悰绪竟何如? 棼丝不成约——元稹爱情婚姻复杂心态别论》(《福建论坛》2009年第6期)。前者认为:"在中唐士人普遍尚佛的大环境下,元稹与禅宗也有着较密切的关系。他好游禅寺、广交禅僧、感悟禅理、寓禅于诗、以禅悟感发来观照社会与人生。特别是在调适贬谪心态与谪居情绪的过程中,在调整自己生命价值取向时,禅宗对他产生了明显的影响。"后者认为:"元稹对崔莺莺始乱终弃,但并没有因此而忘情莺莺,只是为了'事功'而'忍情'放弃,这于道德层面当可指责,于理智和情感关系层面当可借鉴。他对爱妻之亡故悲痛不已,但他也续弦再婚。这种爱情婚姻的复杂情感和态度其实是一种常情和常态。”

李商隐、杜牧研究

□ 吴振华 孙婷婷

本年度李商隐、杜牧研究继续维持学术热点的态势。各类学术期刊发表的论文,虽然数量上和上一年相比,有所下降,但内容仍然丰富多彩。其中李商隐研究的论文有50多篇,杜牧研究的论文有30篇。以下分别综述。

一、李商隐研究

2009年的李商隐研究尽管论文数量有所减少,但收获了著名李商隐研究专家余恕诚先生的几篇高质量论文,将李商隐研究向更精深的领域和更高的水平推进。

(一)交游与思想研究

景红录《李商隐及其诗与令狐綯之关系》(《江汉大学学报》2009年第5期),认为李商隐和令狐綯的关系经历了由挚友到疏远再到决裂的演变过程,二人关系破裂的原因是多方面的:不仅是因为在对人对事的态度上,二人的个人品行有着根本的差别;也与两人的仕途地位的相互变化有着密切的关系;而最根本原因还是因为二人具有完全不同的政治倾向和价值目标,这也影响了其诗歌创作的思想内涵和风格特色:在交恶之前,李商隐寄赠令狐綯之诗作,皆题目鲜明、意思明确,少有歧解。而交恶之后,鉴于对方的地位和当时险恶的政治环境,义山在抒写与令狐绹的恩怨情结时，不能不有所顾忌，故多采用假托、比兴等隐晦曲折的方式来暗传心曲，其诗因此显得主旨不够明确，给人以寄意宽泛、感慨遥深、扑朔迷离之感；也因而促进了他那种吞咽凝回、寄托隐微的艺术风格的形成和发展。黄昭寅《论李商隐诗歌的佛理禅趣》(《德州学院学报》2009 年第 3 期)认为李商隐以其独特的感情体验，感悟到了有求皆苦、无常幻灭的佛教真谛。李商隐对人生无常之苦的体验，为他走向佛学、寻求超越奠定了心理基础。他超越痛苦的途径也是禅宗的观照，即不二法门。然而，这种宗教超越对李商隐来说，只是局部的，从总体上看，他的诗并不是对佛理的简单演绎，不是"导人入佛智"。周庆弄《浅谈李商隐的双重仙道观》(《河池学院学报》2009 年第 4 期)认为李商隐一生都是虔诚的道教信仰者，但他又是一个清醒的理性的批判者，对道教的神仙之说有着自己独特的见解。而李商隐之所以有这种复杂而又矛盾的双重仙道观的根本原因在于他的主流思想是儒家思想。道教对李商隐的文学创作影响也是明显的：李商隐通过在作品中合理地广泛地运用诸如道教上清派的典故、口诀、隐语和专用术语等道教因素，创造性地运用比兴寄托手法，形成了自己深于寄托、工于比兴的独特的艺术风格。道教因素的运用不仅为李商隐的诗歌创作提供了充足的养分，还扩大了诗歌的表现功能，给诗歌增添了缥缈朦胧、神奇瑰丽的意境之美，使诗歌意象丰富、意蕴无穷。

(二)艺术研究

余恕诚《论小说对李商隐诗歌创作的影响》(《文学遗产》2009 年第 3 期)指出唐代诗歌在其发展过程中不断推陈出新，晚唐面貌迥异于盛唐和中唐，除了诗歌自身内在演进动力外，其他文体对诗歌的影响也是重要原因；而李商隐、温庭筠的诗风变化，不是正统的经史文赋影响的结果，多方面的情况表明唐代传奇小说以及唐以前归入小说一类的稗史、杂录、笔记、志怪等曾经深刻地影响诗歌的发展。李商隐诗歌用事隐僻，情思意绪超出常境，与他蒐集奇书、空穴异闻、受到小说的影响有密切关系的，表现在以下方面：(1)其诗大量吸收和使用小说材料；(2)歌咏小说故事；(3)代言体与离言赠答中的小说成分；(4)抒情诗外壳下的传奇故事;(5)取小说之人物故事与笔墨意趣。通过全面地了解李商隐诗歌接受小说、变文等影响的情况,由小说对义山诗广泛渗透的现象入手,可进一步深入认识中晚唐诗歌“升降大关”的某些重要表现与成因,看到不同文体间相互交融在文学演进中的特殊作用。对于李商隐诗歌创作吸收传奇小说的得失,还可以就不同篇章、不同类型作更为具体细致的分析。但从总体上提高到诗史升降大关,并由此途径来加深对文体间交融互动和中晚唐诗歌演变的认识,无疑是十分重要的。

王冠玉《论李商隐无题诗的修辞运用》(《西南科技大学学报》2009 年第 5 期),认为李商隐的无题诗之所以含蓄、幽丽、深邃、隽永,很大程度上归功于其精妙的语言,而其中修辞手法的运用又发挥了至关重要的作用。其无题诗在幽丽自然的象征和含蓄委婉的暗示的运用过程中又往往以丰富巧妙的典故和发人深省的比喻的运用为支点,在此基础上夹以象征、暗示,达到直抒胸臆所达不到的效果。他在谋篇布局时采用映衬的手法,映衬的目的就是为了突出主体,在表达上含蓄婉转,本体却更鲜明。而在对深邃内敛的婉转和意味深长的双关的修辞方式的运用中,使读者感到词语意味的深刻厚实,触景生情。

(三)诗歌内容分类研究

1. 意象研究。

黄珊《从〈锦瑟〉看李商隐的意象观》(《边疆经济与文化》2009 年第 8 期)认为李商隐的《锦瑟》中“庄生晓梦迷蝴蝶,望帝春心托杜鹃”不仅是用典,还是一种独特的会飞的意象。这种会飞的意象在李商隐诗中多次出现,它体现了诗人特定的心态。会飞的意象是诗人现实世界中政治理想的象征,诗人借这种意象来抒发自己的政治理想。刘小兵《待得孤月上,如与佳人来——李商隐诗歌的月亮意象》(《大连大学学报》2009 年第 5 期)指出李商隐诗中多次写到月亮,而且意象极其动人,这是因为月亮不仅见证了李商隐的爱情,也见证了他人生旅途中的挣扎沉浮、得失成败,见证了他长期漂泊的艰辛、独居的孤寂和淡淡的乡愁。此外,月亮时常寄寓着他对社会、历史、人生、爱情的种种思考,而很多时候月亮还与鲜花、佳人是难辨彼此、三位一体的；李商隐诗中的月亮意象还常与水、冰、露、霜、雪等清冷的意象结伴而行，从而营构了其诗歌冷艳、凄美、朦胧的意境。何世剑《李商隐诗歌中灯烛意象的文化意蕴——兼论唐前灯烛意象的渊源流变》(《开封大学学报》2009 年第 1 期)指出“灯烛”意象是中国古代诗歌的经典意象之一，李商隐扩大了灯烛意象的表现力、内蕴力，创造出具有多方面文化意蕴的经典灯烛意象。其中浸蕴了诗人深重的珍惜光阴的人生忧患意识；有的体现了诗人对甜蜜爱情、坚贞友情和美满生活的期待和渴望；有的代表了诗人对封建社会礼仪化、秩序化、宗法化伦理纲常的肯定，同时传达出诗人向往盛世、明主的愿望；还有的表达了诗人对无私奉献崇高品格的赞赏。曾景婷《意态由来画不成——〈锦瑟〉英译中的意象流失》(《江苏科技大学学报》2009 年第 2 期)指出《锦瑟》丰富的想象和频繁的用典构成各种朦胧的意境，也因此给译者留下了巨大的创造空间。作者结合许渊冲先生翻译《锦瑟》的情况，具体探讨古诗英译中由文本模糊引起的意象流失问题。许渊冲的译诗很好地保留了原诗的押韵特色，整篇译文“诗味”极其浓厚，但由于译诗英语形式较多，又加上没有注释，原诗的意象不可避免有所缺失。译诗中选词的明朗化，使得原诗的模糊朦胧意境有所减弱，有损原诗语言的精细绵密、情感的纡徐含蓄；许译诗对原诗的典故进行了最大的简化，剔除了“庄生”和“望帝”两个意象，使得原诗的悲伤意象在译诗中流失不少；译诗中主语的变换和动词的省略都使诗人寄寓的深邃朦胧意境浅显化、具体化，同时减少了原文的容量，不可避免地引起意象流失。但许渊冲先生翻译的《锦瑟》尽管在意象传达上尚有个别地方值得商榷，但仍瑕不掩瑜，当之无愧是翻译中的精品。

2. 心态研究。

王桂萍《李商隐诗作之焦灼自闭心态探析》(《新疆广播电视大学学报》2009 年第 1 期)认为李商隐的焦灼自闭心态总的看来是其需要得不到满足而人际疏远，现世阻隔，孤独流离，自闭抑郁而产生的。这种焦灼自闭心态表现在诗中就是时间的“晚”和空间的“远”的意象的营造：李商隐常用天涯”、“日暮”意象这种“原型”来比况理想悬隔的心情的焦急。因怀才不遇，人生价值和种种需要的难以实现而长期陷入焦灼的苦闷中，久而久之便会引起心理上的疲劳，产生自怜自赏、自虐的自闭心态，宣泄孤绝悲愤的情绪。焦灼自闭心态在李商隐诗中的另一种表现就是借助创作来泄导悲愤孤绝的情绪，实现对自身价值的肯定。李措吉《痛苦体验生成的忧患情结——李商隐悲剧心理透视之一》(《青海民族学院学报》2009 年第 2 期)试图借助现代心理学理论去观照李商隐痛苦的生命体验对他心理建构的影响，以透视其悲剧心理形成的深层原因，从而为他一生悲剧性的生命活动和诗歌创作寻找到心理依据。

3. 具体作品研究。

王东峰《李商隐〈白云夫旧居〉考辨》(《牡丹江教育学院学报》2009 年第 5 期)，指出刘学锴、余恕诚合著的《李商隐诗歌集解》一书中也存在一些牵强附会的误释，如《白云夫旧居》，在唐代诗歌传统中“白云”一词大都指代的是隐士和道家之流，而“夫”不仅对幼、卑对长、尊而言，朋友之间也可以如此称呼。李商隐对令狐楚感情深厚，他的全部诗文作品，对令狐楚都是明言尊称，而此时李商隐与令狐楚也还保持着友好交往，并未交恶。在令狐楚去世才几个月的时候李商隐不必以“白云夫”来暗指令狐楚。因此“白云夫”并非是《集解》整理者认为的令狐楚，而是与李商隐交情深厚的隐逸高士、或道者之流。而令狐楚的《白云孺子表奏集》是他前后为桂林、太原二府从事时所作，并非专为郑儋一人所作。因此令狐楚自号“白云孺子”也不像整理者说的是为了媚悦郑儋。“误识”一词更无“悔不当初之意”，当作“庆幸于偶然相识”之解，否则，李商隐也不会旧地追忆朋友，“再到仙檐忆酒垆”了。

王永波《李商隐〈韩碑〉诗主旨新探》(《中华文化论坛》2009 年第 3 期)认为《韩碑》一诗与其诗集的总体风格颇为不类，是李商隐诗集中较为独特的一首。关于此诗的主旨，前人多认为是赞美裴度、韩愈淮西平叛一事，褒奖韩愈所作的《平淮西碑》，为此碑被推倒鸣不平，兼表达李商隐评定叛藩的政治主张。但作者结合有关史实以及对李商隐对韩愈态度的详细分析，提出了新的观点。他认为《韩碑》一诗确是模仿韩诗所作，意多嘲讽，主旨在于讥讽韩愈热衷名利、攀附权要、为文不德，以至遗留笑柄。宋代以后尊韩风气太盛，对韩碑事件中的韩愈褊袒回护，才会造成了对《韩碑》诗主旨的错误解读。

董希平《李商隐〈无题二首〉解》(《古典文学知识》2009 年第 5 期)从李商隐数十首偏重感觉印象而含义很难坐实的无题诗中选择了“凤尾香罗薄几重”和“重帏深下莫愁堂”二首进行分析，结论为:这两首诗虽二实一，在内容的描写、交代上相互补充，实际上叙述的是同一情事。只不过第一首分场景写男女交往中的思念、相遇与期待，粗线条地描画出所咏主题;第二首则宛若第一首的注脚，极写女子的痴情与身世遭际之感。

(四)诗歌传承与比较研究

诗与词是关系最密切、沟通渠道最多的两种文体。诗词之间的相互影响与生发，是中国韵文文体关系中的突出现象。余恕诚《中晚唐诗歌流派与晚唐五代词风》(《文学评论》2009 年第 4 期)一文指出诗词之间的联系，除句调韵律外，还有词语、意象、情境、风格等多种因素。而作为内质之“情味意境”，当是看待诗词之别和词体兴起的根源更为重要的因素。作者从文体内质方面，论述中晚唐诗派在词体初建过程中所起的影响作用，以及如何导致温庭筠、韦庄二家词风之不同。文章指出:花间词中温韦之不同，与中晚唐诗派相关。温词上承源自李贺的温李诗风。这种诗风，本来就是“向着词的意境与词藻移动的”，温庭筠再将此带入词中，遂确立了晚唐文人词的主导词风。韦庄对温词并非没有继承，其词仍然属于温庭筠所建立的晚唐五代文人词的本色形态，但他同时继承了白居易等大众化的明畅浅易的诗风词风，显得与通常的五七言诗更接近一些。其词叙述交代与主观抒情多于温词，在花间词中自具特色。韦庄处在词体文类特征刚刚建立起来，尚需巩固以求确立时期，其词表现的某种特色，还只是对词的内容和表现手法的一种丰富。韦庄之后的西蜀词人，多数仍是承袭温词，而非追随韦庄。词史的演进，并不是直线地由温到韦跨入新阶段，匆忙地来一次革新，而是辩证地在与诗歌复杂的交流过程中，让另一诗歌流派再度介入，把似乎离本色词风远一点的直白抒情因素融合进来，使词体发展更加丰富多元，而不致流于单一化。这就是截至《花间集》编定时晚唐五代词史的实际情况，和温韦差异的主要原因所在。

吴振华的《试论杜牧、李商隐诗序的差异及其原因》(《广东技术师范学院学报》2009 年第 6 期)认为，晚唐时期的诗序接受传奇小说的影响，体制上虽仍保持散文化，内容上却一改先前纪实性的特色，追求传奇浪漫的故事，具有典型的小说性质，极富浪漫传奇色彩。杜牧、李商隐虽然创作诗序不多，但他们现存的三篇诗序都是关注女性命运、关注爱情，且都用散文体而非骈体来撰写，体现了晚唐传奇小说对诗序的影响，具有典型的时代特色。但二人所作诗序虽题材和主题相似，但在具体处理的过程中却存在着取材、叙述方法等差异。造成这些差异的深层原因在于他们的人生体验和感悟存在着差异。

张俊海《论〈新唐书〉、〈旧唐书〉对李商隐评价之差异》(《合肥学院学报》2009 年第 5 期)认为新旧唐书虽所载李商隐事迹基本相同，但对李商隐评价的差异也是明显的，主要表现为对其政治态度和文学成就两方面。造成两唐书对李商隐政治节操评价分歧主要是由于新旧唐书对牛李党争的态度不同所致，与李商隐作品在宋时流行，欧阳修、宋祁等人对其品行节操更加了解也有关系。而对李商隐创作的评价的差异则与时代文坛风尚有关。《旧唐书》将李商隐文学成就归为骈体创作，而非诗作。因为《旧唐书》成书的五代十国，统治文坛的依然是骈体之作，因此《旧唐书》推重李商隐骈体文，正是刘煦等人生活时代文坛风尚的反映。杨有山《性灵诗派源头考辨》(《中国文学研究》2009 年第 2 期)指出学术界对袁枚为首的性灵诗派源头的探索主要有两种观点：一种认为“性灵诗派”的源头是南宋杨万里；另一种认为“性灵说最直接的源头”是钟嵘的《诗品》。杨有山认为这两种观点分别梳理出袁枚性灵诗派与钟嵘、杨万里之间的渊源继承关系，虽各有其一定道理，但都比较表面化。而袁枚和李商隐由于时代、人生境遇的不同，以及同中有异的美学思想，造成他们诗歌创作的差异。但从精神实质上看，袁枚性灵诗派与李商隐的诗论及诗歌创作最为接近，如都提倡“真情论”和“独抒性灵”的个性论的诗学观念以及二人主导创作倾向上的相同点。二者之间的渊源继承关系更为明显，李商隐的诗论和诗歌创作中已孕育了性灵诗派美学思想的幼芽，因而把李商隐看做性灵诗派的源头更符合实际。

（五）研究史研究

叶刘伟、袁书会《李商隐诗歌研究综述》（《柳州职业技术学院学报》2009 年第 1 期）对一千多年来李商隐诗歌的接受和研究进行了大致的梳理，将其分为三个阶段：晚唐到明末（发轫期）、明末到 1978 年（转折期）、1979 年至今（加速发展期）三个阶段；而从明末清初到“文革”末是一个关键、转折的阶段，因此又将这一阶段以朝代为界线分为了三个时期。他认为李商隐诗歌研究中存在着六个障碍：第一，以商隐为学杜的典范，在总体评价上却认为李不如杜；第二，言商隐却纠缠于“西昆体”；第三，言商隐基本局限于晚唐这一特定历史时期；第四，自清代以来的商隐研究大多只是纯粹学术性的研究而已，鲜能意识到商隐诗在思想和艺术上具有超前性、超我性、神秘性和自省性；第五，惑于商隐诗形式上与杜甫与李贺的相似之处，未能揭示其本质特征是“缘情”，其真正根源是表俗情、通达私意的民歌，尤其是南朝民歌；第六，不能或不敢揭示出商隐的一大贡献在于“充当了唐代诗艺乃至中国诗艺的总结者”。

二、杜牧研究

本年度杜牧研究比较活跃，从文献整理到具体作品分析，从思想内容到艺术特色研究都取得了一定的成绩。综述如下：

（一）思想研究

许慧君《论杜牧诗歌中的女性观照》（《文学评论》2009 年第 6 期）否定有的文学史说杜牧“专写征歌狎妓的颓放糜烂生活”的说法。认为杜牧是一个正直、重情、有气度、有抱负的文人，在他的诗歌中存在着一种特殊的观察和思考角度，即“女性观照”。他不仅在以女性为题材的诗歌中表现自己独特的女性观，还将这种观察视角引入其他题材之中。他特别敏感于女性以及与女性有关的形象，并以其联系、形容其他物象，即使有些人或事与女子无直接关系，也会将其纳入诗篇。这种现象的出现与当时的社会生活因素和社会风气有关；同时，还和诗人的心理因素有关。杜牧郁郁不得志，这使得他有可能将自己的命运与女性联系起来，借以在诗歌之中抒心中之块垒。

彭笑远《论杜牧"以才学为诗"》(《毕节学院学报》2009 年第 3 期)认为，杜牧"以才学为诗"主要表现为：在诗中大量用典，他的诗歌用典密集，有时几乎一句一典，甚至一句两典，而且在用典时以己意为主，常以己意改造典故；他常用史实，未免别人看不懂，便在自己的诗中加注，这也开了一种新的风气；喜欢在诗中用奇字僻词，化用经学语句，以显示自己的博学，这与其学习韩愈尚奇尚怪的诗风有关。从整个中晚唐士人文化的流向上看，士人文化主流由辞赋型向学者型转变，文人的学者化是唐宋文化转型的一个重要内容，杜牧正是在这样一种历史潮流的影响中走向了"学者型士人"，他的"以才学为诗"正是其自身的才华、深厚的家学和时代的风气三者汇合所形成的。

(二)诗歌艺术研究

彭笑远《杜牧绝句变体及其诗学意义》(《北京教育学院学报》2009 年第 4 期)，认为杜牧是继杜甫以绝句论诗后第一个大量运用绝句来议论、说理的诗人，他对绝句进行了根本的改造，使绝句从单纯的抒情转变到议论，充分利用绝句来议论说理，并且取得了空前的成功。杜牧对于绝句的变革，扩大和丰富了绝句的表现题材和艺术技法，对宋诗影响巨大，成了宋诗的一个重要来源，而杜牧的绝句变体也成为唐宋诗学转型中的一个重要的关捩点。杨万里《论杜牧女性题材诗歌的文学地位》(《天府新论》2009 年第 1 期)认为杜牧女性题材诗歌对词文学题材内容上的转型起了重要的过渡作用；从风格上来讲，晚唐艳情诗香软绮靡的风格深深影响了其后的花间词、南唐词以及宋时的婉约词，而词文学由婉约到豪放的转型亦有杜牧艳情诗中艳丽而不乏清俊风格的影子；从韵律上来说，以杜牧等为代表的一类晚唐才子词人精通音律，并能在创作诗歌时有意识地去"倚声"、"倚曲"，因而对其后的与音律联系更加密切的词体文学的成熟有一定的推动作用。栾巧云《析杜牧诗歌的意象群》(《贵阳学院学报》2009 年第 2 期)指出,杜牧的诗歌意象有其突出的特点。首先,他喜欢创造色彩绚烂的红色意象群,这些意象洋溢着诗人生命的体验,彰显诗人热爱自然、热爱生命、追求生命价值的实现、渴望建功立业的心理特点。其次,杜牧善于推陈出新、创造出形象清丽的意象群。在继承传统诗歌意象的基础上,通过对传统意象的种种创新传载特有的情思,构成了推陈出新、形象清丽的意象群。此外,他还善于创造意旨高远的意象群,他在诗作中并用描述性意象、比喻性意象和象征性意象,加深了诗歌的深度和厚度而呈婉曲的特点,形成了自己独特的富于哲思且言旨高远的意象群。

赵非《"云容水态还堪赏,啸志歌怀亦自如"——杜牧扬州生活之主旋律》(《廊坊师范学院学报》2009 年第 2 期)认为"风流才子"杜牧在扬州期间并未如世人所说的那样一味地沉迷在胭脂柳巷。他认为杜牧一生中最重要的有关藩镇问题的文章恰是在扬州写成的,他的这些著作充分体现了他对藩镇作乱问题的关注和不在其位也谋其政的使命感与责任感;他在欣赏扬州美景时仍念念不忘抚今追昔,常对历史兴亡进行思考,将历史教训摆在执政者面前;在扬州期间,他对晚唐社会命运的强烈关注,对国家用兵的一系列问题进行了细致的研究,提出了自己的见解和看法。这些作品表明了杜牧感时忧国的本来面貌。因此忧国忧君、关心国家命运、为统治者出言献策才是杜牧扬州生活的主旋律。史广超《杜牧焚诗考》(《郑州航空工业管理学院学报》2009 年第 3 期)认为,杜牧虽寄情酒色,获得暂时的解脱,并形诸于诗文。事君立身、扬名后世的理想虽已不能得到实现,但至少不能让纤艳之作遗世,徒留丑名,于是杜牧在痛苦与挣扎之余,试图通过焚诗来补偿。

李金坤《哀悼诗中的千古绝唱——杜牧〈清明〉赏论》(《名作欣赏》2009 年第 7 期)指出杜牧的《清明》不愧为"清明"悼诗之绝唱、七绝作法之范型。此诗在七绝创作法则上的诗法审美意义主要表现在四个方面:一是形象的圆整美。二是叙事的曲折美。三是画面的包孕美。四是章法的自然美。

(三)传承与比较研究

李金坤《一曲〈清明〉千古新——杜牧〈清明〉诗的接受方式》

(《文史杂志》2009年第2期)指出千百年来,人们以不同的手法与方式来表达对这首诗所特有的关注、喜爱与接受情怀:或删缩、或变体、或仿拟、或集句、或制谜、或对联、或用典、或故事、或演唱、或争名,等等,不一而足,这是中国古典诗歌接受史上的一大奇迹。而奇迹产生的根本原因,则在于《清明》诗本身丰厚的情感内涵与旺盛的艺术生命力。这是诗歌作者、读者与鉴赏者、批评者、研究者们共同努力的结果。梁小珊、周玉华《李商隐、杜牧对李贺白玉楼传说不同接受缘由探析》(《南华大学学报》2009年第1期)认为后世在对李贺传说的接受和传播过程中是有主观性、选择和侧重性的,这使得后世对李贺看法褒贬不一。其中李商隐和杜牧的不同接受缘由很有代表性。李商隐在身世之悲上与李贺有着惊人的相似,这种相似让李商隐对李贺的理解和认识必然比对杜牧更深、更透,融入自身的情感也必然更多、更真,因而在接受和传播李贺白玉楼传说的时候,他并不是简单地作为受众,而是带着深切同情和同病相怜,他对李贺生平传说的传播和接受,表现了他对李贺的爱戴以及对他早夭的痛惜之情;而杜牧在同情李贺身世的同时,也对其诗歌"鲸吸鳌吞,牛鬼蛇神,虚荒诞幻"持怀疑态度,他在心理认同上更多的是赞赏李贺的才情,而在身世和遭遇上,很难体会到李贺的惨痛与抑郁,正由于对李贺缺乏心理情感的认同,因而他很难理解李贺的畸形和缺陷心态,也很难将自己的期许寄托在幻想中。

朴锋奎《杜牧诗文在朝鲜半岛的流传及其影响——以李奎报为例》(《延边大学学报》2009年第1期)认为杜牧的诗文最早是在新罗末期,通过晚唐留学生和扬州"新罗坊"的朝鲜人传到朝鲜半岛的,特别是他的咏史诗,备受当地汉学家们的喜欢和效仿。他所主张的政治教化、经世致用的儒家文学观和"文以意为主"的观点等在高丽时期也被许多文人所接受。虽然李奎报等高丽文人在其具体的诗文创作中有着很深的受杜牧影响的印记,但因为杜牧对元、白诗的批评,引起了高丽时期李奎报、崔滋等这位文坛巨匠的不满,使其在高丽文人撰写的诗话之中受到了不公平的待遇,促使许多朝鲜文人对他的评价只停留在"晚唐第一风流才子"的误读中。

石蕾《评杜牧〈泊秦淮〉的两个英译本》(《文学教育》2009年第10期)从许渊冲先生提出的"意美"角度比较分析了杜牧的《泊秦淮》诗的两个英译本——杨宪益先生的译文和许渊冲先生的译文。译者通过对原作的语言形象地理解和把握,用相应的语言形象再现出原诗的意、形、音之美,此乃是唐诗翻译的一种追求,也是文学翻译应达到的一种境界。许渊冲先生提出了诗词翻译的"三美"论并说明了三者的关系,他认为意美是最重要的,音美是次要的,形美是更次要的。三美说提出后,受到译界好评,好多人将它作为衡量诗歌翻译的标准。《泊秦淮》的这两个译本风格各异。从符号学来看,不同的词可以有不同的理解,也就产生不同的译法,同时,不同的译者和读者有不同的审美取向。从意美角度看,杨的译本更倾向于直译,而许的译本更倾向于意译。杨的译本更忠实于原文,也更易于中外读者理解。李红艳《〈泊秦淮〉英译文的经验纯理功能分析》(《社会科学论坛》2009年第5期)从韩礼德的系统功能语言学的经验功能角度出发,对杜牧的《泊秦淮》一诗及其六种英译文进行了初步的分析。韩礼德把语言的功能概括为三大纯理功能:概念纯理功能、人际纯理功能和语篇纯理功能。根据活动或事件的性质,韩礼德区分出六种主要过程:物质过程、心理过程、关系过程、言语过程、行为过程和存在过程。李红艳据此对杜牧的《泊秦淮》一诗及其六种英译文进行了初步的分析,分析表明,对同一经验的看法可以通过不同类型的过程来体现,但是不同类型的过程表达出来的具体意义和意境却有所不同。这种对译文进行的功能语言学分析对理解原文和译出更好的译文有很大帮助,并进一步证实了黄国文教授提出的功能语言学在古诗英译中的可操作性和可应用性。

综上所述,2009年小李杜研究取得了一定的成绩。相比以前的李商隐研究热度稍有减退,"重李轻杜"的现象有所改观。但这并不意味对李商隐研究实绩的肯定,特别是在诗文研究方面,不再纠缠于被阐释了无数遍的《无题》和《锦瑟》,开始由代表作向其他重要作品拓展,当然,还存在着"重诗轻文"的现象,期待来年有新的突破。

论盛唐诗的“无我”与“有我”

□ 胡 遂

王国维先生在《人间词话》中认为，诗词“有有我之境，有无我之境”。笔者个人认为，盛唐诗亦有“有我”与“无我”的艺术特点，但这里的“有我”与“无我”却并不完全等同于王国维先生的“有我之境”“无我之境”，而与宗白华先生在《中国艺术意境之诞生》一文中的观点有相通之处。笔者所讲的盛唐诗的“有我”即与宗白华先生讲的“得其环中”——缠绵悱恻的深情相似，所谓盛唐诗的“无我”亦有宗先生所述的“超以象外”——超旷空灵的意味。更进一步说，笔者所言的盛唐诗的“有我”与“无我”，又与佛禅思想有微妙的契合之处。

一、盛唐诗的“有我”“吟咏情性”

与初唐诗相对比，盛唐诗的第一个也是最重要的特征就是，盛唐诗是“有我”的，是真率的抒写“我”的真性情，即是“吟咏情性”的。崇尚情性，以有才气且具性情之人最得人气、得好评，可以说是盛唐时的诗坛乃至全社会从上至下的风气。这是一个崇尚性情、高扬性情的时代，正是这些全社会的性情中人尽擅风流，才造成了昂扬激奋的“盛唐气象”，也正是在这种以性情为尚的世风下，人们作诗才更多地“唯在兴趣”“吟咏情性”。

盛唐诗的“有我”，与此时活跃在思想界的慧能南宗禅，有着一种微妙的契合。慧能南宗禅的理论核心是“佛性论”，佛性在《坛经》中常常被表达为“自性”“性”“人性”，如“自性常清净”，“世人性本自净”，“人性本净”，等等。“性”，既是众生唯一具有本体意义的存在，也是众生能够成佛的根据。慧能从“性体本净”出发，认为一任主体心性的坦然呈现，当下即是妙悟，即是成佛，而所谓成佛不过就是“明心见性”。在这样的理论基础上，南宗禅就成了一种最为肯定“自我”，高扬“自性”的思想。南宗禅相当强调人的“本来面目”，人只要认得自己的本来面目，“明心见性”就是成佛。

这种来自慧能南宗禅的对自性本来清净圆满自足，无须任何外在规范来约束自心自性的明心见性思想，因着时代思潮与社会风尚的影响，逐渐成为盛唐人一种很自然的思想文化心理，一种特定的精神气质。它在诗歌创作方面最突出的表现即是以“唯在兴趣”，“吟咏情性”为上。盛唐时代的诗人们写诗非常自由自在，不但很少受到后世那么多的诗教诗法的规范约束，而且也很少带有像前期宫廷应制诗作者那样的明确目的性。他们往往“遇思入咏”，正如不少学者所指出的那样，纯任自然，崇尚天真，是那个时代普遍的美学趣向。

我们来看看盛唐诗人们自述的作诗之道。王昌龄说：“搜求于象，心入于境，神会于物，因心而得”，又说“兴于自然，感激而成，都无饰练，发言以当，应物便是”。（王昌龄《诗格》）高适更是声称：“性灵出万象，风骨超常伦。”（《答侯少府》）不过，不要看他们也在用“搜求”这样的字眼，但其实并没有多少刻意寻搜景物的意思，这是他们最不同于六朝人的地方，他们不会去通过观照山水景物以“藉象悟理”，那是“即色游玄”的玄言诗人之所为，而不是“唯在兴趣”的盛唐诗人作派。他们更多的是像孟浩然那样“遇思入咏，不钩奇抉异，令龌龊束人口者，涵涵然有干霄之兴，若公输氏当巧而不巧者也。”（皮日休《郢州孟亭记》）更多的是“游不为利，期以放性”（王士源《孟浩然集序》）。正是由于孟浩然诗如同慧能南宗禅一样，都是识心见性、一任自然所产生的，因此它所表现出来的就往往是一种玲珑凑泊、不可句摘的“兴象玲珑”之美。这种“但见性情，不睹文字”之作既是诗歌的最高境界，也是禅宗的最高境界。

二、盛唐诗的“无我”：超凡脱俗

盛唐诗“有我”，故高扬自性，“吟咏情性”，因此盛唐诗写真心，现真性情。然而如果盛唐诗只是一味地毫无节制的宣泄主体的情感，不免给人以滥情之感。盛唐诗之所以被千百年以来的读者所喜爱，甚至被认为是中国诗歌史上不可逾越的高峰，正是因为，盛唐诗有真性情，却又超越了情性，达到了一种“无我”的境界。

首先需要说明一下什么是“无我”。

德国哲学家海德格尔认为，人们的“我”是常常不“在”的。人总是处在一种“烦”的状态中，不是烦忙，就是烦神，其所以如此，乃是因为人们在心底里总有一种“畏”的情绪。其实这种“畏”，说白了，就是瞻前顾后，患得患失，正是这种意念，使得人终日终生都处在“烦”的状态中。而这种“烦”，实际上就是佛教所一再指出，并始终需要解脱的东西——烦恼。按照佛教的说法，烦恼乃是因为有“我念”“我执”才产生的，而“我念”“我执”，又是因为受“无明”愚痴所蒙蔽而导致的。大乘法相唯识学将人的精神活动分为“八识”，而第七识末那识所起的作用就是念念不忘有“我”，于是一切起心动念、举手投足，皆是从“我”出发，为“我”操劳，为“我”烦忙，为“我”而喜，为“我”而忧。但是，在佛教看来，这个被末那识时时拘牵、如同心猿意马般不断攀缘外物导致产生种种情感欲望、得失怨欢的“我”，并非是“真我”。因为佛教认为，世间的一切都是因缘和合而生，各种物质现象、心理活动，都是迁流转变，不能安住的“有为法”。有为法由众因缘凑合而成，没有不变的自性，而且终将幻灭。一切有为法，都是无常。人有生、老、病、死，物有生、住、异、灭，世界有成、住、坏、空。无常迅速，念念迁移，疾如石火风灯、逝波残照、露华电影。“一切有为法，如梦幻泡影，如露复如电，应作如是观”，而“我”也不例外，也没有不变的自性，亦有成、住、坏、空的过程，一切都是不实在，因此，佛教说“诸行无常”、“诸法无我”。“无我”才是世间万事万物的本质，“无我”即不会有“我念”“我执”。“无我”即是“空”，即是“寂”，即是“涅”。“无我”即能“无念”“无相”“无住”。

了解了“无我”，我们再来看盛唐诗歌的“无我”境界。王维的名作《终南别业》之所以成名，全在于“行到水穷处，坐看云起时”一联的洒脱、超逸。诗人为什么行到水穷处，坐看云起时？那就是我们所说的“无我”，诗人达到了“无我”的境界，所以没有“我执”、“我念”，所以顺应自然，并悠然享受其中，坐看云起。我们的“诗佛”就这样道出了盛唐诗的“无我”境界。因为“无我”，所以无我执，无系缚，无尘累，无滞无碍无求，因而内心一片澄莹透澈，所以当与自然相遇时，内心必然如明镜般照见万物，心与物合二为一。

盛唐诗歌的“无我”境界类似于“行亦禅，坐亦禅，语默动静体安然”的“山林优游禅”，就在这种“境静林间独自游”的生活中，诗人既获得了“心法双忘性即真”的证悟，也获得了无人干扰、心清境静的静美享受。一首首意境优美、含蕴深邃的山水诗也就在这种宗教体验与审美体验的高度融合之中诞生了。

我们说“无我”即能“无念”、“无相”、“无住”。慧能言“无念”即是“念念不住，前念、今念、后念，念念相续，无有断绝……于一切法上无住，一念若住，念念即住，名系缚。于一切上，念念不住，即无缚也”。在这里，一方面是“念念不住”，另一方面是“于一切法上无住”，也就是一任主体心性的自然流露而不受任何外界束缚。在这里，只有流动，只有敞露，没有沾滞，没有系累。在这种精神状态中，主体既是无比自由的，也是怡然自在、悠然自得的。在这一意义上说，“无我”与“有我”却并非绝对对立的，“无我”即是“有我”，“无我”即是不受任何外在客体尘劳的系缚羁绊的，清净澄明的“真我”。这种“无我”的价值正是因为“有我”。因为，个体的“我”只有融入天地宇宙世界的“大我”才能实现。当“大我”入“自我”心中时，便是纳须弥于芥子，日月星辰，山河大地，无不入“我”心中。而此时的“我”，既是处于一种“无”，即无得失、无是非、无荣辱、无祸福、无妄我的状态；也是一种“有”，有日月星河、山川草木、天地万物，一切湛然于心，朗朗呈现的境界。在这个意义上说，不光上文所举之例中的山水诗及诗人达到了“无我”的境界，盛唐其他伟大的诗人那里，也达到了“无我”即“真我”的境界。

如果说王维的“无我”，是一种看空世事后，达到色空一如，事理圆融的境界；李白的“真我”或“无我”，是天纵英才式的宇宙自然境界；那么诗圣杜甫则是一种推己及人的仁者境界，他的一颗仁者之心，自然地超脱于个人得失、喜怒哀乐之上，照见的是整个社会芸芸众生的喜悦与苦痛。用佛家的话来讲，王维达到了他的个体生命的解脱，李白天生就脱离世俗的系缚，达到自在自由的境界，然而他们与杜甫相比，未免仍是只自觉未能觉他的小乘境界，杜甫才真的近于佛的自觉觉他，普度众生的大乘“无我”境界。正因为杜甫达到了这样的“无我”境界，他的诗中，或者说他的心中，才会映照出芸芸众生的欢乐与忧愁。

如上文所述，盛唐诗歌之所以伟大，不光在于他们的“有我”“吟咏情性”，超脱了初唐宫廷诗的藩篱，写出诗人们的真性情；更在于他们的“无我”，超凡脱俗。他们都并不局限在对一己得失，一己悲喜的诉说，而是以他们的“无我”，超越了世俗，进入了一个更高的境界。所以千年之前的司空图才会对盛唐诗有这样的赞颂：“超以象外，得其环中。”

（原载《湖南师范大学社会科学学报》2009 年第 2 期，全文 8500 字）

论杜诗的句法艺术

□ 韩成武 王明好

杜甫很注意诗歌的句法艺术。他曾虚心向高适求教，问道：“佳句法如何？”而那些因句法得当而形成的佳句，又是他平生的刻苦追求，所谓“为人性僻耽佳句，语不惊人死不休”，即表现了他对句法艺术的痴心与至诚。

所谓句法，依萧涤非先生的界定，“是指一句诗的组织法或结构法而言”。句法主要包括句式、词的省略、词序倒置等三个方面的内容。本文从这三个方面，对杜诗的句法艺术作出研究。

一、句式错综，韵律和谐

这里所说的“句式”，是指诗句的意义节奏，是就诗句的语法结构而言的。应该看到，诗句的意义节奏与韵律节奏是不完全一致的。中国古典诗歌的韵律节奏，是以每两个音节作为一个节奏单位的，就四言诗来说，是“2—2”型的；就五言诗来说，是“2—2—1”型的；就七言诗来说，是“2—2—2—1”型的。所谓韵律节奏，是指诵读时声音的自然停顿，只有作这样的停顿，才和谐入耳。所以，一般来说，作者总是力求让他诗句的意义节奏与韵律节奏相一致，使人读起来既声音入耳，理解诗意上也能顺畅无阻。但是，从创作实践来考虑，处处让诗句的意义节奏与韵律节奏相一致，是困难的。究其原因，一是由于表意的复杂性，诗人为了准确地状写事物之间的各种关系，为了抒写曲折的情思，很难将句子的意义节奏与韵律节奏完全统一起来。二是因为随着汉语词汇的增加，多音节的词汇亦大量出现，特别是一些地名词，如“神女峰”、“黄鹤楼”、“瞿塘峡”、“洞庭湖”等等，这些地名词出现在句首，就无法再保障意义节奏与韵律节奏的一致；而唐人又特别喜欢遣地名入诗，因为使用地名具有拓展诗境、张大气象以及强化抒情等多方面的效用。其三，是出于艺术美学的考虑，在一首诗中，如果各句的意义节奏均与韵律节奏一致，诗意固然因此而明达，但也会造成句势的平板，缺乏摇曳动荡之姿。于是，如何使句式错综变化，在不妨碍表意的前提下，使某些诗句的意义节奏突破韵律节奏，便成为诗人们思考的问题。杜甫在这个问题上是付出巨大的努力并取得了显著成果的。他在诗句的意义节奏上进行了多方的探索，在五言常式“2—2—1”和七言常式“2—2—2—1”之外，又形成了各种各样的句式，试述如下。

（一）五言诗的句式，有"2—1—2"式，例如："浮云—连—海岱，平野—入—青徐。"（《登兖州城楼》）"山河—扶—绣户，日月—近—雕梁。"（《冬日洛城北谒玄元皇帝庙》）又有"1—1—3"式，例如："江—通—神女馆，地—隔—望乡台。"（《遣愁》）"国—带—烟尘色，兵—张—虎豹符。"（《别苏徯》）又有"1—3—1"式，例如："法—自儒家—有，心—从弱岁—疲。"（《偶题》）"露—从今夜—白，月—是故乡—明。"（《月夜忆舍弟》）又有"1—4"式，例如："紫—收岷岭芋，白—种陆池莲。"（《秋日夔府咏怀》）按：二句意谓：紫色的东西，是收获于岷岭的芋头；白色的东西，是引种于陆池的莲藕。"青—惜峰峦过，黄—知橘柚来。"（《放船》）按："青"、"黄"，是指"峰峦"、"橘柚"的颜色。"惜"、"知"，皆为作者的心理行为。又有"4—1"式，例如："登俎黄柑—重，支床锦石—圆。"（《季秋江村》）按："登俎"、"支床"，分别为"黄柑"、"锦石"的定语。"两行秦树—直，万点蜀山—尖。"（《送张十二参军赴蜀州》）又有"3—2"式，例如："把君诗—过日，念此别—惊神。"（《赠别郑炼赴襄阳》）"且将棋—度日，应用酒—为年。"（《寄岳州贾司马六丈、巴州严八使君》）在以上六种句式中，"3—2"、"1—4"句式在行文上最难处理，因为这两种句式的意义节奏与韵律节奏冲突较大，而诵读时又必须遵循韵律节奏，所以如果处理失当，很容易造成音与意的隔膜。但是，我们诵读上述例句时，并未感到这种隔膜。这就是杜甫的高明之处。

（二）七言诗的句式，有"1—6"式，例如："昼—引老妻乘小艇，晴—看稚子浴清江。"（《进艇》）"鱼—知丙穴由来美，酒—忆郫筒不用沽。"（《将赴成都草堂途中有作先寄严郑公五首》其一）按：两句言成都一带物产丰美。丙穴、郫，均为地名。又有"2—5"式，例如："晓漏—追趋青琐闼，晴窗—点检白云篇。"（《赠献纳使起居田舍人澄》）按："晓漏"，言时间；"晴窗"，言处所。"艰难—苦恨繁双鬓，潦倒—新停浊酒杯。"（《登高》）按：前句是说，岁月艰难，正须少壮方可度越，而己身已老，故苦恨（即深恨）之。前二字是因，后五字是果。后句是说，心情颓丧，正须以酒消愁，却又因为身体多病而停杯，则愁苦之情更深一层。又有"3—4"

式，例如："棋局动—随幽涧竹，袈裟忆—上泛湖船。"（《因许八奉寄江宁旻上人》）"渔人网—集澄潭下，估客船—随返照来。"（《野老》）又有"5—2"式，例如："且看欲尽花—经眼，莫厌伤多酒—入唇。"（《曲江二首》其一）按：伤多，意为"过多"。"永夜角声悲—自语，中天月色好—谁看？"（《宿府》）

从以上诗例可以看出，这些句式的运用，突破了五言"2—2—1"和七言"2—2—2—1"意义节奏的局限，给表意抒情带来极大的便利；同时，我们在按着韵律节奏诵读这些诗句的时候，并不感到句意的晦涩，也就是说，这些句式并未破坏诗歌的韵律之美，即便是"1—4"式、"3—2"式、"3—4"式这些与韵律节奏矛盾较大的句式，也同样具有这种长处。这就是杜甫的绝妙之处。实非孟郊的"藏千寻布水，出十八高僧"（《怀南岳隐士二首》其一），韩愈的"三十骨骼成，乃一龙一猪"（《符读书城南》）可比。

二、词语省略，蕴涵扩大

杜甫精心探究诗歌语言的省略技巧，他能做到语略而意明，词省而意丰。使人深刻地感受到诗歌语言的高度精练。归纳杜诗的省略技法，主要有"以副代动"、"无谓语句"和"省略介词"三个方面。

（一）以副代动。杜诗中有些句子保留了修饰动词的副词，而把动词省略了。作者的目的是，通过这个副词，去显示被省略的动词的意向，而副词本身又在发挥它的表意功能。所以，这是用一词而兼表二意，真可谓一箭双雕之举。例如："故国犹兵马，他乡亦鼓鼙。"（《出郭》）按："犹"、"亦"二字，即修饰被省略的动词的副词，被省略的动词是什么，虽说不能确指，但它的意向是清楚的；同时，这两个副词具有很强的抒情作用，它们前后呼应，表达出对战乱一波未平、一波又起的浩叹。又如"蚁浮仍腊味，鸥泛已春声"（《正月三日归溪上》）等等，这些副词不但具有指示动作意向的作用，而且极富情感色彩，给予人们极大的艺术审美的心理满足。

（二）无谓语句。整个句子既不出现动词，也不出现指示动作意向的副词，全句只由若干名词或名词词组构成，通过名词或名词词组之间的意义联结来构成某种境界。这种组句之法，能使所构的物象之间的关系具有很大的弹性，因而最能引发人的想象力，使人虽经百读而仍然能够产生新的审美感受。例如："渭北春天树，江东日暮云。"(《春日忆李白》)"烟火军中幕，牛羊岭上村。"(《秦州杂诗二十首》其十)"细草微风岸，危樯独夜舟。"(《旅夜书怀》)以上各例，句中的名词或名词词组所代表的物象，均无动态或存在状态的显示，它们之间更没有施动与受动的区别。它们在语法中是独立的，自由的；但又不是一盘散沙的乌合之众，而是暗中遵循着作者的表达意图。由于它们是独立的，自由的，所以读者可以根据各自的生活体验去联结它们之间的关系，而且可以在不同的时间里多次进行新的联结；又由于它们不是一盘散沙，不是乌合之众，所以尽管读者们可以因人、因时、因地对它们的关系进行联结，但总是跳不出作者的表达意图。

(三)省略介词，即只出现介词短语中的名词或名词性词组或其他形式的词组。其中表示时间、处所、方向的介词省略，在散文中也常发生，在此不论。容易影响理解诗意的是如下这些介词的省略。第一，表示原因的介词被省略，如"群盗无归路，衰颜会远方。"(《戏题寄汉中王》)前句的意思是说"因为群盗的存在，才造成我等归乡无路"，由于作者把表示原因的介词省略了，只让介词短语中的名词词组出现，也正是由于省略了这个介词，才使得诗句顿挫有力。第二，表示目的的介词被省略，如："浊酒寻陶令，丹砂访葛洪。"(《奉寄河南韦尹丈人》)二句意谓：为了浊酒而去寻找陶令那样的嗜酒隐士，为了丹砂而去拜访葛洪那样的炼丹师。第三，表示方式、方法的介词被省略，如："郊扉存晚计，幕府愧群材。"(《春日江村五首》其四)"郊扉"指草堂，它是"存晚计"的方式，意谓以草堂作为晚年的归所，也就是说要老死于此处。第四，表示叙述范围的介词被省略，如："形容吾较老，胆力尔谁过?"(《湖南送敬十使君赴广陵》)二句意谓：在容颜这方面，我比你衰老；在胆力这方面，有谁能够超过你？又如"侍臣双宋玉，战策两穰苴。"(《秋日荆南叙怀》)二句是赞美薛明府的文武兼备之才，意谓：以文章而言，你双倍于宋玉的才华；以武略而言，你抵得上两个穰苴。穰苴，即司马穰苴，春秋时齐国名将。

三、词序倒置，诗家语健

杜诗虽多数是按正常的词序来组构句子，但词序倒置的现象也是较为常见的。有些倒置是为了协调平仄，有些是为了对仗的稳妥，更多的则是为了获得劲健的美感，加强表达效果。大体说来，主要有以下几种类型。

（一）宾语的定语提到谓语的前面，这种情况出现较多，如："和亲知计拙，公主漫无归。"（《警急》）前句"和亲"是"计"的定语，顺过来是"知和亲之计拙"。把定语提前，增强了批判力量。又如"仙醴来浮蚁，奇毛或赐鹰。"（《赠特进汝阳王二十二韵》）后句，"奇毛"是"鹰"的定语，顺过来是"或赐奇毛之鹰"，奇毛，羽毛奇绝，见鹰之猛健。把定语提前，突出了鹰的特征。

（二）宾语的中心词提到谓语前面，这种情况也不少见，如："客情投异县，诗态忆吾曹。"（《赴青城县出成都寄陶王二少尹》）后句宾语的中心词提到谓语之前，顺过来是"忆吾曹之诗态"，诗态，吟诗的风度。把中心词提前，是为了与"客情"构成对仗。又如"致君唐虞际，淳朴忆大庭。"（《同元使君春陵行》）后句应是"忆大庭之淳朴"，大庭，传说中的神农氏的别称，神农氏的时代民风淳朴。

（三）状语移到谓语的后面，如："来往皆茅屋，淹留为稻畦。"（《自瀼西荆扉且移居东屯茅屋四首》其二）后句属此，应是"为稻畦而淹留"。又如"子能渠细石，吾亦沼清泉。"（《自瀼西荆扉且移居东屯茅屋四首》其三）"子"，是杜甫对其邻居冯都使的称呼。"渠"，动词，砌渠。"渠细石"就是用细石砌渠，细石是状语。"沼"，动词，做沼（池塘）。"沼清泉"就是用清泉做沼，清泉是状语。两处状语均移到谓语的后面。

（四）主谓倒置，如："盈盈当雪杏，艳艳待春梅。"（《早花》）应是"当雪杏盈盈，待春梅艳艳"，把谓语提前，突出了花的色泽、姿态。又如"夺马悲公主，登车泣贵嫔。"（《伤春五首》其四）二句写吐蕃进攻长安，皇亲外逃的混乱情况。"悲公主"应是"公主悲"，

“泣贵嫔”应是“贵嫔泣”。

上述四种词序倒置的出现，推原作者的用意，除了适应声律、对仗的要求之外，主要还是为了保证诗的韵律节奏和劲健之美。这些词序倒置的句子，给杜诗增添了韵味。

（原载《河北学刊》2009 年第 2 期，全文约 12000 字）

晚清宗宋诗派对韩愈及其诗歌的新阐释

□朱易安　程彦霞

晚清宗宋诗派通过韩愈上推源至杜甫，下溯流至苏轼、黄庭坚，从而完成唐宋一体的诗学思想的构建，打破了明以来诗坛崇尚盛唐的主流局面，重新确立了韩愈在诗歌史上承前启后的重要地位；并对其诗歌中所折射出来的儒家正统、人格魅力以及诗歌风格进行了新的阐释，赋予了韩愈及其诗歌较为深厚的历史内涵和时代精神。晚清宗宋诗派对韩愈及其诗歌多层面地阐释，不仅凸显了韩愈在文学史上的意义，也使韩愈的儒家生命哲学价值在晚清内忧外患的特定语境下重新彰显出来；同时也传达并承载了宗宋诗人求变求新的诗学主张及其对现实关怀的忧患意识和除弊去疾的社会革新意识。可以说，宗宋诗人通过对韩愈诗歌的阐释来张扬自己的诗学和政治理念，而韩愈诗歌的意义和价值则通过宗宋诗人清晰地呈现在读者视野中。

晚清宗宋诗派是当时诗坛的主流诗学派别，其成员前有道光、咸丰年间的程恩泽、曾国藩、莫友芝、郑珍等，后有同光、宣统年间的同光体诗人陈三立、陈衍和沈曾植等，他们倡导诗学宋诗，并上溯至杜韩，目的乃是为了打破明以来诗坛崇尚盛唐的主流局面，消除厚唐薄宋的偏见，打通唐宋。而要打通唐宋，其中的关键链接人物则非韩愈莫属，对韩愈及其诗歌的接受和新阐释，对清人建构宗宋诗学理论有着不可替代的作用。本文就晚清宗宋诗人对韩愈诗学渊源、韩愈诗歌思想及风格的阐释，以及韩愈在清代末年诗学中的地位及其意义等几个方面加以探讨。

首先是宗宋诗人对韩愈地位的重新确立。宗宋诗人虽然提倡诗学宋诗，但同时也强调要诗学杜甫和韩愈。他们把韩愈和杜甫置于同一地位，使"杜韩"并称代替明至清中叶的"李杜"并称成为宗宋诗人所习用的重要词语，同是也成为其他文人评价宗宋诗人诗歌时使用频率较多的词语，"学杜韩而非模仿杜韩"（评郑珍）、"承道咸诸老蕲向杜韩"（评同光体诗人的诗歌）等。由此可见"杜韩"不仅仅是宗宋诗人的重要诗学对象，也是宗宋诗学的评价指标，同时也使中唐诗歌在文学史上有了名正言顺的地位，为宗宋诗人拓展他们的诗学理论，把唐宋诗融合为一体建立了相应的理论基础。因为当宗宋诗人强调杜甫及韩愈对宋诗特征的开启有重要作用的时候，"杜韩"并称，对于习惯辨体溯源的诗坛来说，倡导宋诗且又上溯至杜韩，则显出宗宋诗学的合理性和权威性。

虽然"杜韩"并称，但相对而言，韩愈较之杜甫得到了宗宋诗人更大的关注，因为在宗宋诗人看来，韩愈对宋诗风之开启，有着比杜甫更为重要的意义。陈衍就曾言及曾国藩、莫友芝等文人的诗学途径是取道以韩愈为代表的元和，进而至以苏、黄为代表的北宋元祐，再进规杜甫为主的开元、天宝，这一诗学过程清楚地呈现出在宗宋诗人心目中韩愈拥有唐宋转折中的关键地位，处于打通唐宋诗的核心地位。而后期"同光体"诗人则将这些看法进一步明确化，先有陈衍的"三元说"，后又有沈曾植的"三关说"。陈衍的"三元说"把韩愈置于盛唐和宋代的中介，而"三关"则仅以韩愈为媒介不仅打通唐宋，也使宋代诗歌上溯至魏晋的传统，而这个过程则舍弃杜甫，独树韩愈一人。至此，韩愈成为整个诗学史上一位至关重要的承前启后的人物，他在诗歌史上的现实意义和实际作用甚至超过了杜甫。宋诗派对韩愈的推崇，打通了从宋诗上溯杜甫甚至魏晋的中间环节，从而大幅度地提高了宋诗和中晚唐诗歌在诗歌史上的评价，使得久争不休的唐宋诗优劣话题转向更为宽泛的唐宋一体，并以肯定韩愈的创新来批驳诗歌创作中的模拟倾向。这些努力，终于在近代诗坛上形成了“当代兢宗韩”的局面。

其次是宗宋诗派对韩愈诗歌地位的重新确立。除了借重“三元”之说的建树，还巧妙地引入了“诗学正统”的概念。以韩愈“儒学”正统者的影响，来为宗韩愈诗学以及宋诗派的“正统”正名。这主要体现在三个方面：一是宗宋诗人以强调经典的权威性来肯定韩愈及宋诗“以文入诗，以议论入诗，以六经入诗”的正统性。韩愈学有根柢“用力于六经，兼取秦汉之文”，正因为此，韩愈的诗风便有了不容置疑的正统和经典地位。这也正是宗宋诗人一再强调的地方，通过对韩愈诗歌“根柢经传”的重新评价来确立韩愈诗歌的经典诗学地位。宗宋诗人由学韩为入口，然后苏黄，再学杜甫，达到了“合学人诗人之诗二而为一”的境界。“学人之诗”和“诗人之诗”并举，不再有优劣之分，因而进一步肯定宋诗的特征和风格。以至于宗宋诗人创作的诗歌亦趋于韩愈以文为诗、挽硬盘空的诗风；二是对韩愈诗歌近《雅》、《颂》的新阐释。陈衍、沈曾植等都曾强调韩愈诗歌“近《雅》、《颂》”，把韩愈诗歌和儒家经典《诗经》相比，自然也就提升了韩诗的正统诗学地位。而这种“正统”无疑就是韩诗中所体现的儒家的社会关怀，这在当时危机四伏、忧患颇多的晚清社会现实中，恰好切中有积极参政、挽救民族、重振家国激情的宗宋诗人的需求。对国运的担忧，使得宗宋诗人在诗歌中更多地表达出对现实的关怀、对时局黑暗现实的愤懑和痛苦。韩愈及其诗歌，恰好成为他们人格理想和诗学理想的典范；三是强调韩愈诗歌的“气势”，从而回避了前人对韩愈诗歌过于奇险的批评。当然对韩愈诗歌“气势”的推崇也是一种“寻根溯源”。宗宋诗人把韩愈和孟子相媲美，认为韩诗之气与孟子一脉相承，皆有光明俊伟之气。此时，韩愈诗歌中的“气”，已经成为作者道学和人格的具体体现。除此之外韩愈的“惟陈言之务去”、“自树立，不因循”等等主张也成为宗宋诗人追求的目标，何绍基、陈三立等诗人极力使自己的诗歌最大限度地陌生化，反对落入俗套，这和“因诗见道”、“树骨之本”的追求是相一致的。

最后是晚清宗宋诗派对韩愈诗歌的重新评价。曾国藩曾用胭脂圈批王刻韩文和程刻韩诗,《求阙斋读书记》中评点韩诗49首。郑珍也曾记载自己对韩愈诗歌的酷爱及其历时三十多年"一字一句用心钩索"韩诗的批注考证之用心。不过宗宋诗人对韩愈不同体式诗歌态度是不同的。在韩愈的各体诗歌中,宗宋诗人最喜爱的是古体诗。曾国藩的《十八家诗选》只选了韩愈的五言和七言古诗,律诗和绝句一首未选;同光体诗人陈衍在《诗学概要》中仅对韩愈的古诗和律诗加以评价,其中五言古诗和七言歌行都得到了较高评价,而律诗虽也不乏杰作,但相比较而下,远不及"刘白"为多。诗学史上历来比较看重韩愈的古体诗,但清代已有人盛赞他的律诗,但宗宋派诗人却并没有重视这样的主张,最为推崇的仍是韩愈的古体诗。韩愈古体诗表现出浩然气势、尚奇求怪、以文为诗的诗风特征,成为宋诗派诗人追慕的风格。其备受争议的《南山诗》亦得到了宗宋诗人的高度肯定,并把它和杜甫《北征》置于同样的诗学地位,甚至和《诗经·斯干》相提并论,认为《南山》一出,雄辞可诵,这是宗宋诗人彰显"血统"正宗的有效举措,因此,在这里,艺术审美的评判是退出的,而且牵扯到《小雅》中的"南山"。这样的"拔高",无非是要全方位的"正名"。当然,宗宋诗人对古体诗的推崇,除了因为古体诗最能彰显韩愈雄伟奇诡的宋型诗风之外,同时应该还因为古体诗最能见韩愈忧国忧民的儒家精神。韩愈儒道自任,以六经为根柢写诗,其诗歌所体现出来社会关怀,重振儒学以图革时弊、兴国家的政治理想等等,莫不契合清代后期以宋学为主的诗人的主张。而这种奇诡诗风和儒家思想的结合,恰恰又是宋代诗坛形成的诗歌审美趋向。以唐代诗人韩愈的古风创作,张扬宋诗的审美趣味,这种方式同样体现了宗宋派调和唐宋一体的企愿。

总之,宗宋诗人由韩愈上溯至杜甫,下沿至苏轼、黄庭坚,从而完成唐宋一体的诗学思想的构建,打破了明以来诗坛崇尚盛唐的主流局面,重新确立了韩愈在诗歌史上承前启后的重要地位;并对其诗歌中所折射出来的儒家正统、人格魅力以及诗歌风格进行了新的阐释,赋予了韩愈及其诗歌较为深厚的历史内涵和时代烙印。晚清宋诗派对韩愈及其诗歌多层面地接受不仅凸显了韩愈在文学史上的意义,而且也使作为儒家思想捍卫者的韩愈的生命哲学价值,在晚清内忧外患的特定语境下被彰显出来。对韩愈及其诗歌全面且深入地阐释也传达了宗宋诗人求变求新的诗学主张,同时也承载了晚清文人对现实关怀的忧患意识和除弊去疾的社会革新意识。可以说宗宋诗人通过对韩愈诗歌的阐释来张扬自己的诗学和政治理念,并且使韩愈诗歌的意义和价值清晰地呈现在读者视野中。

(原载《上海大学学报》2009 年第 4 期,全文 12000 字)

“名为司马,实如囚徒”辩
——以柳宗元为个案,论贬谪文人研究的“三突出模式”之一

□ 陈松柏

贬谪文人大都具有曲折的人生经历、良好的政治品质、超人的胆识才华、非凡的传世作品,后世文人争相研究,成果颇多。然而,因为过于热爱、同情,研究者不断为他们贴金,不惜搜集只言片语,断章取义,百般美化,因而形成了一个“三突出”模式:突出罪人身份;突出险恶环境;突出健康问题。以受人歧视的低贱身份,在万分险恶的环境之下,拖着沉重的病体,做出了突出成绩。这样,研究对象固然戴上了杰出的思想家、政治家、文学家等等桂冠,那个人其实不再是真实的“本他”。本文仅以柳宗元为例,讨论长期研究中形成的系列偏差。

一、"名为司马，实如囚徒"的疑问

我们说"柳宗元是带着轻松的心情离开汨罗，奔赴永州的"，因为跨越了时空，找到了同调，与屈原进行了痛快淋漓的倾诉，心理上获得了又一次平衡，并重新燃起了希望："吾故居钧天帝宫，下上星辰，呼嘘阴阳，薄蓬莱，羞昆仑，而不即者。帝以吾心侈大，怒而谪来，七日当复。"(柳宗元《谪龙说》)这里我要特别提醒大家，来到永州之后的柳宗元，其正式身份是"永州司马员外置同正员"，一个享受正六品(上)文官待遇而没有实际工作的朝廷命官，而不是其他。

然而，在以往的研究中，只要说到柳宗元贬谪永州，许多人竟采用了 20 世纪 50—70 年代的思维模式和鉴别方法：只要打倒在地，便永世不得翻身，到哪里都被视为异类，接受管制、改造，成为永远的斗争对象。因此，"名为司马，实如囚徒"似的说法也就风行于世。

……

封建皇帝与被贬谪的臣僚从来都不是阶级对立的关系，他的贬迁标准是利"我"与妨"我"。在这一标准下，做到当贬则贬，当升则升，毫不手软。甚至今朝贬明日升。于是，就有了姚崇、张九龄、韩愈、范仲淹、张浚、杨万里等历代朝官忽贬忽迁的佳话。他们只是暂时不合皇帝心意因而外放而已，只要觉得需要，随时再获重用。自然，只要皇帝觉得讨厌，也可以随时被贬、被关、甚至被杀。然而，即使被杀，那个人也并不是皇帝的敌人，不过是一时不符合皇帝的心意而已。贬到永州的柳宗元也自然不是皇帝的敌人，谁也不会对其施行专政。当然，同样具有贬谪性质的永州官员和纯朴的永州人民，更不会把他当成敌人或"罪人"，自然也不会效法 20 世纪 50—70 年代的做法，用阶级斗争的眼光审视他，认他为斗争的活靶子，相反的给予许多同情与安慰。

同是贬官，也有区别。地位越高，身份越特殊，得到的同情与尊敬就越多。柳宗元官不大，却曾是先皇身边的红人，"至尚书郎，专百官章奏”(《与杨京兆凭书》)，更会增加人们的羡慕、尊敬与同情，而不是相反。因此，柳宗元生活在永州，基本的尊敬与同情是可以保证的，决不会有人落井下石。最能说明问题的就是推荐卢遵的成功。

卢遵是柳宗元的表弟，在柳宗元初贬邵州刺史的时候随之南下。柳宗元初衷是想让他在自己任上干点事业，后来加贬永州司马员外，没有实权，没办法安排，却有办法请别人帮忙。柳宗元只给当时的桂管观察使写了一封短信(见《柳宗元集·上桂州李中丞荐卢遵启》)，就让卢遵当上了全义县县令。足见其影响与地位仍在，岂是许多研究者笔下的“怪民”、“羁囚”所能做到的！

永州人民对柳宗元的态度更是无可挑剔的。从“聊从田父言，款曲陈此情。眷然抚耒耜，回首烟云横”(《首春逢耕者》)的交流，到“门有野田吏，慰我漂零魂。及言有灵药，近在湘西原”(《种仙灵毗》)的关切；从“东邻幸导我，树竹邀凉飔。欣然惬吾志，荷锸西岸垂”(《茆檐下始栽竹》)的启发，到“田翁笑相念，昏黑慎原陆。今年幸少丰，无厌饘与粥”(《田家三首》)的相留，无不体现了永州人民对柳宗元的敬重与爱护。

鉴于以上，从皇帝到百姓，谁把柳宗元当成囚徒了？有谁视他为“怪民”、“羁囚”呢？

再看看柳宗元对自己实际生活的描述，也可以彻底否定“怪民”、“羁囚”说：

“上下观古今，起伏千万途。遇欣或自笑，感戚亦以吁。……倦极更倒卧，熟寐乃一苏。欠伸展肢体，吟咏心自愉。……书史足自悦，安用勤与劬。贵尔六尺躯，勿为名所驱。”(《读书》)

“自贬官来无事，读百家书，上下驰骋，乃少得知文章利病。”(《与杨京兆凭书》)

“自余为僇人，……日与其徒上高山，入深林，穷回谿，幽泉怪石，无远不到。”(《始得西山宴游记》)

他可以为了十余株桂花树而亲自坐船到衡阳，“晨登蒹葭岸”(《自衡阳移桂十余本植零陵住所精舍》)；也可以任意地与朋友在山坡上“披草而坐，倾壶而醉。醉则更相枕以卧，卧而梦。意有所极，梦亦同趣。觉而起，起而归”(《始得西山宴游记》)。

只拿工资，不涉政事，享有任意遨游的自由。这还不算，更为难得的还在于他享有充分的言论自由：

据今人研究，柳宗元在永州留下了一系列思想结晶：哲学思想、政治思想、伦理思想、经济思想、宗教思想、教育思想、文学思想等等[①]，如果处于一个“立论上纲线，著书触网罗”的环境，如果像有的人所说“政敌们仍不肯放过他”，时时处于他人的监视下，他就只能是一个唐代的周小舟(原湖南省委书记，庐山会上的“彭黄张周”之周)而已，能产生这么多丰硕的成就吗？

一个贬官，享有了充分的学习自由、人身自由、言论自由；在贬地，凡事有求必应，受到了民众的普遍尊重，怎么与“罪人”、“羁囚”画上等号呢！

二、“名为司马，实如囚徒”的来源及其特殊的语境

通观所有“罪人”、“羁囚”、“怪民”说，以及论述柳宗元为“罪人”、“羁囚”、“怪民”的理论依据，其实都缺乏必要的史证，又几乎全来自于柳宗元本人的诗文。柳宗元经常自称“羁囚”或“罪人”，大致分为三种情形：

第一是上书皇帝口称“罪人”。

“臣宗元言：臣负罪窜伏，违尚书笺奏十有四年。”(《献平淮夷雅表》)

“负罪人宗元言：臣幸以罪居永州。”(《唐铙歌鼓吹曲十二篇并序》)

“负罪人宗元惶恐言：……臣不胜奋激，即具为书。”(《贞符并序》)

这是中国一切依赖最高权威赏赐一官半职的文武官员面对最高权威普遍采用的自贬，稍有差错，除了跪地认罪，还得口呼“吾皇圣明，微臣罪该万死”。在这些官样文章中口称罪人，当然

① 参看杜方智、林克屏：《柳宗元在永州》，中州古籍出版社，1994。

不算真正的罪犯。

第二是致书朝中大臣标榜“罪人”。

“宗元于众党人中罪状最甚，神理降罚，又不能即死。”(《寄许京兆孟容书》)

“自以罪大不可解，才质无所入，苟焉以叙，忧栗为幸，敢有他志？”(《与杨京兆凭书》)

“比得书示勤勤，不以仆罪过为大故，有动止相悯者，仆望已矣。”(《与裴埙书》)

“与罪人交十年，官又以是进，辱在附会。圣朝弘大，贬黜甚薄，不能塞众人之怒，谤语转侈，嚣嚣嗷嗷，渐成怪民。”(《与萧翰林俛书》)

“仆曩时所犯，足下适在禁中，备观本末。”(《与李翰林建书》)

“长为孤囚，不能自明。”(《与顾十郎书》)

这里同样不是真正地把自己当成罪人。但看这句“宗元于众党人中罪状最甚”，也可证明其中夸张、自贬的成分。如果对这句话当真，柳宗元可真有点自不量力了，他当时不过是“专百官章奏”的正六品礼部员外郎，哪有资格享有“罪状最甚”的荣耀？之所以这样，因为柳宗元深深地知道，这些还能够与他通信的，至少不会出卖他。往自己身上多揽些罪，显得自己认识深刻，以增加他们的同情，让他们真正重视他这个贬放楚南的故人。

第三是诗文创作宣称“罪人”。

“罪通天而降酷兮，不殛死而生为！……为孤囚以终世兮，长拘挛而轗轲。”(《惩咎赋》)

“匪兕吾为柙兮，匪豕吾为牢。积十年莫吾省兮，增蔽吾以蓬蒿。圣日以理兮，贤日以进，谁使吾山之囚吾兮滔滔。”(《囚山赋》)

“吾不智，触罪摈越、楚间六年，筑室茨草，为圃乎湘之西。”(《送从弟谋归江陵序》)

“二子得意犹念此，况我万里为孤囚。”(《放鹧鸪词》)

“风波一跌逝万里，壮心瓦解空缧囚。缧囚终老无余事，愿

卜湘西冉溪地。”(《冉溪》)

“不言缧绁枉,徒恨纆牵长。”(《献弘农公五十韵》)

这些创作中标榜的“罪人”身份,似可当成潜意识的流露。但是,如果仔细推论,我们就能发现,每一次情不自禁地流露,都牵系着那段人生最为辉煌、风光的时候,他怎么可能忘掉那一段黄金岁月呢!那一段辉煌、风光是因,后来的贬谪是果,由果必然想到因。这时候自称“罪人”,那种潜意识下的心态,与其说贬抑,毋宁说炫耀。他在用另一种方式津津乐道,在那段最为光彩的人生回忆中消遣、自慰,带来短暂的精神愉悦。

当年在朝廷,柳宗元不仅是皇帝身边的红人,又因为河东柳氏显赫的家势,在长安“黄金地段”——亲仁坊占有一席之地,与副元帅郭子仪以下部长(尚书)、大军区司令(节度使)一级的10多名高官为邻,确也相当于人间天堂。现在贬谪到偏远的永州,住在龙兴寺,这反差未免太大,与红极一时的朝廷为官时相比,与显赫的故里长安亲仁坊相比,确实是人间地狱。也只有在这种天壤之别的意义上,置身于永州,居住龙兴寺,虽仍在人间,乃不啻地狱,他的“罪人”身份才是成立的。

(原载《广东技术师范学院学报》2009年第1期,全文5300字)

铜雀台诗“宫怨”主题的确立及其中晚唐新变

□ 邓小军　马吉兆

据统计,直接以《铜雀台》、《铜雀妓》等为题的历代诗歌,现存在百首以上,同题文、赋等也有鲜见。此外,在以用典作为一种基本艺术表现手段的中国古代文学中,铜雀台及铜雀台诗中一些常用意象如西陵、漳水、分香等已成为特定传统文化语符，更是在各类作品中被广泛运用。

有人把长门、长信、昭君、铜雀台并列为我们古代宫怨诗四大主题，但实际上，虽然铜雀台诗和其他历史题材诗歌一样，史事先天性地对创作主题有所限定，但在不同时代众多的创作实践中，不同时代诗人们的关注角度和重点都在变化和丰富中，故考察不同时代铜雀台诗的创作情况以及它的主题变奏，实为我们探究不同时代的社会现实、诗坛风尚、士人心态等提供了第一手参照。

一、铜雀台诗本事及其创作、流传

《铜雀台》诗，或题作《铜雀妓》、《雀台怨》、《雀台悲》等，皆咏三国曹操死后分香与诸夫人，令歌妓每月十五上铜雀台望西陵歌哭之事，这类诗最早盖起自南朝，后来成为文人吟咏的常见题材和乐府歌辞中的传统题目。《乐府诗集》引《邺都故事》为我们提供了较直接详细的历史背景，并指出铜雀台诗的创作是“后人悲其意，而为之咏也”：

魏武帝遗命诸子曰：“吾死之后，葬于邺中西岗上，与西门豹祠相近，无藏金玉珠宝。余香可分诸夫人，不命祭吾。妾与伎人，皆着铜雀台，台上施六尺床，下穗帐，朝晡上酒脯长之属。每月朝十五，辄向帐前作伎。汝等时登台，望吾西陵墓田。”

以上记载未见于正史，是否符合史实殊难定论。愚意魏武实有此嘱是可能的，只是未被执行或马虎执行旋即取消。

概言之，曹操死后丧事和陵寝设置是务实、从简的，《邺都故事》所载与正史吻合，铜雀妓登台作歌，西望陵田之事，则极可能是对前代奉陵宫人“事死如侍生”制度的简化继承，加之南北朝去魏未远，故《邺都故事》和南朝诗人们反复吟咏的铜雀妓故事是比较真实可信的。

二、南朝至初唐："宫怨"主题的确立

直接以《铜雀台》、《铜雀妓》等为题的铜雀台诗代有创作，《乐府诗集》卷31"相和歌辞"的"平调曲二"收入了最早一批作品，计6首，出自何逊、江淹、谢朓等南朝诗人之手，此外谢朓还有一首《铜雀悲》，亦为同一题材创作。诗到唐代极盛，铜雀台诗创作也迎来一次高潮。从今日存诗数量上看，《乐府诗集》收此类诗共28首，除6首南朝诗，其余22首都为唐诗。《全唐诗》除卷十九原封不动保留了《乐府诗集》的22首，另有不少作品散见于诸家诗集，共计有35首。

南朝乃至初唐，或谓铜雀台诗的初期，除个别例外，主题思想基本上可以"宫怨"二字蔽之。"宫怨"关注的是宫廷女人全部生命意义寄托在得宠与失宠之间的人生悲剧和她们失宠后的怨怼之情，它是指向人情的，是"以人为本"的。它虽和宫体诗一样都写宫廷中的女人，但"宫体"是把人"物化"，是对餍足而无聊的宫廷生活的再现和对欲望的刺激，"宫怨"则是把她们还原为人，引发读者的是同情和思考。

南朝7首作品，具有开创之功，其关键意义有二：一是确立了"人本"的而非把人"物化"的"宫怨"主题，使铜雀台诗获得了最初的可贵身份；二是确立了后人写作此类型诗时长期沿用的一些典型意象，如"穗帐""西陵树(松)""玉座"等，这些意象使遥远的痛苦凝聚成形，读者通过它们进入铜雀妓的心灵世界。这一时期的作者有我们熟知的名家如谢朓、何逊等，作品因为相同的主题近似的意象群不免出现类型化倾向，但确有出色的作品和句子能够感人至深。

然这一时期竟还有一个例外，它突兀地横在南朝人的作品中，给任何大而化之的概说带来困难，因此，往往被论者强行忽略。那就是江淹，他没有把笔触规规矩矩限定在宫怨诗的藩篱之内，事实上，江淹这首可能上承了阮籍《咏怀》、充满怀古意味的《铜雀台》，其对宫怨主题的突破及浓厚的历史沧桑感，实已为后世铜雀台诗转向怀古主题埋下伏笔。

为宫怨主题铜雀台诗树立了开辟、定型之功的南朝诗人之最大的缺憾是，他们的“怨”为命运之怨，清一色只是为歌妓们唱出的人生悲歌，而对于造成此悲剧的祸首，毫无问责，可谓怨天而不尤人。到了初唐，继续有王勃、沈佺期等大家参与此类诗歌的创作，诗人们广泛采用了代言体，这是初唐铜雀台诗在艺术表现上的新变，但主题内容上他们沿袭了南朝传统，只是悲叹更深更重，仍无进一步追问。诗人们把悲剧归于随着新旧君王交替，恩宠不再，诗中的歌妓们有对旧君的感恋，有对自身命运转易的叹息，却唯独没有批判。

三、中晚唐新变之一："宫怨"背后的现实批判

盛唐之后的唐代铜雀台诗，像以前那样只怨天不尤人的仍然不少。有些风格比较传统的作品在艺术表现上能够出新，在诸多类型化的表述中能给人特别的印象；有的则在体制风格上采用了唐人自己的方式，使得宫怨主题作品的格局更加摇曳多姿。

进展当然不止于此，铜雀台诗在中晚唐是有重大新变的，第一个重大新变是与社会现实相联系，独特地承载了唐人对奉陵宫人的同情和对活人配陵制度的批判。前人已经指出，唐朝宫怨诗特别发达，除了诗歌自身发展的原因，诗人们沿袭南朝传统，继续在宫怨诗领域驰骋诗才之外，唐代帝王继续保持了前代广选大量美女入宫的做法以及森严的宫禁是重要的社会现实原因。在缤纷的唐代宫怨诗的艺术世界里，《铜雀台》作为乐府旧题，和长门、长信等传统主题一样自然会得到承袭和发扬，但应当注意的是，铜雀台故事在几个乐府旧题的本事中间其实是非常特殊的一个，铜雀妓是在君王死去之后强作歌吹，她们是真正心如死灰完全绝望的，这不是一个一般得宠与失宠的故事！

把犯了过错的宫人或前朝的无子宫人配到皇家陵园，每天仿照皇帝们生前的样子治办生活起居，作为古代一种残酷非人道的罪恶制度，在唐代也长期存在。唐代这种做法与曹操的铜雀台遗制本质是一样的，奉陵宫人和铜雀妓的命运非常相似。

中唐之后诗人大举创作直刺社会现实的诗歌，白居易有《陵园妾》，韩愈有《丰陵行》，杜牧有《奉陵宫人》，都对这种制度开展了直接批判。而在中晚唐诗人的大量宫怨诗中，唯有铜雀台诗的历史母题最切合奉陵宫人们的悲剧。部分唐代铜雀台诗在当时大量宫怨诗中独特地承载了诗人们对奉陵宫人的同情和对此一制度的批判。

在中晚唐诗人笔下，铜雀妓的悲伤中有了浓重的怨怼之气。采用代言体写宫怨，使得诗人们真正进入了当年歌妓们的内心，把歌妓的凄惨命运和悲情表现到了极致，但只有当他们重新跳出历史事件，真正以他者的身份客观冷峻地打量历史时，才能揭示铜雀妓悲剧的原因，并看透暴政之虚无与荒谬。这些要在怀古主题的铜雀台诗或宫怨融入深沉历史感的作品中才能实现。

此处，还需对其他一些折射社会现实、透露士人心态或诗坛风气的铜雀台诗稍加关注。不过，这类诗既全用比体，不道破一句，在无记载的情况下，靠赏读体味其寄托所在，终究无可断言。

四、中晚唐新变之二："怀古咏史"主题对"宫怨"传统的突破

盛唐到中唐、晚唐的铜雀台诗，从主题内容上看，进入一个怀古诗增多、宫怨主题渐与怀古主题相交融的时期，特别到了晚唐，以铜雀台母题写作的怀古诗在数量上几乎可与宫怨诗平分秋色。随着历史意识的增强，悲剧原因得以最终揭示，铜雀台诗总体上由表现对铜雀妓的同情转为对悲剧制造者的批判和对世事沧桑的感悟。

这是中晚唐铜雀台诗的第二个重大新变。这一新变，同时大大拓展、丰富了铜雀台诗的创作阵容和表现范围。这里所谓铜雀台诗的怀古主题，是指摆脱单一表现铜雀妓悲剧命运及怨怼之情本身，利用历史题材表达作者对史事的评价以及对历史沧桑之变的哲理思考。

中唐宫怨诗的特点是从中可以看到深沉的历史感，宫怨与怀古主题水乳交融，在晚唐铜雀台题材的怀古诗较多涌现之前，

呈现出酝酿准备和蓄势待发的态势。这些,在后世怀古诗成为文人们的家常俗调之后不足为奇,但在铜雀台诗的发展中却是初萌之象,并代表了前所未有的深刻转变。

综上所述,在中国古代诗歌中蔚为源流的铜雀台诗,有着较为真实可信的历史本事,即曹操遗令铜雀分香,歌妓望西陵作伎的"民族故事"。南朝至初唐的诗人在反复吟咏中确立了铜雀台诗的"宫怨"主题,这一时期的诗人为铜雀妓唱出人生悲歌,但对造成她们歌妓悲剧的原因并未触及,其与南朝时期宫人配陵制度的废止有关,而这一残酷制度在唐代恢复后,中晚唐铜雀台诗发生两大新变,一是对奉陵宫人的同情和对活人配陵制度的批判;二是随着历史意识的加强,越来越多地表现出对悲剧制造者的批判和对世事沧桑的感悟。

唐代之后,铜雀台诗在宋代创作骤减,但咏铜雀台瓦砚的诗却悄然兴起(宋人关注点的这一变化是有深刻意味的),铜雀台诗至元代有所增加,至明清创作更盛,明清两代有数十首之多,而且继续延续了怀古主题,最终形成铜雀台诗怀古主题占绝对优势,宫怨主题所占比重非常小的格局,大异于其发端阶段的南朝和初唐。而此一格局之形成,实肇始于中晚唐时期的两个重大新变。

(原载《北方论丛》2009 年第 4 期,全文 9500 字)

宫体·宫词·词体

□余恕诚

词与诗的关系问题,20 世纪以来学界颇多争议。对这一涉及面非常广的问题,本文难以一一具论,仅就唐诗中的"宫词"一类,上与齐梁宫体诗相接,下连晚唐五代咏宫闺词的现象,作一番梳理研究,从一个方面证明诗词之间确实存在传承关系;同时亦藉这一具体现象,说明文学演进内容与表现方式的丰富性、复杂性。

一、《花间集叙》之溯源南朝宫体

欧阳炯《花间集叙》描述词体的源头和创作情景,在点出远自上古的《白雪》、《云谣》之后,就落到南朝"杨柳"、"大堤"一类作品,这类作品,属于梁陈宫体范畴,而隋唐艳冶的曲子词与之一脉相承。在描述了创作与演唱情况之后,便带总结性地说:"自南朝之宫体,扇北里之倡风。"虽然联系下文可以看到,这里对品位不如花间词的低俗的倡家歌曲有所不满,但花间词与一般的倡家词毕竟属于同一文类,在源头上总是不能撇开南朝宫体。故欧阳炯先是这样溯源,然后再强调出自文人之手的"诗客曲子词"如何高雅,超过并可以取代倡家的低俗之词。这是词体内部雅俗两派的竞争,但并不能影响他们源头上有其共同性。

宫体诗与词之间的渊源关系,后代学者亦常常提及。如明代汤显祖说:"六朝风华而稍参差之,即是词也。"认为在六朝诗歌风流华彩基础上,稍变词语节奏,以参差不齐的句式出现,即是词。清代贺贻孙更说:"梁昭明《拟古》诗云'窥红对镜敛双眉,含愁拭泪坐相思,念人一去几多时。'竟是一半《浣溪沙》矣。……齐梁以后,不独浸淫近体,亦已滥觞填词矣。"到了20世纪,有了比较明确的文学演进观念,把宫体与词联系起来的学者更多。

宫体诗与唐五代艳词都以写闺闱衽席、男女情爱为主要内容,对女子的身材容貌、风情怨思、妆饰打扮、居处环境等等进行描绘。比较而言,尽管唐五代艳词抒情性相对突出一些,较为鲜活,而南朝宫体诗多描摹刻画,情兴不足,但二者以写女性和情爱为中心却是一致的。与此同时,音韵的柔靡、词采的绮艳、风格的轻浮,也都非常相近。其后先相承,在文学史上成为突出现象。

二、唐五代的宫词

从南朝宫体流行，下至晚唐五代词体兴盛，前后相隔三百年左右。这中间因受到初盛唐诗歌革新的冲击，宫体常常处在隐而复现、断而复续状态，往往掺和吸收一些其他诗体成分在变化中保存若干基因，以维系其传续。其中"宫词"即或多或少承宫体余绪，成为唐诗的一种类型。

标有"宫词"之名或与之相类的作品，从初唐到晚唐五代都可以见到，内容主要是咏宫女，描写女子容貌意态，以及宫中的物品环境与各种生活琐事，有的直接命名为"宫词"，有的与宫词相通，题名略有变化，还有不少在题中根本不显与"宫体"、"宫词"有关，但实际上与"宫体"、"宫词"并无本质差别，而且亦往往与后来的词体有渊源。可见"宫体"、"宫词"、词体之间关系之深。

浦江清《词的讲解》云："凡宫中所唱词曲，题材不一，不必皆是宫词，我们通常称为宫词者，单指宫怨一类题目的诗词，或是描写宫闱琐事的连章，如王建、花蕊夫人等的宫词。至于一般的艳体诗词，可以称为宫体，这是南朝以后的习惯通称，却不能一齐称为宫词。"这大体上说清了宫体和宫词之间的交叉、区别和联系。唐代宫词，不少都冠以前代之名，涉及前代宫中之事，但无论写前代或当代，情调基本上是一致的。其中多数以写宫女的生活、情感以及在宫中参与的各种活动为主，所写之场面意境，有些颇与词相通，甚至为词所吸取。

三、词中的"宫词体"

唐五代时期，宫廷是词演唱和传播的重要场所。同时，为适合宫中演唱，自然须合宫女的口味，跟写宫女的宫词会有所相近。《花间集》所收的温庭筠等人的词，其中即有情事或旨意与宫词相通者。

温词最明显地写宫怨，莫过于《清平乐二首》其一，抒写宫女被幽闭的痛苦与寂寞望幸心情。其中可能寓有作者感士不遇的情怀,但作为艺术形象直接表现的,却完全是宫女的生活与情感,也正是诗中多数宫词反复抒写的内容。

《花间集》中另一大家韦庄,也有以词体写宫怨的作品。其诗《宫怨》与词《小重山》"一闭昭阳春又春"话语和内容几乎相同。可以说作者是把同一题材内容,分别用不同体裁加以表现。两篇作品分属不同文体而内容一致,给诗词之间藉宫怨题材形成沟通衔接,提供了有力的例证。

《花间集》中以《小重山》为调名的总共六首,但《花间集》中四个作者六首《小重山》就有三个作者四首作品内容不出宫词的范围,可见《小重山》词调,在唐五代词人手里,是其题材的主要取向。正因为宫女生活题材的作品,在词中占有相当的比重,所以词的重要选本《草堂诗余》在按题材内容分类编排时,于"人事类"下,即列"宫词"一项,足见在选家心目中,"宫词"已被正式列为词中的一种类型了。

四、"乐人口中,已同歌辞"

宫词在内容和情趣风格等方面,上与宫体诗、下与词构成联系,此外从演唱角度看,对当时包括词在内的音乐文艺也是一种丰富和推进。浦江清《花蕊夫人宫词考证·余论及结论》云:唐人以五七言绝句为乐府,《宫词》原为歌曲之一种,取其月下花间,可以歌唱,是则酒酣兴到,随意命笔,固不必限制作于一人。认为《宫词》歌法或与《柳枝》歌法相同。然而这只不过是一种揣测,并无文献依据,宫词是否可算"歌曲之一种",也尚难论定。但情况的另一面是宫词在整体上即使虽非"歌曲之一种",而其中部分作品曾经入乐歌唱,却屡见记载。皮日休《论白居易荐徐凝屈张祜》云:"(张)祜元和中作宫体诗,辞曲艳发。"所谓张祜宫体诗,即指宫词一类作品。任半塘《敦煌歌辞总编》云:"就《全唐诗》收集,如陆龟蒙、罗隐、李建勋、朱光弼、马达、徐仲雅……集内,均有宫辞或与宫辞同本质之作……亦应在'音乐文艺'范围内探讨……可作结曰:宫辞之体,文人笔下,初非歌辞;宫辞之用，乐人口中，已同歌辞。”尽管这可能是对宫词音乐性较为保守的估计，但宫词与词既然在内容上有与南朝宫体诗相承接的渊源，又能作为歌辞传唱于宫廷和社会，则其情调音声跟词之间会产生相互影响便是很自然的事。

五、宫词（怨）与闺怨

以上，关于宫体、宫词、词的论述，是顺着一条比较狭窄的途径，揭示其前后联系，取三者彼此间有明显的蛛丝马迹，易于钩稽论证。其实，我们还应该把视野放开一些，宫体、宫词所能涵盖或者所能辐射带动的题材内容，相当广泛，并不局限于宫廷。著名的诗歌总集《玉台新咏》在文学史上被认为是宫体诗的渊薮，集中地全面地体现了宫体诗内容与形式的特点。但《玉台新咏》作为专门选录歌咏妇女诗的总集，凡与妇女有关的作品，即篇中字句多少有涉闺帏的，皆可收录，又岂能只限于写宫廷之作！所以基于宫体而又是“以大其体”的《玉台新咏》，对后世的影响是广泛的，不限于对宫廷、宫女的描写。如经常与宫怨并提的闺怨，二者在诗苑中即是联袂并蒂，被视为具有共性的类型。宫怨、闺怨，在诗中抒情女主人公身份不明的情况下，往往很难区分，有时也没有必要区分。

宫词、宫怨和闺情、闺怨，在由六朝闺房一体向花间词发展进程中所处的地位与所起的作用也有相近之处。试看从六朝到唐代的闺情、闺怨诗意境情绪都有点接近《花间词》。而从六朝宫闱之作到花间词，有传递作用的除宫词外，闺怨、闺情也是一个重要方面。

综上所述，诗与词之间的承继与相互影响关系是体现在多方面的。将宫词放在从南朝宫体诗到唐五代词之间加以考察，可以看出这种题材与风格都具有鲜明特征的文类，在文学的演进中，穿越了诗与词两种不同的文体。这种穿越现象，给诗与词之间的传承关系提供了有力的证据。同时，这种穿越，呈现了文学演进内容与表现形式的丰富性、复杂性。不同文体，体制有别，但不是彼此封闭隔绝的。其间许多因素可以穿越时间、穿越文体的壁垒进行渗透和传递。

（原载《北京大学学报》2009 年第 6 期，全文 9500 字）

唐代律赋的“雅”与“丽”
——关于唐代律赋批评的两个关键词

□ 姜子龙

近年来唐代律赋虽已成为赋学研究的重镇之一，但对唐代律赋的宏观评价体系仍存在一些问题。许结先生在《中国赋学的历史与批评》中曾谈到当代赋学批评受到“以诗代赋”方法的羁绊，而处在一种“不自觉”的境地。以此来观照现今的唐代律赋研究，不难发现类似的“以古代律”、“以骈代律”倾向。这种“非律赋”式的批评方法，往往会使律赋批评的文体特色退化，呈现出一种“非本色”的特点，这势必影响到我们对唐代律赋历史发展的原貌及规律的准确认识和把握。

在当代赋学研究语境中恢复唐代律赋批评的本色，首要探究的问题是律赋的体制因素如何影响并促成律赋艺术风格的形成。关于律赋的体制，目前学界的论证已较为详尽，大体如邝健行先生《唐代律赋与律》一文所述，集中体现在声韵、句式、词采和结构等方面。我国古代赋学批评诞发较晚，且无较系统的理论阐发，占主体的多为摘句断章型的批评，零金碎玉式地散落在各种赋谱、赋话以及史书、笔记等历史文献中，但这已提供给我们足够的理论素养。这些零散评论犹如一幅大拼图的各个细碎组成部分，按照一定规律加以拼接便会呈现出律赋批评的完整面貌，进而我们不难发现律赋体制因素与艺术风格之间的密切联系，并从中可归结出两大“本色”的批评关键词——“雅”

与“丽”。

一、“雅”——唐代律赋的首要风格

“雅”在律赋批评中被使用得最为频繁,可谓整体涵盖唐代律赋风格的一词。白居易《赋赋》中云:“我国家恐文道寖衰,颂声陵迟。乃多举士,命有司。酌遗风于三代,详变雅于一时。全取其名,则号之为‘赋’;杂用其体,亦不违乎《诗》。四史尽在,六义无遗。是谓艺文之儆策,述作之元龟。”从唐代律赋创作的实际情况来看,白氏之论较为中肯,因为无论官试、私试,亦或个人写作,大多数作品存有一种“儒家经典再解读”的创作倾向,即题目(包括限韵)、主题、典故等方面均从儒家经典中进行取义甚至直接地撷摘。就当时而言,律赋创作成为一种儒家经义的“现代化”写作。但值得注意的是白居易揭示出影响律赋风格的制度因素——律赋成为朝廷铨选士人的一种工具,可以说这是唐时儒家政教型文化对文学样式辐射影响所产生的直接结果。因此,律赋之“雅”便被概括为“有度”,即表现为辞赋体制上符合法度的“词采”、“宫律”和“章句”。唐以后关于律赋创作的要求,均是以“雅”为第一要义,特别是清代,律赋评论或作品选集大多秉持“舍唐人无可师承”这样的观念,普遍“以唐为准绳”。这种批评状况正表明后世对唐律赋之“雅”的肯定。

唐代律赋基本风格可借用清人李调元《雨村赋话》中一语来做归结,即“以雅正为宗”。“雅”是唐代律赋的首要准则,而这一宏观风格的建构是以体制上的微观处理为基础。“雅”体现在词采、宫律和章句等律赋自身体制的各个方面,因此从微观角度入手可探出“雅”呈现在律赋体制因素各方面的不同形态。“化用成语”这种创作技巧在唐代律赋创作中较为普遍,并形成一种固定程式,唐时诗文创作本有此习惯,另外与科场习气亦不无关联。

除字句锤炼外,“雅”在律赋声律用韵的要求上也有较直观的表现。则如白居易《赋赋》中所言,需得“雅音浏亮”。“雅音”的基本要求就是要追求声律谐和,避免声病之累。律赋与声律的紧密关联，可以说声律是唐及后世以律赋铨士的重要指标之一。

协和声韵仅是最基本的浅层要求，并不足以涵盖“雅音”的全部意义。“雅音”即雅声、正声。实质上便是要求律赋应遵循一种“声不失序”的法度。从这个意义上讲，“雅音”更有一种追求“古雅”的深层意味。孙德谦《六朝丽指》中指出：“对句之中，亦当少加虚字，使之动宕。”其实就是呼吁使用虚字入对来解决骈俪之句所带来的文气窒塞的问题，而究其声律功能，就如刘勰所说“兮”字能“语助余声”。这个“余声”带来的便是声律上的“古雅”之义。

唐代声律古雅的律赋首推元稹和白居易之作，唐以后众多赋论均赞其“句长而气甚流走”，究其原因，正如李调元所说：“律赋多有四六，鲜有作长句者。破其拘挛，自元、白始。”元、白二人的主要作法主要表现为化用古文句式或移用大量虚字入句，实质是对律赋体制中六朝骈赋四六隔对基因的一种改造，这种改造打破了骈俪对句对声律的限制，从而使赋作如古文般气韵流动，生成一种“高冠长剑”而“使人不敢逼视”的古雅风貌。事实上从中唐开始，作家参照古文句式来进行时文创作的情况极为常见，这与当时复古思潮不无关联，其目的就是要在艺术上追求一种体貌与声律的双重复古。

二、“丽”——唐代律赋之“媚丽”与“清丽”

“丽”既然是赋体文学自古遗传下来的风格基因，那么在辞赋的体制因素方面主要体现在赋句的锤炼上。从日本回归的唐《赋谱》将赋句化分为“壮、紧、长、隔、漫、发、送”，传统的寻章摘句式的辞赋批评完全是按这几大类型来探讨唐代律赋炼句的特征。用李调元《雨村赋话》中一句可作精辟概括——“唐人琢句，雅以流丽为宗。”而浦铣认为“作小赋不嫌纤巧”，事实上也为论述唐律赋之“丽”提供了文体意义上的理论依据。因为从体制上看，律赋篇幅大多不超过三五百字，属“小赋”范畴，在手法上，“工细入微”、“指物呈形”便成为重要的创作准绳。在这种创作标准的指导下，唐代律赋之丽又可划分为两大类型——“媚丽”与“清丽”。

“媚丽”可以说是唐律赋与六朝骈赋最为相近的风格范畴，表现为刻画的纤细、对属的精工和词采的华茂。在艺术风貌上，晚唐赋与六朝赋同中存异，律赋之“清丽”恰恰是解释二者之异的关键词。

晚唐与六朝均属时代的末叶，这种历史大环境的相似使得两个时期的文学发展产生了一个共同趋势——文学创作均存有一种唯美倾向。就辞赋而言，将晚唐王棨、黄滔、徐寅与六朝时鲍照、江淹、庾信的相关作品加以比较即可见出，晚唐律赋的“媚丽”与六朝骈赋的“靡丽”属于风格同构，均表现为一种典缛精工、缠绵悱恻的柔性美。但毕竟晚唐是历经鼎盛的大一统帝国的末叶，当时文士心理除末世通行的哀怨感伤外，还增添了一种理性的反思。这便促成不同于六朝之“靡丽”的另一种文学风格的生成，反映在辞赋创作上就是唐律赋的“清丽”。“清丽”风格的生成是以“丽”为根基，并不排斥字句的雕琢，而是追求一种“刻琢中仍带清劲”的艺术品概。李调元称“清丽”是超越晚唐的，事实上这一品格在中唐时已初露端倪。它与中唐的一片“雅正”之音相比，自然显得声息微弱，只是至晚唐才得以凸显。

三、“丽不伤雅”——“雅”与“丽”的辩证

先秦至唐，辞赋文体逐渐趋于完备，这一进程也是辞赋的“雅”、“丽”两大风格要素不断博弈的过程。对于唐代律赋体制因素而言，“雅”与“丽”的辩证关系主要体现在章句、词采上的“丽不伤雅”。小赋体式决定了律赋需词藻的华美与繁茂来表现描摹的工细，这样势必使作品的“丽”居风格之首，这便与“以雅正为宗”形成抵触。解决这一矛盾的方法便是用白居易所说的“有度”来管束“丽”，这也是促使唐代律赋“清丽”风格产生的重要因素之一。

除描摹刻画外，“用事”作为律赋创作的重要技巧也体现着“雅”与“丽”的辩证关系。唐人的律赋创作为避免典缛文风的形

成，便尽力使用或化用经籍中的成辞、典故。当然，这种穿凿经史的做法并不意味着唐代律赋对“俗语”或“时下语”的排斥。

综观唐代律赋批评，历代赋论、赋话均崇尚“以雅正为宗”的中唐品格，而对晚唐之“繁密”、“纤巧”似乎有所指摘。造成这种情况的根本原因就在于，这些赋论、赋话大多以阐述如何创作应制之体为鹄的，而晚唐时律赋与科举之间的关系是既黏附又偏离，以律体进行私人化写作的情况逐渐增多，这便造成了晚唐与中唐风格上的相异。事实上，就唐代律赋创作的整体状况而言，诸多体制上规范均体现着唐人追求的是“雅”与“丽”的和谐统一。

（原载《暨南学报》2009 年第 1 期，全文 9200 字）

略论唐举子应试时的活动处境及其情感与创作

□ 吴在庆　王宁

一

唐举子到长安后，在考试之前有各种程序、活动，此处仅述其主要者一二。

如需先要交纳状书（包括文解和家状），并与其他举子五人合保，而官府将合保编入举格。唐文宗时任过宰相的舒元舆回忆他当年贡举至京时的情形说：“臣得备下土贡士之数。到阙下月馀，待命有司，始见贡院悬板样，立束缚检约之目，磨勘状书，剧责与吏胥等伦。臣幸状书备，不被驳放，得引到尚书试。”这里即说到纳状书事。举子合保则见于《唐会要》卷七六《贡举中·

进士》，其中记中书门下于开成元年十月奏：“今日之后，举人于礼部纳家状后，望依前五人自相保。”在办理上述手续后，在十一月还有于含元殿前的一次活动：“每岁十一月，天下贡举人于含元殿前，见四方馆舍人当直者，宣曰：‘卿等学富词雄，远随乡荐，跋涉山川，当甚劳止，有司至公，必无遗逸，仰各取有司处分。’再拜舞蹈讫退。”这种活动相当于政府的礼宾司，正式接见慰劳人京应试举子的活动。关于这一活动的具体情景，唐代宗大历十二年进士黎逢即据所经历，创作了《贡举人见于含元殿赋》。贡举人被接见于含元殿事的资料于唐极少见，此赋乃了解士人们这一活动细节的珍贵资料。从此赋可了解到朝廷举行此事的用意目的，以及此会的时间以及大致程序。如贡士们在清晨即集合，不久长乐宫钟声响起，含元殿开启，中使即开始了接见贡士的典礼。会中尚有贡士的代表发言，此后还有中使的宣慰勉励之报告等。贡士们在元日时又有一次活动，是日皇帝接见他们。随后在考试之前还有谒见先师孔圣的仪式。《唐摭言》卷一《谒先师》条记开元五年九月的诏书即有此活动的记载。在这一仪式中，不仅“有司优厚设食”，而且朝中的重要官员和朝集使都来观礼。这一活动体现中华民族“重学尊师”之优良传统。中唐文士黎逢亦有《贡士谒文宣王赋》咏述此事。从这篇赋作，我们尚能见到这一仪式的大致情景。黎逢躬历此典礼，故将自己科场上的这一经历记之于赋。赋中记述此仪式的具体状况以及文士们的仪态；也写到奏乐的事，有“磬音继于夜杵”句，又有“烛影迎于朝云”之咏，可知此典礼当举行于清晨。其中奏雅乐情形，中唐文士王起有《贡举人谒先师闻雅乐》诗咏之。诗中写的是贡士们谒文宣王庙的情景，乃朝廷所主持的活动。但文士们之谒文宣王庙，也有私自拜谒的，这种活动恐怕更能反映一般文士的心境。罗隐即有《谒文宣王庙》诗，他所谒庙当不在朝中，故所见景象凄凉颓败，毫无庄严肃穆气象。加上他本人科场多次受困，故颇有麟泣、凤悲的末世情调，颇能反映唐末一般文士见到文宣王庙的心境。他这一心境还借《代文宣王答》诗更进一步表露，诗中末世读书人的穷途末路牢骚发露无遗。

二

贡士们入考场时所得到的待遇就没有此前的风光了，这还引起舒元舆的不满，以致有《上论贡士书》为其鸣不平。文中叙述考场情景说："臣幸状书备，不被驳放，得引到尚书试。试之日，见八百人尽手携脂烛水炭，洎朝晡餐具，或荷于肩，或提于席，为胥吏纵慢声大呼其名氏，试者突出。棘围重重，乃分坐庑下。寒馀雪飞，单席在地。"对此情景，他不禁发了一通牢骚不满，希望"俾有司严加礼待之，举六义试之。试之时免自担荷，廊庑之下，特设茵榻，陈炉火脂烛，设朝晡饭馔，则前日之病，庶几其有瘳矣"。舒元舆所说的士子所受待遇之差想必是事实，而宋代范镇《东斋记事》卷一所说则有所不同："礼部贡院试进士日，设香案于阶前，主司与举人对拜，此唐故事也。所坐设位供帐甚盛，有司具茶汤饮浆。"所说情形与舒元舆有异，或唐时科场有时也有如此礼待进士的。

在考场上，有些贡士还时而有些小举动，如在考场墙壁上、廊柱上题诗，或赋诗上主试者乞情，甚至在考场上作弊代考，等等。这表现了文士们考场上的众生相，也能体现举子们的心情。尽管这些诗作并非鸿篇巨制，未必能体现多少文学价值，但从中我们还可以窥见士子们的艰辛寒酸与感慨悲愤之情。如唐彦谦《试夜题省廊柱》、薛能《省试夜》、殷文圭《省试夜投献座主》以及《唐摭言》、《唐语林》、《唐才子傳》的有关记载。

上引诗歌、记载乃唐时部分士子在考场上的活动与心态，尽管只是当时考场上的点滴，仍可窥见当时情景。一般的读书人心情临近考试更是紧张复杂，特别是多次挫折的士子们更是百感交集，焦躁不安。罗隐在《逼试投所知》中说"十年此地频偷眼，二月春风最断肠。"所谓"二月春风最断肠"，乃指考试落第的心情。刘虚白则显得更令人同情，他已经二十年举场的生活，但仍然是身穿白麻衣的举子。而且更令他感叹的是主考官竟是二十年前与他同为举子在同一考场的裴坦。韦承贻于场屋完卷后，对于能否中第毫无把握。他所盼望的是何时能有捷报来到家门，从此再也不必重入考场。

在试场上，文士们对主试者的态度与期望大抵是相同的，就是希望能主持公道，使自己得以在其门下及第，因此多对主司采取歌颂称赏的态度。士子们的赞美之作，谀媚之辞不在少数。晚唐崇拜贾岛诗的李洞，他在考场中所献裴赞侍郎诗就要坦率激烈得多，也更能反映出他此时真正的心情。至于罗虬、郭薰之依仗权势，温庭筠之"为邻铺假手"，也自是形形色色的科场生活的生动表现。当然这种人是极少的，大多数试者的心情可以以屡试不第的刘得仁《省试日上崔侍郎四首》所表现的情形为代表。这四首诗，既称颂了礼闱的公道，明主无私，又自述了自己屡落第的如病如痴，年年泪血的遭遇，表达了祈求同情援引的愿望。

三

如前述文士们在各种场合创作了一些诗文，这里仅简要谈谈在考试中所产生的好的或其中较好的诗文。

一般说来，应试时是难以创作出好作品的，因此大量的应试诗文在内容情感上缺乏感人之力。不过话又说回来，这些诗文也具有多种认识价值与意义。就是在这类诗文中，也有少量披沙拣金，或不乏情感文采的较好的甚至优秀的作品。因此，在典籍中我们也时而可以见到称赏它们的记载。有些诗特别以个别诗句传诵人口，如钱起的"曲终"二句，祖咏的"终南阴岭秀"四句，崔曙的"夜来"二句。故李颀说："自唐以来，试进士诗与省题，时有佳句。"但索其全篇，就有逊于这些佳句了。如果从今人通常的标准看，能称为佳句的恐怕也有限。如崔曙《奉试明堂火珠》、钱起《省试湘灵鼓瑟》这样的诗作，包括上引的其他人诗，是很难入今日选家之诗选集中的。不过，从省试诗的角度，从当时人的审美评诗标准来看，此类诗也无愧为佳作。特别是王表的诗，如果不在内容意义上多加苛求的话，也确实颇有诗艺之妙，在当时科场上洵为佳制。因此从这一角度来看，当时科场所试诗赋，也确实创作出一些为时人称美的文学作品。

唐昭宗乾宁二年进士试放榜，后又有昭宗出题覆试。其中赵观文、程宴等人及第，昭宗敕云："今则比南郭之竽音，果分一一；慕西汉之辞彩，无愧彬彬。既鉴妍媸，须有升黜。其赵观文、程宴、崔赏、崔仁宝等四人，才藻优赡，义理昭宣，深穷体物之能，曲近缘情之妙。所试诗赋，辞艺精通，皆合本意。"唐昭宗的这段评语颇值得注意，它实际上可视为当时科场上的评文选文标准，即重视才藻、义理，特别讲究"深穷体物之能，曲尽缘情之妙"。从这一衡文标准，我们也才能理解为何某些我们今日不以为特别好之作，而时人称赏不已。以此标准看待王表之作，则其为主司所赏而擢第也就可理解了。类似此诗的省试诗之作应不在少数，徐松《登科记考》所引录的省试之作，即有一些"深穷体物之能，曲尽缘情之妙"的诗赋。

当然，省试诗也确实有过富有情感而又描摹微妙的好诗，尽管这样的作品为数不多。傅璇琮先生在《唐代科举与文学》一书中即说："在省题诗的范围之内，除了所举的钱起、祖咏所作以外，也不是没有可称道的。"如果我们用心审阅现存的省、府考试之中的诗文，类似的作品一定可以找出一些。当然这样说，并不在于肯定大多数的场屋之作，应该说尽管场屋生活促使文士们写出了大量的文学作品，但其中大多数是不会感动人，不会令今人满意的。即在古人，也对这些诗作时有责难之辞，如《诗话总龟・后集》引《丹阳集》即说："省试诗自成一家，非他诗比也。首韵拘于见题，则易于牵合；中联缚于法律，则易于骈对；非若游戏于烟云月露之形，可以纵横在我者也。王昌龄、钱起、孟浩然、李商隐辈，皆有诗名，至于作省题诗则疏矣。"所说即有一定道理。

（原刊于《人文杂志》2009 年第 3 期，约 9 千多字）

新书选评

《诗与唐代文言小说研究》

□ 余 丹

（邱昌员著　中国社会科学出版社　2008 年 6 月版）

近日拜读了邱昌员教授的力作《诗与唐代文言小说研究》，全书洋洋洒洒四十五万字，对唐代文言小说与诗歌的关系进行了全面的考论，正本清源，条分缕析，思虑缜密深刻，读罢掩卷，深为叹服。选择古典文学作为学术探索的方向，我们常常会面临一种尴尬的困境：古典文学作为一门传统学科，发展高度成熟，固然我们可以站在前人的肩膀上，可是想要再进一步寻求创新与突破，谈何容易！唐代文言小说历来备受学者关注，从资料的辑佚考证、具体作品的分析评价到小说史的梳理概括，乃至美学、文化学、社会学、心理学等诸多视角的解读，无不是成果丰硕，珠玉在前。邱昌员教授选择这个领域开展研究探索，表现出迎难而上的勇气，也显示了高度的学术自信。

唐人小说与诗歌的因缘，宋人已经有所认识，赵彦卫称其文备众体，可见“史才、诗笔、议论”（《云麓漫钞》卷八），洪迈叹其“与诗律可称一代之奇”（《容斋随笔》），至明清时期，胡应麟、章学诚等人也从审美特征、创作主体等方面对此有所阐发，其中不乏真知灼见。自鲁迅始，现当代学者对唐人小说进行了全面系统的审视与观照，对唐人小说与诗歌的关系也多有论及，但综观他们的论述大都聚焦在“诗笔”这一点上，即唐代文言小说在发展过程中吸收了诗歌的营养，融入了诸多的诗赋韵语，营造了情思浓郁的诗歌意境，而尚未向其他方向拓展。邱昌员教授认为唐人小说与诗歌的关系应是多层面的，他从六个方面展开了细致深入的分析：

其一，唐代小说的诗意之美：唐代文言小说中融入了大量的诗歌，弥漫着浓郁的诗意，其叙事职能、艺术特征和美学价值都有着诗的质性；其二，唐代诗人与小说创作：唐人小说作者受诗歌理论影响，用诗的精神、诗的激情来创作小说，使小说内在特质诗化、小说叙事抒情化；其三，诗与唐代小说的接受和传播：唐代小说的接受者和传播者首先是诗人群体，它的传播也常常以诗歌为媒介，借助诗歌来扩大影响；其四，诗与唐代小说审美特征的形成与发展：唐代小说在发生发展成熟的过程中吸收了多种文体的营养，诗歌的影响对于唐代小说审美特征的形成尤为重要；其五，共时或同类小说与诗歌之间的相互影响与相互渗透：唐代小说与诗歌同时共生，有着大致对应的阶段性，也有着爱情、咏史、咏物、侠义、游仙等共同的类别，相互之间发生着作用；其六，唐代小说反映的诗人生活：唐代小说对唐代诗人的生活、唐人的诗歌也有多侧面的表现。

就这六个方面而言，其一、其四是前人较多涉及的，作者在此基础上进行整合并在深度和力度上有所加强，同时也不乏新见，如指出唐代小说中的描述性艺术手段的发生发展与诗赋传统有关，很有启发意义；其二、三、五、六这几个方面，应该说是前人所轻忽的，偶有涉及也是语焉不详，邱昌员教授对这些问题做了深入探讨和精到论析，进而指出唐人小说与诗歌同为时代精神的载体，按照"作品研究——作家研究——文体研究——比较研究——文化研究"的思路，可以说是真正把"诗与唐代文言小说"这个论题研究透彻了。如第二章"唐代诗人与文言小说的创作、接受和传播"，唐人小说作者多兼有诗人身份，邱昌员教授在这一普遍认识的基础上判定唐人小说实为"诗人小说"而非"专业小说家小说"，确为精辟之论。

然而本章最令人为之振奋的还是作者关于诗歌与唐人小说接受及传播的论述：唐人小说不仅作者"作意好奇"，接受者也拥有同样的诗心灵性，且常常以参与聚谈的方式不同程度地参与小说创作，或以其他文体进行再创作，对小说的繁荣发挥了重大作用；唐人小说的传播范围局限在士大夫阶层，其主要的传播途径除了传抄之外，就是借助诗歌，或文因诗作——诗歌的先期创作与流传为小说传播奠定基础，或诗缘文起——诗歌创作本来就有帮助小说传播的目的，或小说故事用作诗歌典故——诗歌“携带”着小说故事传播，不仅有助于小说在精英阶层中的流传，更使它们有可能进入平民百姓的阅读视野。这些精彩论断使唐人小说从创作到传播、接受各个环节与诗歌的互动作用被充分揭示出来，填补了以往对唐人小说接受、传播研究的不足。又如第五章论及唐代各类文言小说与同类诗歌的关系，考察了唐代爱情、精怪、历史、豪侠等类小说与唐代爱情诗、游仙诗、咏史诗、咏物诗、咏侠诗之间的种种关系，指出它们之间是相互依存、相互促进的，突破了此前仅从时段性探讨诗歌与小说关系的单一视角，提供了新的研究思路。以“论”为主的学术论著，往往容易大而无当，落入空泛，《诗与唐代文言小说研究》却不作泛泛之谈，立论多有实据，尤其是引入统计学的原理与方法，注意数据的精确统计与分析，结论令人信服。

全书共有图表 6 处，分别统计了唐代文言小说单篇作品和小说集融入的诗歌数量、唐代文言小说中融入的各体诗歌数量以及唐代小说家存诗情况、以“奇”“异”“怪”为名的唐代文言小说集和单篇文言小说的情况。用清晰的图表形式来作实证，简洁明了而具有充分的说服力，但制作图表所耗费的心力，也往往是惊人的。比如首章中对融入唐代文言小说中的诗歌所做的定量分析，作者将 37 篇唐人单篇小说中融入的约 200 首诗歌，以及 56 部小说集中 244 篇作品融入的近 480 首诗歌全部列举出来，并一一注明它们在《全唐诗》或《先秦汉魏晋南北朝诗》中的收集情况，搜罗齐备，考辨细致，足见作者的勤勉与严谨。当然，数字只能显示唐人小说中融入诗歌的量，作者也没有忽略对唐人小说中融入诗歌的质做出评判，他对唐人小说中情节性与非情节性诗歌审美的论述，解析透辟，笔致优美，既有理性的概括，又富有诗意的情韵。

邱昌员教授不是单向地考察诗歌对唐人小说的影响，而是注重透视二者之间的双向互动；他也并没有局限于单纯地从文学意义上探讨诗与唐人小说的关系，而是将唐人小说与诗歌置于共同的文化背景下进行审视，力图揭示它们的核心联结："唐代小说与唐诗的关系不仅表现在小说的外在形式上有对诗歌体制的接受和容纳，也不仅表现在众多的唐代小说有着诗一般的意境，其最为重要的是唐代小说有着与唐诗共同的精神旨趣，小说和诗都抒发着唐人丰富真挚的情感，表达着唐人对于真、善、美的追求和拥有。或者换句话说，唐人既用诗歌表现那一时代的气象，也用小说展现那一时代的精神，小说和诗歌都是唐代气象和时代精神的载体。"(《〈诗与唐代文言小说研究〉结语》)立足微观的辨析考订，致力宏观的文化观照，堪称当前古典文学研究的一个成功范例。

细细品读邱昌员教授的大作，不禁为平日的疏懒浮躁感到汗颜，不能再以教学任务繁重、传统学科难以创新云云为自己开脱。其实治学之道，唯有扎扎实实兢兢业业，勇于探索，贵在坚持，并无捷径可走。

邱昌员教授正当盛年，又一直在古典文学研究的园地中辛勤耕耘不辍，这部《诗与唐代文言小说研究》是他长期以来付出心血的结晶，也是唐人小说研究的一份沉甸甸的收获，我们也期待着邱昌员教授在学术道路上继续前行，他日必将捧出累累硕果。

(原载《赣南师范学院学报》2009 年第 1 期)

《韩愈诗歌宋元接受研究》

□ 张弘韬 张清华

（谷曙光著 安徽大学出版社 2009 年 4 月版）

谷曙光的《韩愈诗歌宋元接受研究》是 2009 年唯一一部研究韩愈诗歌美学接受的专著。此书是作者在硕士论文的基础上修改而成的，但又不拘于原硕士论文的内容，增加了南宋和金元部分，是六年来作者进一步研究“韩学”的结晶。文学作品必须通过读者的接受来实现自己的价值。没有读者的接受，就像商品没有通过销售实现价值一样，文学家无法实现作品“惊人的一跃”而对读者产生影响。韩愈作为唐代伟大的文学家，他的成就不止于文学方面，还包括政治建树、文化思想等诸方面，从某种角度说，他比单纯的文学家或者说他比单纯的诗人或散文家对后世的影响更大，这与他的成就为后人所接受有密不可分的关系。在文学方面，他的诗名为文名所掩。作者吸取西方接受美学理论，通过细致爬梳宋、元两代文献资料，对韩诗的接受进行了深入分析，展现了宋元两代对韩诗的接受历程与宋元诗歌嬗变的关系，为读者提供了一个观察唐宋诗歌流变不同凡常的新视角。

简而言之，此书有以下特点：

一、脉络清晰，结构谨严。此书既以时间为序，又列专题，形成立体交织的结构；既拈出宋元两代文学大家，又不忽视韩诗接受中的细微现象，全面地分析了韩诗在宋元两代的各种接受现象。

书名标明"宋元"，作者在论述时按时间顺序罗列了宋初至金元对韩愈诗歌接受的各种现象，阐述了宋代韩诗经历的"先冷后热—逐渐'降温'—趋于稳中有降的复杂变化过程"，表明韩诗地位升降与宋代诗风之间存在着"并行互动的因果关系"。[①] 在论述韩诗接受现象时，作者不仅分析了韩诗的影响，还将诗歌置于文学的整体范畴之内，而不囿于传统的文体观念。通过分析，作者指出，前代学者在论述韩愈诗文时往往并提，如讲"文"，并非一定单指文章，有时也涵盖诗歌。韩诗对于不同文体的影响也是作者研究的一个方面，比如辛弃疾的从"以文为诗"到"以诗为词"。对韩诗接受的研究与对韩诗创作经验的接受一样，推扩到词的领域，此乃作者深层接受了韩愈"破体为诗"的影响。"善谈艺者自能打破文体界限，悟出旁人不能悟之诗词妙谛。"[②]善学者当然亦能打破文体界限而对文学现象进行深入挖掘。

更值得注意的是，作者在研究韩诗接受历程时，既重视传统论家所述及的重要文学现象，又不忽视文学史上较少提及，且尚未认识的文学质点。如宋初王禹偁，传统史家认为他诗学白居易，其实他是宋代首倡以平易而学韩的第一人。又如南宋文学家楼钥认为韩愈之奇乃是"在流俗中以为奇"，是"文之正体"[③]。胡适先生早就指出：韩文是唐代的白话文。其实，我们在研读韩诗时就发现，那些不为注家所解的词语，有不少就是唐人口语，而今有的尚活在中州人民口中，当然不能算"奇"了。对于一些没有留下任何评韩言论的学韩者，作者在进行研究时也并未轻易放过，如石延年、狄遵度等人，从其流传下来的不多的诗篇中，仍可看出他们对韩诗创作风神与经验的接受。

除以时间为序外，作者又列出宋代诗话、笔记，宋元人选编韩诗两个专题从另一视角切入，对宋元韩诗接受情况进行了分析，这就使全书有了纵横交错的立体结构，使读者能更清晰地了解宋元对韩诗接受的全面情况。宋代诗话、笔记内容丰富而庞

---

① 第 347 页。
② 第 257 页。
③ 第 249 页。

杂，作者从中稽录论韩材料，为读者勾勒出宋代韩诗接受的流变。即便是仅有一条者如《白石道人诗说》也不忽略，但我以为，白石之论韩诗“雅出”者，并非一定如曙光所谓之“廊庙气”[①]。韩诗虽如传统学者所谓有“廊庙气”，而韩诗之雅，更当从其传统儒家诗学观中探求。

二、深思明辨，博采众长。作者在广泛搜罗材料的基础上，锐意取众长为己所用。他不仅利用中国传统研究方法，更能西学中用，以西方接受美学相关原理分析中国古典文学的接受现象。

作为一本接受学研究著作，作者显然吸取了当代学者在接受研究方面的成果，特别是刘学锴先生在《李商隐诗歌接受史》中所提出的观点：“前代作家作品对后世的影响，一般的规律是时代越往后，影响越趋于隐微不显。”[②]这一思想不仅为作者所接受，且在悟中求新，推出新的研究境界，在诸多并不明显的材料中拣出韩诗接受的特殊现象。书中说：“文学接受，并不意味着接受者与被接受者的作品一定要相似。”[③]学习继承与接受并非一回事。正因为如此，许多对韩诗的独特接受现象才不为人重视。如宋代著名诗人杨万里之“诚斋体”诗与韩诗相比几无近似之处，作者深入考索，看穿了杨万里于韩诗的“隐性接受”，他是通过黄、陈间接接受并学到杜、韩一脉诗法的，韩之“以文为戏”与诚斋之幽默亦有相通之处。这种以他人为中介的“间接接受”比直接影响更难发现，这种穿透性的观照正是本书的一大特色，亦是作者的新创，体现了这部专著不仅仅列举了宋元人对韩诗接受中的各种现象，更上升到理论层面对其进行深入分析。

三、多方考索，钩沉出新。“千家注杜，五百家注韩”，前人对于韩愈的研究可谓多矣。如何从旧材料中挖掘新内容，是每位古代文学研究者面临的最大困难，在杜甫与韩愈的研究中更是如此。作者的《韩愈诗歌宋元接受研究》并非流于表面材料的罗

---

① 第 287 页。

② 第 213 页。

③ 第 237 页。

列，而是在充分挖掘材料的基础上进行深入分析；且能深察至微，探賾知理，深入挖掘精神实质，颇多创获，时有令人击节赞叹之论。在《弁言》中，作者就直言："韩诗往往为韩愈散文的盛名所掩。其实韩诗与韩文铢两悉称，正难分高下。"①此论实为千百年来文学批评史之一大反拨。由于"古文运动"之巨大影响，加之韩文起"八代之衰"，集"八代之成"，转旧为新，开启了中国古代散文至新局面，影响了千百年来"善并美具"的蕴含机制，历代对韩文的评价都远远高于韩诗，作者却不囿于常论，而提出了自己的独见新解。书中这种独见新解层出不穷，不时令人一洗耳目。

韩诗是唐宋诗嬗变中关键的一环，亦是宋人学杜的关键。本书在分析宋人对韩诗接受的过程中，多与杜诗接受相比较，指出韩诗是宋人学杜的中介，"诸多宋人都是既接受杜诗，同时又接受韩诗，杜、韩对宋诗时时有交织互补的作用。"②认为杜诗、韩诗对宋代诗歌的影响与宋人诗学及宋诗面目的确立有着深刻的内在联系。

通过比较研究，作者还分析了由学韩而学杜，或由学杜而学韩这两种宋人学诗过程中的截然相反，却又有密切相关的特殊现象。比如陈师道之学杜而仅得韩、黄的效果，陈与义则是学苏、黄，旁参韩愈而上攀老杜。对于陈与义对韩诗的接受，材料并不充足，作者却从陈与义对韩集的校理，敏锐地发现陈与韩之间的联系，又从文本的角度对比二人诗文，细致爬梳，列举了陈与义诗中 86 处引用韩愈诗文典故，从而表明陈对韩的接受是一种融会贯通，浑然不觉的自觉接受与运用。

韩诗的接受并非都是一个声音，在分析宋人接受、继承韩诗的同时，本书还指出：在韩愈声名日隆之时，王安石就持不同意见。其实在王安石之前，已有僧人释契嵩力诋韩愈，但他地位不如荆公显赫，影响不大。王安石虽对韩诗多有轻慢，但他对韩诗的接受却呈现出纷纭复杂、费人思量的特殊现象。王安石对韩

---

① 第 2 页。

② 第 165 页。

愈的评价是一方面毁誉交加，另一方面其诗文又接受韩愈的影响而自成一家。这恰恰从另一角度说明对韩诗的接受，情况是多么纷繁复杂。

总的说来，该书吸取西方接受美学理论，通过细致爬梳宋、元两代文献资料，对韩诗的接受进行了深入分析，展现了宋元两代对韩诗的接受历程，提供了研究唐宋诗歌流变的一个新视角，是中西研究方法结合的一次成功尝试。

《李商隐诗歌艺术研究》

□ 闫俊伟

（吴振华著 安徽人民出版社 2009 年 7 月版）

在晚唐文学研究中，李商隐诗歌以“哀感顽艳、深情绵邈”的独特艺术魅力为众多专家学者所关注。尤其是从上世纪 70 年代末开始成为学术热点，持续至今已有三十多年。从生平事迹考订，作品整理校注到思想艺术成就探讨，都已取得许多重大的甚至带有总结性的成果。以至于陶文鹏先生在评估 20 世纪唐诗艺术研究的现状时说“李商隐研究收获最大”，超过了唐代所有的其他诗人。在这块被许多学者精耕细作过的园地里，试图搜罗到前人没有使用过的材料，发掘出前人没有研究过的课题，觅得前人没有关注过的文学现象，无疑是相当困难的。所幸的是吴振华先生既有诗人的纤敏，又有达人的通脱。前者使得他可以通过对具体作品的认真品读，敏锐地发现虚词与义山诗歌的艺术风格之间的微妙关系；后者使得他可以从容地从一个研究者的角度观照李商隐诗歌中的虚词艺术成就，展开具体细致的研究,得出颇有见地的一家之言,足资参考。

吴著有以下几个特点值得关注。

一是纲目清晰。全书分为两编。上编由点到线,由线到面进而构成一个立体的艺术空间。先由李商隐近体诗运用虚词的艺术成就、虚词所表现的情感和心态、运用虚词的艺术手法、虚词与诗歌艺术节奏的关系四个点构成一条李商隐诗歌中的虚词运用之线。再由李商隐诗歌中的虚词运用、绮窗凄梦:词中之商隐、《锦瑟》赏析三条线构成李商隐诗歌艺术的一个横断面。通过著者这一精心构思的独特结构,读者可以由点到面、由简到繁对 20 世纪李商隐诗学研究构建一个全面的、立体的了解。下编以编年的形式,对 21 世纪的李商隐研究予以综述,细致周全地展现新时期李商隐研究的整体情况。

二是启迪性强。其一,著者师从著名的李商隐研究专家刘学锴、余恕诚先生,继承了二位先生长于艺术分析的特长,形成了善感悟而不乏理性的思维品格。论文除了极具可读性之外,还极具启发性。作者在后记中谈及老师刘学锴先生对《李商隐近体诗运用虚词的艺术成就》初稿的评语:"首先还是要对义山诗中虚词运用的典型事例作过细的研究。把最具义山个性,运用得最好的一大批实例,分类排列,联系义山的性格、气质、个性,对生活的感受,特别是联系义山的特殊心态作深入细致的研究。还应联系义山诗的艺术表现手段来研究,联系实词所构成的繁密意象来研究如何化实为虚,等等。总之,要联系义山本身的特点作多方面的展拓与思考,而前提是细致深入地研究每一个典型用例。"这是老师对学生的谆谆诱导,启迪学生如何作论文。加之作者以善感之灵心将这种方法融入自己的论文之中,对读者作论文同样也具有启迪意义。其二,在论题的拓展方面,由虚词的运用拓展为:李商隐近体诗运用虚词的艺术成就、虚词所表现的情感和心态、李商隐运用虚词的艺术手法、虚词与诗歌艺术节奏的关系;由《四库全书提要》中说:"词家之有吴文英,犹诗家之有李商隐"之启发而写成《绮窗凄梦:词中之商隐——论义山诗对梦窗词的影响》;由刘学锴先生的诗学观"融通众解,不废单解"之启迪写出《朦胧岐解千古迷 空幻莫测通境情——李商隐〈锦瑟〉赏析》等等，这些对读者都有很大的帮助。其三，在下编中，作者撰写李商隐研究年度论文综述时，注重所选论文的质量，综述要言不繁，线索清晰，结构紧密。对读者论文的选题，论证的条理性也都极具启迪意义。因而，该书对论文的选题、写作都极具参考价值，对初学者领悟论文之作法尤其如此。

三是资料丰富。李商隐研究是唐代作家研究中进展最深入的。面对众多研究成果，即使作为一名专业学者也不可能有时间充分地占有掌握，而对研究中的成绩或不足如果没有一个整体把握的话就不可能使研究沿着科学合理的轨道进行。因此，对 20 世纪以来的李商隐研究情况进行总结，是十分必要的。正是从这个意义上讲，这本《李商隐诗歌艺术研究》的出版，就显得特别有意义。著者以极大的耐心和毅力，尽可能全面完整地收集资料，不惜耗费大量的时间和精力对资料进行爬梳整理，归纳概括。因而，该书呈献给读者的是丰富的资料。据笔者的粗略统计，仅下编著者评述的论文就多达 256 篇，加上书中提及的论文、著作，数量会更多。可以毫不夸张地说，细研此书不仅能对 20 世纪以来的李商隐研究轨迹有一个清楚的了解，而且可觅得研究李商隐的治学门径。该书的出版，除了可以为读者提供 20 世纪以来的李商隐研究的可资参考的资料外，还可为合理的配置研究力量，避免无意义的重复劳动，集中科研力量，攻克疑难课题提供方向。通过此书我们还能体会到作者知难而进、甘为人梯的儒者品格，不由得为之肃然起敬。

四是唯真求实。著者治学勤奋，长于艺术分析。对偏重艺术性的李商隐的作品，力求用艺术语言去阐释、评说，呈现作品的本真面目。对因材料所限不能坐实之处，不强作解人。例如，本书第 131 页，陈祥伟对《城上》《汉南书事》两首诗进行系年考证，认为二者均作于大中五年七八月间。与学界一般认定的大中元年和《李商隐诗歌集解》所认为的大中二年都不同，著者不妄加断言，认为其不失为一种新见。这种唯真是求的学术精神是十分可取的。

总之，《李商隐诗歌艺术研究》是不乏创新的一部研究李商隐诗歌的论著。它对进一步拓展和深化李商隐诗歌艺术的研究有一定的参考价值。

《李杜之变与唐代文化转型》

□ 李　新

（葛景春著　大象出版社　2009年8月版）

葛景春先生的《李杜之变与唐代文化转型》一书，最近已于郑州出版，该书2004年作为“国家社会科学基金资助项目”立项，并获河南省社会科学院出版基金资助，历时五年之久，终于功成而付梓，实乃李白、杜甫研究学界乃至唐代文学研究领域的一大幸事！该书坚持从李、杜诗文本出发，以文化学的视角，联系唐代社会历史文化发展的背景，打通文史哲，对李、杜诗风之变，及其所引发的唐代诗歌主潮的转变，乃至有唐一代社会的文化转型等诸多课题加以审视，多有新见阐发；在世纪之初李、杜诗研究领域众多的论著中，可谓独出机杼。其书主要包括以下三方面的内容与特色：

一、诗风之变，诸体明辨

该书的上编“李杜诗风之变”部分，主要从由李白到杜甫个体诗风的转型入手，并联系二位诗人的创作实际，加以比较，分析并总结出其思维方式及创作个性、风格等方面的诸多不同点：

其一，“从思维类型来说，李白是发散式的幻想性的思维，杜甫是凝聚式的写实性的思维。”其二，“从思想类型来说，李白属道家思想系统，多用批判的眼光审视世界，批评时政和礼教虚伪，崇真疾伪。杜甫属儒家思想系统，重社稷民生，着重表现人生和人性的善与美，属儒家'善美'的审美观。"其三，"从个性上来说，李白是外向型的开放个性，而杜甫属于内向型的内敛个性。"其四，"从禀赋上来说，李白是个天才型的诗人，主才，主气，主灵感，一气呵成，不假修饰。杜甫是个功力型的诗人，主'意'，主锤炼，主'意匠经营'。"其五，"从表达方式和表现对象来说，李白是以自我为轴心，以表现自己，揭露和批判上层社会为主。杜甫是以社会为轴心，以描写社会现实、关注民生疾苦与抒发其忧心社稷苍生的深切感受为主的。"其六，"从所擅诗体来说，李白长于古诗，尤善七言歌诗和五、七言绝句；杜甫长于近体，尤善七律和排律。"其七，"从艺术风格上来说，李白是着重表达理想的浪漫主义风格，杜甫是着重描绘现实的写实风格，也就是通常所说的李白诗歌的浪漫主义与杜甫诗歌的现实主义风格。"[①]并且，该书还分别就李杜五、七古，律诗、绝句等诸体诗风的转变，详加辨析和比较；并用统计量化的方法，指出在李白全集 1001 首作品中，五、七言古诗有 720 多首，约占其作品总量的 72%；而杜甫全集 1458 首作品中，近体五、七言律、绝及排律共计 1037 首，其作品总量的 71%之多。因此说，"李白的主要成就是他完善并完成了汉魏以来的古体诗，对旧体是个总结"；而"杜甫的主要成就是他完善并完成了自齐、梁、初唐以来的近体诗的创作范式，特别是对七律的完善与定型，起了关键的作用，对新体是个开创"；[②]立足于文学本位，坚持从创作实际出发立论，其结论自然真实可信。

二、诗潮之变，溯流讨源

该书的中编"李杜之变与唐诗主潮之变"部分，主要从"安史之乱"前后，唐代诗歌主潮由浪漫转向写实的时代走向这一角度入手，探讨李、杜诗风之变，乃"导其源者"；著者认为，"安史之

① 第 2—9 页。

② 第 8—9 页。

乱”之后唐诗主潮的转变，主要有三个方面的具体表现：第一，“从自然天成转向人工雕饰——审美思潮的转型”；第二，“从古体诗转向近体诗——主要诗体的转型”；第三，“从‘复古’转向革新——创作主张的转型”[①]；而李、杜之变，则是此次诗歌主潮变动的先声。

学界对此，亦多有共识，如林庚先生认为，“李白是在唐朝上升时期走上峰顶时代的诗歌代表人物，而杜甫则是唐朝从峰顶开始走下坡路时期的诗歌代表人物”[②]；袁行霈先生主编的《中国文学史》第二卷，也认为：“李白是盛唐文化孕育出来的天才诗人，其非凡的自负和自信，狂傲的独立人格，豪放洒脱的气度和自由创造的浪漫情怀，充分体现了盛唐士人的时代性格和精神风貌。……比较一下盛唐诗歌和中唐诗歌，我们就可以发现它们之间的巨大差别。在中唐诗歌中，盛唐诗那种浓烈的理想色彩消退了，人间的艰辛代替了理想色彩，中年的思虑送走了少年情怀。中唐诗有一种更加生活化的倾向。盛唐诗人追求的是境界的浑融；而到了中唐，我们才看到了有意识的字锤句炼。盛唐存在着审美趣味相近的不同的诗人群落；而到中唐，我们却看到了有相近理论主张的不同的诗歌流派。中唐诗人在盛唐那样的艺术高峰面前，表现出拓展新的诗歌艺术领域的巨大努力。从盛唐到中唐，是一个巨大的转变。杜甫就是衔接这个转变的伟大诗人。”[③]然而这些论断均属于宏观概括的文学史叙述，未能如葛景春先生这样，立足于诗歌创作的具体分析而得出的切实结论。

该书还从地域文化的角度来审视李、杜诗风的变化，指出“李白的诗风基调基本上是属于南方长江流域文化的清新浪漫之风”，“而杜甫恰与李白相反，他出生和成长在北方的中原地区，即黄河流域文化的氛围之中。中原的两京地区，是传统的儒

---

① 第 11—16 页。

② 第 3—4 页。

③ 第 216—230 页。

家文化的强势地区"[①];在唐代这一南北文风相互交流和融合的特殊时代,李、杜分别受到不同地域文化的影响,并将各自的诗风进行南北文学交流,因而遂成为唐诗主潮大变动之际的代表人物。这样就遵循了孟子所谓"知人论世"(《孟子·万章下》)的文学批评原则,也体现了其学术视野的广阔。

三、文化之变,远瞩高瞻

该书的下编"李杜之变与唐代文化转型"部分,主要探讨了隐藏在李、杜诗风转变的背后,实际上正在发生一场唐代文化思潮的大变动;著者认为,"李杜之变最深层的原因,是唐代文化思潮的主潮从理想主义文化思潮向现实主义文化思潮嬗变与转型造成的"[②],其具体表现主要有四个方面:第一,"文化思想的转型——从文化多元、自由选择到排斥异端、主尊儒学"。第二,"文化价值观的转型——从理想型到实用型"。第三,"文化人格的转型——从个体人格转向群体人格"。第四,"文人心态的转型——从乐观开放转向忧患意识"。[③]

而这四方面的文化思潮之转型,恰到好处地在李、杜二人身上得到体现,如李白主要生活在思想开放、文化多元的开、天盛世,其思想乃为儒道并用、多元继承,富于理想主义色彩,重视个体独立的人格追求,心态自由开放;而出身"奉儒守官"(《进〈雕赋〉表》)[④]之家的大诗人杜甫,经历过八年"安史之乱"的动荡,其思想价值观转向经世致用,忧国忧民、重视家国群体命运,富于忧患意思和现实主义色彩,遂成为唐代儒学复兴运动的先驱人物……他们这些思想、文化方面的显著特征,都使得"雄笔映千古"的李、杜之变,成为唐代文化思潮转型的代表。该书透过这些李、杜二人思想和文化个体差异的表面现象,深入观察到整

① 第 16 页。
② 第 1 页。
③ 第 17—19 页。
④ 第 21—22 页。

个唐代文化发展、变化的本质，可谓视野宏观、高瞻远瞩。

该书为葛景春先生继其系列李白研究专著之后，所推出的又一部关于李、杜诗研究方面的学术力作，对于深入比较研究李、杜诗，调整理论角度、扩大研究视野，系统梳理唐诗发展史，都将具有重要的意义。该书的出版，在李白诞辰1310周年(2011年)与杜甫诞辰1300周年(2012年)行将到来之际，对于唐代文学乃至中国古代文学研究，必将产生重要的学术影响。

《唐诗西传史论——以唐诗在英美世界的传播为中心》

□ 梁尔涛

(江岚著　学苑出版社　2009年9月版)

唐诗是属于世界的，这一点已为世所公认。但是唐诗是如何在世界的历史、文化舞台上展示自己生命力的，对此我们还不甚清楚。特别是与唐诗在泛东亚文化圈的传播相比，它与西方世界相互寻找与发现、认知与接受的过程，至今仍若明若暗、时现时隐于唐诗学的远空，其西传之径还被历史的蔓草久蔽于学术的层峦中。如果我们可以把这条西传之径比做唐诗的丝绸之路的话，在中西跨文化交流日渐频繁与深入的今天，探赜这条丝绸之路的方向及其延伸，展示唐诗的光芒是如何穿透西天的云翳，绚丽地洒向英美大地，堪称是一项拨草寻径的学术拓荒工程。

唐诗东渐在其发轫之初即已与唐诗同步伴行，而在英美世界的传播只是近200年来的事，无论是历史研究的纵深度还是文化涵容的丰富度，英美唐诗与唐诗学研究都无法与东亚相比。究其原因，难题之一便是异质文化间的文化解码问题，其中又以语言转换最为关键。语言的转换并不只是简单的中西语言形式的对译，语言形式所蕴含的文化张力的释放更为重要，特别是唐诗"不可句摘"，又"以风神情韵为胜"、在传达其"酸咸之外"的滋味时，如何做到言到、情到、韵到，必得深味中西双方历史文化者方可任之。从这个意义上讲，探赜这条唐诗丝绸之路，又必待合适之学者方可完成，正所谓"要等风骚绝代人，来寻鸿蒙旧风土"（赵翼《题〈万里荷戈集〉后》）。美国威廉·柏得森大学（William Paterson University）教授、苏州大学中国古代文学博士江岚女士出身中国文学研究世家，大学毕业后负笈美邦，近二十年来已成为北美华文界知名作家，域外唐诗研究的重要学者。她不但对中西文化传统有精到的理解，而且与美国唐诗学界的诸大家如宇文所安等每每抵掌切磋，具有大量搜罗英美唐诗学研究资料的得天独厚的条件，可谓肩此任者的合适人选。2009 年 9 月，学苑出版社推出了"列国汉学史书系"，其中的《唐诗西传史——以唐诗在英美世界的传播为中心》（以下简称江著），正是江岚女士长期致力于此拓荒工程的学术结晶。

对英美世界唐诗传播学术史的梳理是江著对唐诗学研究所作出的最重要贡献，具有填补学术空白的意义。近 200 年来，英美世界的唐诗传播者和唐诗学研究者对于唐诗的选译与推介已由星火初萌渐成燎原之势，使得唐诗学已成为英美汉学界令人瞩目的研究领域，国内从事中西文学比较研究的学者也屡有涉足，但是这些研究多是专题的、个案的研究。江著研究的核心则是对唐诗西传学术史的宏观梳理，力图为每一个对唐诗西传作出重要贡献的传播者和研究者及其成果，在历史的大墙上钉出自己的位置，并进而整体观照近 200 年唐诗西传承转流变的过程及其内在逻辑性。江著把自 1815 年以来的唐诗西传史分为起步、发展和进深三个阶段。由于西方唐诗传播的历史相对较短，译介者学术生命又难以与学术史同步，加之又涉及不同国度间的互相转译问题，看似简单的三个阶段的划分，却对作者的学术视野、对学术现象的深刻理解以及对唐诗在英美文化语境中的生命进程的把握提出了很高的学术要求。江著对学术史的阶段划分既关照到西方社会文化思潮的转向、汉学家的代际更替等外在因素，也涉及唐诗西传由自发到自觉、由零乱到系统、由表层（单纯的唐诗英译）到深层（唐诗与西方文学的互动）等学术内在发展规律，是作者对中西文化语境中唐诗传播规律精到认识的体现。人的因素是学术史研究的核心因素，学术史的进程，就其最主要的方面而言，就是不同时期的学者及其学术思想、成果的承续转接、发展流变的过程。江著梳理唐诗西传史倾注最大精力的工作，就是对唐诗西传过程中作出重要贡献的学者及其成果作出既切合实际，又符合学理的历史定位。比如江著认为翟里斯（Herbert Allen Giles 1845—1935）在其《中国文学史》中对唐诗的认识超越了此前汉学家们"那种三言两语，道听途说的顺带'提及'"，是"以翔实史料为依据"的"精辟的观点"（江著第 50 页），"使得英语世界从此对唐诗在中国文学史上的重要地位，有了更清晰、更准确的认识"，"也为唐诗被纳入世界文学系统奠定了坚实的基础"（江著第 59 页）。指出庞德（Ezra Pound 1885—1972）"在《神州集》一书中，带有强烈的个人目的，对唐诗与汉文化的翻译改写、挪用移植是一个复杂的文化现象"，他的主要贡献在于"以诗人的敏锐与才能，在感受到唐诗巨大艺术魅力的同时，努力去探索其中的奥秘，并把自己探索得到的一些心得体会，运用到诗歌创作之中"（江著第 213 页）。以大家为中心，以经典文本为支撑，在划分学术史阶段的同时，也展示出唐诗在传入西方世界后是如何一步步由楔入到融入的学术进程，是江著对唐诗西传学术史梳理的最重要研究思路之一。

史论结合，从构成学术史的种种现象中提摄共性，沟通中西两种文化语境，对此作出较为客观公允的学术评价，是江著对唐诗学的又一大贡献。江著的史论不但包括对唐诗西传各个阶段总体特征的涵括，更重要的是对于英美世界唐诗学学术史上每个重要学者及其贡献都作出切于实际的具体点评，使读者对其在历史进程中的作用与地位有了相对豁然的了解。江岚女士对中西文化的精熟及其跨文化传播的自觉承担意识，使她能站在中西文化的上空理性地审视这种基于文化"前理解"的差异，并能设身处地地做出较为客观的评价——这种评价对于中西双方唐诗和唐诗学研究者都具有重要参照意义。如弗莱彻(Wliam John Bainbrigge Fletcher 1879—1933)的唐诗译介是英美世界唐诗传播由起步阶段走向发展阶段的里程碑,对于他的《英译唐诗选》和《续集》,江著指出,既肯定了其"较为系统地向西方世界呈现出唐代诗歌众体兼备的繁盛规模和流派纷呈的艺术风格",同时也明确指出弗莱彻的翻译在"信"、"达"两方面因误读而造成的遗憾,如因对典故缺乏深入了解、望文生义等,把李商隐《锦瑟》中"望帝春心托杜鹃"中的"望帝"译为"gazing on our lord"(凝望上帝)等。江著在此基础上的评论展示了其沟通中西的学术立场,既指出"他的译文所表现出来的,对唐诗这样或那样的误读和误解,并不是个别的现象,而是当东方和西方着两种异质异构的文化相交汇之时,所必然产生的结果",又指出"造成弗莱彻的误读误解或者有很多客观的原因,而他主观上向西方世界推介唐诗的态度之真诚、主动、满腔热忱,是毋庸置疑的","在当时的历史条件下,弗莱彻对唐诗文化的尊重和肯定,以及他希望能够促进东西两种文化在平等基础上增进了解的努力,尤为难能可贵"(江著第149—152页)。

唐诗在英美世界的传播不可避免地要受到西方不同时期文化思潮的影响,客观地看待和评价各个历史时期西方文化对唐诗传播的过滤与渗透,既是学术史书写的内在要求,也是对从事跨文化传播研究者学术积淀的考量。江著在此方面表现出超越文化本位主义者的可喜见解和视野,比如对于结构主义思潮影响下英美唐诗学界以汉字结构分析唐诗的风尚的评价。费诺罗萨(Ernest Francisco Fenollosa 1853—1908)以汉字结构解析唐诗的代表人物,在他看来,汉字本身就是一种隐喻符号,其结构天然具备诗意表达的必要元素,因此主张从汉字结构出发挖掘艺术美学原理。问题在于唐诗发轫之初并不是先验地把诗意隐喻在字符之中,甚至相反,唐诗的空灵意境要多在字符之外品味,因此江著认为费诺萨罗的观点"过于理想化了"。但是江著同时也指出,用汉字结构解读唐诗这一陌生化的研究途径,"使得中国诗歌在美国乃至整个西方世界的影响,被提升到一个历史性的新高度"(江著第216—222页),毕竟唐诗在英美世界的传播及其"本土化"过程,需要借助其主流文化模式方能更好地实现。

我们还要特别指出的是江著的文献资料价值,尤其是对国内唐诗学界而言。从学术史书写的体例来看,江著似乎略显繁琐,比如对于传播者生平的介绍、对于唐诗选本的描述等;但考虑到国内学界对于英美世界唐诗学的陌生及误解,这种繁琐又成为必要——从某种程度上,我们对唐诗西传知识性了解的要求,要比对其学理性研究的要求更强烈。江著不仅首次集中介绍了英美世界众多的唐诗译介者、研究者和大量唐诗译本,并且对其进行了谨细的考辨,对于国内比较文学研究具有重要的文献意义。比如对于弗莱彻的两本英译唐诗选本《Gems of Chinese Verse》和《More Gems of Chinese Poetry》,朱徽翻译成《中国诗歌精华》及《续集》,高玉昆翻译成《汉诗精品英译》及《续篇》,给人的感觉这是两本跨时代的诗歌选译本,但是江岚女士经眼1925年版的《More Gems of Chinese Poetry》,原书封面中文书名题为《英译唐诗选续集》,从而订正纰缪,把二书定为唐诗选本。此类因资料短缺和转引而造成的讹误在国内中西文化比较研究中并不罕见,而江著对此多所是正,反映出其文献资料价值的重要性。

江著在《华裔对唐诗西传的贡献》一章结尾处指出:"长期以来华裔在唐诗西传进程中的缺席,并非他们认识不到,或者不相信唐诗延续了十几个世纪的艺术魅力,足以跨越文化,跨越国界,而仅仅是囿于历史条件的限制。这种限制一旦突破,华裔具备足够的能力,也具有高度的跨文化传播的自觉性,将本民族文化的精华推向世界。"作为美国唐学会的会员,我们相信,随着时间的推移和社会的进步,江岚女士未来持久而辛勤的努力定会对唐诗学界补益更多。

《李白文化研究·2008》

□ 薛天纬

（绵阳师范学院李白文化研究中心编
巴蜀书社 2009年10月版）

绵阳师范学院李白文化研究中心、四川省李白研究学会、江油李白纪念馆共署编者的《李白文化研究·2008》，于由2009年出版。绵阳师范学院李白文化研究中心是四川省教育厅人文社会科学重点研究基地，《李白文化研究》是中心属下的辑刊，目前出版的是第一辑，今后将连续出版。

李白文化研究是当前李白研究的新潮和热点。“李白文化”是一个新语词。什么是“李白文化”？我个人的看法，对于这个命题似可有广义和狭义两种理解。广义的“李白文化”概括了李白研究的全部内容（历史的与现实的、学术的与应用的、文本的与接受的等等），因为李白本身就是一个文化人，他留给后世的是一笔文化遗产。“绵阳师范学院李白文化研究中心”之命名，应该也是从这个意义上来标举“李白文化”。狭义的“李白文化”，核心是指李白精神，这种精神为李白所独具，是李白区别于、并超越了中国古代其他文化人（包括其他杰出文化人）的最重要的精神品质和人格力量。李白之所以为李白，即在于此。从这个意义上理解李白文化研究，至少包括了对李白精神的历史阐释和现代弘扬两个方面。这里讲“李白文化”，取其狭义。对于李白精神的研究，并非始于今日，试从上世纪说起，影响最著者，20世纪30年代李长之先生有李白是“疯子”与“狂人”之说(《道教徒的诗人李白及其痛苦》),50 年代初林庚先生有“布衣感”之说(《诗人李白》)。80 年代以来,随着时代的进步和语境的变迁,对于李白精神的研究日趋活跃。这是因为,李白精神说到底乃是人的生命意识和人生价值的体现,是对人性的终极追求,而现时代正是一个提倡以人为本、弘扬和光大人性的中国历史上前所未有的开明与进步的时代。在这样的时代背景下,李白精神得到重新认识和深入开掘,实有其历史的必然性。裴斐先生说:“如果不是从唐代历史,而是从整个古代文化背景上看,李白亦无愧于先觉者。我指的是人的自我和个体人格的觉醒……在封建专制文化——其基本特点就在强调思想统一,崇尚社会伦理而抹杀个体人格价值——的禁锢下,长期以来我们都是一个个体人格意识十分淡薄的民族。正是在这个文化背景上,李白的出现犹如漫漫长夜升起的一盏明灯、一颗巨星。”(《李白个性论》,见《中国李白研究》1990 年集 · 上)林继中先生指出李白的人格理想“让人格独立与社会关怀结合起来”,是一种健全的理想人格。(《“布衣感”新论》,见《文学评论》2007 年第 6 期)马力先生则说,李白的意义“在于他具有推翻封建制度的潜在因素”,“还在于他浓厚的主体意识、自我扩张的现代型人格。这种人格必然导出自由和平等,而自由和平等又是民主和科学的温床。”(《文化漩涡中的溺水者》,见《中国李白研究》2000 年集)这些论述,都是对李白精神的精辟分析。何念龙先生的新作《李白文化现象论》,更是对李白精神的全面阐发。辑刊载有多篇专门探讨李白文化和李白精神的论文,发表了很有价值的意见。如杨学是《简论“李白文化”的概念生成》在宏观而又周密地探究了“李白文化”的内涵、回顾了现时代“李白文化”研究状况的同时,将关注点集中于李白“独特的精神气质和文化人格”,这正指向了李白文化的核心。郭名华《后现代主义文化语境下李白文化的尴尬处境》指出,“李白精神是李白文化中的核心部分”,“李白豪迈的性格,济世的精神以及对人格独立和精神自由的追求所构成的李白文化精神内涵,正是我们时代先进文化建设所需的重要源泉和动力”。陈明彬、资建民《李白青少年时期文化心理个性特征》说,李白“一生在行事上,在诗歌中总是执著而顽强地张扬着一个声音:人格平等”。陈建新、谢莉《李白精神的现代认识之我见》说,“理性与本能,本是人身上的两种属性,但在中国传统文化中,生命的自然本能成了异质,遭到了压制。而在李白身上所体现的异质性,就是对生命本能的张扬”;“一旦要在理性的生活与天性的放纵之间进行选择的话,李白总是选择后者”。又说,“李白全部的艺术与人生,都是实现自我的拯救的一种努力”,而“李白自我拯救的方式,就是张扬非理性的、来自于本能的激情,以摆脱现实生活对生命的压抑。这种拯救的方式,是现代性的,是尼采所说的‘酒神精神’”。苏焘《李白现象之文化心理取向的生成及演进试探》分知识层和平民层两个群体来考察后世人们对李白文化现象的接受与认同的心理特点:关于前者,在“道”与“势”抗争依存的矛盾中肯定了知识层对李白豪纵之风、逸荡之气的肯定;关于后者,则归纳为身份认同、圆满趋向和神秘性。几篇属于比较研究的文章,也都贯穿了对李白精神的探讨和阐发,如梁光焰《郁达夫与李白的精神气质比较》说:“李白是中国知识分子的典型代表,他的解放精神是中国知识分子启蒙布道的精准表现,他的英雄主义精神是中国知识分子的幻想人格,他的自由人格是中国知识分子的最后堡垒。”又说:“自由人格严格说来是一种理想,自我社会价值的实现才是历代知识分子所苦苦以求的。这是知识分子从古至今化解不开的矛盾,这种矛盾是知识分子痛苦的根源。”这些论说对李白精神的理解各有其精到处,并且都不乏理论色彩。由此可见,关于李白精神的基本内涵大家是有共识的,而且对李白精神的阐释与开掘在不断深化。

特别值得关注的,是吴增辉《李白安史之乱后诗歌及心态的文化解析》。正如题目所示,这篇文章的审视对象,是“安史之乱”后李白一些具有代表性的诗作,如《猛虎行》《书怀赠江夏韦太守良宰》等。这些诗篇对战乱时局、对叛贼暴行、对民生苦难等社会现实均有直接反映,对平叛报国的期盼和抱负也有直接抒写。研究者们对此一向特别重视,并从传统的“思想性”标准出发,给予高度评价。吴文对传统看法在很大程度上进行了颠覆:第一,文章当然并不否认“随着安史之乱的爆发,李白诗歌开始渗入更多的现实因素”，但是认为“现实内容的增强是一种强行的介入，对诗人而言则是被动的接受”。文章说：“李白已经习惯了以‘自我’为中心营造诗歌语境，对外在现实因素的强行介入及其对‘自我’的挤压有一种几乎本能的排斥，因而李白仍然竭力把这类现实内容纳入到以自我为中心构建的叙事框架中，使之成为‘自我’活动的背景，并自然而然地楔入他所熟悉的饮宴作乐的生活”，“这种作乐场面与动乱的时局显然极不谐调”。第二，“李白对朝廷与叛军双方态度的超然及对涉及朝廷安危的重大事件的淡漠”。以上两点，给人的感觉都是从“负面”评说李白，做出这样的评说是需要一些胆识的（关于第二点，用词是否过头？可再酌）。应该说，吴文指出的两点，确实是李白诗歌中的实际存在，关键是对此如何解释。关于第一点，吴文说，这是李白的盛世心理，是李白身上所体现的盛唐文化精神。而“所谓盛唐文化精神，实则是宽松的政治文化环境所激发出的人的蓬勃的生命激情的外在展现，它使个体倾向于个性的强烈伸张及精神自由的无限延伸”。再做进一步的文化解析，吴文的看法是：“李白基于道文化的独立自由人格使他不可能实现由个体到群体、由自我到社会、由盛世到乱世的彻底转向，则其诗歌对现实反映的广度与深度必然仍是有限的”。关于第二点，吴文做出的文化解析是：“李白对朝廷安危之淡然超然在深刻意义上又表现出道文化以自然自由为核心的哲学观对儒文化以秩序为核心的政治伦理观的严重消解，及由此而形成的李白对儒教道德秩序及君主专制的政治秩序的背离。”吴文还将李、杜诗歌对安史之乱的反映做了对比，并在文章结尾处写道：“李杜二人在文学史上角色和地位的转换在深刻意义上象征了中国文化精神由浪漫向现实的衰变过程。”关于道家思想对李白的影响，关于李、杜创作倾向的不同，自然并非吴文的发现，但其从文化高度并从特定政治背景下之李白诗歌创作实际出发所进行的文化探源，确有发人所未发处，因而显示了其独到与深刻。文化探源则反过来加深了对诗歌文本意义的准确解读，“负面”的感觉也由此得到一定程度的化解。

围绕李白精神和人格来研究“李白文化”，要旨是把研究对象置于民族文化传统的大背景和民族文化发展的大视野下，来探讨李白文化的历史价值、现代意义乃至未来意义，从而汲取其积极内核来塑造新的历史条件下的民族精神，其意义重大而深远。因此，我们绝不能实用主义或急功近利地看待这件事，不能希图这种研究的应用性效果，更不能希图李白成为一个当代的"文化明星"。我想，面对"李白文化"热，这是我们必须保持的清醒和沉稳。

其次，是实证性研究方面的成果。这方面最值得关注的是杨栩生、沈曙东《李白〈宣州谢朓楼饯别校书叔云〉诗题辨识》(以下简称"杨文")。这是一篇挑战性与严谨性兼具的论文。《宣州谢朓楼饯别校书叔云》是李白的名作，为古今读者所熟知。然而，自从詹锳先生 1983 年在《文学评论》发表《李白〈宣州谢朓楼饯别校书叔云〉应是〈陪侍御叔华登楼歌〉》一文后，其结论遂为李白研究界以至唐诗研究界普遍接受。二十多年来，鲜有不同意见。杨文可以说是首次与詹锳先生权威性的观点进行认真商榷，因而具有挑战性。杨文考证之严谨性，可于几处着力点见之，如:《文苑英华》题注"集作宣州谢朓楼饯别校书叔云"，所指"集"即李阳冰编成的《草堂集》;"蓬莱文章"点出了李云校书郎身份;李华虽擅碑铭，但并不闻名于李白之时，而是至德二载以后事，所以，《文苑英华》以"蓬莱文章"为"蔡氏文章"属编纂之误;《宣州谢朓楼饯别校书叔云》与《饯校书叔云》非一时一地之作，等等。这些考证都很见功力。杨文既出，无疑将引起人们对李白这一名篇题目乃至内容进一步的思考和认识。由于李白生平家世及诗文版本等传世原始资料有限，实证性研究在李白研究中一向具有"攻坚"性质。这些年来，研究者们在前人基础上做出了巨大努力，在这方面取得了不少成果。在这种情势下，每前进一步都非易事。因此，我们绝不要心存侥幸，不要指望突然间会有惊人发现。只有付出较之前人更为扎实而严谨的功夫，才可能有或大或小的收获，而每一或大或小的收获都是令人欣喜的。杨文在这方面正是一个成功的范例。杨文之外，康怀远《"专车之骨"臆解》和殷春梅《李白〈横江词六首〉与横江风波题材诗歌》在实证性研究方面也各有所获。

辑刊带给我们的一个重要信息是，李白文化研究中心正在按照自身规划，展开一系列课题研究。这些课题的设计是多层次、多角度的。如《李白年谱汇笺》，是综合性的大题目，“年谱汇笺”这种形式从学理上说，几乎要吸收李白生平及作品研究的全部有效成果，于折中取舍间表明自己的观点，事实上可能成为集古今李白研究精华之大成的、具有空前意义的学术著作。《李白与地域文化》的研究从一个特定视角展开，与李白家世、生平和诗歌创作密切相关，也具有综合性与全局性。《李白诗歌俗语研究》、《李白诗歌词语特色研究》是从语言学角度对李白诗歌语词的专门研究，前一成果对于理解李白诗歌俗语更可能具有某种“工具”性质。《李白文化数据库建设》是一项用现代化手段进行的基础性资料收集与整理工程，预期中的成果将给李白文化研究提供巨大方便。《李白与巴蜀资料汇编》、《李白故里语言文化研究》更是绵阳学者的“专利”和强项，有关专家长期潜心于此，形成了深厚的学术积累，在李白研究方面实具有不可替代性和特有的权威性。总观这些课题，命意新颖，视野开阔，既富有故里特色，又立足学术前沿。本次学术交流会已展示了一些课题的阶段性成果，如果各项课题顺利完成，必将填补李白研究的许多空白。李白文化研究中心以一所综合性高校为核心，集结周围院校和研究机构的力量，发挥各自优势，以课题的形式做出系统设计，实行多层次、多方位、多学科的战略性展开，这在国内的李白研究全局中尚属首创，也非其他地方所能轻易效仿。可以预期，随着这些课题的完成，李白文化研究中心将成为国内李白研究的重镇。

辑刊中还有从旅游及英语翻译方面进行研究的两组文章，由于专业所限，兹不妄评。

问题研究综述

改革开放三十年唐诗研究的态势及其走向

□ 王志清

自1978年至2008年，中国改革开放三十年，唐诗研究落实科学发展观，渐入佳境，突飞猛进，进入了一个高潮期、全盛期、黄金期，无论是横比还是纵比，其成就之骄人，其业绩之卓突，众所公认而世所瞩目。（唐诗研究三十年，论文数以万计，文中所举例均为著作，是为说明）。

一、唐诗研究三十年的历程及分期

第一，普及期与兴奋期（1978—1989年）。

十一届三中全会以后，思想上拨乱反正，禁锢和禁区被逐一打破，新老研究者们扬眉吐气，摩拳擦掌，唐诗研究进入了兴奋期，其研究表现出循序渐进的特点，从普及开始，在整理上着力，具体说来有三个特点：(1)普及读物大量涌现；(2)古籍整理成果丰硕；(3)传论专论方兴未艾。

20世纪80年代被称之为“方法论年”，西方新思想和方法大量引进，不少研究者开始不满足于单一的作家作品论以及考据笺证等传统的研究方式，开始移植和实验新的方法。研究方法上的新尝试，促发了论文的递增。同时，学术论争激活了学术研究，这些论争的论题如关于“盛唐气象”的理解、李白出生地及清平乐的考辨、新乐府运动的评价、《二十四诗品》作者的真伪，等等。其中有关唐代的边塞诗的论争，从20世纪60年代持续到80年代末，全国几十家报纸、杂志卷入其中，产生了百余篇论文。

第二，纵深期与高潮期(1990—1999年)。

与第一个时期相比，此时期的唐诗研究集中表现出以下特征：(1)文献资料更趋完善。这表现在辑佚整理、索引编目上，更带有总结性质，也更加大型化和系统化。(2)专论通论日见精深。较之前期，九十年代的专论更加精深，更多新见，通论在标新之际，思考方式上也有创新。(3)诗史诗学数量猛增。

第三，新变期与深化期(2000—2008年)。

此时期的特征是新变，也可以概括为三个特征：(1)唐诗普及极度升温。普及性的诗选本遍地开花，唐诗研究的工具书也大量出现。(2)文献整理再度高潮。(3)传论专论精品迭出。此类著作求新求变，理论性加强，创新意识也明显突出，并带有总结性质。从数量上看，几乎是前两个时期的总和。文学接受史的研究也迅速升温。

二、唐诗研究三十年的成果及经验

1. 观念领先，境界超逸。

唐诗研究的重大成果，首先是观念的变革和更新。以前的唐诗研究，其诗学观念的核心不外是以儒家政教思想为基础的美刺说、正变观、人民性以及文学与时代同步的盛衰论，人为地设定一条“现实主义与反现实主义”界线，划定一些思想禁区，研究往往是先剔除其“糟粕”而再吸取其“精华”的程序和套路，最后对诗人、作品作一种“定性”的政治归属。三中全会后的拨乱反正，学术观念的变革，首先在于对文学从属于政治的研究模式的反拨，开始了唐诗研究的转型，唐诗研究的学者们突破禁区，突破禁锢，以唯物主义史观和科学发展观为指导，使唐诗研究走出了一片灿烂的新天地，学术研究进入了多元化发展的阶段。

学风的转变，也是唐诗研究重大成果里的深刻内容，是唐诗研究所以辉煌的重要原因。在唐诗研究领域，突破了各自为政的闭守，研究者转而精诚团结、通力合作。譬如唐诗学资料整理，其涵盖面甚为博大，陈伯海主持的“唐诗学系列研究”包括《唐诗学引论》、《唐诗书录》、《唐诗评论类编》、《全唐诗汇评》四个子项目，共 400 多万字，由上海社会科学院、华东师大、上海师大等近十所大学的 20 多位专家通力合作完成。周勋初的《唐诗大辞典》过程浩大，集结了 80 多位学者的研究成果。全书共设辞条 6200 余条，其中诗人条目 3900 条，比清编《全唐诗》的作者多出 1700 人，这当中还不包括在选目中剔除的《全唐诗》中误收和滥收者。

加强中外学者的交流合作，也是观念变化的一个重要方面。唐诗学者具有开放性的学术交流的理性自觉，唐诗学者踊跃去海外讲学，海外学者被邀请来大陆开会交流。唐代文学年会从 1991 年第五届年会起，每届都有一批国外、海外的唐诗学者前来参会。《唐代文学研究年鉴》从 1990 年创刊起就开设了“国外研究动态”。创刊号上即刊有尹锡康《唐代文学在苏联》，王丽娜《美国对李白诗歌的翻译和研究》，董乃斌《日本学者李商隐研究的新收获——〈李义山七绝、七律集释稿〉简介》以及美国学者李珍华的《美国学者与唐诗研究》。海内外学者合作的研究成果有代表性的如缪钺和叶嘉莹《灵谿词说》(上海古籍出版社，1987)、李华珍和傅璇琮的《〈河岳英灵集〉研究》(中华书局，1992)等。

2. 兵马强壮，阵容豪华。

自拨乱反正以来，唐诗研究先觉先行，形成了唐诗研究风起云涌的态势。一者，学界巨擘如缪钺、林庚、陈贻焮、傅璇琮、程千帆、霍松林等一流学者身先士卒，力作示范；再者，学会建设，起到组织上的整合与导向的作用，中国唐代文学学会 1981 年在西安成立，不久，中国李白研究会、杜甫研究会相继成立，90 年代又陆续成立了隶属于唐代文学学会的王维、韩愈、柳宗元、李商隐研究分会，关于骆宾王、陈子昂、张九龄、孟浩然、齐己等的研讨会都先后举办；同时，北京中华书局，上海古籍出版社在聚合研究兵力方面也起了极大作用。这些都标志着中国当代的唐代文学研究进入了有组织、有计划的规模研究时期。因此，唐诗研究队伍齐整，骨干辈出，涌现了一大批的学术精英，如邓绍基、刘开扬、詹瑛、郁贤皓、安旗、裴斐、王运熙、袁行霈、罗宗强、孙望、卞孝萱、王重民、陈允吉、葛晓音、张明非、董乃斌、陈铁民、王达津、谭优学、陶敏、陶文鹏、孙昌武、赵昌平、陈尚君、陈伯海、罗联添、朱金城、刘学锴、余恕诚、陈良运、贾晋华、吴在庆、朱易安、詹福瑞、阎琦、王兆鹏、葛景春、莫砺锋、肖占鹏、吴庚舜、张忠纲、张清华、韩理洲、谢思炜、吴相洲、蒋寅、李浩、孟二冬、胡可先、许总、尚永亮、戴伟华，等等(信手拈来，难免有万漏之虞也)。

3. 成果巨硕，佳绩辉煌。

资料建设空前加强，古籍整理优长突出，这既是研究成果，又是研究特点。其中点校出版的唐人别集、合集或重印清以前学者的唐人诗集笺注本二百余种。疏证、笺校、编年、考论之类的专著的出版，每年都数以百部计，修订、补编之类的善本也不断出版。清编全唐诗存诗一卷以上的诗人 240 位，大陆自 1990 年以来，已有 150 位诗人进行了主题研究。资料书、工具书、大全之类的书籍，不胜枚举，如《全唐诗作者索引》、《全唐诗重篇索引》、《唐五代人物传记资料索引》、《唐诗纪事校笺》、《唐才子传校笺》。经陈尚君统一整理、汇编为《全唐诗补编》(中华书局 1992)，共得诗 6300 余首，新见作者八百多人。傅璇琮主编的《唐代文学研究》(两年一辑)、《唐代文学年鉴》(一年一部)正常出版，其中 80%的是唐诗研究。傅璇琮、罗联添主编《唐代文学研究论著集成》(三秦出版社，2004)第一次对两岸三地 50 年来唐代文学研究成果加以系统整理，成为新世纪对唐代文学学术史的检阅和展示。全书八卷十册，400 万字，收文上限为 1949 年，下限至 2000 年，全面展现了成就最辉煌的唐代文学研究全貌，主要的是唐诗研究的成就。周勋初编《李白研究》广泛集萃 20 世纪以来李白研究的论文，收录了陈寅恪、郭沫若、俞平伯、胡小石、李长之、林庚、詹锳、郁贤皓、安旗、裴斐、王运熙、周勋初、袁行霈、罗宗强等专家学者的 30 余篇重要论文。

检阅三十年唐诗的研究成果，最大收获是作家研究，研究的覆盖面、纵深度都达到了几乎无以复加的地步。另外，在唐诗学、唐诗史学、唐诗文化学等方面都有较大进展。唐诗研究的各类课题研究在不断推陈出新，研究方法日渐求变，研究广度和深度拓展掘进。据不完全统计，三十年共出版各类有关唐诗论著近三千种，论文三万余篇。

4. 方法创意，理论标新。

方法上的科学和先进，是研究者成熟的标志，也是研究成果的重要内容。唐诗研究三十年，越来越注重研究方法的创新，也创新出不少行之有效的研究方法，在研究思路、表现方法以及知识积累、学科建设等各方面都具有开创性和建设性的最新成就。此前的唐诗研究，闻一多《唐诗杂论》是民俗学方法，陈寅恪的《元白诗笺证稿》诗史互证方法著称于世。三十年来，傅璇琮和程千帆的考论型与多学科结合性研究，影响深远。傅璇琮的《唐代诗人丛考》，对唐代二十七位以中小为主的诗人生平、交游作出考订，有意识地运用丹纳的地域学说和诗人群体理论，用一种编年方式，把不同地区作家的不同活动，放在同一时空背景下加以考察，首开了群体研究之风。从此"丛考"式的群体研究蔚成风气，继之有陈尚君的《唐代文学丛考》、吴在庆的《唐代文史丛考》、谭优学的《唐诗人行年考续编》、王达津的《唐诗丛考》等。傅璇琮在《文学遗产》(1998 年第 5 期)发表《唐初 30 年的文学流程》，对这种在传统研究方法上的新变的方法作了总结。程千帆的《唐代进士行卷与文学》倡导了一种研究唐代文学的新的思维方式，以大量篇幅从行卷的制度、历史和文化背景等方面，讨论了行卷与唐代文学发展的关系。此后，傅璇琮的《唐代科举与文学》、戴伟华《唐代幕府与文学》、葛晓音《论盛唐文人的干谒方式》等都属于此类研究。唐诗研究，跳出了乾嘉学派只重文字考据的传统，表现出文献文论两兼两重的研究的范围和思路，并逐步形成了多角度观照途径和多学科思维方式。

唐诗在研究方法上更加强调学术性，注重文学性，既反对以政治分类来代替研究的做法，也反对恢复到以感悟式的旧有研究来代替研究的方式，立足于中国传统文化这个广阔而深厚的背景，寻求与此相契合的表达体系，并注重各种方法的交替使用，形成了唐诗与考古学相结合的文学研究，文学、文化学、文献学相结合的研究范式。在新的研究方法的具体运用上，接受美学、比较研究、心理分析法、语言学批评、原型批评和结构主义等研究比较常见，部分学者采用统计学等方法，甚至出现了唐诗生态理论的研究等，展现一幅立体交叉的唐诗研究的广阔大全景。

改革开放以来的唐诗研究，还有一个最重要的特征，就是研究者的主体独立意识大大增强，大胆发表见解，积极进行理性思辨，极大地增强了研究的思想性。专题和个案研究，更注重通过考证与理论的内在融合，不少著述表现出高阔雄迈的论辩气势和理论深度。

三、唐诗研究三十年的态势及走向

1. 视野开阔，巨细不遗。

首先从研究对象看，形成了大小作家研究并举的态势。除了李白、杜甫、王维、韩愈、柳宗元、白居易、李贺、李商隐等大家继续受到研究者的关注外，非主流诗人进入了研究者的视野，中小作家研究也普遍展开，还专门召开过张九龄、骆宾王、陈子昂、胡曾等人的研讨会。对于张说、綦毋潜、皇甫冉、李百药、李治、鱼玄机、薛逢、方干、权德舆、吕温等的研究，都有了"填补空白性"的研究成果，而对于过去很少触及甚至没有触及的小家也开始了研究，如郭元振、可朋、窦群、牟融、李廓、郑嵎、李洞、郑遨、崔致远、胡曾、徐寅等。上海古籍出版社编辑出版了《唐诗小集》丛书，专门选择唐代诗人中作品流传不多而别具风格的中小诗人为对象。上海辞书出版社编辑出版的第一部《唐诗鉴赏辞典》中，对100多位中小诗人的生平和诗作进行了介绍和赏析。一批对中小作家研究的论文也陆续问世，如霍松林、邓小军《韩偓年谱》(《陕西师范大学学报》1988年第3期、4期，1989年第1期)等。但是，从研究现状来看，"大家"仍是研究者们重点研究的重点对象，对历代唐诗总集、大诗人的别集整理研究得多一些，小家资料的汇集，以及历代关于唐诗的时段、流派、群体研究的研究却显得沉寂。唐代有3000多位诗人，目前我们研究到的包括接触到的约250位。以中唐而言，研究者的目光专注的仍是韩愈、白居易、柳宗元等几位大家。[①] 诚然，我们也反对“小题大做”，“把沉寂了数百年、甚至数千年的一些藏在历史旮旯里的小作家、小作品都拿出来倒腾一番，且美其名曰‘填补文学史空白’”。[②]

2. 思路纵横，文化探进。

唐诗的文化研究，正日渐成为主流。随着研究者知识结构的逐步更新和日渐完善，跨学科研究，真正打通文史哲的“大文学”（或文化）研究，正在成为大家的共识和追求。探讨文化制度与文学创作的关系的研究，如傅璇琮《唐代科举与文学》、戴伟华《唐代幕府与文学》和《唐代使府与文学研究》等，结合文化、历史、制度等文学外部因素来探讨文学现象。探讨某种文化形式对文学的影响的研究，如朱易安的《唐诗与音乐》、王小盾的《隋唐五代燕乐杂言歌辞研究》、张明非《唐诗与舞蹈》、陶文鹏《唐诗与绘画》等。唐诗与文化学、民俗学和史学的结合的，如李浩的《唐代关中士族与文学》、刘航《中唐诗歌嬗变的民俗观照》、傅绍良的《盛唐文化精神与诗人人格》、邓志方《浙东唐诗之路》、程蔷和董乃斌的《唐帝国的精神文明——民俗与文学》、葛景春《李白与中国传统文化》等，都展示了这种研究的广阔前景。

佛教、道教对唐诗影响的研究，也喜获丰收。如孙昌武的专著《唐代文学与佛教》，以柳宗元、王维、白居易、杜牧、颜真卿、李端等为个案，论述了佛教对他们思想、生活方式上的影响。陈允吉的专著《唐音佛教辨思录》涉及王维、杜甫、白居易、韩愈、李贺五位大家，立论多从绘画、佛经、偈颂等人们很少涉及的文化学角度。佛禅研究，开始出现了对一些僧人生平作品的新论，而且已不限于贾岛、皎然等影响较大者，还涉及寒山、拾得、贯休、齐已、灵一等知名诗僧，甚至涉及若虚、澹交、栖蟾等不知名的诗僧。道家与唐诗方面的综论有孙昌武《唐代道教与文学》、葛兆

① 陈友冰：《五十年来海峡两岸唐代文学研究比较》，《文学评论》2000(6)。

② 郭英德：《论古典文学研究的“私人化”倾向》，《文学评论》2000(4)。

光《道教与中国文化》、葛景春《李白与唐代文化》和郁贤皓《天上谪仙人的秘密——李白考论集》等。道家与唐诗方面的综论还可以进行纵深探索。

3. 学科拓展,多元整合。

三十年唐诗研究取得重大进展的主要标志是:学科领域得到了极大开拓,多学科联袂的研究局面已经形成。特别是20世纪90年代以来,思路、思辨宏观化,突破了时代背景、思想内容、艺术成就三大块这种机械、单一的分析方法,注意文学与多种因素的关联,研究领域延伸到史学、美学、文化学、经济、艺术、哲学、神学、民俗等领域。余恕诚的《唐诗风貌》,注重讨论唐诗的总体风貌形成的本身及外部诸因素,谈到的民族精神变迁和地域文化差异,强调了人文精神和人文关怀。李浩《唐代关中士族与文学》从人地关系的理论前提出发,运用“地域—家族”相结合的研究方法,对与文学发展具有关联性的关中地域文化和关中士族的历史事实进行整理,对本地域文学的发生机制重新诠释和定位。李德辉的《唐代交通与文学》,也是从文学外部进行跨学科、综合性研究,探索交通对唐诗形式、内容乃至传播的深刻影响。王志清的《盛唐生态诗学》以生态的系统观和生态的价值观,揭示盛唐山水诗派生成的“生态原因”及其作品的生态关系,比较深刻地涉及了文学发生的许多本质性问题。这种跨学科的研究,涵盖面广泛,更注意整体的、宏观的把握。研究者在对史料作深刻的发掘和全面把握的基础上,更注意一种历史文化的横向思考和人文精神的总体探究,这是更为重要的一种横向拓展。就研究层面而言,开始把关注的焦点由外向内,深入作家心灵世界。譬如廖明君的《生死攸关:李贺诗歌的哲学解读》,借鉴心理学、美学、社会学、宗教学及神话学等理论,从生命哲学的视角切入,全面而系统地展开对李贺诗歌的哲学解读,揭示李贺诗歌内在的哲学意蕴和精神实质乃在于生命哲学的诗化,求证李贺东方人的思维和中国人的诗性智慧,围绕人、鬼、仙三种生命不同的状态,通过过去、现在、未来以及尘世、鬼蜮、天国的建构来完成特定的时空转换,解密李贺诗歌的生命奥秘和文化内蕴。

总之,最深刻的是思路、视野的宏观化,而从方法论的视角审视,唐诗研究表现出三个特征:一是史料学研究带有文化学的色彩;二是历史文化学研究有了重大突破;三是理论著作带有综合性的特点。①

四、唐诗三十年研究的不足与缺憾

唐诗研究三十年,道路越走越宽广,离不开对自身发展的不断反思,因此,回顾与总结我们的研究历史,甚至检讨唐诗研究中的不足和缺憾,对于落实唐诗研究的科学发展观,使唐诗研究加速度发展,显得格外必要。

1.理论创新相对薄弱。

唐诗理论构架和体系,毕竟是唐诗研究的核心问题及终极追求。虽然一些新方法在唐诗研究中已被广泛地运用,但是,比较而言,唐诗研究的现状是理论研究相对贫弱。因为理论不足,手法陈旧,造成了研究思路呆板,视野闭塞,能力低下,不少研究者满足于静态分析,专注于发微钩沉,其多属于考据学或阐释学范畴的研究,有些名曰专论却并不专深,通论则空洞浮泛,虽然冠以"新考"、"新说"、"新探",却并无精到识见,研究无实质性的突破。胡明在《关于唐诗——兼谈近百年来的唐诗研究》中回顾了近百年来唐诗的研究历程后认为:当前唐诗研究的现状是"唐诗史料学规模完备,唐诗学还在踽踽独行,应该是改变这种格局失衡的时候了"。② 理论创造是学术研究的生命,没有理论创造的研究是难以将学术推向深入的。我们以为,唐诗研究,既不可忽略材料考据而空泛作论,又不应该迷恋于考证,而以考据自娱,以标榜"博闻多识"。应该以"传统"性研究为主,而参照和化入其他多种人文科学的研究方法,文献学与文艺学研究并重,文学与文化、历史研究并行,诗性研究与考订研究并用,特别是要

① 胡可先:《唐代文学文化史研究方法论思考》,《河南社会科学》2003(5)。

② 胡明:《关于唐诗——兼谈近百年来的唐诗研究》,《文学评论》1999(2)。

注重理论创新，真正提高唐诗研究的学术性。

2. 本位理念不太自觉。

从当前的研究现状来看，文学本位在唐诗研究中意识性还不强。唐诗的文献研究的优长，在三十年研究中得到了长足的发展，但是，因为过于突出或强化文献学研究而轻薄了文艺学研究，轻薄了唐诗研究的文学性，使研究停滞于研究的"初级"阶段，影响了唐诗研究的整体水准。郭英德认为古典文学研究界有一种"考据至上"和"制谱成风"的"私人化"倾向，而"热衷于为一位位大大小小的文学家编制年谱，排比他们的陈年往事、仕迹交游、作品系年，并以此为终极目的"，这简直就是"从根本上斫丧学术的生命"。① 唐诗研究不能只以考据作为研究的终极目的，忙于寻章摘句的评点，更不是刻意将唐诗研究变为历史学研究、考古学研究、音韵学研究，而放弃对历史、社会和人生的大问题的关注，忽略对文学本体的价值研究。陶文鹏在《唐诗艺术研究的现状和思考》里大声疾呼："古代文学研究要落实科学发展观，就要坚持以文学为本位，以整理文献研究为基础……"②从事古代文学研究的老一辈学者，一般而言，乃作家与学者同兼，如梁启超、王国维、胡适、鲁迅、闻一多、朱自清、冯沅君、苏雪林等。研究者不会吟诗作赋，在研究中所表现出来的与唐诗本文的隔膜也是显见的。因此，坚持文学本位，解决好唐诗研究中文学性与文献性的结合问题，提高研究者自身的文学素养，则是唐诗研究面临突破的一个重要课题。

3. 粗放型研究仍多干扰。

唐诗研究应该以解决有价值的问题为目的，以研究的有效性为准则。而当下唐诗研究，不少是粗放型的，形成了千篇一律的研究模式，形成了研究的低层次重复，难以使研究别开生面。原因主要是，部分研究者急于求成，怕下苦功，态度浮泛，研究精神也疲弱，因此，选题重复，唐诗研究论著内容重复、论点相似，

---

① 郭英德：《论古典文学研究的"私人化"倾向》，《文学评论》2000(4)。

② 陶文鹏：《唐诗艺术研究的现状和思考》，《文学遗产》2005(1)。

甚至连构思和语言都相仿，成批生产出虚空浮泛而无突破之实质的文章。这里还有个利益驱动的问题，有的学者忙于走穴，频频出镜，或者不惜以浅薄搞笑来迎合时尚，或者凭借自己的名气，选些诗文，加几句不着边际的评语而赚取稿费，故而，翻新名目的大型"集成"、"大全"、"大观"之类的丛书，泛滥成灾。从研究层面上看，鉴赏多、选注多、介绍多、描述性的表达方式多，而艺术无多，学术稀薄。

（原载《辽宁师范大学学报2009年第1期》）

近三十年(1978—2008)王昌龄诗论研究综述

□ 毕士奎

王昌龄是盛唐时期一位重要的诗人，同时也是一位著名的诗歌理论家。近三十年(1978—2008)，学界从王昌龄的诗学著作《诗格》入手，对其理论进行了较为深入的研究，取得了丰硕的成果。梳理和综述这一研究概况及其成果，对进一步深入了解王昌龄及其盛唐诗歌的创作背景、明确王昌龄诗歌理论在整个唐代诗学体系建构中的地位，具有重要意义。

一、关于《诗格》研究

(一)王昌龄《诗格》的真伪

王昌龄究竟是否写过诗学著作《诗格》，长期以来颇有争议，莫衷一是。最早记载王昌龄著有《诗格》一书的是《新唐书·艺文志》，其在集部文史类里记载王昌龄《诗格》为两卷；其后，《崇文总目》记载与此相同。到了南宋，陈振孙《直斋书录解题》载《诗格》一卷、《诗中密旨》一卷。今存明人陈应行重编的宋人蔡传《吟窗杂录》已收有《诗格》和《诗中密旨》。另外，明代胡文焕《诗法统宗》、清代顾龙振《诗学指南》均曾收录。但是，清朝官修的《四库全书总目》则斥其为“率皆依托，鄙倍如出一手”。即谓王昌龄《诗格》系出后人假名依托，实不可信。这也就是王昌龄《诗格》“伪书”说的由来。“伪书”一说既出，诸多论者，特别是治文学史的人，便颇为慎重，很少再直接触及这一问题。

直到 20 世纪 40 年代初，罗根泽发表了《王昌龄〈诗格〉考论》(载《文史杂志》二卷二期，1942 年 2 月)一文；继之，其又在《中国文学批评史》著作里再对《诗格》一书进一步分析考论。罗氏认为《诗格》中《十七势》发端即称“王氏论文云”，以此，知《十七势》的作者姓王。而在日僧遍照金刚以前研究诗格诗势的，只有王昌龄一人。罗氏同时分析认为：《宋史·艺文志》载有王昌龄《诗格》一卷，但其不见新、旧《唐书》载，疑出后人伪作；且篇中引及王维诗，也引及王昌龄诗，引王维诗则姓名全举，引王昌龄诗则名而不姓。由此，可知作者是王昌龄而非王维。罗氏进而明确指出：《诗格》确系王昌龄所著，其中的论说亦能代表其诗学观点。至此，研究界首次听到了与“伪书”说、“依托”说相反的另一种声音。不过，学界附和、响应之声仍然微弱，很长一段时间里，各种文学史著作、诗歌选本以及研究论著，仍极少提到或根本不提王昌龄《诗格》一书。即便提到，也多从“伪书”、“依托”之说。

20 世纪 80 年代末，李珍华、傅璇琮发表了《谈王昌龄的〈诗格〉——一部有争议的书》(载《文学遗产》1988 年第 6 期)一文，再力主王昌龄作《诗格》之说。文章首先以中唐时皎然的《诗式》和日本僧人空海的《文镜秘府论》作为佐证，再将今存的王昌龄《诗格》、《诗中密旨》与《文镜秘府论》所引仔细比较分析，最终得出：“王昌龄《诗格》是真实存在的一部书”，“它是一部盛唐时代有独特见解的诗论，有许多真知灼见，它应该与殷璠的《河岳英灵集》同样成为盛唐诗论的代表，而在古代文学理论史上占有一席之地”。同时认为，“它在诗歌基本知识和写作技巧的普及上起过不可忽视的作用”。张伯伟《全唐五代诗格汇考》(江苏古籍出版社 2002 年版)也认为王昌龄作有《诗格》,尤其认为遍照金刚《文镜秘府论》征引部分,出自王昌龄之手是确凿无疑的。其证据有四:一是据遍照金刚《书刘希夷集献纳表》中论曰:王昌龄《诗格》乃“在唐之日于作者边偶得”。遍照金刚在唐留学时距王昌龄生活的时代约 50 年,并不十分遥远,故极为可信。二是皎然《诗式》。《诗式》中的“作用事第二格”引王昌龄语曰:“‘日出而作,日入而息’,谓一句见意为上。”此正见引于《文镜秘府论》南卷《论文意》中,二者颇为吻合。而皎然与王昌龄生活的时代更为接近,故可证之。三是《十七势》中屡引王氏诗,自称“昌龄”,此即与元兢《诗髓脑》中引己诗而称“兢诗”一样,亦可证之。四是《十七势》与《论文意》中引王氏诗凡 32 次,则其创作与理论可得印证。此外,王运熙《王昌龄的诗歌理论》[载《复旦学报》(社会科学版)1989 年第 5 期]一文,以及乔象锺、陈铁民《唐代文学史》一书等,也以《文镜秘府论》引文为主,间及今本《诗格》、《诗中密旨》等材料,确认了王昌龄《诗格》的著作权。

当然,正如李珍华、傅璇琮所指出的那样:王昌龄的《诗格》“流行情况复杂,需要细心地辨别整理”。对此,张伯伟《全唐五代诗格校考》(陕西人民教育出版社 1996 年版)完成了这一项工作。他通过对今本《诗格》仔细考证,再结合《文镜秘府论》所引进行比对分析,将今存《诗格》内容进行了考订分类,认为其可分三部分:一是日僧遍照金刚《文镜秘府论》征引部分,确系出于王氏之手;二是北宋末年蔡传编撰、明代陈应行重刊《吟窗杂录》卷四至卷五所录题名王昌龄《诗格》,已经过后人的整理和改篡;三是《吟窗杂录》卷六题作《诗中密旨》的内容,乃是前人杂抄唐人所著拼凑而成,多非王氏语。这一甄辨考析,将王昌龄的诗歌理论与后来改篡增益者之说得到清理并区分开来。

目前,学界大多数学者从王昌龄有《诗格》一书之说,并有越来越多的人对此书及其理论加以研究。如李珍华《王昌龄研究》(太白文艺出版社 1994 年版)一书的第二章《诗歌与背景——文艺思想与艺术评论》、第三章《诗的格调——意、境、味、声》、第四章《十七势》等,都是专论王昌龄《诗格》中的诗歌理论的;王运熙、杨明《隋唐五代文学批评史》(上海古籍出版社 1994 年版)第二章《盛唐的诗歌批评》中也专列《王昌龄》一节,对其《诗格》中所论"构思取境"、"十七势"进行阐介;陈良运《中国诗学批评史》(江西人民出版社 2001 年版)第九章《标志诗歌艺术走向成熟的"诗境"说》里,对王昌龄《诗格》中的"三境"说予以论评;叶朗《中国美学史大纲》(上海人民出版社 1986 年版)阐述了王昌龄对"意境"理论作出的贡献;周祖譔编选的《隋唐五代文论选》(人民文学出版社 1990 年版)也节录了王昌龄《诗格》中的《论文意》一篇;陈伯海、蒋哲伦主编《中国诗学史・隋唐五代卷》(鹭江出版社 2002 年版)第二章《隋及唐前期诗学(上)》,也专列一节介绍王昌龄《诗格》,认为王昌龄《诗格》乃是唐前期诗学理论成熟的标志;张伯伟则吸收中日两国学者的研究成果,重新整理校考了王昌龄《诗格》,并编入其《全唐五代诗格汇考》(江苏古籍出版社 2002 年版),从材料上为学界的进一步深入研究创造了必要的条件。

(二)《诗格》写作时间及地点

《诗格》既为王昌龄所作,那么其作于何时及何地? 这也是研究者意见颇有分歧之处。李珍华和傅璇琮结合《文镜秘府论》所引王昌龄自己的诗句描写的景和事来进行考察,并由柳宗元先后被贬永州和柳州、刘禹锡被贬连州、韩愈被贬阳山和潮州及江西宜春等,都有当地士子向他们问学求教之事实,认为王昌龄的《诗格》当作于天宝九载或十载,即王昌龄被贬龙标这七年时间里。也就是说,《诗格》的写作,也与这里的士子向王昌龄求教诗歌作法有关。而张伯伟《全唐五代诗格汇考》和骆礼刚《王昌龄二题》均认为:《唐才子传》既然对王昌龄称"诗家夫子",那么,正说明王昌龄曾向其后学传授诗律,因而才有《诗格》之书;同时又根据"诗家夫子"与"王江宁"连属称呼,即"诗家夫子王江宁",那么《诗格》当撰成于王昌龄任江宁丞之时。毕士奎《王昌龄〈诗格〉写作机缘探略》(载《江苏科技大学学报》2006 年第 1 期)同意骆、张之说,并补充指出:王昌龄所以于江宁丞任上收徒授诗,是因为其对"担任的江宁丞之职颇感无聊郁闷而又欲释泄排解所致"。同时又认为,在名家荟萃、诗星闪烁的盛唐诗坛,王昌龄独能成为一时的“诗家夫子”,乃因其年岁较长、诗名早著之缘故。

(三)《诗格》的特点、意义

王昌龄的《诗格》既有对前代诗学理论的继承吸收,也有对唐代特别是盛唐诗歌创作实践的总结概括,因而具有自身独有的特点。对此,李珍华、傅璇琮 1990 年 11 月在南京召开的“中国唐代文学学会第五次学术年会暨唐代文学国际学术讨论会”上提交的论文、杲如《盛唐文论的光辉一页——“王氏论文”初探》(载《浙江大学学报》1992 年第 4 期)、乔惟德和尚永亮合著的《唐代诗学》(湖南人民出版社 2000 年版)等论著中作了深入探讨。李珍华、傅璇琮认为,王昌龄《诗格》特点主要体现在五个方面:第一,其注意的是古体诗的风格、语言、声调及美学特征,不涉及近体诗。第二,它反映了盛唐诗坛风尚和文学批评的主要倾向。第三,《诗格》在 9 世纪初期风行一时,与当时的诗人重又热衷于古体诗的写作相一致。第四,《诗格》关于风格、语言和美学的观点是唐人喜爱系统、分类的风气之重要表现。第五,《诗格》具有很大的独特性,它完全不同于早于它的《文赋》、《文心雕龙》、《诗品》所代表的传统观点,它与晚唐五代以《诗格》为题的许多著作也有很大的差异。杲如则分别从思维方式、本体论、体裁论三方面进行探讨,以把握其总体特点。他认为王昌龄的思维方式非儒非道而又亦儒亦道,因而,实非儒道两家所能范围,此乃一极端圆融的思维方式。在本体论方面,王昌龄吸取了传统的“言志”说与“缘情”说之长而又加以融通,从而拓展了传统的诗体观念。在体裁论方面,王昌龄则特别重视五言的美学追求。乔惟德、尚永亮则从理论深度上,将王昌龄《诗格》与此前的“诗格”类著作如《文笔式》、元兢的《诗髓脑》、崔融的《唐朝新定诗格》等加以比较,认为王昌龄《诗格》的主要特点有三:一是非常重视诗的立意,将“意”置于突出的地位;二是反对齐梁雕琢文风,既重自然天成的诗美,亦强调苦心竭志的诗“意”探索,力求摒弃嗔言,获得“自性”;三是对创作准备和构思活动给予了极大关注,并由作者现身说法,谆谆开导。

对王昌龄《诗格》在诗歌理论及诗歌创作发展史上的意义、

作用,研究者也给予了充分讨论。李珍华、傅璇琮认为:王昌龄的《诗格》为唐代诗歌写作的普及、创作的繁荣等奠定了坚实的群众基础,作出了重大贡献;并且其理论也超越了前人的诗格类著作,即由注重琐细的声律形式转移到了诗歌创作更为本质的理论上来,如构思、立意等等。同时王昌龄《诗格》与殷璠《河岳英灵集》一样,都突出了时代特征,强调风骨与声律齐备。另外,王昌龄并未被儒家的说教所束缚,自出新见,注重作家个性对创作的积极作用,从而丰富了中国古代文学思想的内容。李利民《王昌龄〈诗格〉——唐代诗格的转折点》(载《湖南社会科学》2006 年第 7 期)则将王昌龄的《诗格》放到了整个唐诗体裁的演变与理论发展的层面上来认识其意义和作用,指出:《诗格》出现,是唐代新诗成熟和进士考试顺理成章的产物。而王昌龄的《诗格》在整个唐代"诗格"类著作发展过程中则承前启后,成为唐代诗格演变的转折点。

二、相关理论的研究

王昌龄诗歌理论的内容,特别是《诗格》所体现出的诗学思想的涉及面颇为广泛,既有声律、对偶、病犯、避忌等,也有句式、结构、体裁、题材等方面的内容,但是,最主要、最突出的,也是最核心的,还是其关于意境的理论,以及与意境理论相关的诗的立意、情景交融等理论。学者们的研究也多集中在这一方面。

(一)关于"意境"研究

1. 王昌龄对"意境"理论的贡献。

意境,乃是中国古典美学的独特范畴,它从无到有、从简单到复杂、从体验感悟到理论概括,最终形成了一套比较完整的理论体系。研究者认为,在这一理论的形成和发展过程中,王昌龄是作出了突出贡献的。屈凯《唐代诗歌意境理论评述》(载《黑龙江教育学院学报》2008 年第 3 期)认为,"意境"是我国古典文论独创的一个概念,也是中国诗歌美学的一个核心问题。从王昌龄对于意境理论的提出到皎然的推进直至最后司空图的相对完善,可以说是一个完整的演进历程。吴红英《王昌龄的诗歌意境理论初探》[载《重庆师范学院学报》(哲学社会科学版)1993年第1期]也认为:“王昌龄第一次提出了意境的美学范畴,完成了意境理论从佛学到诗歌领域的转移”,它“是刘勰‘意象’说到唐代诗境说重要的中间环节”。毕士奎《试论王昌龄的诗歌意境理论》(载《内蒙古师范大学学报》2001年第6期)也认为:王昌龄不仅是完整地提出“意境”概念的第一人,而且其“三境”说还开了后代意境形态层次的先河,这在意境理论发展史上颇具里程碑的意义。罗宗强虽否认王昌龄是《诗格》的作者,但是却也充分肯定了《诗格》这一诗学著作中“意境”理论的重要价值。他认为:“《诗格》之‘意境’说,实为我国古代对诗歌意境进行探讨的最早的明确的理论表述”,而“此后之意境理论,大抵在此基础上进一步发展”。[①] 则将王昌龄的意境理论置于“意境”发展的历史过程和盛唐诗歌创作的大背景中来考察,并从这一理论对后世影响的角度来论说其贡献,认为王昌龄是立足于盛唐诗歌诗美创造的辉煌成就来确立意境理论,“从概念的摄取到理论的阐发均为我国意境理论的诞生作出了建树”,也“对唐代皎然、司空图等人的意境观起到了导夫先路的作用,值得在理论发展史上特表一笔”。

2.意境的内涵、构成要素及本质特征。

关于意境理论,王昌龄有一系列具体的论述,如其著名的“三境”说——“物镜”、“情境”、“意境”,“三格”说——“生思”、“感思”、“取思”,等等。不仅涉及意境的内涵、意象的营构,而且还阐述了意境的构成要素及创作方法。对此,研究者倾注了很大的研究热情。杨福俊《王昌龄三境说辨析》(载《内蒙古电大学刊》2004年第4期)在诠释了“三境”内涵的同时,指出:“三境”反映了王昌龄注重立意新、感情真、状物神的审美理想,并认为,“三境说”实质上揭示了传统意境的创作方法。唐灿灿《诗·画·境——戴望舒对于传统意境的现代性构建》(载《中山大学学报论丛》2007年第11期)则认为,王昌龄所提出的“诗有三

① 罗宗强:《隋唐五代文学思想史》,181页,上海,上海古籍出版社,1986。

境”，即“物境”、“情境”、“意境”，已能够在颇多诗歌中得到有机融会，呈示出由实到虚、由浅入深、逐层升华的动态意境结构。柳龙飞《王昌龄三境说新论》(载《桂林师范高等专科学校学报》2005年第1期)也认为王昌龄“三境”中关于“意境”的阐述，已经构成了我们现在“意境”说的基本内涵。牛月明《唐代诗境创造论和类型论》(载《青岛海洋大学学报》2001年第3期)指出：从王昌龄《诗格》、皎然《诗式》开始，人们便明确地用“境”来阐述文艺理论中的问题。文章还从唐代诗境的创作论，即缘境、取境、造境三个阶段和诗境类型论，即物境、情境、意境三种类型这两大方面来讨论意境论的丰富内涵和深刻的认识价值。

“意象”是构成“意境”的极为重要的因素，研究者认为王昌龄也正清楚地注意到了这一点。吴红英《王昌龄的诗歌意境理论初探》即从“意”、“象”、“境”三个概念的辨析入手，阐发了王昌龄“意境”理论的构成要素，特别是对“意象”的特质、内涵进行了深入探讨，认为：“王昌龄所指的‘意象’，就是‘意’与‘象’的契合、情思与物象的融合，也可以说是通过审美物象表达某种概念、情感。”阮国华则认为：王昌龄由既往人们对单个意象的留念推展到了对意象的有机组合的留念，并开始意识到意象组合所获得的大大高于单个意象的审美意蕴与艺术魅力；而王昌龄充分认识到真正意境的生成，离不开客观的物象与主观情思的相契，也即离不开“情”与“景”的和谐交融。

3.王昌龄意境理论的渊源。

关于王昌龄意境理论的产生及其渊源，研究者们也存在不同的看法。有的认为王昌龄的意境论是王昌龄对六朝至唐前期意境论的继承、发展，而王昌龄的贡献主要在于使这一范畴进一步理论化和体系化；有的认为王昌龄意境论是源于王昌龄自己的诗歌实践和盛唐辉煌的诗歌创作；有的认为王昌龄意境论是源于佛学的心理范畴和思维方式；等等。

陈伯海、蒋哲伦认为，王昌龄意境说是将六朝至唐前期诗学成就进一步理论化和系统化，使其成为一种成熟的诗学理论形态。同时，还认为诗学理论“由调声、属对衍为体式，再提升为主意、造象、取境，正可见唐前期诗学迈向系统化而过渡到唐中期诗学的演进轨迹”。王红丽《王昌龄诗说浅探》(载《名作欣赏》2007年第7期)认为,王昌龄之“三境说”,系中国古代文论中之意境说最早、最明确的表述,它从主客观关系方面阐述了意境学说中应当存在着的不同层次。该理论在意境学说的发展史上具有承前启后的作用。毕士奎《试论王昌龄的诗歌意境理论》也认为王昌龄继承了刘勰的“意象说”和陆机、钟嵘的“滋味说”,从而确立了“意境说”。而赵则诚、张连弟、毕万忱主编的《中国古代文学理论辞典》(吉林文艺出版社1985年版)则认为:王昌龄的意境论是从其创作经验与体会中直接概括出来的。虽然它的理论色彩不浓,但对后代“意境说”的发展有重大影响。杲如也持基本相同的观点。王振复在《唐王昌龄“意境”说的佛学解》[载《复旦学报》(社会科学版)2006年第2期]中,则从佛学角度加以解读,认为王昌龄“意境”是其“诗有三境”说之最重要的思想成果。而其“诗有三境”说,主要由熔裁佛学“三识性”而来。他认为,从佛教美学角度分析,所谓“物境”、“情境”即“物累”、“情累”而已。唯有“意境”作为“真”境,才是无悲无喜、无善无恶、无染无净、无死无生之空灵的一种“元美”境界。因此,在本体上,“意境”是趋转于空与无之际。陈良运《中国诗学批评史》也认为,“王昌龄所处的时代,正值唐朝‘儒’‘释’‘道’三教合一的鼎盛时期,从王昌龄在他诗中所记录的踪迹看,他既出入佛寺,也来往于道观,对于佛、道两家的‘境’,他都有体悟”。因此,“通观《文镜秘府论·论文意》的‘王氏论文’便可发现:王昌龄首先吸取了佛家的内识说,强调作诗之先的‘立意’、‘凝心’,然后达到‘内识转似处境况’而有诗之境”。另外,王长俊《诗歌美学》(漓江出版社1992年版)、马现成《论王昌龄的诗歌禅境》(载《广西民族学院学报》1996年第4期)等,也都认为王昌龄意境理论是源于佛学的心理范畴和思维方式。

吴红英《王昌龄的诗歌意境理论初探》(载《重庆师范学院学报》1993年第1期)和阮国华《论王昌龄对意境理论的贡献》(载《广东民族学院学报》1995年第2期)则既认为王昌龄意境理论是源于其自己和盛唐时期诗歌创作实践,同时也源于当时盛行的佛学。如阮国华一方面认为王昌龄意境理论是“他对自己和同代人的卓越的诗歌意境创造进行了初步的总结，从而为意境论提供了早期的、虽未成熟却颇具价值的理论文字”；另一方面又认为王昌龄意境说也是“借取佛家‘境’的概念用之于诗美创造，从诗歌创作过程的角度确立了意境范畴”。同样，吴红英既认为“唐代诗歌创作取得了高度艺术成就和丰富的艺术审美经验”，“王昌龄的诗歌意境理论正是对这种创作现实的尝试性的探索，也是他诗歌创作实践经验的简要概括”。但同时又认为：“佛学的影响不仅体现在王昌龄的诗歌创作中，而且进一步深入他的诗论中。‘境’的概念自他开始正式进入了文学理论领域。他将‘境’的本义和佛学的解释结合起来运用于他的《诗格》中。”

(二)关于“立意”、“情景交融”理论的研究

1.关于“立意”理论。

与王昌龄“意境”说密切相关的是其关于“立意”和“情景交融”的理论。就“立意”而言，研究者普遍认为王昌龄颇有识见，已抓住了诗歌创作的核心问题。如乔惟德、尚永亮《唐代诗学》即认为：王昌龄已非常自觉地、高度重视诗的立意，将“意”置于诗歌创作中极为突出的地位，也即将其作为诗的主脑，成为诗歌创作的核心。王运熙《王昌龄的诗歌理论》在指出王昌龄颇为明确立意重要性的同时，又论及其对古代文论优良传统的继承，更超越了前人。与此同时，王文还进一步分析了王昌龄所谓“意”所包含的两层意思：“一层是指诗人创作过程中头脑中涌现并逐步形成的思想感情、主旨和意象，表现出来，便成为作品的思想内容。另一层意思是指诗人的创作构思活动。”这两层意思密切相关却又互有区别。

关于如何提炼诗“意”，研究者认为王昌龄亦已清楚地把握并准确地找到了其基本途径。陈伯海、蒋哲伦认为，王昌龄强调的“炼意”，归结起来有二：“其一，凝心以通物。”“即眼睛所见之物象，必须用心来观照，一旦心物相感相通，此时的‘物’便不再是自然状态下的原始物象，而是心灵状态下的艺术形象了。”“其二，养神以待兴。”“即作诗当趁畅神之时，以使精神清爽饱满，物、情、意、言均浑然天成。”因此王昌龄正是“强调了诗歌意、兴，即诗人身心所历是诗歌得以产生的根源，没有身心所历不能产

生意兴，没有意兴也就不成其为诗”。陈良运《中国诗学体系论》(中国社会科学出版社 1992 版)也指出，王昌龄既重视“立意”，也注重“炼意”，表明他清楚地认识到创作时“感情的扩展与深化，一定要有‘意’的参与，不然的话，人的感情活动便只能停留在表层的、狭窄的、囿于一事一物的范围。所以《文镜秘府论》里强调‘意是格’，是关系到全局的心理要素，仅凭一事一物所触发的感情，没有记忆、联想、想象以调动思想意识库里更多‘意’的参与，要想‘出万人之境，望古人于格下’是不可能的”。

2. 关于“情景交融”理论。

究竟如何才能营造出深邃的诗歌意境来，王昌龄提出了“景与意相兼始好”及“景入理势”、“理入景势”等著名的诗学观点。对此，研究者给予深入探讨和高度评价。阮国华认为：“身处盛唐的王昌龄在诗美观念上已悄悄进行了一种超越”，“追求的重点已不是个别的意象，而是情景交融的境界”，并认为“它反映了在盛唐高度繁荣诗歌中的意象无比丰富、绚丽的时期，人们对诗美的追求已推向了一个新层次。即已不满足于一般的赋、比、兴表现手法，不仅不满足于铺陈直叙的赋，而且对主、客体相对距离的比兴手法也不满足了。他们逐渐从诗的审美实践中意识到景意相惬、物我浑融才是最理想的诗美境界”。毕士奎也认为，“情景交融”是王昌龄意境理论极为重要的审美特征，而他所追求的“意境”正是强调必须具有景与情互渗互涉、交融契合的诗美特性。这就把景意“相兼”、景理“相惬”看做诗歌创作的一种普遍的诗美特性。(毕士奎《试论王昌龄的诗歌意境理论》，载《内蒙古师范大学学报》2001 年第 6 期)王德明《王昌龄与中国古代后期诗歌情景理论的走向》(载《河北师范大学学报》2004 年第 4 期)，先分析了被王昌龄所否定的两种情景形态：一是诗一向言意而无景，也就是一味地抒情而不写景，其结果是“诗中不妙及无味”；一是写景太多，抒情太少，并且景与情结合不好，其结果是“理虽通亦无味”。既而，又分析了被王昌龄所肯定的情景相兼的两种形态：一是景中含情；另一是在诗句的安排上，写景句与写情句互相搭配，使其在一诗之内、一联之内，有写景句，也有写情句。此外，王德明还认为，王昌龄在分析诗歌构成问题时，又创立了景、景物、景语、景句以及意(情)、意语、意句等情景理论的基本概念。也正是由于他在诗歌情景构成上采取了这一分析方法，从而为后人分析诗歌的情景构成提供了一种切实可行、简单直观的方法，这也成为中国古代诗学中分析诗歌情景构成的一种普遍的方法。

综上，三十年来，王昌龄诗歌理论研究所取得的成绩是有目共睹的，特别是对王昌龄《诗格》著作权的确认，确是一个重大的突破，在让王昌龄填补了盛唐时期完全意义上的诗学著作空白的同时，也让人们清楚地看到了盛唐诗歌创作辉煌下的重要理论总结。同时，如上所述，研究者们对王昌龄诗歌意境等理论的探讨也极为深入，成果丰硕。然其中犹有不足，这主要是：王昌龄是一位“很有系统的、极富理论色彩的诗论家”①，其《诗格》也是一部具有独特的理论体系的诗学著作。然而，迄今研究者仍多停留于少数几个论题的研究上，缺乏对其诗歌理论全面、整体、系统的研究和发掘。同时，已如上述，王昌龄是盛唐唯一一位有诗学著作的诗人和理论家，他的《诗格》又正写作于盛唐诗歌创作的辉煌时期，那么，其独特的理论总结与辉煌的创作实践二者之间的紧密关系，亦未见论者全面而具体涉及。所有这些，期待着今后的研究者予以更多关注。

(原载《苏州教育学院学报》2009 年第 3 期)

---

① 李珍华、傅璇琮：《谈王昌龄的〈诗格〉——一部有争议的书》，《文学遗产》1988(6)。

20 世纪以来刘禹锡研究综述
——以生平、作品及文集的文献学考索为中心

□ 洪迎华　尚永亮

对作家生平进行考证和对作品史料进行搜集、考索的文献学研究，是文学研究中最基本的层面。20 世纪以来，刘禹锡研究在这一方面起步较早，且持久不衰，取得了较大的成绩，成果近 150 项，这为整体研究的拓展和深入打下了坚实的基础。

一、年谱、传论及生平行事

1931 年，子蘩的《刘禹锡》[①]对刘禹锡的生平作了系年。之后，为这一研究的继续深入和发展起了很大推动作用的是敬堂和卞孝萱。1960 年，敬堂发表《关于刘禹锡生平的一些问题》[②]，不久又有《刘禹锡年谱(简编)》[③]问世，开始了对史传中一些遗留问题的关注及年谱的整理工作。卞孝萱用力更专，先是 1963 年出版了专著《刘禹锡年谱》[④]，对刘禹锡的生平经历和大部分诗作作了系年，而后热情不辍，纠偏补缺，除了一系列考订刘禹锡生平的单篇论文，还将其多年的研究成果汇集成专著《刘禹锡

---

① 《南风》第 4 卷第 1 期，岭南大学学生自治会 1931 年。

② 《山西师范学院学报》1960 年第 4 期。

③ 《扬州师范学院学报》第 17 卷，1963 年。

④ 中华书局，1963 年。

丛考》①。他的研究，不仅比前人更系统、深入、细致，而且也带动了学界对刘禹锡文献考证工作的关注。特别是《年谱》中的某些结论，引起了学人对一些疑点问题的讨论和争议，具有代表性的，如吴在庆《卞著〈刘禹锡年谱〉辩补》②一文，对刘禹锡贬朗州司马之时间、重经衡阳之时间等若干问题提出不同看法，并对29篇诗文进行了辩误和考补，甚有去憾、助成之效。80年代起，《刘禹锡》、《刘禹锡传论》、《刘禹锡评传》等综合评介其生平、思想、作品等的传论和评述性专著陆续出现，标志着刘禹锡的生平行事研究进入了一个较为成熟的阶段。

除了以上系统考索外，其他相关的单篇论著，则主要围绕以下几个焦点进行：

1.有关刘禹锡籍贯、生地、家世和年龄的争议。

争议主要源于史料中有关记载的差异。如对于刘禹锡的籍贯，《旧唐书》本传称为"彭城人"（今江苏省徐州市），而《新唐书》本传则云："自言系出中山。"（今河北省唐县东北）说法不一。子葵《刘禹锡》一文沿袭旧传"彭城说"，敬堂《关于刘禹锡生平的一些问题》则认为彭城系其郡望，刘禹锡生于苏州。之后，卞孝萱在《年谱》中提出新的看法，认为刘禹锡的籍贯是洛阳，出生并长于苏州嘉兴县（今浙江省），并专撰《关于刘禹锡的氏族籍贯问题》③进行详细论证。此论一出，遭到了郭广伟的质疑，他在《刘禹锡生地考辨》④中力主刘禹锡生于甬桥。卞氏随后又作《〈刘禹锡生地考辨〉质疑》⑤进行回应，否定"甬桥说"。

关于家世，史料的记载也有疑点。刘禹锡在《子刘子自传》中自称系出"汉中山靖王刘胜"，但又承认胡姓"刘亮"为七代祖，说法矛盾。卞孝萱在《年谱》及专文对此细加辨正，认为刘禹锡是匈奴族后裔，冒充汉中山靖王刘胜之后。此论一出，郭广伟又

---

① 巴蜀书社，1988年。

② 《唐代文学论丛》第8辑，1986年。

③ 《南开大学学报》1977年第3期。

④ 《徐州师范学院学报》1982年第4期。

⑤ 《徐州师范学院学报》1986年第4期。

撰《刘禹锡氏族考辩——与卞孝萱先生商榷》[①]和《刘禹锡"亲故"考辩》[②]予以否定,但所论不足信服,故而学界在论及刘禹锡籍贯家世时仍多采信卞说。

关于刘禹锡的年龄,由于《旧唐书》本传"会昌二年七月卒,时年七十一"和《新唐书》本传"卒年七十二"的不同记载,也曾一度引起学者的意见分歧。因有白居易呈刘禹锡诗句"何事同生壬子岁"佐证,刘、白同生于唐代宗大历七年(772)壬子岁,学界没有异议。而卒年就有了不同的说法。或根据新传记载推算,认为刘禹锡卒于会昌三年,享年72岁,如早期子葵的《刘禹锡》;或采信旧传之说,如敬堂《关于刘禹锡生平的一些问题》、卞孝萱《年谱》。现今论著对刘禹锡的介绍亦普遍持此意见。

2.对刘禹锡交游情况的关注。

刘禹锡一生宦海沉浮,历经数朝,且与当时各政治集团关系复杂,所以他与当时各种政治人物的交游便留给后人很大的探读空间。20世纪以来,学界对此热切关注,所取得的研究成果也较多。其中研究较系统者主要有两位:一是卞孝萱,其《刘禹锡年谱》、《刘禹锡交游新考》[③]、《刘禹锡丛考》诸论著从各种史料中探微索隐,考订出与刘禹锡交游者数百人;二是瞿蜕园,其所撰《刘禹锡集笺证》[④]后附《刘禹锡交游录》一文,对与刘氏有过从的55人予以考证。这种系统考订的意义,有助于对刘禹锡社会关系的全面认识,也为刘禹锡作品的深入探讨提供了背景资料。

此外,还有诸多论文更多地聚焦于刘禹锡与柳宗元、白居易、韩愈、武元衡、令狐楚等人的关系上。

柳宗元与刘禹锡"二十年来万事同",理所当然地被视为其一生中最为重要的交游者,研究二人交谊的文章也最多,如:卞

① 《郑州大学学报》1983年第2期。

② 《徐州师范学院学报》1986年第4期。

③ 《文史》第七辑,1979年。

④ 上海古籍出版社,1989年。

孝萱《试释"二十年来万事同"——刘禹锡与柳宗元交游小考》[①]、张春山等《珠联璧合两知己——论柳宗元与刘禹锡的友谊》[②]、陈琼光《柳宗元与刘禹锡的关系》[③]等,从政治理想、社会活动、诗文创作、学术思想各方面考论他们志同道合、相濡以沫的患难情谊。而对刘、白关系的探讨,除了关注两人的唱和诗、相契推重之情外,争辩的一个焦点是刘、白初次会面的时间。一说根据刘禹锡《酬乐天扬州初逢席上见赠》诗,认为刘、白初次相逢即在宝历二年(826)两人同回洛阳途经扬州时,如阳自润《刘、白扬州初逢的种种》[④],卞孝萱、吴汝煜亦持同样意见[⑤]。一说否认这种看法,认为两人在此之前就有过会面。持此论者较多。如顾学颉说:"很可能是元和五年(810)元稹贬江陵士曹之后的事情。"[⑥]孟二冬认为:"刘、白之相识订交,不迟于贞元十五年(799年)。"[⑦]熊飞认为:"刘、白二人至少在贞元末(804年)就有过交往酬唱关系。"[⑧]高志忠《刘、白初逢之年考辩》[⑨]则认为他们订交的时间更早,应该在青少年时期。具体时间虽然不一,但皆认为宝历二年冬刘禹锡诗中所说"初逢"不是第一次。

刘禹锡与韩愈、武元衡的关系,因牵扯到政治事件而显得复杂一些。韩愈《赴江陵途中寄赠三学士》有"同官尽才俊,偏善柳与刘。或虑语言泄,传之落冤仇"的诗句,前人多据此认为:韩愈曾怀疑其阳山之贬与刘、柳泄言告密有关。"文革"期间,因受"评法批儒"运动的影响,韩愈和刘禹锡更被分别视做儒家和法家的代表,其思想对立被进一步夸大。进入80年代后,不少学人对两人关系重作考察,得出了不少新的结论,如卞孝萱《刘禹

① 《内蒙古大学学报》1980年第1期。
② 《河东学刊》1998年第3期。
③ 《广西社会科学》1999年第1期。
④ 《湖南教育学院学报》1984年第1期。
⑤ 卞孝萱、吴汝煜:《刘禹锡》,上海古籍出版社,1980年。
⑥ 《顾学颉文学论集》,中国社会科学出版社,1987年。
⑦ 《中唐诗歌之开拓与新变》,北京大学出版社,1998年。
⑧ 《刘禹锡、白居易唱和诗简论》,《湖北大学学报》1990年第2期。
⑨ 《牡丹江师范学院学报》1983年第1期。

锡与韩愈——〈刘禹锡的交游〉之一》[①]、刘国盈《唐贞元元和年间韩愈刘禹锡关系考辩》[②]、陈克明《略论韩愈、柳宗元、刘禹锡的友谊和分歧》[③]等，皆立足史实，揭示了韩、刘分歧与友谊共存的关系真相。而对于刘禹锡与武元衡的关系，历来也认识不一。或认为刘柳二人对武元衡怀有宿怨，并于武死后作诗泄愤；或认为刘柳与武元衡虽有政治上的矛盾，但对武之死并无观衅取快之意，而是在诗中寄以悲悼。20 世纪 90 年代后，学界对此问题讨论较多，认识逐渐趋向客观和深刻，如卢苇菁《刘禹锡〈戏赠看花诸君子〉诗与其再贬连州问题》[④]一文对武元衡是刘禹锡的政敌、借《戏赠看花诸君子》诗加害于刘的说法予以审辩；蒋凡《为刘柳白诗辨诬一则》[⑤]对刘柳作诗"快"武之丧的说法进行反驳；余才林《刘禹锡柳宗元与武元衡关系论略》[⑥]则对其关系性质予以考察，认为刘柳和武元衡之间的矛盾斗争具有深刻的政治内容和鲜明的政治是非，早已超出了个人恩怨的范围。

刘禹锡与令狐楚的关系也受到较多的关注，1980 年卞孝萱撰《刘禹锡与令狐楚》[⑦]一文，提出两人有四次会面。之后，尹楚彬发表《刘禹锡交游辨正二题》[⑧]，对其中的三次会面及两人唱和诗集《彭阳唱和集》的编撰过程重加考辨，提出了商榷和补正意见。此外，卞孝萱《谈刘禹锡与元稹、崔群、崔玄亮的"深分"——兼评刘、柳、元、白作品选注本的某些错误》[⑨]一文对刘禹锡与元稹、崔群、崔玄亮三人之间的交往也作了考索。

3. 其他事迹的有关考论。

除上述诸端外，论者还关注到刘禹锡生平事迹的其他方面。

---

① 《四川师范学院学报》1983 年第 1 期。

② 《学习与探索》1993 年第 3 期。

③ 《辽宁大学学报》1984 年第 5 期。

④ 《复旦学报》1993 年第 4 期。

⑤ 《文学遗产》1994 年第 2 期。

⑥ 《唐都学刊》1999 年第 2 期。

⑦ 《中华文史论丛》1980 年第 1 期。

⑧ 《齐齐哈尔师范学院学报》1997 年第 6 期。

⑨ 《四川师范学院学报》1980 年第 1 期。

如卞孝萱《从"寄湖南幕中亲故"诗探索刘禹锡的母系——兼论"曲石唐考"二方的史料价值》①、王辉斌《刘禹锡妻室考辨》②，对刘禹锡母系和妻室进行考证；迟乃鹏《张籍、刘禹锡相替主客郎中前后事迹考》③，将目光投射到刘禹锡主客郎中一职分司东都和入京就任的具体时间；尚永亮《柳宗元、刘禹锡两被贬迁三度经行路途考》④，讨论刘禹锡南贬行经路线；王元明《刘禹锡在洛住宅考》⑤，则考察刘禹锡在洛阳住宅的具体位置。这些成果从细节处入手，反而易于发现问题和出新意，对推动刘禹锡生平的研究工作不无助益。

二、作品考辨及文集整理、版本研究

20 世纪以来，这一方面的研究成果颇丰。分以下两个层面撰述：

1. 作品真伪、诗文系年等考辨。

作品考辨的首要任务是真伪问题。对刘禹锡作品的真伪考辨，学界主要集中在《陋室铭》一文的争鸣上。由于此文《文苑英华》和《唐文粹》未录，各种版本的刘集也未收，仅见于清人所编《古文观止》，故后人对其著作权提出疑问。概而言之，20 世纪以来《陋室铭》的著作权争鸣经历了两个阶段。第一阶段，1963 年卞孝萱在《刘禹锡年谱》中提出此文非刘禹锡作。"文革"期间，刘禹锡被视为法家进步思想代表，《陋室铭》的著作权自然划归刘氏名下。文革结束后，此文的真伪便重新受到学界关注。有的响应卞说，如 1979 年于北山引用北宋释智圆《闲居编》中的一段材料对其进行补正⑥，呼安泰也认为《陋室铭》出何人之手

---

① 《四川师范学院学报》1979 年第 3 期。
② 《吉首大学学报》1995 年第 2 期。
③ 《南充师范学院学报》1983 年第 2 期。
④ 《唐代文学研究》第 7 辑，1998 年。
⑤ 《洛阳大学学报》2000 年第 3 期。
⑥ 《〈陋室铭〉非刘禹锡作补正》，《江苏大学学报》1979 年第 3 期。

还值得商榷[①]。有的则提出反对意见，主要以吴汝煜为代表。他在《谈刘禹锡的陋室铭》[②]中认为此文虽不见刘集，但它以刻石和碑帖的形式流传，其可靠程度绝不在本集之下，并从《陋室铭》的思想内容、刘禹锡的经历和诗歌作品找出根据予以佐证。此后，在其专著《刘禹锡传论》和《刘禹锡选集》中，再次肯定了《陋室铭》是刘禹锡在洛阳所作。针对吴氏的论据，卞孝萱 1997 年又撰《〈陋室铭〉非刘禹锡作》[③]一文予以回应，坚持《陋室铭》非刘氏作品。第二阶段的讨论缘于 1996 年段塔丽《〈陋室铭〉作者辨析》[④]一文，文中径直提出传世《陋室铭》的真正作者为唐人崔沔。此论一出，立刻引起了学界的质疑，如颜春峰、汪少华发表《〈陋室铭〉的作者不是刘禹锡吗？》[⑤]，针锋相对地指出：给这一问题定论尚早，在没有找到确凿的证据之前，结论亦慎重为好。吴小如《〈陋室铭〉作者质疑》[⑥]亦认为："此《铭》为刘禹锡所作固无确据，即使说是崔沔所作，亦不免有启人疑窦之处也。"于是，1998 年段塔丽撰《再谈〈陋室铭〉及其作者》[⑦]，重申此文为崔沔作的观点。

此外，关于《陋室铭》的另一个争议是："陋室"究竟在何处？对此，学界主要存在以下几种说法：一主定州（今河北定县）。其主要根据源自《直隶定州志》之定县南三里庄有陋室存世的记载。此说随着刘禹锡籍贯和生地的考订，基本被否认。因为中山只是刘禹锡的郡望，说他在定州筑室，缺乏可信的历史证据。一主洛阳附近之荥阳（今河南荥阳县）。卞氏《年谱》首持此说，其根据是刘禹锡《上杜司徒书》有"小人祖先壤树，在京、索间。瘠田可耕，陋室未毁"的说法。此说被薛正人《"陋室"在何

① 《刘禹锡与〈陋室铭〉》，《艺谭》1981 年第 1 期。

② 《文学遗产》1987 年第 6 期。

③ 《文史知识》1997 年第 1 期。

④ 《文史知识》1996 年第 6 期。

⑤ 《寻根》1996 年第 6 期。

⑥ 《文学遗产》1996 年第 6 期。

⑦ 《陕西师范大学学报》1998 年第 3 期。

处——与呼安泰同事商榷》[①]、高志忠《刘禹锡诗文系年》等认同。但因史实证据不足，也遭到多人质疑。另有一说主和州(今安徽和县)，其依据是今和县城关历阳镇中存有“陋室”古迹。持此说者最众，而且基本都认定《陋室铭》是刘任和州刺史时所作。如钱德车等《关于陋室铭的两个问题》[②]、苍丁《陋室和〈陋室铭〉考论》[③]、吴承木《刘禹锡的“陋室”应在和州》及《刘禹锡“陋室”方位考》[④]等。还有一说主洛阳(今河南洛阳)，如吴汝煜《谈刘禹锡的陋室铭》、高钧《刘禹锡〈陋室铭〉作年及陋室所在地考辨》[⑤]，皆以刘禹锡晚年趋于闲适的思想、《陋室铭》中“无案牍之劳形”、“谈笑有鸿儒，往来无白丁”等内容进行论说。由此看来，“陋室”是实有其地，还是作者寄托自己修德养性生活理想的简陋居室的泛称，因众说纷纭，尚难定案。

关于刘禹锡名下其他作品真伪的考辨，陶敏《〈全唐诗〉中重出的刘禹锡诗甄辨》[⑥]值得关注。该文对十六首诗及若干残句的归属权予以辨析，其中如《杨柳枝》、《赠李司空妓》、《观竞渡》等被断为伪作。以《杨柳枝》一诗为例，因刘集未收，久存歧议，或谓为刘作，如宋代《丽情集》、明代杨慎《升庵诗话》即主此说，《全唐诗》亦系于刘禹锡名下；或将作者断为唐代镜湖妓刘采春之女周德华，如明代钟惺《名媛诗归》、周珽《删补唐诗选脉笺释会通评林》。近代以来，谭正璧《中国女性文学史话》、张璋《全唐五代词》等皆采信此说。陶敏对此细加甄辨，认为《杨柳枝》与白居易《板桥路》诗中的四句十分相似，截取白诗、稍加改篡的痕迹十分明显。“诗称国手”的刘禹锡与白居易诗酒唱和，不可能“对面为盗贼”，所以合理的说法是：“这首诗是歌女改篡白诗而成，而又误记为刘诗。”此“歌女”即指周德华。初旭《〈杨柳枝〉作者

---

① 《艺谭》1982年第3期。

② 《语文学习》1982年第8期。

③ 《唐代文学论丛》第9辑，1987年。

④ 分别见于《安徽史学》1993年第2期、《中州今古》2001年第6期。

⑤ 《职大学刊》1997年第3期。

⑥ 《文史》1983年第21辑。

为刘禹锡诗辨》[①]则持不同意见，该文引范摅《云溪友议》中一段明确记载重新对《杨柳枝》的作者进行考辨，认为范摅是唐僖宗时人，与刘禹锡相去不远，其说最为可信，且此诗与刘禹锡其他同名诗作风格一致，所以《杨柳枝》确为刘诗，周德华不过是传唱这首诗的歌女而已。

刘禹锡作品考辨工作的另一重镇是诗文系年。蒋维崧等《刘禹锡诗集编年笺注》[②]、陶敏等《刘禹锡全集编年校注》[③]是较具代表性的两部成果。还有若干单篇论文对刘诗的作时作地进行考证，如杨帆《刘禹锡〈望洞庭〉、〈洞庭秋月行〉诗系年考》[④]、杨罗生《刘禹锡三首洞庭诗作系年考》[⑤]、戴志传《刘禹锡朗州诗文考辩——兼与卞孝萱先生商榷》[⑥]等。其中探讨较多的是刘禹锡的《竹枝词》。刘禹锡《竹枝词》今存两组十一首，即《竹枝词二首》与《竹枝词九首》。但对其作地，古人已有分歧。新、旧《唐书》本传的记载意在朗州，郭茂倩《乐府诗集》承其说，而南宋葛立方《韵语阳秋》则认为写于夔州。今人多承此说，如陈建中《刘禹锡竹枝词写作地点考辨》[⑦]、赵曼初《竹枝系列考》[⑧]、迟乃鹏《新旧〈唐书〉等对刘禹锡作〈竹枝词〉的误记》[⑨]、卞孝萱《刘禹锡年谱》等，即力主两组皆作于夔州。此外，也有人认为两组诗分别作于两地，如吴汝煜《谈刘禹锡诗歌的艺术美》[⑩]、戴志传《刘禹锡朗州诗文考辩》，即认为《竹枝词九首》作于夔州，而《竹枝词二首》则作于朗州。

《西塞山怀古》是刘禹锡的名作，关于诗中西塞山和“铁锁沉

---

① 《社会科学辑刊》1987 年第 5 期。

② 山东大学出版社，1997 年。

③ 岳麓书社，2003 年。

④ 《云梦学刊》1983 年第 4 期。

⑤ 《求索》1988 年第 4 期。

⑥ 《常德师范高等专科学校学报》1985 年第 2 期、第 4 期。

⑦ 《上海师范大学学报》1988 年第 3 期。

⑧ 《吉首大学学报》1990 年第 2 期。

⑨ 《中国典籍与文化》2007 年第 4 期。

⑩ 《文学评论》1983 年第 2 期。

江”的地理位置，学界也不乏争论。如刘法绥《铁锁何处沉江底？——黄石地区名胜古迹考辩之三》[①]、李文初《〈西塞山怀古〉所涉史地二考》[②]、孟祥荣《刘禹锡〈西塞山怀古〉作地新探》[③]、虞晓波《“铁锁沉江”处考》[④]等即是。它如陶敏《刘禹锡诗中九仙公主考》[⑤]、高志忠《〈调瑟词〉考论》[⑥]，亦注目于一些具体问题，使得研究更趋细密。

2. 文集整理、校订和版本研究。

刘禹锡文集的整理工作，起步于20世纪70年代，先后出版了以下几种集子：一是陕西人民出版社1974年影印明刻本《刘宾客文集》和上海人民出版社1975年出版的标点本《刘禹锡集》。影印本未重新理校，其贡献在于将善本公之于众；重新整理的标点本以清朱澂《结一庐丛书》本为底本、参照其他几种版本作了文字上的校改，但无校记，不知所改为何字、据何书。然此本为读者阅读提供了方便，亦为以后的文集整理工作奠定了基础。二是上海古籍出版社1989年出版的瞿蜕园的笺证本，亦取《结一庐丛书》本为底本，校以其他版本、选本共14种。其特色在于笺证精要不繁，尤深于名物典章的诠解和史实人事的考订，为深入研究刘禹锡作品提供了很好的条件。三是中华书局1990年出版的点校本《刘禹锡集》，以1923年徐鸿宝影印宋绍兴八年刻《刘宾客文集》为底本，校以其他版本20多种，校勘精审，附有“诗文补遗”，是目前较为完整的一个本子。四是前文所提到的两个编年本，即1997年蒋维崧等《刘禹锡诗集编年笺注》和2003年陶敏《刘禹锡全集编年校注》，其特色在于诗文系年。从影印善本、标点本、笺证本、点校本到编年本，刘禹锡文集的整理工作一步步发展，可谓卓有成效。当然，疏漏和不足也是有

① 《黄石师范学院学报》1982年第3期。
② 《文史》第17辑，1983年。
③ 《唐代文学论丛》第6辑，1985年。
④ 《晋阳学刊》1995年第4期。
⑤ 《云梦学刊》2001年第5期。
⑥ 《牡丹江师范学院学报》1982年第4期。

的，卞孝萱即曾撰《刘禹锡集整理工作综论》[①]一文进行总结，从佚诗应考、伪文应辨、校本应广、笺证应全、序跋应辑五个方面提出了今后努力的方向，具有指导意义。其他如唐兰《〈刘宾客嘉话录〉的校辑与辨伪》[②]，屈守元《谈刘禹锡诗文集的两个影宋本》、《记残宋本〈刘梦得文集〉》、《关于〈谈刘禹锡诗文集的两个影宋本〉一文的补正》[③]、孙琴安《〈刘禹锡集〉的版刻和流传》[④]等，对刘禹锡文集的整理和研究工作也有借鉴和推动作用。

如果说文集整理、版本考索为学术专业研究奠定了文献基础，那么面向大众的选注本的出现，则对作家作品的传播及普及起了关键作用。20世纪以来，出现了多种刘禹锡诗文选注本，如分别由集体编注和吴钢、张天池编注的五种同名《刘禹锡诗文选注》（陕西人民出版社1975、1982年，湖南人民出版社1978年，江苏人民出版社1980年），以及高志忠的《刘禹锡诗词译释》（黑龙江人民出版社1982年）、王元明的《刘禹锡诗文赏析集》（巴蜀书社1989年）、吴汝煜的《刘禹锡选集》（齐鲁书社1989年）、萧瑞峰的《刘禹锡白居易》（上海古籍出版社2005年）、吴在庆的《刘禹锡集》（凤凰出版社2007年）。这些选本，内容涉及选、注、评、赏、译等，对读者了解刘禹锡作品提供了便利，也不乏一定的学术价值。

（原载《文献》2009年第2期）

① 《山西大学师范学院学报》1996年第2期。

② 《文史》第4辑，1965年。

③ 三文分别见于《四川师范学院学报》1977年第3期、第4期。

④ 《古典文学知识》2004年第3期。

七十年晚唐五代诗格研究的回顾与展望

□ 李江峰

诗格是唐代出现的一种论诗著作的通称，此类作品在唐五代时期数量众多，是这一时期诗论著作的主要形式。晚唐五代是诗格创作的繁盛期，罗根泽说："诗格有两个盛兴的时代，一在初盛唐，一在晚唐五代以至宋代的初年。"(《中国文学批评史》)然由于诗格著作的性质及由此而来的局限性，长期以来，学界对此类著作的研究并不多见。现有的研究中，学人的眼光也相对集中在中唐以前与律诗成熟以及意境理论相关的少数几种诗格上，晚唐五代诗格的研究则"门前冷落"，这反映出学界对晚唐五代诗格的意义及重要性的认识不足。对这些诗学领域的遗产进行清理，至少可以在以下几个方面对唐宋诗学的研究有所推进：首先，是认识晚唐五代诗学理论全貌的基础。其次，为唐宋诗学理论的转变找到一个联结点。最后，为研究晚唐五代诗歌的阐释与接受提供了大量原始材料，对正确理解宋人诗歌阐释的特点及其特点的形成也有一定帮助。

从 1934 年郭绍虞《中国文学批评史》第一次将唐五代诗格介绍给学界到今天，唐五代诗格的研究已逾七十春秋。作为唐五代诗格的一部分，晚唐五代诗格的研究无疑也从此起步。七十年来晚唐五代诗格的研究情况，大体可以分为三个阶段。

一、20 世纪 30 年代至 40 年代中期

这是晚唐五代诗格研究的首创期。文学批评史家郭绍虞、

罗根泽等因为编写《中国文学批评史》的需要，都对晚唐五代诗格进行了探讨。郭绍虞发其端，罗根泽集其成。

郭绍虞1934年出版了他《中国文学批评史》的宋代以前部分，这部著作中对诗格的论述分属两处，一处论述皎然《诗式》，另一处则是对晚唐五代诗格的介绍。著者以“论格论例之著”为题概括晚唐五代的诗文赋格作品，并分存、佚两类予以叙录，简要介绍了这些著作的撰者、存佚、著录等情况，偶尔论及内容，或辨正史料之误。作者指出这一时期“诗格、诗例”之作的两大弊病：多依托之著；“过涉琐碎，转成拘泥”。

继郭绍虞之后，罗根泽1936年发表《五代前后诗格书叙录》一文(《文哲月刊》1卷4期)，对晚唐五代的诗格著作进行了系统整理，1943—1945年，作者出版了他的分册《中国文学批评史》，在《晚唐五代文学批评史》分册，作者专列两章对五代前后的诗格著作进行详细探讨，从单个的诗格著作到诗格丛书、诗格总集，都有较详细的论述。罗根泽认为，唐五代诗格的发展有两个高潮，初盛唐是一个高潮，晚唐五代至于宋初是一个高潮。他还指出，晚唐五代时期，诗歌创作讲求格律，科举取士注重诗格和赋格，这是晚唐五代诗格兴盛的大背景。对具体的诗格作品，罗根泽分真伪两类予以介绍，每一部诗格著作都对著录情况、作者及内容有一定解说。和郭绍虞《批评史》相比，罗根泽的介绍更显细密：其中既有文献考证，又有内容分析，并指出了这些内容的批评史意义。这里总体体现出的是作者对晚唐五代诗格史的宏观把握和对每一种诗格的细致研究。毋庸置疑，罗根泽是对晚唐五代诗格进行全面整理与深入研究的第一人。

这一时期对诗格作品的注意并非偶然，与《文镜秘府论》中“文二十八种病”部分在国内的整理出版有关。清人杨守敬《日本访书志》首次介绍了《文镜秘府论》的内容，引起了国人的注意，随后，1930年，储皖峰整理的《文二十八种病》出版，即引起学界的广泛注目。对此郭绍虞有过这样一段论述：“正由于有关诗文声病的资料在中国早已失传，一九三〇年，储皖峰就根据杨守敬之说，专取《文镜秘府论》中论病的部分校印问世，称《文二十八种病》，受到不少中国文学批评史研究工作者的重视。”《文镜秘府论》的内容绝大多数来自中唐以前的诗格著作，这些作品的国内传本许多已经残缺或失传，或者内容被篡改，撰者被易名，总之是失去了本来的面貌；《文镜秘府论》的发现，正可以弥补唐代律诗形成等问题研究中文献不足的缺陷。正由于此，文学批评史家自然将目光延伸至唐代乃至整个古代诗格作品，开始重视这一块从未被人重视过的文学批评史料。这也就是唐五代诗格研究为什么会在 20 世纪三四十年代起步的学术背景。

上述两种研究中，郭绍虞的研究重在史料记述，意在把这些以前未受重视的文学批评史料介绍给学界，筚路蓝缕，钩稽整理之功，堪为称颂。罗根泽的研究则要深入细致得多。先生对晚唐五代诗格作品的重视足以体现出对这些著作价值的肯定，这一点实属难能可贵。对诗格作品进行了全方位的考察，既有大判断，又有小结果。虽然这方面的研究尚处于草创，然已颇多灼见，后世的研究在许多方面已不能有太大突破。诸如对诗格作品的全面搜集，对诗格发展两个兴盛期的把握，对部分诗格真伪的考证，等等。当然，还有很多问题先生并没有注意到，部分观点也值得进一步探讨。如对某些具体诗格作品的著作时期及作者的考证、内容真伪的辨析，等等，这些问题，直到张伯伟《全唐五代诗格校考》等研究成果的面世才得到解决。

二、20 世纪 40 年代后期至 80 年代末

这一时期，大陆的晚唐五代诗格研究相对陷入沉寂，没有相关的研究成果出现。台湾则有王梦鸥、许清云等人有研究成果面世。

王梦鸥对唐代的诗格著作进行了全面细致的研究。他的《初唐诗学著述考》（台湾商务印书馆，1977）集中对初唐的诗格进行了深入研究；初唐以后的诗格研究则以单篇论文的形式发表，后来收入他的《古典文学论探索》（台湾正中书局 1984 年版）和《传统文学论衡》（台湾时报文化出版企业有限公司，1987）中，涉及晚唐五代诗格研究的则有《白乐天〈金针诗格〉辨疑》、《炙毂子及其诗格考》和《晚唐举业与诗赋格样》。《金针诗格》一书，大

陆学者普遍以为假托，并作为晚唐五代的诗格作品予以研究，如王运熙、杨明《隋唐五代文学批评史》、张少康《中国文学理论批评史》等。王梦鸥《白乐天〈金针诗格〉辨疑》一文从多个角度论述了白居易撰述《金针诗格》的可能，以为单从该书内容之鄙陋以及该书之不见于北宋书目著录来立论，从而断定该书之为伪书，证据明显不足。作者最后指出，《金针诗格》的成书，当如苏轼《东坡诗话》之成书，是后世人采录白居易论诗方面的言论而成，如此其论诗之旨则应为白氏无疑。王氏的这一观点虽未得到学术界的认同，然无疑给了我们继续讨论这一问题的启示。王氏《炙毂子及其诗格考》一文通过考索炙毂子的身世及其著作《杂录注解》的内容，以为《炙毂子诗格》应该是从其《杂录注解》中割裂而出。论文对王叡的生平及著作考索很见功力，已被《隋唐五代文学批评史》吸收，而对《炙毂子诗格》成书过程的论述虽有新见，但似乎难以坐实，所以《隋唐五代文学批评史》不予吸收。《晚唐举业与诗赋格样》一文主要探讨晚唐科举考试与诗、赋格的关系问题。

许清云从事诗格研究也较早，他的硕士论文《现存唐人诗格著述初探》(东吴大学中国文学研究所，1978 年)笔者多方搜求未果，故此暂付阙如。

这一时期海外汉学家还有相关的研究，如日本学者船津富彦的《金针诗格についての疑い》(《东洋文学研究》第 3 期，1955 年 3 月出版)。

三、20 世纪 90 年代至今

如果说三四十年代是唐五代诗格研究的起步，那么从 20 世纪 90 年代开始到现在的十多年，则可以说是这方面研究的逐步展开。这段时间里，大陆学者对晚唐五代诗格的研究取得了相对较多的成果，台湾也有相关研究论文发表。

1992 年，张伯伟《禅与诗学》出版(浙江人民出版社，1992)，书中所收《佛学与晚唐五代诗格》一文，首次对“诗格”概念的来源做了考察，对其内涵与外延进行了阐述，分析了诗格类著作得名之文化原因，指出诗格之不同于诗话的性质归属。然后分“佛学影响的两条途径”、“佛学影响的三点分析”两部分阐释佛学对晚唐五代诗格的影响。作者对“诗格”概念的分析、对晚唐五代诗格特点的把握、从佛学与诗格创作的角度认识晚唐五代诗格的著作群体及作品的特点，都发前人之未发，为研究晚唐五代诗格开辟出一片新的天地。

1993年，王增斌发表论文《唐末宋初诗格书综论》（《文史知识》1993年2期）。文章对存世的唐末至于宋初十一家诗格书的理论特征作了总体把握，归纳为“评诗论诗，大抵以贾岛为代表的晚唐派为依归”、“注重诗歌题材的划分”、“提倡精思结撰、一字不苟，苦吟中得诗之真趣的写作态度”、“重视抒情、写意、‘有气’之作，贬斥用事用典、追求晦涩的风尚”、“注重诗的格、势、体、断”五个方面来介绍其特点。文章对“势”、“格”、“断”的意义把握较为准确，解释多有可取之处。

1994年，王运熙、杨明《隋唐五代文学批评史》出版，该书对晚唐五代的诗格列有专节论述，书从诗歌理论发展史的高度指出了这一时期部分诗格论著中的理论创新意义。同年，张伯伟有两篇关于唐五代诗格的研究论文发表。一篇是发表于《文献》的《唐五代诗格丛考》，该文在前人研究的基础上，对唐五代的诗格作品进行了彻底钩稽，对诗格的作者及其生平、诗格的著录以及流传情况、诗格作品的内容及对后世的意义等做了全方位的考察。另外一篇论文《古代文论中的诗格论》发表于《文艺理论研究》第四期，文章着眼古代文论中所有诗格著作的全局，对这种文学批评体裁的论著做了鸟瞰式研究。

1996年，张伯伟《全唐五代诗格校考》一书面世（陕西人民教育出版社1996年初版，江苏古籍出版社2002年修订再版。本文的介绍为修订本）。该书是迄今对唐五代诗格进行全面整理与研究的唯一专著，书对唐五代宋初的29种诗格作品进行了校点，并撰写了提要，提要主要考订诗格的作者、著录以及流传情况，介绍作品的内容及意义。书前《论诗格》一文是对《古代文论中的诗格论》的修订和补充，分“‘诗格’一词的范围、含义及缘起”、“从《文镜秘府论》看初盛唐的诗格”、“皎然《诗式》及其对晚唐至宋初诗格的影响”、“晚唐至宋初的诗格及其特色”、“宋代以后的诗格概观”五部分对诗格这类体裁的论诗著作做了全方位论述。书后附录杜正伦《文笔要诀》、窦蒙《字格》、佚名《赋谱》和《全唐五代诗文赋格存目考》，唐五代宋初诗文赋格几乎全部资料悉汇于此。张寅彭评价此书“其学术价值及意义，约可分为‘有形’与‘无形’两个方面。就其有形的一方面言，首先，此次整理所得的篇目，较前人几种汇辑均有所增益”。“其次，对诗格类著作在写作年代、作者、书名等较为普遍的讹误……获得了一批较前人更为精确的结论。”“再次，指出诗格类著作同样并不缺乏的美学价值。”“所谓意义的‘无形’方面，则是指本书专就诗学文献的某一种类进行整理研究，此举给当前古典诗学研究展示了新的思路，即分体研究的思路。”

除上述研究成果之外，这一时期的其他研究成果则大多集中于两点。

一是晚唐五代诗格中的“势”论。以“势”论诗并不起于晚唐五代，但大量的以“势”论诗，则是晚唐五代诗格的一大特点。由于唐五代诗格中这些“势”论的意义所指今天看来较难索解，有一定的含糊性，学界的理解存在一定分歧，因此也成为讨论的热点。学者多从唐五代势论的总体着眼，所论自然包括晚唐五代诗格。这一论题涂光社、王增斌、张伯伟都曾有过论述。巩本栋《环绕唐五代诗格中的“势”论的诸问题》(《文史哲》2007 年 1 期)一文逐一考察了唐五代诗格作品中的势论用例，最后认为，唐五代诗格中对“‘势’的概念的理解和运用，虽有差异，然所论大致都是诗歌的运意用思和意脉的流转变化”。作者认为，唐五代诗格中的势论虽受到禅宗思想的影响，但这种影响似并不深刻，“故对齐己等人以‘势’论诗的索解，一方面可借助释氏语的含义去理解，另一方面仍应更多地从《诗格》中‘势’的范畴本身发展的范畴去进行，即从诗思的构成和意脉的流转方面去认识”。这一观点能从诗格中势论的具体诗例出发，结合“势”这一概念的发展演变，提出自己的独到见解。此外，论及这一问题的尚有黄海《浅议唐诗论中的“势”》(《贵州大学学报》，2000 年 5 期)、胡光波《论唐代诗格之“势”的源流演变及理论内涵》(《湖北师范学院学报》,2003 年 3 期)等,论述的角度各有不同,但胜意无多,此不赘述。

晚唐五代诗格中最早为人所知,也受到较多关注的是齐己《风骚旨格》,关于它的研究是晚唐五代诗格研究的另一集中点。这也与第一个热点存在一定的联系,因为在晚唐五代诗格的众多"势"论中,齐己的"势"论是富有开创性且最具特色的一个;而《风骚旨格》本身的理论开创性及其在晚唐五代诗格创作中的影响也使得它成为这一时期诗格著作中人们关注的第一对象。迄今为止,相关研究成果主要有夏莲《诗僧齐己》(《文史知识》,1992 年 2 期)、王子羲《齐己的诗癖和诗论》(《益阳师范高等专科学校学报》,1992 年 2 期)、曹大中《齐己〈风骚旨格〉十体臆说》(《益阳师范高等专科学校学报》,1995 年 1 期)、朱学东《晚唐五代诗僧齐己的诗学理论探微》(《荆州师范学院学报》,2002 年 1 期)、刘方《齐己〈风骚旨格〉的诗学理论架构初探》(《浙江树人大学学报》,2003 年 2 期)等论文,曹文对《风骚旨格》"十体"的解释虽或嫌率意,但亦有可取之处;刘文试图以西方文学理论模式对《风骚旨格》进行理论分析,但这种方法的运用似乎并不成功,论文实际上没能展示该著作在特定历史背景下的理论意义与实质;夏氏、王氏、朱氏的论文则只是对《风骚旨格》一般的分析陈述。

还有几篇论文涉及晚唐五代诗格,如杨铸《晚唐五代"诗格"部分引诗作者补辨》(《首都师范大学学报》,2000 年 3 期),对《全唐五代诗格校考》中所未考出的引诗作者予以补考,这一成果已为《全唐五代诗格汇考》所吸收;另外,蔡镇楚《唐人诗格与宋诗话之比较》(《中国文学研究》,1994 年 3 期)、胡淑慧、李刚《关于唐五代诗格中的诗歌体式研究》(《内蒙古社会科学》,2001 年 3 期)、高林广《唐人的诗法理论》(《广播电视大学学报》,2001 年 4 期)等,这些论文多是对唐五代诗格进行总体把握,涉及晚唐五代诗格的部分则较少新见。

台湾学者陈美朱的《晚唐五代诗格比刺说探微》(《云汉学刊》1995 年 2 期)一文,从晚唐五代诗格比刺说的"缘起背景"、"内容特点"、"比刺与含蓄"、"比刺与入玄"、"内容评议"五个方面对晚唐五代诗格中的比刺理论进行了探讨，论述颇为全面，然每一个小论题似乎都有继续深入的余地。

综观晚唐五代诗格的研究，我们不难看出，其现状有如下特点：首先，与王昌龄《诗格》、皎然《诗式》等中唐以前诗格的研究相比，这一时期的诗格研究整体上呈现出严重不足，不管是研究成果的数量还是质量，都有很大的发展空间；可以看出，在诗格研究的领域里，晚唐五代诗格研究实际上只是处于附带而及的位置。其次，现有的研究中，比较深入成熟的是文献的整理考订和史的考察，对每一部作品进行细致梳理，分析其理论价值，探讨其理论的形成轨迹等这样的细致研究则少之又少。应该说，晚唐五代诗格的研究还有大片的处女地有待开垦，这里试举几例，作为收束。

晚唐五代诗格的著作群体。晚唐五代诗格的作者，有僧人，有科场得意的新进文士，也有困于场屋穷困潦倒的诗坛领袖式的人物。这些不同类型的著作群体给诗格创作带来了什么？他们的不同身份对其诗格创作有无影响？

晚唐五代诗格的具体理论。晚唐五代诗格中讨论较多的六诗六义、物象、内外意、句法等问题，有的是传统诗学理论的纲领性文件（如六诗六义理论），有的则只是在晚唐五代诗格中才得到较大发展的新理论（如关于诗歌句法的探讨），然不管是哪一种论题，晚唐五代诗格都表现出独有的特点，表现出明显的时代性，深入探讨这些问题，对全面认识晚唐五代的诗学理论无疑是必要的。

晚唐五代诗格与诗歌创作的关系。诗格是诗歌理论著作，是教人如何写诗的，晚唐五代的科举考试也有依据诗格考试进士的记载。晚唐五代诗格是如何受到当时创作风气的影响，然后又对后来的诗歌创作产生影响？这应该是一个有意义的话题。

唐人论诗以诗格名，宋人则以诗话名。诗话和诗格的关系如何？罗根泽认为诗话是诗格的革命，这一论断应该如何理解？句法理论是晚唐五代诗格讨论的核心，这一论题在宋代得到更大的发展，晚唐五代诗格的理论又是如何产生其影响的？此外，晚唐五代诗格中出现的众多论诗术语、晚唐五代诗格的论诗方法、晚唐五代诗格中的诗歌阐释等等，都是值得我们讨论的问题。这些问题的解决，则有待于来者。

（原载《渭南师范学院学报》2009 年第 1 期）

港台及海外研究介绍

香港地区唐代文学研究概况(2007—2009)

□ 刘燕萍(香港)

撰写《香港地区唐代文学研究概况(2007—2009)》这篇文章,首先要感谢张明非教授。张教授历年来对香港地区有关唐代文学的研究,表现了极高的重视,致促成这篇文章和之前收录于《唐代文学研究年鉴》中有关香港部分的篇章。此外,还要感谢香港八大院校的学者,惠赐大作供撰写之用。是次撰写的年份为2007—2009两年,体例依次为诗歌、散文、小说和翻译四个范畴。

一、诗歌

有关唐诗、诗论、计算机系统的研究共有八篇文章。关于诗歌分析的共有三篇。

葛晓音教授(香港浸会大学)《"独往"和"虚舟":盛唐山水诗的玄趣和道境》(《文学遗产》2009年第5期)一文,以"独往"和"虚舟"两个角度切入,探讨唐诗。葛教授认为明清诗话往往称道盛唐以王孟为代表的山水诗有"泠然独往"之趣。"独往"一词确实常见于唐诗,与之相关的还有"虚舟"一词,亦多见于唐代诗文。二者原出于《庄子》,山水诗本由玄言诗催化,庄子的一些语词被采用自然是题中之意。葛晓音教授曾在《论山水田园诗派的艺术特征》一文及《山水田园诗派研究》一书中,从精神旨趣和审美观照方式两方面着眼,研究盛唐山水诗和晋宋山水诗在玄学自然观方面的相承关系。盛唐山水诗中虽然也有一些类似东晋玄言诗的理语,但是很少谈玄,倒是涉及禅境、表现禅意的作品比较多。那么山水诗中的玄趣和道境究竟是如何体现的呢?这篇文章便表现了葛教授对"独往"和"虚舟"这两个诗语的体会,注意到盛唐诗人实际上已经在对山水的兴悟中不着痕迹地将玄理转化为幽适之趣和自在之境。

葛教授以"独往"和"虚舟"两个观点探讨唐诗,以行动("独往")和物件("虚舟")论诗,观点独到并具新意。将"行动"与"物件"结连精神境界,亦有新的发现。如以"独往之至人的形象"来论李白诗歌,更能呈现李白独游太清的形象和精神内涵。此外,有关"虚舟"的分析亦相当透辟。葛教授将"虚舟"分成三个语境来讨论:第一种指无人驾驶的船只,第二种喻处世应物的态度,第三种是伤悼人的去世。葛教授从"虚舟"至"不系舟"(喻行迹不定)之讨论,层层道来,仔细分析,阐论有系统而屡发新见。

除葛教授外,陈伟强教授(香港浸会大学)也有两篇以英文写成的讨论唐诗的精彩文章,其中一篇探讨晚唐诗中刘晨、阮肇典故的意象运用("*A Tale of Two Worlds: The Late Tang Poetic Presentation of The Romance of the Peach Blossom Font*", in *T'oung Pao* 94[2008])刘晨、阮肇误入天台遇仙,回归人世后"迷不得归"的故事,影响着唐代的诗人。刘晨、阮肇所涉的仙、人二界,便被借喻在政治及爱情上:刘禹锡以此喻政治;元稹则以此喻爱情。元稹诗中(刘阮妻二首)的"两个世界",就是指爱情和失去爱情的世界。陈教授以刘晨、阮肇故事的人仙二界,推展探讨晚唐诗中,在人仙二境上的深化内涵及寓意:由仙女延伸至情人、女冠等的延伸意。这篇以主题学角度阐释唐诗中有关刘晨、阮肇故事运用之文,阐论深入,见解亦相当独到。

除上述有关唐诗的论文外,陈伟强教授另有一篇关于杜甫写九成宫和玉华宫的诗歌研究("*Wall Carvings, Elixirs, and the Celestial King: An Exegetic Exercise on Du Fu's Poems on Two Palaces*", in *Journal of the American Oriental Society* 127.4[2007])杜甫这两首诗写于安史之乱以后,唐宗室

经历流亡和个人亦屡经流徙之时。陈教授这篇文章探讨了几个很有意思的问题:这两首诗是否包含讽刺?如果是的话,讽刺的对象又是谁?至于唐代皇权所代表的"永恒"的权力和穷奢极欲的生活,亦是讨论的对象。杜甫诗中的九成宫和玉华宫,便包含"向使国不亡"和"谁是长年者":对唐皇权不坠的疑问,及"当时侍金舆"的物欲贪奢之讽。是篇文章探讨杜诗中,个人与国家不幸的结连,及两宫所代表的奢华和对皇权不坠的质疑之探讨,亦见新意。

除有关诗歌的讨论外,刘卫林教授(香港城市大学)四篇有关诗学的研究,亦甚具价值。第一篇是《中唐诗境说与天台宗的关系》(《中国诗歌研究动态》第四辑,学苑出版社,2008)。刘教授认为中唐之际,诗境说蔚为一时风尚。除署名王昌龄之《诗格》、皎然之《诗式》外,其余如权德舆、刘禹锡、吕温等人,皆有论述境与诗歌创作关系之文字。中唐诗论中"境"的观念,实与佛教有着极为密切的关系。对于这一诗论的源出,以往学者多从佛教唯识宗或禅宗思想来加以说明。然而倘若细加分析,便可知这种论诗主张与唯识宗、禅宗思想实有不小差距,却与天台宗思想较为接近。刘教授之文以天台宗思想,解释中唐诗境说的种种特点。从天台宗的止观学说,及其中定慧双照、三谛圆融,以至无情有性等思想,说明中唐此一诗论与佛教思想的密切关系。刘卫林教授认为:诗人创作时凝心入定和观照攀缘于外境,乃佛教的"定"与"慧"。从天台宗的角度而言,就是指"止"与"观"。刘教授之论,具充分证据,分析也合理。

刘卫林教授的另一篇文章为《牟宗三先生诗学格调说管窥》(《唐君毅、牟宗三先生百年诞辰纪念国际学术研讨会》,2009年9月)。牟宗三不独精研哲学,为新儒学大家,于传统诗学上亦多所创获开拓。如其早年之说诗,既稽考往古,具体阐述传统诗歌之格调作法,与深入推求唐人诗歌风雅所在,于笔下对屈原、曹植、陶潜、李白、杜甫诸人作品之诗意诗法均多有发现。正如《说诗一家言序》内所提出:"将以明世运之盛衰,鼓诗人之志气,使其知所关甚大。"可说明牟宗三诗说,并有助了解其襟抱与识见。刘教授之文本乎牟宗三早年所撰《说诗一家言:格调篇》,具体分析其诗学格调说之理念，由此阐明牟宗三诗学思想及其特色所在，分析详细，论点精辟。

除上述两篇文章外，刘卫林教授另有两篇有关诗学的研究：《诗之绮丽与理致》(《岭雅》第 37 期，获益出版事业有限公司，2008 年 12 月)和《诗之至处与象外之象》(《岭雅》第 38 期，获益出版事业有限公司，2009 年 12 月)。前者论及中唐以禅说诗与沧浪诗说，后者论《原诗》以佛学说诗，与中唐以境论诗之相通处。刘教授的四篇有关诗论之文，对唐诗境的研究而言，数量丰富并具参考价值。

以上七篇为研究唐诗和诗论的专著，方称宇教授(香港城市大学)的著作(合著)("*A Computational Framework for Syntax-Driven Structured Analysis of Imageries in Tang and Song poems*"，载《中国第四届唐宋诗词国际学术研究研讨会论文集》)，则为探讨以计算机系统分析唐诗意象，及比较个别诗人、诗人间意象运用之作。是篇文章介绍的系统化整理，有助学者利用计算机，对唐诗进行分析，亦具价值。

二、散文

有关散文的研究共三篇，有黄耀堃教授(香港中文大学)探讨《送穷文》的著作：《试论韩愈〈送穷文〉的声律》(《南开语言学刊》，2009 年第 1 期)。

黄教授认为：韩愈的诗文押韵特异，往往出人意表。至于《送穷文》拟前人作品，所押的韵脚，也大致合乎唐人用韵的规范，然而表现的手法和效果却更为迥异，《送穷文》的韵脚似乎并不是纯用作节奏，而是文章布局的一部分，韩愈利用韵脚来营造气氛。黄教授之文重新检讨《送穷文》的韵脚，并通过分析《送穷文》的韵例，考见韩愈如何运用韵脚，以及处理声病的方法。黄教授此文(原稿)详列附表，解构《送穷文》的韵组及声病，资料丰富，佐证有力。

除有关《送穷文》的考证外，黄教授另有一篇关于韩愈南山诗的研究：《道教与道统——读饶宗颐教授〈韩愈南山诗与昙无谶译马鸣佛所行赞札记〉》(《华学》第9、10期,上海古籍出版社,2008年8月)。黄教授认为韩愈辟佛老,前人论之详矣,然未如《韩愈南山诗与昙无谶译马鸣佛所行赞》之发隐阐微,探知韩愈行文取资佛教文献,此说并非但前人所未及,亦未见时人补论。黄教授之文考订韩愈采昙无识译《马鸣佛所行赞》句法之语言环境,补证《韩愈南山诗与昙无谶译马鸣佛所行赞》所论。又从韩愈之交游,考论韩愈与道教之关系,并见"道统"与宗教之互相影响。黄教授之文,比较"或"字在佛典中之用法与韩愈之文,得出"韩愈是否读过昙无谶译的《佛所行赞》,可能有人怀疑,但这种写法,确实跟佛典翻译笔法相关",这个结论便相当中肯。

除有关韩愈散文的研究外,另有一篇关于刘梦得的研究:刘卫林教授的《日本天理图书馆所藏宋刊〈刘梦得文集〉流传概说》(于《宋代文化国际研讨会》发表)。刘卫林教授认为:唐代文士中诗文兼善者比比皆是,刘禹锡即其中之佼佼者。自中唐以来,刘氏诗文即享盛誉,然而刘集传世善本甚少。明、清以来刘集刻本讹误特甚,宋刊刘集晚出,三种宋刊中,北京图书馆藏本仅存四卷,且脱漏舛误亦多。台北故宫博物院所藏宋刊《刘宾客文集》,与日本天理图书馆所藏此帙,俱具四十卷之内、外集,于校理刘集方面,实远胜北京图书馆所藏之宋刊残本《刘梦得文集》。诚如屈守元先生于《谈刘禹锡诗文集的两个影宋本》一文内所指出,日本天理图书馆所藏此帙,其于版本及校勘方面之价值,并不在台北故宫博物院所藏宋刊刘集之下。天理图书所藏此一宋刊本,对是正刘禹锡文集明、清刊本之舛误,及考订唐、宋以来刘禹锡文集编次等问题,均具一定之参考价值。考订日本天理图书馆所藏《刘梦得文集》之流传概略,除有助说明宋代以来刘禹锡文集传世梗概外,对了解宋代文化之影响海外,以至说明其与域外文化交流之具体情况,亦有不少帮助。

刘教授此文,考证《刘梦得文集》由日本建仁寺开山始祖荣西、(二度入宋)将文集携返日本、建仁寺藏书、足利义满、天章至董康影印崇兰馆藏此本,至《刘梦得文集》"重返故土",至商务印书馆将此影印,收入《四部丛刊初编》内。刘教授之文,将《刘梦得文集》由在日本之流传至"回归"中土的历程,一一考订细明,甚具参考价值。

三、小说及翻译

小说研究方面，共有两个作品：黄伟豪教授（香港浸会大学）的著作为有关梦作的探讨，《“梦”的笔法——〈南柯太守传〉与〈南柯记〉》的文本对读。黄教授认为：《南柯记》一方面以《南柯太守传》为蓝本，另一方面在梦的表现手法及内容寄托上，加以艺术的提炼，终能与《紫钗记》、《牡丹亭》及《邯郸记》合称为“临川四梦”，在戏曲史上享有崇高的地位。学界似乎过分聚焦在《紫钗记》、《牡丹亭》及《邯郸记》三剧上；相形之下，有关《南柯记》的研究，显得颇为匮乏。有之也多从本事考证及思想倾向方面分析，鲜能触及《南柯记》的比较分析、艺术价值。要窥见《南柯太守传》的故事演变及《南柯记》的立体全貌，专题比较《南柯太守传》与《南柯记》至为重要。黄教授便从比较的角度，以“梦”为切入点，探讨《南柯太守传》与《南柯记》表现手法及内容寄托的同异之处。盖“梦”是两者叙述故事的主要媒介，在表现手法上，两者虽然同样以“梦前—梦中—梦后”贯穿故事各个情节，但后者在“梦中”及“梦后”部分，分别加插“梦中梦”及“蚁升天”的情节，而且写“梦”意识更为强烈。在内容寄托上，两者虽然同样利用梦境，表现人生虚幻，但后者还寄托情爱的思想。黄教授为青年学者，以主题学：梦的角度，切入探讨《南柯太守传》和《南柯记》，观点新颖，亦具独到见解。

小说研究，除黄教授之文外，尚有刘燕萍以英文写成的研究《西王母》和《云华夫人》两篇“拯救型”小说之文（“*Two Salvation Stories: Xi Wangmu and Yunhua Furan in The Extensive Records of the Taiping Period*”, in *Journal of Asian Cultural Studies*, published by Institute of Asian Cultural Studies, International Christian University, Tokyo, Japan, Vol. 35[2009]）。此文以三方面切入讨论，第一为困厄：黄帝与禹在危急时刻向西王母与云华夫人求救。第二为拯救型女神的探讨：《西王母》篇中，西王母乃大母神（great mother），西

王母之使:玄女乃战争女神。《云华夫人》中的瑶姬,则为巫山女神。第三为拯救法术,包括玄女授黄帝以“阴阳”、“步斗”之术,以对抗蚩尤和云华夫人授禹的宝物:“灵宝真文”以定洪水。

除小说外,尚有两篇以英文写的有关翻译的著作。龙惠珠教授(香港岭南大学)有关译语和蕃书译语之研究(“*Translation Officials of the Tang Central Government in Medieval China*”, in *Interpreting*: *International Journal of Research and Practice in Interpreting*, Vol. 10, No. 2, John Benjamins Publishing Company,2008),此文厘清了鸿胪寺译语和中书省蕃书译语的两种翻译职务。龙教授的另一篇文章,则探讨翻译者与历史书写的关系[“*Interpreters and the Writing of History in China*”, in *META*: *Journal des traducteurs*, Vol. 54(2),2009]。此文探讨译语人的记录、报告,与历史书写的关系。龙教授之文,征引资料丰富,论点清晰,见解独到,具备研究质量。

这篇概况,共录十五个作品。香港地区关于唐代文学的研究,数量虽然不算十分丰富,质量却十分高。诗歌研究,则占唐代文学研究的多数。其中,以计算机系统分析唐诗意象一文,有助学者进行意象比较的系统性研究。此外,在利用西方理论以阐论作品方面,亦见新意。以外文撰写论文,则有助将唐代文学的研究,介绍给西方的学人及读者,并有助文化的传播。香港虽然是个弹丸之地,亦能负起文化交汇及交流的任务和使命。

21 世纪以来韩国杜甫研究述评

□ 王红霞　李廷宰(韩国)

韩国早在高丽时代,就已经有了蔡梦弼《杜工部草堂诗笺》的覆刻本子,可惜今已佚。到了朝鲜时代,刊刻杜诗的中文本已多达十八种,韩文译本也有《杜诗谚解》一书,从而使得杜诗在韩国的影响越来越大。在朝鲜诗话中,有关杜诗的记载多达千余条即可证明这一点。到了 20 世纪 50 年代,杜甫更成为韩国学界关注的重点,先后出现了一大批杜诗的研究者,他们不但对杜诗本身认真研读,而且把杜诗同韩国文学结合起来,探讨杜甫在韩国的传播以及杜诗对韩国诗歌的影响,提出了很多独到的见解,可以说,20 世纪的韩国杜甫研究取得了令人瞩目的成就。进入 21 世纪以后,杜甫依然是韩国学者的研究重点,据笔者不完全统计,自 2000 年到 2008 年近十年的时间里,公开发表的专题论文有 36 篇,以杜甫作为研究对象的学位论文有 10 篇,介绍杜甫生平和阐释杜甫诗歌的专著有 16 部,与 20 世纪相比,研究视角和研究方法都发生了很大的变化。现将这一时期韩国学界研究杜诗的大致情况介绍于下。

一、思想和生平研究

杜甫一生命运多舛,四处漂泊,这种坎坷的人生经历对诗人的创作产生了极大的影响。所以,杜甫的思想和生平经历成为这时期韩国学者的研究对象。高真雅的《杜甫人生悲剧根源考》就是其中之一。作者认为杜甫作为一个完整的封建儒士和忧国忧民的诗人，既有强烈的效忠封建王朝的功名心，但又真诚地悲悯人民，这种矛盾的思想相互冲突，注定了诗人悲剧的一生。政治上的失意导致了杜甫人生的悲剧，诗人不肯舍弃政治理想的根源在于对自己才能的过分自信。文章关于杜甫矛盾思想的论述并无新意，但认为杜甫为何有如此强烈的救世济人之志是因为意识中对自己的才能格外自信的观点却是较为新颖的。

高真雅的另一篇文章《杜甫的隐逸思想》，提出杜甫的思想是儒释道三者兼而有之，其中儒和道对诗人的影响是表现为出世思想。该文详细地分析了杜甫隐逸思想的根源及表现形式，并引用《独坐》、《倦夜》、《初冬》等诗作为论据，有一定的见解。

郑镐俊的《杜甫岑参交游考》，考证了安史之乱中诗人和岑参的几次交游，对二人的交游诗歌亦作了分析，论述视角较为陈旧。此外，这时期还出版了金义贞翻译的《杜甫评传》(HOMI出版社，2007 年)，高真雅的《杜甫和对杜诗的爱情历史》(YANGJI 出版社，2003 年)，张基槿的《杜甫》(SEOKPIL 出版社，2006 年)，金民政翻译的《李白与杜甫》(AIDULPAN 出版社，2005 年)，张白一的《李白杜甫》(洪信文化社，2004 年)，李元奎翻译的《李白见杜甫》(SMSAN 出版社，2003 年)，全英兰的《杜甫：忍苦的诗史》(太学社，2000 年)等等专著。总体而言，这时期韩国学者关于杜甫思想和生平的研究无可圈可点之作，大多是介绍性质的一般论述。

二、诗歌内容及风格探讨

杜诗具有丰富的社会内容，鲜明的时代特征和强烈的政治倾向，是唐代由兴盛走向衰亡时期的真实写照，故被后世称为“诗史”。历代的评论家对此已达成共识。这时期韩国学者的研究则主要是在此基础上选取更具体的角度来论述杜诗的内容。比如论述杜甫对战争的看法，在杜甫现存的一千多首作品中，与战争有关的作品多达一百多首，在这些诗作中，杜甫谴责统治者的穷兵黩武，反对藩镇割据，维护国家统一，表现出进步的历史观。郑镐俊的《杜甫战争观小考》(《中国研究》第 31 卷)一文，就是通过分析安史之乱前后诗人创作的诗歌作品，如《三吏》、《三别》、《兵车行》等，对杜甫的战争观作了较为准确的论述。研究杜诗的著名学者李永朱和姜旻昊的《杜甫〈北征〉考》(《中国文学》第 34 辑)一文，更是对《北征》一诗的创作背景、内容、艺术特征作了详尽的探讨，认为该诗的表现手法和命意皆源于赋体。从表现形式方面而言，则有古体与长律之融化，故而章法幻妙，波澜壮阔，并从章法、过段、照应、古体、排律和“七”入声韵几个方面作了论述。从内容而言，此诗既表现军国大事又表现个人私情。这个结论无疑是恰当的，对内容的分析亦是准确的。尤为难得的是，该文认为：该诗的作法不仅当时诸家所不及，更为后来古文家或宋诗人以文为诗所借鉴。这个极为新颖的观点，为我们认识《北征》提供了一个全新的角度。

尹锡隅的《对杜甫饮酒诗的考察》是关于杜甫、陶渊明的思想体系和饮酒诗的。作者通过分析诗人晚年的代表作《登高》后指出，对杜甫而言，酒是一种忘忧物，其忧乃是“忧国”。这表达了诗人尽忠报国的理想，不论是在草堂安居之时，还是在漂泊夔州之时，此“忧”也没有停息。《登高》中的“潦倒新停浊酒杯”就是表达诗人的绝望感，该文是通过对杜甫饮酒诗的阐释来剖析诗人的忧国之情。

张俊宁的《杜甫咏物诗的精神世界》虽没有对杜甫的咏物诗作全面的评价，但却深入地探讨了杜甫咏物诗中所表现出来的思想倾向。文章从四个方面分析了杜甫咏物诗的内容：自我投映、爱国爱民、博爱主义和静观人生。其中静观人生这类咏物诗数量最多，也最能体现杜甫咏物诗的艺术特征，并对后代咏物诗的发展产生了深远的影响。杜甫的咏物诗向来是评论家们关注的重点，传统的观点认为咏物诗是诗人的自我思想写照。该文在赞同这个观点的同时，对杜甫的咏物诗以及对后世的影响作了更细致的分类说明，值得肯定。

这时期的韩国学者对杜诗的内容，不仅进行了分类论述，而且进行了分阶段的阐释，对杜甫一生中各个阶段的重要作品进行了分析。如郑镐俊的《杜甫秦州时期诗的变化》论述了杜甫整个秦州时期的诗歌创作，将杜甫这个时期的诗歌分为隐居、山水、边塞和咏物四大类，对每一类的诗歌均作了详细的分析。大邱大学人文学院的全英兰教授长期致力于杜甫研究，并取得了不菲的成绩，不仅出版了《杜甫：忍苦的诗史》(太学社，2000 年)和《韩国诗话中有关杜甫及其作品之研究》(台湾文史哲出版社，1990 年)等著作，而且还发表了《杜甫青壮年时期南北游历及作品研究》和《杜甫齐鲁燕赵游历时期的旅程和作品》(《人文艺术论丛》2002 年第 23 辑)两篇论文。前一篇论文分析了杜甫壮年时期南北游历的背景，按时期考察了杜甫游历过程和当时创作的作品，认为杜甫南北游历时期的诗歌表现的是诗人青壮年时期的霸气和抱负，这是杜甫诗歌创作的开端。后一篇论文则对杜甫齐鲁燕赵游历时期创作的诗歌作了考察。文章着重谈到了这时期杜甫与李白的交往诗作。此外还有专著《杜甫荆州时期的诗歌》(2007 年)亦对杜甫晚年漂泊荆州时期的诗歌作了有益的探讨。郑镐俊的《杜甫的入蜀纪行山水诗小考》(《中语中文学》第 38 辑)，对杜甫自秦州入蜀期间创作的二十四首山水纪行诗作了全方位的论述。从“纪行中的山水之险”、“纪行中的行路之难”、“纪行中的时局和身世之叹”、“艺术美”四个方面行文，指出这二十四首山水诗无论其精神旨趣和美好风尚，还是表现手法和风格特点，都表现出“峭刻新生”的风貌和特点。在结论中作者认为：这二十四首山水纪行诗上承晋宋、盛唐山水诗的传统，因此，杜甫的山水诗也达到了一个极盛而新变的高峰。

此外，明知大学校教育大学院闵诚现的硕士论文《杜甫社会诗研究》(2005 年)也对杜诗的内容进行了介绍。该文知人论世，以杜甫的生平经历为突破口，对杜甫创作的社会诗作了全面的论述。通过分析杜甫社会诗的代表作品《自京赴奉先县咏怀五百字》、《茅屋为秋风所破歌》等，作者认为杜甫确实无愧于“诗史”之称。该文无论从论述角度，还是就方法而言都较为陈旧。公州大学赵元善的硕士论文《杜甫前期诗研究》(2003 年)，从心理学的角度，分析了诗人杜甫前期的心理矛盾，还对诗人前期的诗作作了剖析。该文论述角度较为独特，亦不乏可取之处。

关于杜诗的艺术风格，人们一般将其概括为“沉郁顿挫”。这个概括是准确的，但并不全面，因为杜诗在主体风格之外，也是多样化的，富于变化的。对杜诗风格的探讨，同样成为这一时期韩国学者的研究热点。对杜诗的艺术特征作全面阐释的是张俊宁的《杜诗之创作艺术技巧探微》，文章对杜诗"沉郁顿挫"和"形神兼备"这两个艺术特征作了讨论。论者将"沉郁顿挫"理解为"忧时伤国"和"以力为主"，对"以力为主"这个特点的分析较有新意，认为杜诗有学力、思力和笔力。对"形神兼备"这个特点作者同样也用了很形象的方法加以说明，用"擒贼擒王"和"水中著盐"这两个理论说明杜甫既能敏感地捕捉独特的题材，又能对题材作深入的刻画。该文是这时期探讨杜诗特点的上乘之作。

这时期韩国学者对杜诗艺术特点的讨论更多是从某个侧面着手，企图通过一斑窥其全貌。如姜昌求的《杜甫奇数句诗小考》（大佛大学校论文集，第六辑，2000 年）一文，就独辟蹊径，以杜甫的二十七首七言奇数句诗作为论述对象，认为杜甫的奇数句诗具有以下两个特点：第一，其中歌、行、引体占了十九首，所以具有乐府性。第二，用韵灵活，显示了诗人高超的技巧和深厚的学养。金义贞的《杜甫诗的人物典故》（《中国语文学志》第 25 辑）探讨了杜诗的用典方式，着重分析了诗歌中的人物典故。文章把杜诗分成七个阶段来论述，对每个阶段诗人所用的典故进行了具体地分析，最后得出结论认为，诗人是将历史神话人物作为自己的代言人，借用人物典故来表达内心的喜怒哀乐。辛恩俊的《杜甫和"拙"的文艺美学》（《东洋学》第 35 辑，2004 年），既把杜甫作为接受者，又把杜甫作为传播者，分析了杜诗中"拙"的美学意蕴。以上三篇文章的切入点都让人耳目一新，为我们更深入细致地研究杜诗的艺术特点提供了全新的视角。此外，Yeungnam 大学徐宝卿的硕士论文《杜甫诗里的"月"的意象》则对诗人诗中"月"意象作了考察和分析。

李永朱的《杜诗章法研究》（《中国文学》第 33 辑），侧重于讨论杜诗无所不备的章法，认为杜诗的章法有以下两个特点：第一，结构完整严密，如行云流水，毫不见斧凿之迹。第二，体制完备自由，衔接自然，条理清晰，轻重缓急得当。该文最大的特点是理论性极强，对杜诗章法的总结是准确的。

律诗在杜诗中占有极重要的地位，在诗歌艺术上的成就也更加辉煌。所以，关于杜甫的律诗从来都是学者关注的重心，这时期也有四篇文章以律诗作为论述对象。崔南圭的《杜甫五言律诗类型研究》（《中国语文学》第 38 辑，2001 年）一文，就以杜甫诗中五言近体诗 785 首（五律共 627 首；五排共 127 首；五绝 31 首）为研究对象，首先标出每首的平仄，再经过考察比较，找出诗律的定式和变化，然后在此基础上再对杜诗五律进行“律调体律诗”、“拗体律诗”等分类研究，充分肯定了杜甫律诗在文学史上的地位和贡献，颇有新见。姜旻昊的《杜甫排律成就小考》（《中国语文学》第 44 辑，2004 年）对杜甫的 128 首排律诗作了讨论，认为这些诗歌从题材而言克服了以前排律狭隘的缺点，拓展到日常生活的方方面面，从而使得题材更日常化、生活化；而且章法更严整、生动，尤其注重突出序头和结尾的转换，同时，还灵活地运用相互之间的变化多样的对仗句来展开诗思，文章对杜甫排律成就作了恰当的评价。卢又祯的《杜甫七律的成就研究》（《中国语文学志》第 18 辑），对杜甫七律的诗体、诗语和形式分别作了详尽的论述和说明，肯定了杜甫七律在文学史上的地位。此外，卢又祯的硕士论文《杜甫七言律诗研究》（梨花女子大学 2002 年）则对杜甫的七言律诗作了整体的考察。在论述时，他将杜诗的七律诗分四个阶段：即安史之乱以前、战乱期间、成都草堂时期、夔州及以后，分别论述了这四个阶段杜甫七言律诗不同的内容、形式和风格。以上四篇文章代表了这一时期韩国学者对杜甫律诗的认识。

有的学者对杜诗风格的研究还具体到单篇诗歌。如金俊渊的《杜甫〈北征〉诗里的“沉郁顿挫”风格》（《中国学》第 26 辑，2006 年）就具体剖析了《北征》一诗的创作背景、沉郁顿挫的风格以及用韵方面的特点。张俊荣的《杜甫〈戏为六绝句〉诗论掠影》专门讨论了这组诗论绝句，认为这是杜甫创作中较为少见的关于诗歌的理论，第一，表明杜甫对文学的包容性；第二，杜甫的文学宏观法；第三，杜甫的儒家文学观；第四，杜甫文学的实践精神。水原大学校教育大学院朴承吴的硕士论文《杜甫的〈三吏〉、〈三别〉的作品分析及研究》探析了《三吏》、《三别》的创作背景、内容及艺术特点。该文的亮点在于第五部分，探讨了《三吏》、

《三别》对韩国真逸斋、权韠及丁若镛的影响。

有的学者还从语言文字的角度剖析了杜诗。崔殷姗的《杜甫诗词汇“须”的阅读比较》(《日语日文学》第13辑,2000年),对朝鲜最早用朝鲜文注释汉文的翻译诗集《杜诗谚解》里对《草堂》、《江村》、《寒雨朝行观园树》、《解闷五首一5》四首诗歌中“须”字的解释作了很仔细的说明。作者的另一篇文章《杜甫诗的韩、中、日解释的比较研究》,依然是从语言学的角度去分析韩语、汉语和日语对杜诗的不同阐释,颇有新意。

三、杜甫接受史探讨

杜甫的诗品和人品不仅对中国的后世产生了巨大的影响,也影响了韩国文学,所以研究中国唐以后及韩国对杜诗的接受也成为21世纪以来韩国学者关注的问题。从接受的角度研究杜甫,目前不但在国内是热点,就是在韩国学者中也成了新的视野。如韩国著名学者柳晟俊的《〈岁寒堂诗话〉的诗论主题与杜甫诗的优越性考》(《中国研究》第三十卷,2003年)一文,从介绍张戒的生平出发,对《岁寒堂诗话》的诗论主题作了归纳,立足于张戒的“意味说”,对李白和杜甫分别作了分析,认为张戒虽然推崇李杜两人的诗品,但两者相比,张戒更重视杜甫。高真雅的《清代沈德潜的杜甫诗认识考察》则对清代诗评家沈德潜的杜甫诗研究作了较为全面的总结。以上两篇文章从不同的角度研究了中国唐以后的杜甫接受情况。

具本衔的《李安讷对韩愈、杜甫诗学习的情况和理解》,对海东李朝时期东莱府使李安讷与杜甫、韩愈的师承关系作了探讨。朴禹勋的《韩国诗话中的李白、杜甫、韩愈》,梳理了韩国诗话中与李白、杜甫、韩愈有关的原始材料,并在此基础之上,对三人的关系,以及评价分别作了说明。王克平的《韩国古代诗论家眼中的诗圣杜甫》,从韩国古代诗话等原始材料入手,描述了韩国古代诗论家眼中的杜甫,勾勒了韩国诗话家们对杜甫诗歌创作风貌的认识和评价。以上三篇文章从诗话的角度探讨了韩国古代诗话家们对杜甫的接受历史。

辛恩俊的《杜甫对尹善道和芭蕉的影响》①一文考察了杜诗对这两位异国诗人的影响。2000年,东国大学李炫知的硕士论文《柳方善汉诗考察》(以接受杜甫的方法为中心)(按:柳方善,朝鲜初期诗人),认为柳方善的诗歌从句法章法和对偶用典都受了杜甫的影响。文章还对杜诗"诗史"的意义作了评价。这些研究颇有借鉴意义。

此外,这时期还出版了不少介绍和翻译杜甫诗歌的通俗读物,如金万源等翻译的《杜甫秦州同谷时期诗译解》(首尔大学出版部,2007年),李成浩等翻译的《杜甫诗三百首》(文字香,2007年),李永朱的《完译杜甫律诗》(明文堂,2005年),金万源等翻译的《杜甫为官时期诗译解》(首尔大学出版部,2004年),李元燮翻译的《杜甫诗选》(玄岩社,2003年),张基槿的《新译杜甫》(明文堂,2003年),张基槿的《春夜雨(诗圣杜甫)》(SEOWON,2002年),金义贞编《杜甫诗选》(MUNIJAE,2002年),姜声尉等翻译的《杜甫至德年间诗译解》(韩国放送通信大学出版社,2001年)等。这些对杜诗在韩国的传播和普及无疑是很有意义的。

四、比较研究

杜甫不但影响了后来的中国诗歌,作为世界瞩目的大诗人,也对韩国文学产生了极大的影响。所以,这时期韩国学者也从比较研究的角度去考察杜甫的诗品和人品对后世所产生的影响。如崔宇锡的《沈、宋律诗与杜甫初期律诗的比较考察》(《中国语文学志》第25辑,2007年),文章把沈、宋律诗与杜甫初期

① 尹善道[1587—1671年]朝鲜李朝诗人。朝鲜国语诗歌时调的名家。他的时调能以优美的韵律描绘出朝鲜的山川美景。他的代表作《山中新曲》、《山中续新曲》和《渔父四时词》代表时调的最高成就。尹善道的汉文著作有《孤山遗稿》,其中除汉诗外,还收有辞、书、疏、序、记等文章。书已失传,现在只能在《大东诗选》里看到他少量的汉诗。松尾芭蕉[1644—1694年]本名松尾宗房,别号桃青、泊船堂、钓月庵、风罗坊等,日本江户时代俳谐诗人。他的作品被日本近代文学家推崇为俳谐的典范。

的律诗进行比较，指出就内容而言，沈、宋律诗的题材更丰富，主题更广泛；但就形式而言，杜甫初期的律诗在句法和章法上更严整、更精密。而杜甫晚年的律诗成果正是建立在初期律诗基础之上的。高真雅的《屈原和杜甫的类似性》(《中国人文科学》第27辑)分析了屈原和杜甫对现实社会改良意志的异同，认为两人都深受儒家思想的影响，都有致君尧舜的政治理想，但在具体实施时，屈原尽管始终坚持自己的信念，但怀疑国家和社会，最终以自杀的方式和现实抗争；而杜甫没有产生屈原似的怀疑，而是希望通过做官来实现自己的政治理想，并提出具体的改良方案。论者在结论中写道：虽然两人一生都是悲剧，但是他们的现实社会改良意志受到了后代的高度评价。

辛恩俊的《杜甫和尹善道诗里的"家"的内涵》比较了杜甫和尹善道的生平经历，对两人诗中的"家"的概念作了分析说明，并比较了异同。作者的另一篇文章《杜甫、尹善道、松尾芭蕉诗里的"隐"思想》(《韩国言语文学》第45辑)对三位诗人诗中的"隐"思想作了分析说明，并比较了异同。

综上所述，21世纪韩国杜诗研究的情况，有以下两个特点：第一，在研究方法上，承袭了韩国历来研究中国古代文学的惯用方法，即多从微观的角度观察和思考，在选取论述角度时，往往是以小见大，通过对一些具体问题的分析和说明，来考察杜诗全貌。第二，注意中韩文学以及学者、论著之间的比较研究。外国学者在研究中国古代文学时，都会遇到如何与本国文学接轨的问题，研究杜甫也不例外。在这方面韩国学者很早就已经开始将韩国传统文学对中国文学的继承和发展作为研究的基点，这时期的杜甫研究继承了这种很好的学术研究传统。

尽管这时期韩国学者的杜诗研究取得了不俗的成绩，但我们也应当看到这时期韩国学界的杜甫研究也还存在一些不足之处。首先，引用杜诗的韩译不够准确，误译不少，亟需提高读解水平。韩国未来的杜甫研究应在进一步全面发掘、搜集、整理本国古籍中关于杜甫材料的基础上，做更系统的研究，全面考查、阐明韩国各个历史时期对杜甫接受和传播的状况。其次，研究视角应多层次进行。既要有微观的论述，也要有宏观的考察，这样才能较为全面地认识杜甫。只有研究范围广泛化，研究方法多样化，才能发掘出国外学者们未能发掘的新成果。最后，应该重视诗话、散文、小说等方面的传统理论。

（原载《杜甫研究学刊》2009 年第 3 期）

柳宗元诗文在国外

□ 王丽娜　吴聪聪

一、在欧美

今知西方汉学界最早翻译和评价柳宗元诗文的是英国著名汉学家翟理思（H. A. Giles 1845—1935 年）。他的专著《中国文学史》一书，1897 年列为戈斯主编的《世界文学史丛书》之第十种出版（446 页），1923 年于纽约再版。此书后来由美籍著名华裔学者柳无忌教授补写 20 世纪现代文学部分，书名仍为《中国文学史》，1967 年由纽约弗雷德里克昂加尔出版公司出版，1973 年再版。此书是西方汉学家撰写的第一部中国文学史专著，它最早向西方读者系统介绍了中国文学发展的概况，在东西方汉学界产生了积极的影响。全书共分八章，唐代的专章重点评述了韩愈、柳宗元，译出柳宗元的《捕蛇者说》、《种树郭橐驼传》等散文，并作了深入的分析。翟氏评述文字准确生动，译文流畅可读，受到读者的喜爱。翟氏还有《古文选珍》一书，初版于 1884 年，1922 年由上海别发详行再版（287 页）。此书的散文部分，译有柳宗元的《驳复仇议》、《捕蛇者说》、《贺进士王参元失火书》等 6 篇。

英国学者查尔斯·巴德（C. Budd）编译的《中国古今诗选》

一书，1922年由伦敦牛津大学出版社出版，书中译有柳宗元的《中夜起望西园值月上》诗一首。

英国浸礼会教士莫安仁(Even Morgan 1860—1941年)，是继翟理思之后翻译与研究中国文学的著名汉学家，他的译著《文体与中文典型指南》(*A Guide to Wenli styles and Chines Ideals*)1912年由上海与伦敦出版，书中译有柳宗元《箕子碑》一篇，译文后并附注解及中文原文。莫安仁于1884年来华，在西安传教，1918—1930年任上海广学会编辑，编有供西方人学习汉语的书，这篇《箕子碑》的英译文及注解是作为西方人学习汉语使用的范本。

美国新诗派诗人威特·宾纳(Witter Bynner)与江亢虎合作翻译的《群玉山头:唐诗三百首》，共译出柳宗元诗《江雪》、《登柳州城楼寄漳汀封连四州刺史》、《晨诣超师范学院读禅经》、《溪居》、《渔翁》五首。此书为蘅塘退士所编《唐诗三百首》之英文全译本，1929年于纽约出版。美国著名诗人佩思(R. Payne)编著的《白驹集》一书，1947年于纽约出版，书中收有特里里安的英译文《江雪》一首及宾纳的《晨诣超师范学院读禅经》英译文一首。1938年出版的《西园之叶》(l,3,69—71页)，载有海伦·蔡平(Helen B. Chapin)的《诗歌》一文，文中译有柳宗元《江雪》一诗，为中英文对照，并附注解。

英国女汉学家叶女士(爱德华兹C. D. 1888—1957年)的译著《龙》一书，1938年由伦敦W·霍奇出版公司出版(336页)，书中译有柳宗元散文4篇，即《虫负蝂传》、《三戒序》、《黔之驴》、《临江之麋》。

美国诗人弗莱彻(Fletcher W. J. B)的译著《英译唐诗选续集》，1933年由上海商务印书馆出版，书中选译柳宗元诗《江雪》、《别舍弟宗一》、《登柳州城楼寄漳汀封连四州刺史》。

英国汉学家詹尼斯(Jennyns s.)编译的《唐诗三百首选读》，伦敦约翰默里出版社于1940年出版，书中译有柳诗《渔翁》、《溪居》。又，詹尼斯编译的《唐诗三百首选读续集》，1944年由伦敦约翰默里出版社出版，书中译有柳诗《晨诣超师范学院读禅经》、《登柳州城楼寄漳汀封连四州刺史》及《江雪》。

美国波士顿豪尔出版公司出版的"特怀恩世界作家丛书"(又译泰恩世界作家丛书),由亚利桑那大学中文系屠茨教授主编,20 世纪以来曾出版中国古代作家评传多种,1973 年出版的由美国汉学家倪豪士(William H. Nienhauser)等编写的《柳宗元》(*Liu Tsung-yuan*),即为这套丛书之一种。这部柳宗元的评传共分七章,第一章《历史和文学背景》,介绍柳氏所处时代的政治形势、社会状况和文学风尚;第二章《生平和创作》,分长安、永州、柳州三个时期介绍柳氏之生平遭遇;第三章《哲学思考和思想观点》,论述柳氏对宇宙、社会、人性、历史等方面的看法;第四章《写景散文》和第五章《寓言和传记》,评介柳氏写景文及寓言、传记两类作品的内容与艺术成就;第六章《诗歌》,评介柳氏诗作:第七章《结论》,总结前文,指出柳氏既是文学家,也是思想家,他的进步思想和文学成就对后世产生了巨大影响。

美国著名汉学家、《中国文学大纲》的作者海陶玮(James Robert Hightower)撰有《作为幽默家的韩愈》一文,载《哈佛亚洲研究》第 44 卷第一期(1984 年)。文中分析评论了柳宗元的《读韩愈所著〈毛颖传〉后题》,海陶玮认为,柳宗元为韩愈文章所作的辩护非常得当,是值得赞美的。

美籍华裔学者陈幼石在他的专著《中国古代散文的意象和观念》中,对唐代古文运动的重要代表作家柳宗元,辟有专章加以探讨,其内容包括:(1)政治流放的影响;(2)柳宗元论"道"与"文";(3)柳宗元作品中的自然;(4)韩愈与柳宗元的成就。陈幼石在这里对柳宗元的"自然"这一概念作了深入分析,他认为这是了解柳氏思想和文学实践最基本的途径。

美籍华裔学者叶维廉(Yip,Wai-Lin)在其专著《中国古典诗与英美现代诗:语言与美学的汇通》中,列举王维、孟浩然、杜甫、柳宗元、温庭筠等人的诗,进行比较分析,着重说明山水诗如何体现道家美学的要旨。

法国在 19 世纪下叶开始出现译介唐诗的学者和诗人。1862 年,法国著名汉学家德理文(埃尔韦·德·圣一德尼 Hervey De Sant Demys,1823—1892 年)的译著《唐诗》问世,书中译有李白、杜甫、王昌龄、柳宗元等 30 位唐代诗人的 97 首诗,是为欧洲汉学界介绍中国唐诗的先驱译著之一。

20世纪以来,法国对中国唐诗的介绍和研究逐步深入、扩展。法国大诗人保尔·克洛岱(PaulClaudel 1868—1965年),在中国居住了12年之久,他先后翻译了中国古典诗词四十来首,其中包括柳宗元的诗歌。他翻译的柳氏诗《江雪》,载《巴黎评论》(*Revue de Paris*)44期(1939年8月:722页)。此《江雪》法译文还载于《法国研究》(*Etudes Francaises*)第11期(1941年5月:404页),为中法文对照。法国汉学家马古礼(Margoulies)的译著《中国古文》(*Le kou-wen chinois*),1926年由巴黎居特内尔书局出版(464页),书中译有柳宗元的《驳〈复仇议〉》、《桐叶封弟辨》、《捕蛇者说》、《愚溪诗序》及《小石城山记》5篇散文。马古礼及特拉斯克合作编译的《伟大的中国散文 vi》译有柳文《愚溪诗序》一篇,载《亚洲》34期(1934年12月:569—571页)。

法国著名汉学家马蒂纳·瓦莱特一埃默里所编译的《中国风景散文》一书,1987年由勒尼克塔洛普出版社出版(161页)。本书收有中国唐代至清代26位著名作家的风景散文49篇,包括柳文《始得西山宴游记》、《石涧记》、《小石城山记》3篇。本书编译者在其所撰《前言》中,对中国风景散文之艺术特点作了详细的论述。

马古礼的译著《中国文学评论集》一书,1948年于巴黎帕约出版(456页),书中译有柳文《童区寄传》、《黔之驴》、《愚溪诗序》、《永某氏之鼠》、《临江之麋》、《蝜蝂传》、《罴说》、《小石城山记》、《天说》等12篇。马古礼对柳宗元的文章内容进行了深刻详实的分析,对文章的艺术性也给予了高度的评价。

德国汉学家翻译研究柳宗元的诗文,始于20世纪初期。德国著名汉学家格罗贝(Wilhelm Ctrube)所著《中国文学史》,1902年由莱比锡阿梅朗格出版社出版(467页),书中对柳宗元散文《种树郭橐驼传》全文翻译并作了评介。格罗贝这一《中国文学史》专著与英国汉学家翟理思的《中国文学史》专著在东西方汉学界皆有较高的声誉和影响。

德国著名汉学家阿尔弗雷德·福克(AlfredForke)译有柳宗元诗《首春逢耕者》及《中夜起望西园值月上》两首,收入"汉堡大学中国语言及文化研究室出版物"《唐宋诗集Ⅲ》一书中，此书1929年由汉堡弗里德里西森德格吕伊特尔公司出版。

德国同善会传教士，著名汉学家卫礼贤（R. Wilhelm 1973—1930年）译著的《中国文学》一书，译有柳宗元的诗《渔翁》及《江雪》两首，1926年由维尔德帕克坡茨坦科学出版社出版。这两首诗的德译文又收入卫礼贤编译的《中德季日即景》一书，该书1922年于耶纳出版（132页）。

生于奥地利的德国著名汉学家、翻译家冯·察赫（E. vonzach 1872—1942年）是《昭明文选》及《杜甫诗歌》的全译者，他于20世纪20年代至30年代的十余年间，在《大亚细亚》（*A major*）及《德国勇士》（*Deutsche Wacht*）两刊物连续发表了不少唐代诗人的诗、词、散文稿之德译文。在1931年5月26日和6月9日出版的两期《德国勇士》上，载有察赫翻译的柳宗元的散文。1942年冯·察赫不幸死于海难，其译事遂告终止。

二、在俄国

俄国对中国古典诗文的翻译研究始于19世纪末叶。俄国著名汉学家、前苏联科学院院士阿列克谢耶夫（汉名阿翰林，1881—1951年）编译的《中国古典散文》，1958年由前苏联科学院出版社出版（387页），全书精选了中国古代作家22人的散文名作63篇，其中包括柳宗元的《种树郭橐驼传》、《桐叶封弟辨》、《捕蛇者说》、《梓人传》、《永州韦使君新堂记》、《小石城山记》、《贺进士王参元失火书》等14篇文章。阿氏译笔十分高超，能传达原作的风貌，故此书是迄今最具权威性的一种俄文选译本，受到俄国汉学界的高度评价和一般读者的喜爱。

苏联女汉学家索科洛娃编译的《韩愈柳宗元文选》，1979年由莫斯科文艺出版社出版（230页），书中译有柳宗元的《罴说》、《三戒》、《宋清传》等9篇散文，是一种较普及的优秀选译本。

唐诗的俄文选译本，长期以来在俄国比较流行的有两种，一种是前苏联国家文学出版社于1956年出版的《中国古典诗歌集（唐代）》，由著名汉学家费德林主编并撰写长篇序文，由汉学家亚历山德罗夫等翻译。全书共选译58位唐代诗人的181首诗，包括柳宗元的《江雪》等诗作7首。另一种是由中国著名作家郭沫若与费德林合作主编的《中国诗歌集》四卷本之第二卷（唐代），1957年由前苏联国家文学出版社出版，书中选译了61位唐代诗人的202首诗，亦包括柳宗元的《江雪》等7首诗作。

前苏联著名汉学家艾德林（1909—1985年）编译的《中国古典诗歌集》，1975年由莫斯科文艺出版社出版，书中译有柳宗元的诗歌《江雪》等多首。

上述情况表明，俄国汉学界对柳宗元的诗文作品十分珍视。据了解，俄国许多著名汉学家如阿克谢耶夫、康拉德、马努欣、热洛霍夫采夫、费多鲁克等，都曾发表论及柳宗元诗文之思想内容和艺术成就的文章。

三、在日本

柳宗元的诗文在江户时代（1603—1867年）已流传于日本。江户时代的后期，唐诗与唐宋八大家文在日本影响日益深入，日本作家的汉诗文写作也形成了不小的高潮。当时的著名诗歌理论家淡窗广濑（1782—1856年）在其所著《淡窗诗话》中说，唐诗具有讽谏、教化的职能，吟咏唐诗可以陶冶性情、排遣忧思、散郁消闷。又说："予于古贤之作，无所不爱，而其所最喜者七，曰陶也，王也，杜也，韦、柳也，苏、陆也。"他特别推崇的是王、孟、韦、柳淡雅自然的诗风，主张学诗者要以"温蕴含蓄为主"，"于中晚唐之中，择其隐秀之诗，朝夕讽咏之"，因而提出了写作汉诗的"一祖（陶）四宗（王、孟、韦、柳）"之说。与淡窗广濑同时的另一著名学者古贺侗庵（1788—1847年）在其所著《侗庵文集》中则写道："文章之盛，莫过于唐之中、晚。韩、柳尚矣。"由此可见，柳宗元诗文在江户时代的日本已产生了较大影响，这种影响一直延续至今。

从许多日本学者的译著可以了解，20世纪以来日本学者对柳宗元的研究非常广泛而深入，包括柳宗元的生平家世、诗歌语言的思想和艺术、文集的版本考证等诸多方面。这里仅简介现代日本著名学者清水茂的《柳宗元的生活体验及其山水记》一文,以见一斑。清水茂此文着重论析柳宗元被流放到永州以后的文学创作,认为这些作品与柳宗元当时的思想状况密不可分。表面上看,永州诸作好像是以第三者的身份写的,实际往往是作者的自我叙述,自我表现,不过常以曲折隐蔽的形态表现罢了。如果我们把描写山水的作品当作柳宗元生活和思想表现来看的话,那么我们就能发现这些作品不仅是对自然的赞美,而且也是充满着他对自己不当境遇的无限愤慨。政治生活的经验,特别是贞元二十一年的王叔文事件,对柳宗元文学创作的影响是巨大的。在具体分析了有关描写山水的9篇文章之后,清水茂指出,柳宗元笔下的愚溪既美又清,然而不被人们承认,说明在与都城远隔万里的永州却有被人见弃的山水之美,其含义是很清楚的。柳宗元正是把"山水的遭遇当做自己的遭遇",从而才创作出《愚溪对》这类暗含自我怨闷的文章来。清水茂此文的结论是:如果我们以为柳宗元的山水游记都不过是山川美景的客观的描述,都不过是心平气和地放情于山水之乐,那是不正确的。柳宗元在永州所写的山水游记,的确寄托着他流放生活的感慨,也暗示着他的政治主张的正义性。

四、在韩国

据韩国顺天乡大学洪承直教授撰文介绍,从韩国古代迄今,柳宗元是人文方面对韩国有不小影响的人物之一。如同在中国比较广泛流行的古文选集《古文观止》一样,在韩国比较广泛流行的古文选集是《古文真宝》。《古文真宝》选有韩愈文30篇,柳宗元文10篇,这些文章都是韩国古代汉文大师们学习汉文、掌握写作能力的良好教材。

由于历史原因,韩国学者对柳宗元的研究在20世纪60年代以前几乎没有成果。60年代才开始发表一些论文,70到90年代数量大为增加,现已增至50多篇,包括期刊论文30多篇,硕士论文15篇,博士论文5篇,呈现出研究逐步深入开展的状况。

1968 年，洪寅杓发表硕士论文《柳宗元研究》，1981 年他又发表博士论文《柳河东诗研究》，后者虽然是以柳宗元的诗为题材，而对韩国柳宗元研究整体方面的贡献可谓甚大。特别是他在该篇论文的前段进行的对《柳河东集》版本情况的梳理和介绍，非常简明扼要，给以后在韩国有志于柳宗元研究的学者们打下了坚固的基础，打开了宽敞的新路。

20 世纪 90 年代以来，韩国学者对柳宗元研究的领域蔚然扩大，其中有两个令人瞩目的新成果：一方面是有了对柳宗元诗文的综合性研究，例如林春英 2003 年发表于韩国外国语大学的博士论文《柳宗元散文艺术特色研究》、孙多玉 2006 年发表于全北大学的博士论文《柳宗元散文托物喻志研究》，这两篇博士论文都深入探讨了柳宗元散文的艺术特色。另一方面是除了对柳宗元诗文本身的综合性研究之外，还有了关于柳宗元诗文与韩国古代作家作品的比较研究，以及柳宗元诗文对韩国古代文学影响的研究，例如朴御浣 1999 年发表于《韩国语文教育》的《柳宗元与丁若镛比较考察》、梁铉承 2005 年发表于《语文学论丛》的《柳宗元对韩国"说"文学的影响》。朴御浣以山水游记为主来比较研究柳宗元（773—819 年）与丁若镛（1762—1836 年）的文学创作，认为相距一千多年的两位作家的生平经历非常相似，他们的山水游记之题材、结构、表达形式也大致相同，这可以旁证柳宗元打好了山水游记的原型，中国境外亚洲各地也很长时间保存下来了这个原型。梁铉承以韩国古代作家权斗寅（1643—1719 年）的作品《石茸说》、金春泽（1670—1717 年）的作品《潜女说》、金镇圭（1658—1716 年）的作品《没人说》、姜再桓（1689—1756 年）的作品《工师说》等为例，分析研究柳宗元的《捕蛇者说》、《梓人传》、《三戒》等文对韩国"说"文学的影响，这些研究都说明柳文所具有的巨大艺术魅力，也都是中国境外在柳宗元研究上很有意义的学术成果。

洪承直教授还介绍，韩国有一所国家学术研究支援机构"韩国学术振兴财团"（简称"学振"），推行"东西方古典名著翻译出版工程"，每年选定一些东西方古典名著，公开招募合适的翻译工作人员，补助翻译和出版所需费用。2003 年，吴洙亨（首尔大学教授)、洪承直(顺天乡大学教授)、李奭炯(中央大学教授)三位学者被选定为《柳宗元集》的翻译工作人员。2004 年起,三位学者根据中国中华书局出版的 4 册本《柳宗元集》进行翻译工作,至 2007 年完成翻译稿 160 万字,2008 年这部优秀的韩文全译本《柳宗元集》即出版面世。可以期待,今后韩国读者对柳宗元作品的理解水平会越来越高,学者们的研究成果会越来越丰硕。

(原载《河北师范大学学报》2009 年第 2 期)

2009 年唐代文学研究专著索引

□黄高潮

高适诗文注评　佘正松注评　中华书局　2009.1
唐宋词传播方式研究　钱锡生著　复旦大学出版社　2009.1
杜甫诗集导读
刘开扬、刘新生著　中国国际广播出版社　2009.1
杜诗杂说全编　曹慕樊著　三联书店　2009.1
牛李党争与晚唐文学
方坚铭著　中国社会科学出版社　2009.2
唐诗的解读:从文化传统和汉语特点看唐诗
叶　萌编　国家图书馆出版社　2009.2
杜甫大辞典　张忠纲主编　山东教育出版社　2009.3
杜工部诗集辑注　韩成武等点校　河北大学出版社　2009.3
权德舆简论　王江霞编著　巴蜀书社　2009.4
李颀及其诗歌研究　罗　琴　胡嗣坤著　巴蜀书社　2009.4
韩愈诗歌宋元接受研究　谷曙光著　安徽大学出版社　2009.4
唐宋词与唐宋文化　刘尊明　甘　松著　凤凰出版社　2009.4
群体的选择——唐宋人词选与词人群通论
肖　鹏著　凤凰出版社　2009.4
中国南北文化的反差　韩愈与欧阳修的文化透视
张仁福著　中国社会科学出版社　2009.6
一个人的史诗——漂泊与圣化的歌者杜甫大传
范震威著　河北大学出版社　2009.7
李杜之变与唐代文化转型
葛景春著　河南教育出版社　2009.8

杜甫诗选(插图本)　张忠纲选注　中华书局　2009.8

王梵志诗校注(增订本)

项　楚校注　上海古籍出版社　2009.9

郑谷诗集笺注　严寿澄等笺注　上海古籍出版社　2009.10

碧潭秋月映寒山:寒山诗解读

钱学烈著　中央编译出版社　2009.10

2009 年唐代文学研究论文索引

□黄高潮

总　论

宫廷中的诗人与盛唐诗坛——盛唐诗人身份经历与创作关系研究之一　丁　放　袁行霈　文学遗产　2009.1

唐代科场"通榜"之风与古文运动　李建华　北方论丛　2009.1

从唐代祭礼看唐代文人的心态变迁与文学选择　于俊利　暨南学报　2009.1

唐代经学与文章之学　何诗海　浙江学刊　2009.1

以武周时期为例简论政治与文学之关系　周　莉　枣庄学院学报　2009.1

试论唐代碑志对汉魏六朝碑志的发展与超越　史素昭　湘南学院学报　2009.1

关于晚唐文人笔下宋玉的艺术形象　刘　刚　鞍山师范学院学报　2009.1

论《文心雕龙》对初唐文学的影响　李　伟　大连大学学报　2009.1

唐代隐喻艺术思维研究评析　王炳社　商洛学院学报　2009.1

"致君尧舜上，再使风俗淳"——试论盛唐后期到中唐前期的文儒思想及其文学影响　邓　芳　北京大学学报　2009.2

唐代文人寄居寺院习尚补说　王栋梁　北京大学学报　2009.2

大历十才子名号考　黎国韬　中山大学学报　2009.2

晚唐五代诗僧群体的文学理论　查明昊　卢佑诚　吉林师范大学学报　2009.2

唐代文馆发展的四个阶段　李德辉　古典文学知识　2009.3
略论唐举子应试时的活动处境及其情感与创作
吴在庆等　人文杂志　2009.3
唐代文学家族的地域性及其家族文化探究
童岳敏　人文杂志　2009.3
从《玉台后集》到《瑶池新咏》——论唐总集编纂对女性诗什的接受　傅璇琮　卢燕新　文学评论　2009.3
初唐史官对"文儒"的认识　李　伟　山东大学学报　2009.3
中唐时期文儒的转型与宋学的开启
刘　顺　学术月刊　2009.3
《唐诗别裁集》立足儒家文学观的持守和突破
贺　严　孔　敏　山东大学学报　2009.3
中国贬谪文学创作中的生命关怀——以唐代贬谪者的文学创作为例　刘铁峰　唐都学刊　2009.3
2008年唐代文学研究综述　黎文丽　社会科学评论　2009.3
天人感应观念对唐代文学影响初探
胡　珺　辽宁行政学院学报　2009.3
唐代经学阐释学与两种文学观念的悖立——兼论《五经正义》的阐释学方法与原则
杨乃乔　李丽琴　学术月刊　2009.4
从《史记》到唐初八史史传文学的嬗变
史素昭　广西社会科学　2009.4
唐代古文运动与《春秋》学派　童岳敏　兰州学刊　2009.4
唐代人物审美观的嬗变及其文学观照
李建华　兰州学刊　2009.4
中晚唐文人及南宋江湖派卖文现象比较
陆嘉淇　湖北第二师范学院学报　2009.4
论房琯对中唐初期士风与文风的影响
胡永杰　中州学刊　2009.4
从贞元士人财富观的变化看唐宋变革
方丽萍　暨南学报　2009.4
来自建筑景观中的城市影像——论洛阳建筑景观"上

阳宫”与唐代诗人创作的关系

陈燕妮　罗时进　湖北大学学报　2009.4

北派书风与盛唐气象　王连富　绍兴文理学院学报　2009.4

论初盛唐干谒文　谢　克　天水师范学院学报　2009.4

唐德宗与元和诗人　袁凤琴　巢湖学院学报　2009.4

唐代自传论略　史素昭　湖南师范大学社会科学学报　2009.4

唐代岭南道进士考述　刘志勇　河池学院学报　2009.4

2008 年晚唐五代文学研究述略

吴在庆　亢巧霞　厦门广播电视大学学报　2009.4

唐代文学中洞庭湖神话传说的文化解读

姚日晓　新余高等专科学校学报　2009.4

唐代诗人《风》《骚》情结探微

李金坤　南京师范大学文学院学报　2009.4

论制举与唐代隐逸风尚的关系　查正贤　文学遗产　2009.5

唐代文学思潮中宋玉批评的两极走势

刘　刚　社会科学辑刊　2009.5

走向隐逸:唐初朝野文学思想的共同趋向

梁尔涛　苏州大学学报　2009.5

论唐代贬谪文学创作的情感内容

刘铁峰　石河子大学学报　2009.5

唐代访书活动及其文学史意义

吴夏平　王玉洁　贵州师范大学学报　2009.5

“盛唐气象”概念的生成及再审视

李天保　中北大学学报　2009.5

论中晚唐文馆与文学　李德辉　湖南科技大学学报　2009.5

道教与初盛唐文人的隐逸之风

李春辉　王继增　内蒙古电大学刊　2009.5

风花雪月异样情——西蜀花间词人的黍离之悲

韦蝶青　重庆科技学院学报　2009.6

“初唐四杰”文学研究综述　何　平　牡丹江大学学报　2009.6

试论大历贞元文士的文章价值观　范明静　名作欣赏　2009.6

王夫之《唐诗评选》的选诗标准及评点方法

任　慧　文献　2009.2

世纪初全集整理的回顾与展望——纪念《全唐诗》编定成书 300 年　孙　达　山西大学学报　2009.1

扬州诗局刊刻《全唐诗》研究　章宏伟　辽宁大学学报　2009.2

晚唐五代诗格的著作群体

李江峰　广西师范学院学报　2009.2

唐代俗字避讳试论　窦怀永　浙江大学学报　2009.3

《唐二家诗钞》版本考述　陈　晨　古籍整理研究学刊　2009.3

周弼《唐诗三体家法序》辑考　查屏球　古典文学知识　2009.4

谢枋得《注解唐诗绝句》版本源流考

张　倩　安徽大学学报　2009.4

唐诗选本的日本化阐释及其对中晚期日本汉诗创作的影响　吴雨平　江苏社会科学　2009.5

简论《唐代进士行卷与文学》文史兼治的学术方法

方　涛　黑龙江史志　2009.5

《唐诗纪事校笺》掇误　傅璇琮　文学遗产　2009.6

略论王国维《唐五代二十一家词辑》

刘兴晖　辽宁师范大学学报　2009.6

有关《唐才子传》的几个特点的思考

马国云　语文学刊　2009.11

从《全唐诗》看“个”在唐代的新变

谢玉球　语文学刊　2009.11

唐代文学的魅力——陈尚君教授在上海大学伟长讲坛的讲演　陈尚君　文汇报　2009.8.15

诗　词

佛教兴盛对隋代诗歌的影响　于英丽　滨州学院学报　2009.2

试论中晚唐史论体咏史诗产生的历史文化原因

韦春喜　张　影　四川大学学报　2009.1

当代唐诗研究应加强民族与诗歌关系研究
余恕诚　鲍鹏山　民族文学研究　2009.1
唐诗英译发轫期主要文本辨析
江　岚　罗时进　南京师范大学学报　2009.1
乐舞诗的流变——管窥唐代乐舞诗
乌仁图雅　语文学刊　2009.1
汉唐时期《巫山高》仿辞探论　王立增　中国韵文学刊　2009.1
王闿运唐诗选本考述　程彦霞　郑州大学学报　2009.1
改革开放30年唐诗研究的态势及走向
王志清　辽宁师范大学学报　2009.1
试论唐诗宋词中的高频字
龚　岚　江西财经大学学报　2009.1
徐献忠和胡缵宗的盛唐"诗变"论
方锡球　合肥师范学院学报　2009.1
唐咏史诗的艺术成就
林家梁　福建师大福清分校学报　2009.1
中晚唐道教对艳诗创作的影响
刘艳萍　三峡大学学报　2009.1
中晚唐冶游狎妓之风与艳诗创作
刘艳萍　聊城大学学报　2009.1
坚忍,期盼,反抗——由中唐悯农诗歌看当时农民的心理状态　余　颖　合肥学院学报　2009.1
论唐人诗格对律诗形式规范的完形作用
张　东　河南广播电视大学学报　2009.1
试论唐代道教山水悟道诗的清虚意趣
田晓膺　语文知识　2009.1
唐代山水田园诗的成因及美学意义
杨　柳　湖南工业职业技术学院学报　2009.1
试论初唐应制诗对后世诗歌的影响
岳德虎　重庆科技学院学报　2009.1
传统学术视野中的"唐人选唐诗"
孙桂平　安庆师范学院学报　2009.1

唐五代宫廷诗僧群体诗风的流变

查明昊　安庆师范学院学报　2009.1

唐代三令节与文人宴集诗　刘　媛　枣庄学院学报　2009.1

论唐诗中的漳州　蔡晓婷　闽台文化交流　2009.1

唐诗之“夜值诗”　刘佳龙　新疆教育学院学报　2009.1

从初唐女性诗看《楚辞》之余韵　王明好　名作欣赏　2009.1

唐宋牡丹诗词的主题嬗变及其历史文化内涵

路成文　阅江学刊　2009.1

七十年晚唐五代诗格研究的回顾与展望

李江峰　渭南师范学院学报　2009.1

晚唐荷花诗与佛教　罗霓霞　湘潭师范学院学报　2009.1

论盛唐诗歌的“吟咏性情”

李　杰　兰州工业高等专科学校学报　2009.1

佛教禅宗与中唐艳诗复兴　孙鸿亮　河南社会科学　2009.1

“山”月与“情”月——简论南朝与初盛唐月诗中月景与诗情之关系　王　繁　宁波教育学院学报　2009.1

从汉代诗歌的“天成”到盛唐诗歌的“兴趣”——略论许学夷《诗源辩体》辩体范畴的历史性

李树军　辽宁师范大学学报　2009.2

隔门摧进打球名——唐代的打马球诗

伍钧钧　古典文学知识　2009.2

唐绝句作法直证(一)　施议对　古典文学知识　2009.2

唐代乐工歌妓与诗歌传唱　王立增　北方论丛　2009.2

半山诗与晚唐诗　张　巍　华南师范大学学报　2009.2

安史之乱中诗歌创作的多元形态——盛唐诗人职位变化对诗歌美学风貌的影响

吕　蔚　华南师范大学学报　2009.2

论盛唐诗的“有我”与“无我”

胡　遂　湖南师范大学社会科学学报　2009.2

从李怀民看“中晚唐诗以张籍贾岛两派为主”说的始末

王腊梅　图书馆杂志　2009.2

略论唐代的诗法研究与传授　王德明　中国韵文学刊　2009.2

历史追忆与现世沉迷:唐诗中的金陵与广陵——以江南城市文化圈为研究视阈　葛永海　浙江社会科学　2009.2

唐诗中的色彩描绘　鱼双燕　青海师范高等专科学校学报　2009.2

初唐诗歌的渐进式革新　吴邦江　学术界　2009.2

明末的唐诗整理与唐诗学倾向　孙春青　中国文学研究　2009.2

潮平两岸阔,风正一帆悬——改革开放30年唐诗研究综述　王志清　深圳大学学报　2009.2

晚唐五代诗坛与晚唐五代诗格的理论建构——理论与创作互动的实证考察　李江峰　延安大学学报　2009.2

早期英国汉学家对唐诗英译的贡献　江　岚　罗时进　上海大学学报　2009.2

中晚唐艳诗研究述评　刘艳萍　湖北师范学院学报　2009.2

盛唐边塞诗蕴含的军事美及其现代启示　付　静　南京政治学院学报　2009.2

20世纪80年代至21世纪初唐代闺怨诗研究综述　刘红旗　绥化学院学报　2009.2

唐宋茶诗词中的三种品茶意境　朱海燕等　湖南农业大学学报　2009.2

唐代送别诗的意象组合　许智银　河南科技大学学报　2009.2

唐代叙事诗繁荣探微　郑　亮　安徽农业大学学报　2009.2

唐代女性出游诗歌论析　蔡靖芳　重庆工商大学学报　2009.2

唐代咏庐山诗的自然情怀　叶　静　彭　勃　鄱阳湖学刊　2009.2

魏晋盛唐咏怀诗研究　张　宝　长江学术　2009.2

试论盛唐边塞诗繁荣的原因及特点　丁文波　黑龙江生态工程职业学院学报　2009.2

浅谈初唐诗体演进对盛唐诗体繁荣的准备　张海锋　现代语文　2009.3

试论中唐叙事诗的艺术特色　范爱菊　邢台学院学报　2009.3

中国历史文化经典系列之——唐诗之美·刚健·盛唐
谷曙光　中华儿女　2009.3
论贞元"尚荡"之风对唐代诗史的转关作用
颜文武　魏中林　内蒙古大学学报　2009.3
论中唐音乐的民间化趋势及其对乐府诗的影响
袁绣柏　沈阳师范大学学报　2009.3
墓志新辑唐代挽歌考论　胡可先　浙江大学学报　2009.3
唐绝句作法直证(二)　施议对　古典文学知识　2009.3
唐代"乐府体"诗的体性界定
王立增　河北师范大学学报　2009.3
唐代诗酒文化特征及形成原因初探
王玉成　邢慧斌　河北师范大学学报　2009.3
唐代送别诗的飞禽意象　许智银　西北民族大学学报　2009.3
管窥唐诗中的消费文化
马若飞　李建威　重庆工学院学报　2009.3
中晚唐怀古诗"虚实相生"的意境美
石立千　重庆工学院学报　2009.3
唐诗中的蚕织女与歌舞妓　高　方　名作欣赏　2009.3
论"清欢"——以唐宋诗词为例　李有强　名作欣赏　2009.3
论儒、释、道美学思想对唐代诗歌创作的影响
宋文翠　鲁东大学学报　2009.3
由"禅悦"到"逃禅"——唐代后期诗风的人工气息
柳东林　王树海　古籍整理研究学刊　2009.3
"胡气"与盛唐诗　高建新　苏州大学学报　2009.3
从唐诗看唐朝赴蕃使臣　胡成霞　青海民族学院学报　2009.3
北方文化对唐代边塞诗的影响　应晓琴　船山学刊　2009.3
唐诗杨柳情感内涵略论　江建高　船山学刊　2009.3
盛唐送别诗略论　赵　莉　西安石油大学学报　2009.3
唐代西域边塞诗中的边愁与作者文化心理探微
唐　红　塔里木大学学报　2009.3
中唐后期咏物诗的咏物意识及其态势特征
彭小庐　宜春学院学报　2009.3

略论花间词之审美趣味　苏　中　青海师范大学学报　2009.1
清人对唐宋词风格流派的划分及其意义
孙克强　文艺理论研究　2009.1
唐宋渔父词的文人化发展　邓乔彬　文史哲　2009.1
唐宋词体功能的文化迁延　杨金梅　中州大学学报　2009.1
进士风与晚唐词　邓乔彬　文学遗产　2009.2
唐宋青词的文体形态和文学性
张海鸥　张振谦　文学遗产　2009.2
旧欢前事杳难寻——唐宋词的“人面桃花”意蕴
蒋晓城　中国文学研究　2009.2
唐五代词中的胡风与丝绸之路民族诗歌的交流
黎　羌　民族文学研究　2009.2
唐宋词与当代流行歌曲怀旧主题之比较
宋秋敏　中国韵文学刊　2009.2
论花间词的色彩与情感
左其福　谈宝丽　中国韵文学刊　2009.2
论唐五代宫词对文人词的影响
李　鹏　王　娟　山东社会科学　2009.2
从唐代音乐交流阶段性看词体的形成与发展
王　伟　内蒙古社会科学　2009.2
清代唐宋词选本的功能与价值述论
赵晓辉　甘肃社会科学　2009.2
从花间词看晚唐五代女性闺中生活
欧明俊　庄伟华　文史知识　2009.3
“词曲递变”初探——兼析“唐曲暗线说”和“唐宋词乐主体说”　王　昊　吉林大学社会科学学报　2009.3
论唐宋词的石刻传播及其价值
钱锡生　深圳大学学报　2009.3
略论唐宋婉约词的“美文”特质
周健自　毕节学院学报　2009.3
万死投荒中的苦词苦调——谈中唐文人贬谪与贬谪词创作　张　英　重庆文理学院学报　2009.3

唐宋词体的"应体"论——论木斋的词学研究
孟祥娟　天中学刊　2009.3
女性主义观照下花间词的美学特质　张春华　求索　2009.4
轻盈流动,浓淡相宜——试论唐代的竹枝词
郭庆杰　许昌学院学报　2009.4
唐宋语境中的"以诗为词"　彭玉平　复旦学报　2009.5
唐宋词史研究的新视角——木斋"应体"论的学术启示
侯海荣　江西师范大学学报　2009.5
唐宋词史研究的方法论省思
国家玮　江西师范大学学报　2009.5
性别诗学——唐宋词研究的文化角度
孙艳红　通化师范学院学报　2009.5
花间词人群落说　赵兴葆　王　艳　青年工作论坛　2009.5
论中唐中前期文人词的渐次兴起
木　斋　东南大学学报　2009.5
唐宋词梦意象的审美价值
陈　维　六盘水师范高等专科学校学报　2009.5
宫体·宫词·词体　余恕诚　北京大学学报　2009.6
唐宋词与音乐演进关系研究综述　张文丰　语文学刊　2009.7
《花间集》体貌词浅析
邸宏香　马　丽　长春师范学院学报　2009.2
刚柔相济的"花间别调"——论《花间集》中的边塞词
周　兰　辽宁工程技术大学学报　2009.4
论《花间集》中"背"的文化蕴含
余　群　襄樊职业技术学院学报　2009.5
《花间集》体貌短语浅析
邸宏香　马　丽　长春师范学院学报　2009.7
《花间集》中的仙道词　顾玉兰　新西部　2009.9
从朱彝尊对《花间集》《草堂诗馀》的接受中看其词学观
李碧华　学术论坛　2009.9
飘金堕翠堪惆怅——小议《花间集》中的花钿意象
赖筱倩　语文学刊　2009.11

唐代判词的文学化倾向分析　张纯辉　长城　2009.12

简论《花间集》中的毛文锡词作格律

薛勇强　世纪桥　2009.13

传奇小说

《大业拾遗记》等五篇传奇写作时代的再讨论

李剑国　文学遗产　2009.1

唐志怪小说"狐精"故事中的变形母题研究

金官布　青海师范大学学报　2009.1

唐代笔记小说中的民族体育

郭文庭　西安体育学院学报　2009.1

唐传奇对中国古代小说文体确立的贡献

于　歌　邵平和　现代语文　2009.1

唐传奇中"次要人物"的叙事意义

张黎明　齐齐哈尔大学学报　2009.1

唐传奇中的诗笔及其表现形式

单梅森　曲靖师范学院学报　2009.1

唐传奇遇仙故事类型研究

白岚玲　湖南文理学院学报　2009.1

从唐传奇到元代才子佳人剧的嬗变——从《倩女离魂》对《离魂记》的改编说开去　李　雯　济宁学院学报　2009.1

论唐传奇叙事的基本特征

吴怀东　宁夏师范学院学报　2009.1

从中唐三大爱情传奇解析唐代士子的情感心境

郭步山　和田师范高等专科学校学报　2009.1

唐传奇中的豪侠形象与文人的侠客情结

刘丽梅　邯郸学院学报　2009.1

明清文言小说总集对唐传奇的贡献

秦　川　明清小说研究　2009.1

文史互证与唐传奇研究　卞孝萱　北京大学学报　2009.2

唐代博物小说的生态视野研究　罗　欣　社会科学家　2009.2

试论唐代域外题材小说的繁荣及成因

王　昊　中州学刊　2009.2

唐代豪侠小说中的武功描写及其社会背景

林宪亮　西南大学学报　2009.2

唐初八史与唐传奇的兴起

史素昭　张玉春　湘潭大学学报　2009.2

"忽正典而取小说"与唐初八史的文学性

史素昭　云梦学刊　2009.2

唐人小说中文士的隐读模式及其文化心理透析

童岳敏　贵州文史丛刊　2009.2

论《南部新书》对于整理唐代小说文献的价值

罗　宁　西南交通大学学报　2009.2

唐代科举士子的文学"沙龙"与文言小说的繁荣

俞　钢　中华文史论丛　2009.2

多视角描写——论唐传奇女性人物形象塑造

梁　敏　时代文学　2009.2

"三言二拍"对唐传奇梦意象的借鉴与发展

王福叶　淄博师范高等专科学校学报　2009.2

唐传奇中妓女与文人关系的历史分析

周志艳　襄樊职业技术学院学报　2009.2

唐宋元传奇观概述　赵　薇　李占稳　衡水学院学报　2009.2

唐传奇中神(妖)女形象分析　方　婷　青年科学　2009.2

六朝及唐五代文言小说辑佚的回顾与前瞻

赵章超　况立秋　西南大学学报　2009.3

"遇而未合"的仙凡姻缘——唐人小说《封陟传》赏读

崔际银　古典文学知识　2009.3

杜子春故事所体现的小说趣味漂移——从唐代传奇到
明代通俗小说　孙丽华　齐鲁学刊　2009.3

论唐人小说中的侠女形象及其影响

王　昕　文学评论　2009.3

"春秋笔法"与唐代小说叙事谋略探微

李春艳　陈才训　海南大学学报　2009.3

野史、杂史和别史的界定及其价值——兼及唐五代笔记或小说的特点　张子开　绵阳师范学院学报　2009.3
浅谈唐传奇衰落时期的结构特色　陈丽荣　沧桑　2009.3
论唐传奇的文化精神——兼论中国古代小说文体独立的文化内涵　吴怀东　余恕诚　江海学刊　2009.3
"商才士魂"——以德统美视野下的唐人小说商贾形象　高志忠　阴山学刊　2009.3
论汉唐"再生"小说的类型与特征　侯发迅　河南师范大学学报　2009.3
试论唐代寄托传记的小说化倾向及其成因　史素昭　河南师范大学学报　2009.3
唐代爱情传奇中的女性形象范式研究　刘丽梅　江苏教育学院学报　2009.3
试探《隋唐两朝志传》的渊源　程毅中　文献　2009.3
论唐代的虎小说　万晴川　陈苗枫　广东技术师范学院学报　2009.3
试论唐传奇叙事的时间类型　祖国颂　漳州师范学院学报　2009.3
唐传奇神怪题材解读　曹晋秀　忻州师范学院学报　2009.3
浅谈唐传奇中的道教审美因子　李　裴　中国道教　2009.3
唐传奇——中国小说文体的独立　蒙瑞萍　语文学刊　2009.4
《唐摭言》的研究与利用　陶绍清　古典文学知识　2009.4
唐传奇中仙妓合流现象的原因及影响　张　英　重庆科技学院学报　2009.4
"作意好奇"之风及其对唐代传奇创作的影响　何　李　兰州学刊　2009.4
唐代传奇小说兴盛原因探微　贺付开　船山学刊　2009.4
作为国史材料的唐人偏记小说——以行状为中心　李南晖　中山大学学报　2009.4
论唐代小说中的落第士人形象　杭　勇　黑龙江社会科学　2009.4

观　　宋瑞斌　齐齐哈尔师范高等专科学校学报　2009.6

试论唐传奇市井小说中的中华民族传统美德　　赵丹琦　时代文学　2009.7

唐传奇中的“木鬼”——“鬼话连篇”之八　　程章灿　文史知识　2009.8

论《伍子胥变文》中的儒佛交融　黎　聪　语文学刊　2009.8

《南柯梦记》艺术特色研究　肖鲁云　文学教育　2009.9

唐代梦小说的虚构特征与主体意识　李　鑫　求索　2009.9

试析娼妓对唐代传奇的影响　徐正飞　安徽文学　2009.9

论唐传奇人猿之恋中猿猴形象的性别　　冯柳云　安徽文学　2009.9

唐传奇中女侠形象浅析　曲敏佳　语文学刊　2009.10

唐传奇爱情作品中的女性形象解读　　朱凤华等　文教资料　2009.11

唐代有关玄宗事迹小说盛行的社会文化因缘　　张　丹　文学教育　2009.11

唐传奇中佛教寺庙物象探析　葛玉根　现代语文　2009.11

唐代梦小说与儒家思想　　李　鑫　西南民族大学学报　2009.11

情与礼的抗争　爱与美的追求——略论唐传奇中的婚恋观念　滕桂华　名作欣赏　2009.12

唐人小说抒情性特性　周新菊　现代语文　2009.22

从“黄粱梦”看传奇梦幻故事的发展　　由亚萍　现代语文　2009.22

唐传奇中女性形象的重塑　朴松花　才智　2009.25

唐代华山神灵异小说探析　　邵颖涛　山东大学学报　2009专辑

散文、赋

唐代律赋的“雅”与“丽”——关于唐代律赋批评的两个关键词　姜子龙　暨南学报　2009.1

唐代壁记研究　胡　燕　唐都学刊　2009.1

论唐赋设辞问答的叙事因子
周兴泰　贵州师范大学学报　2009.1

宋玉辞赋在隋唐两宋的传播实录与评估
刘　刚　文化学刊　2009.1

唐代科举判文的政治意义及文学特质
谭淑娟　贵阳学院学报　2009.1

从唐代祭文看骈文的演进
于俊利　傅绍良　东方丛刊　2009.2

论唐代都邑赋及其创作启示
王树森　湘潭师范学院学报　2009.2

唐代试赋之"以题为韵"与"以题中字为韵"考述
王士祥　广东海洋大学学报　2009.2

盛唐律赋与进士科考试　胡　燕　南都学坛　2009.2

骚赋复兴与中唐政治——以贬谪文化为中心
赵成林　刘　磊　甘肃社会科学　2009.3

唐赋空间叙事艺术　周兴泰　中国韵文学刊　2009.4

唐律赋历史评价的边缘性变迁——一个文学接受史现象的个案分析　李　丹　社会科学家　2009.5

初唐四杰赋篇目及分类探讨——兼论初唐赋分体发展的趋向　何易展　重庆师范大学学报　2009.5

唐代试赋不限韵与任用韵研究
王士祥　河南科技大学学报　2009.5

盛唐赋用韵研究　张　凯　汉字文化　2009.5

古文运动对中晚唐辞赋创作的影响　杨遗旗　求索　2009.6

初唐"四杰"新文体赋之新变综论
李　丹　何易展　宁夏大学学报　2009.6

论唐赋的空间方位叙事　周兴泰　名作欣赏　2009.7

推动唐代律赋形成的两股内生力量:"诗化"与"文化"
杨遗旗　唐　文　社会科学家　2009.10

初唐四杰赋中的松韵意象及原型批评
杜松柏　何易展　广西社会科学　2009.12

书评

视野开阔　创见迭出——读赵海菱《杜甫与儒家文化传统研究》　张汉东　杜甫研究学刊　2009.1

《唐代三大地域文学士族研究》述评　高春艳　社会科学评论　2009.1

覃思精虑，慧眼诗心——评邱昌员专著《诗与唐代文言小说研究》　余　丹　赣南师范学院学报　2009.1

求实通会　胜义纷纭——评陈增杰《唐诗志疑录》　沈洪保　温州职业技术学院学报　2009.1

独辟蹊径　考论结合——评傅璇琮教授的唐代翰林学士研究　程国赋　北京大学学报　2009.2

文体学视野下的唐诗与传奇关系研究——评吴怀东《唐诗与传奇的生成》　米彦青　安徽农业大学学报　2009.2

从《莫砺锋诗话》到《莫砺锋说唐诗》　凌冬梅　图书馆杂志　2009.2

当代歌行研究综论——兼评《唐代歌行论》　沈文凡　沈媛媛　内蒙古民族大学学报　2009.3

深入浅出　金针度人——读尚永亮教授的《唐诗艺术讲演录》　李芳民　长江学术　2009.3

诗歌教学的知性分析与感性引导——读尚永亮《唐诗艺术讲演录》　蒋　方　中国韵文学刊　2009.3

许总《唐宋诗体派论》读后　黄立一　中国韵文学刊　2009.3

杜诗学文献研究的集大成之作——简评《杜集叙录》　王　静　刘冰莉　杜甫研究学刊　2009.3

会心处不在远　寻常中蕴艰辛——读《唐宋诗词语词考释》　潘定武　唐都学刊　2009.4

广搜慎考　精撰新史——《唐翰林学士传论·晚唐卷》读后　吴在庆　宁夏师范学院学报　2009.4

评《杜牧集系年校注》　刘万川　曹向华　宁夏师范学院学报　2009.4

作家作品

卢思道

王 通

薛道衡

一首小诗的文学史联想——从薛道衡《人日思归》看南北朝后期文学　　李建国　名作欣赏　2009.12

李百药

李百药、杨师道诗论
李晓青　尹　静　北京理工大学学报　2009.1

孔颖达

孔颖达《毛诗正义》文学文化阐释点见
黄贞权　社会科学论坛　2009.1

孔颖达主编《五经正义》的个人准备
安　敏　阴山学刊　2009.2

《新唐书》《旧唐书》中的《孔颖达传》辨异
安　敏　淮北煤炭师范学院学报　2009.4

诗经汉学抒情本体论辨析——以孔颖达“情志”观为中心　　李建国　三峡大学学报　2009.4

由经学诠释到美学诠释——对孔颖达诠释学思想的一种考察　　乔东义　哲学动态　2009.4

唐代鸿儒——孔颖达
栗希荣　胡恩堂　衡水学院学报　2009.6

“情缘物动，物感情迁”:孔颖达“情志”诗论
黄贞权　名作欣赏　2009.8

魏　徵

魏徵《出关》诗解读　　杜来梭　河北工业大学学报　2009.3

论魏徵的民族思想及历史作用
郭文庭　周伟洲　唐都学刊　2009.6

争议魏徵　　严　蕊　国学　2009.7

王 度

浅析《古镜记》的叙事策略和叙事时间

李永琴 新乡学院学报 2009.2

《古镜记》的天命历史观 岳立松 文化学刊 2009.3

唐传奇《古镜记》的叙事学分析

刘俐俐 兰州大学学报 2009.4

论《古镜记》中二元结构模式的运用

路凝山 语文学刊 2009.7

王 绩

王绩《古意六首》"古意"解读

殷丽萍 湖北第二师范学院学报 2009.1

王绩情感世界探析——兼论诗人性格对其创作的影响

王 繁 牡丹江教育学院学报 2009.1

论王绩的婚姻诗 王辉斌 南阳师范学院学报 2009.2

王绩诗歌与佛教禅学 李 玮 青年科学 2009.2

平生唯乐酒 作性不能无——论王绩饮酒诗的思想主题 白志忠 滨州职业学院学报 2009.3

从王绩看山水田园诗的初步合流

吴 林 文教资料 2009.31

王梵志

浅析王梵志诗歌的价值 邓后生 现代语文 2009.1

近三十年来敦煌王梵志诗研究动态

邵 郁 高等函授学报 2009.2

王梵志"看吾即貌哨"词义补正

傅来兮 陕西广播电视大学学报 2009.4

寒　山

论寒山子诗及其在日本的影响

蒋重母 语文教学与研究 2009.11

阐释学、斯坦纳翻译理论与寒山诗英译

张海峰 边疆经济与文化 2009.12

李世民

李世民诗歌用韵考 陈 才 盐城工学院学报 2009.1

唐太宗的政治情怀——唐太宗巡幸诗初探

周 瀚 湖南师范大学社会科学学报 2009.2

论唐太宗的散文创作

陶广学 文山师范高等专科学校学报 2009.4

上官仪

上官仪:统计数据与声律理论的悖论——与杜晓勤商榷

龚祖培 四川大学学报 2009.5

重评上官仪诗歌创作及其影响

谷 雨 周婧婷 长城 2009.10

武则天

武则天诗歌研究 郭海文 渭南师范学院学报 2009.1

诗赋或策文的选择——重探武则天的科举态度

贾丹丹 江淮论坛 2009.2

论武则天诗歌中的帝王气象

司海迪 湖南工业职业技术学院学报 2009.6

卢照邻

幽忧子楚骚情结探究 姚圣良 榆林学院学报 2009.3

初唐卢照邻思想解读 吴 昊 青年文学家 2009.5

骆宾王

李　峤

苏味道

王　勃

王勃七言古诗对乐府诗和汉赋的接受

武冰洁　青年文学家　2009.8

人格蕴涵与家学渊源——初唐文杰王勃解读

沈文雪　长春大学学报　2009.9

悲喜之中看王勃——《滕王阁序》导读

栾清华　语文天地　2009.9

乡关愁几许　羁心何处尽——论王勃的怀乡诗和赠别诗　赵玉萍　作家　2009.12

王勃创作《滕王阁序》时的年龄及其他

季江勇　语文教学与研究　2009.14

王勃诗歌风格刍议　朱泉辉　文教资料　2009.26

宋之问

诗家之射雕手——宋之问的应制诗

岳德虎　长春理工大学学报　2009.2

宋之问律诗格律特点简述　潘灵芝　安徽文学　2009.3

“荣落有期，私分毕矣”——读宋之问《秋莲赋》

傅玉兰　名作欣赏　2009.8

宋之问与刘希夷命案考辨　周吉国　作家　2009.10

文高而品劣的宋之问　谢亚鹏　文史天地　2009.12

慧　立

信仰与信实的统一——《慈恩传》的叙事分析

史素昭　湘潭师范学院学报　2009.3

从《慈恩传》看唐人风貌　史素昭　贵州文史丛刊　2009.3

乔知之

论初唐诗人乔知之的诗歌创作

李朝杰　集宁师范高等专科学校学报　2009.2

张 鷟

《游仙窟》词语札记　李志红　安徽文学　2009.10

浅析《游仙窟》中"心"的隐喻现象

谢洪欣　语文学刊　2009.11

《游仙窟》中名词后缀"子"补考　石爱兵　学理论　2009.17

张鷟《龙筋凤髓判》用典特征　谭淑娟　作家　2009.22

陈子昂

从突破到高峰——陈子昂与李白荆门诗比较

景凯旋　陶颖越　古典文学知识　2009.1

从陈子昂边塞诗看其政治见解

马立克　甘肃广播电视大学学报　2009.1

陈子昂政治思想的墨学渊源　余祖坤　文学遗产　2009.2

试论陈子昂的诗序　吴振华　文学评论丛刊　2009.2

陈子昂诗歌革新主张及创作探析

侯发迅　中共郑州市委党校学报　2009.3

陈子昂诗文革新的主张及评价

倪雅男　黔西南民族师范高等专科学校学报　2009.4

论陈子昂感遇诗的传承流变

杨春雁　忻州师范学院学报　2009.4

试论陈子昂诗歌理论产生的原因　程　虹　安徽文学　2009.5

陈子昂《修竹篇序》新论

苏勇强　陈　宇　玉林师范学院学报　2009.6

陈子昂咏史诗试论　韦春喜　鲁东大学学报　2009.6

朝鲜诗人申钦《次陈子昂〈感遇〉三十六首》研究——兼与陈子昂《感遇》三十八首比较

杨会敏　南京理工大学学报　2009.6

论陈子昂王勃对屈赋的评价及继承

赵军仓　安徽文学　2009.8

阮籍、陈子昂、王维孤独感之比较　顾　弦　语文学刊　2009.8

论陈子昂送别诗之风格　阮　怡　语文学刊　2009.9

陈子昂行年中几个问题考辩

李朝杰　金景芝　兰台世界　2009.19

试论陈子昂《修竹篇序》的诗歌主张

张　瑾　魅力中国　2009.33

贺知章

从《回乡偶书》谈贺知章的信仰问题——兼论唐朝前期的宗教文化政策

金　霞　李传军　徐州师范大学学报　2009.1

隐含在乡情背后深重的人生感慨和达观的情怀——贺知章《回乡偶书》深层意蕴的细读分析

徐克瑜　现代语文　2009.12

上官婉儿

略论上官婉儿及其诗歌　王　鑫　邹　彬　安徽文学　2009.7

张　说

浅论张说的山水诗

杨绍固　和田师范高等专科学校学报　2009.2

论贬谪时期张说诗歌创作心态的演变历程

林大志　河北师范大学学报　2009.4

张说与《初学记》　李玲玲　中国典籍与文化　2009.4

论张说的"大手笔"与开元政治理念的转变

曾智安　河北师范大学学报　2009.5

论张说对传统碑志文的变革

任　环　边疆经济与文化　2009.8

郭 震

苏 颋

张九龄

李适之

张若虚

王之涣

孟浩然

孟浩然陶渊明田园诗审美视角之比较
宁松夫　襄樊学院学报　2009.3
论孟浩然诗歌中情与景的关系
武光杰　湖北师范学院学报　2009.3
盛世之隐与孟浩然诗的独特"气象"
孟祥光　乌鲁木齐职业大学学报　2009.3
谈孟浩然的"春眠"　孙筑瑾　文史知识　2009.4
论孟浩然与佛教及其佛教诗——兼与王维的同类诗比较　王辉斌　江汉大学学报　2009.4
诗出同派,各有洞天——孟浩然、韦应物山水田园诗比较　杨彦冰　深圳职业技术学院学报　2009.4
论唐代诗人孟浩然的无奈之隐
李迎新　齐齐哈尔师范高等专科学校学报　2009.4
求隐还是干谒——解读孟浩然《临洞庭湖赠张丞相》
徐春芳　现代语文　2009.4
浅谈孟浩然的诗歌艺术特色　李丽黎　大众文艺　2009.5
试析孟浩然诗中的"安乐"情怀
孟祥光　新疆大学学报　2009.6
《过故人庄》的咏菊意味　张爱君　时代文学　2009.7
孟浩然出世与入世的矛盾　张　莹　文学教育　2009.7
略谈孟浩然的游寺行踪及与僧人的过从
姚　钰　文学教育　2009.10
孟浩然、杜甫岳阳楼诗对比品读
查洪德　任红敏　文史知识　2009.12
清幽之外的风格——试论孟浩然诗歌雄壮的艺术风格　赵玉萍　作家　2009.14
浅析孟浩然的仕与隐情结　顾伟凡　作家　2009.16
心灵瑜珈——孟浩然《万山潭作》赏析
王　峥　作家　2009.16
诗歌翻译中接受美学——从接受美学角度评《春晓》的英译　龚琪峰　董良峰　文教资料　2009.24
论《毛诗》与孟浩然诗歌　谢建忠　山花　2009.24

李 颀

论李颀诗歌的语言特色和艺术风格

罗 琴 长江师范学院学报 2009.1

试论李颀的隐逸心态 赵建梅 河北师范大学学报 2009.3

盛唐气象里的中唐先声——李颀诗歌的转型意义

何泽棠 广东工业大学学报 2009.3

李颀的道家思想与玄理诗探析

隋秀玲 郑州航空工业管理学院学报 2009.5

孙 逖

唐代诗人孙逖与他的《宿云门寺阁》

欧阳明亮 郑 莉 古典文学知识 2009.2

孙逖与他的山水行役诗 欧阳明亮 兰台世界 2009.7

王昌龄

"怨"与"乐":王昌龄、王建宫女诗情感差异探因

毕士奎 暨南学报 2009.1

和刻明本《增订王昌龄诗集》平质 陶绍清 兰州学刊 2009.1

王昌龄的边塞诗与盛唐气象 朱晓燕 现代语文 2009.1

试论王昌龄的宫怨诗

孙 红 清远职业技术学院学报 2009.2

试论王昌龄七绝的转折艺术

唐振家 南京广播电视大学学报 2009.3

近三十年(1978—2008)王昌龄诗论研究综述

毕士奎 苏州教育学院学报 2009.3

解析王昌龄宫怨诗闺怨诗的艺术美

吕金娥 现代语文 2009.3

王昌龄“境思”说的诗学地位

董学文　吴登云　湖南社会科学　2009.4

浅析王昌龄的“三境说”

周慧敏　牡丹江师范学院学报　2009.4

王昌龄诗歌章法论　杨新平　广西社会科学　2009.5

唐时龙标何处是？——王昌龄谪地考辨

王宗勋　凯里学院学报　2009.5

从王昌龄的诗歌《从军行》其四看其诗歌的意境美

彭　勇　安徽文学　2009.6

王昌龄送别诗的审美内涵　杜　莹　宜宾学院学报　2009.7

论王昌龄送别诗中的感伤情结　王　博　文教资料　2009.35

祖　咏

小议祖咏《望蓟门》中的用典　包志祥　文学教育　2009.2

吴　筠

吴筠“道”美论管窥　罗明月　周口师范学院学报　2009.6

王　维

谈王维的儒家情怀　毕宝魁　山西大学学报　2009.1

试论王维《辋川集》的模糊美

王丽珍　青海师范大学学报　2009.1

论王维山水诗空灵清远的意境

陈金刚　李　倩　江汉论坛　2009.1

再论王维生年兼与王勋成先生商榷

毕宝魁　辽宁大学学报　2009.1

王维：应制七律第一人　王志清　文史知识　2009.1

肇自然之性，成造化之功——论王维辋川山水诗的艺
术美　张清华　合肥师范学院学报　2009.1

解读一个“全面的典型”——王维诗歌接受史研究刍议
袁晓薇　阜阳师范学院学报　2009.2
王维:人世间的一尊美佛　柏　桦　西部广播电视　2009.2
论王维山水诗中的静美　刘　洁　才智　2009.2
论王维山水田园诗的美学意蕴
夏　敏　浙江国际海运职业技术学院学报　2009.2
关于王维山水田园诗歌审美与内涵的思考
陶　然　辽宁教育行政学院学报　2009.3
行到水穷处,坐看云起时——论王维山水诗的“云”、“水”意蕴　胡　遂　罗　姝　湖南大学学报　2009.3
王维出塞诗与吐蕃事略　周　莹　西藏大学学报　2009.3
浅谈王维山水田园诗“诗中有画”的艺术特色
刘　洁　安徽文学　2009.3
中华书局版《王维年谱》疏误　王辉斌　运城学院学报　2009.3
“无生”的世界——论王维诗歌的乌托邦精神
宁　珊　当代小说　2009.3
音乐与绘画中的梵音——论诗佛王维的诗歌意象
徐　越　青年文学家　2009.3
现代情怀的王维解读　杨　吉　江海纵横　2009.3
论王维诗中自然万物的和谐美
刘丽红　湖南涉外经济学院学报　2009.3
王维《送秘书晁监还日本国并序》的文化意义
吴振华　古典文学知识　2009.4
再辨《鸟鸣涧》中的“桂花”意象
乔　磊　安庆师范学院学报　2009.4
论王维诗的送别意识　(韩)朴三洙　齐鲁学刊　2009.4
王维被谪济州到再擢拾遗的研究之研究
杨　吉　南京理工大学学报　2009.4
论《岐下诗》对《辋川集》的新变
潘仁炎　巢湖学院学报　2009.4
论王维山水田园诗意象与情趣的契合
穆　贺　中国科教创新导刊　2009.4

王维诗美的适度原则和中节控制

王志清　福州大学学报　2009.5

禅意与担忧——王维《辋川集》论析

方晓峰　新乡学院学报　2009.5

论王维山水诗歌中的庄园文化　乔华瑜　现代语文　2009.5

探析王维"以佛入诗"　赵　辉　安徽文学　2009.5

《王维所过香积寺只能在长安》质疑——兼与王向辉先生商榷　常法亮　文化学刊　2009.5

王维《袁安卧雪图》与"画中有诗"

王赠怡　刘承川　齐鲁艺苑　2009.5

王维诗歌的色彩研究　刘　姣　沧桑　2009.5

人与自然的和谐统——论王维山水诗的生态美

刘丽红　湖南第一师范学院学报　2009.5

王维诗歌中的"雨"

廖　颖　和田师范高等专科学校学报　2009.5

王维近体诗句法功能探析　赵晓驰　安康学院学报　2009.5

探析王维以佛入诗　赵　辉　安徽文学　2009.5

王维《送元二使安西》新解　骆正显　苏州大学学报　2009.6

王维山水诗与松尾芭蕉俳句之比较——以禅道思想影响为中心　周建萍　徐州工程学院学报　2009.6

从王维的《相思》谈语句和命题的关系

司荷丹　长治学院学报　2009.6

论中国诗的文化之"用"——孔子论诗与王维诗之比较

陈向春　吴志飞　长白学刊　2009.6

文化视域下的仕与隐——王维的心态及诗风嬗变

杜　莹　唐山师范学院学报　2009.6

王维骈文论略　王林莉　唐都学刊　2009.6

王维卒年王说质疑——与王辉斌同志商榷

谭　庄　唐都学刊　2009.6

王维诗歌中的"天人合一"思想

赖爱清　北京理工大学学报　2009.6

形似而神异——陶渊明与王维山水田园诗不同艺术风

格之比较 吴 军 文教资料 2009.6

一悟寂为乐，此生闲有余——论王维的“寂乐”与“闲余”境界 胡 遂 廖 岚 黑龙江史志 2009.6

试析王维诗歌的听觉意象 吴 文 湘潮 2009.6

浅析山水诗自然意象空间延伸和情感内蕴——以《山中留客》与《山中》为例 梁思影 作家 2009.6

王维诗歌与芭蕉俳句意象艺术之比较研究 贾晓红 作家 2009.6

王维诗歌的朦胧美 夏艾青 艺海 2009.6

佛教思想对王维诗歌影响探析 王早娟 西北农林科技大学学报 2009.6

谈王维山水诗的宁静与空明 李晓云 现代语文 2009.6

中和之美——论王维诗的主旋律 丁 武 美与时代 2009.6

小议王维与孟浩然山水田园诗比较——诗人自我形象的隐与显 汪丽琴 安徽文学 2009.7

王维山水田园诗的画意美 孙 亚 文学教育 2009.7

论王维心态对其诗歌风格的影响 彭广明 科教文汇 2009.7

浅析王维山水诗歌的意境美 张爱荣 李大敏 时代文学 2009.7

从“空”字诗再看王维的佛禅思想 田 猛 哈尔滨学院学报 2009.8

日本汉诗对王维诗之空寂、幽玄美的受容——兼谈“汉诗日本化”的形成过程 尚永亮 黄 超 江西社会科学 2009.8

从王维和华兹华斯笔下的“鸟”看不同的“自然” 林 丽 科技信息 2009.8

以画写景 缘景明情——论王维诗歌的诗情画意 铁明太 作家 2009.8

王维山水田园诗的画意与禅趣浅析 万洪莲 语文学刊 2009.8

超越困境的深情与忧郁——试从离别、相思、山水诗艺术建构中解读王维之哀伤 谭惠文 文教资料 2009.8

王维诗歌静美手法浅探

杨峰明　太原城市职业技术学院学报　2009.8

从王维一首诗的五种英译看译事的最高境界

吴　欣　长春理工大学学报　2009.8

儒道释三种基质自然观之比较——以陶潜、王维、杨万里为例　于东新　名作欣赏　2009.8

谈王维诗歌的"禅"与"和"　邓红梅　文学教育　2009.9

试论王维山水田园诗的艺术价值　沈传炉　新西部　2009.9

对王维《杂诗》(其二)的两种解读　王永强　语文建设　2009.9

王维诗歌地位的历史论述及其分歧

王　琦　语文教学与研究　2009.9

论王维的边塞诗　李文良　名作欣赏　2009.9

断肠声里唱阳关——王维《渭城曲》赏析

王笑书　现代语文　2009.10

王维诗歌中的人格魅力　张连娥　朱智明　理论界　2009.10

论王维的应制诗　陈淑娅　作家　2009.10

王维山水田园诗的艺术特色　黎海宏　文学教育　2009.10

浅析王维山水田园诗歌中的禅境

王继红　时代文学　2009.10

《辛夷坞》与《葬花吟》之比较　张岚岚　长城　2009.10

略论王维山水田园诗的禅情画意

官卫星　舒海燕　长城　2009.10

关于人与自然的思考——华兹华斯与王维自然观的比较研究　程丽云　现代交际　2009.10

再说王维《鸟鸣涧》的"桂花"　叶　盈　文史知识　2009.11

浅谈王维诗歌"诗中有画"的几个特点

田绿洲　现代语文　2009.12

王维、孟浩然山水田园诗之比较

李卓芪　青年文学家　2009.12

浅谈王维《辋川集》中禅与世的和谐

杨晓晶　严锦芳　大众文艺　2009.12

细读王维五言诗《辛夷坞》　汪维维　语文学刊　2009.12

王维辋川别业的人文意境及其美学特征 翁有志 建筑与文化 2009.12
陶潜和王维田园诗艺术风格差异性浅析 陈戈 文学教育 2009.12
王维山水田园诗中"空山"禅意 刘卿 文学教育 2009.12
水墨画卷中的天籁与禅音——借《山居秋暝》论王维诗歌的艺术特色 郑梅 大众文艺 2009.13
"诗中有画，画中有诗"——小议王维诗画美学思想 康昭阳 大众文艺 2009.14
浅析文化差异对诗歌艺术风格的影响——王维与华兹华斯的对比 马蓝谦 科技信息 2009.14
再论王维的宗教意识 魏红艳 消费导刊 2009.15
王维诗歌中的声音意象 革奴 作家 2009.16
王维诗中有画的深奥意境 廖丽平 今日科苑 2009.16
诗中有画 画中有诗——王维山水诗艺术特色初探 王宸 大众文艺 2009.18
浅谈王维山水诗中禅意的审美意蕴 杨永泉 大众文艺 2009.20
禅宗诗人王维之养性篇 李文多 青年文学家 2009.20
有意味的"云"——浅析王维诗中的云意象 姚钰 大众文艺 2009.21
陶渊明、王维诗歌意境之比较 孙会黎 科技信息 2009.22
诗境与画境——试探王维诗画美学意趣 陈素彩 作家 2009.22
王维与华兹华斯田园诗的异同——以《鸟鸣涧》与《黄水仙花》为例 郑翔 陕西师范大学学报 2009.S1

高适

高适与岑参 顾农 古典文学知识 2009.1
论高适诗歌中的地域色彩 才学娟 黄冈职业技术学院学报 2009.2

李　白

论李白的乐府咏史诗
韦春喜 张 影 北京工业大学学报 2009.1

谈对李白《陪族叔刑部侍郎晔及中书贾舍人至游洞庭》(五首之二)诗的理解 蔡伟春 哈尔滨学院学报 2009.1

从李白到苏轼、杨万里——另种视角看“宋人生唐后,开辟真难为” 杨慧慧 乐山师范学院学报 2009.1

李白不与科举原因考辨 张 杨 黄河科技大学学报 2009.1

也谈李白与“月”的不解情缘
张 立 唐山师范学院学报 2009.1

浅谈李白道教化的佛教思想 柴 贺 大众文艺 2009.1

从谢安与诸葛亮的轨迹看李白与杜甫的人生追求
毛德胜 韩山师范学院学报 2009.1

李白、崔颢《黄鹤楼》诗案考辨
姜 同 黄河水利职业技术学院学报 2009.1

李白《望天门山》考释 朱引玉 巢湖学院学报 2009.1

浅谈李白《月下独酌》中月的意象
林艾菲 漳州职业技术学院学报 2009.1

真水无香——李白诗歌中的水意象与情思
司徒伽 前进论坛 2009.1

李白生命意识探微 肖 颖 文学教育 2009.1

李杜优劣论争的背后 谢思炜 北京大学学报 2009.2

论李白诗歌的“清” 钟乃元 广西民族大学学报 2009.2

李白《清平调词三首》的是是非非 子 娟 文史杂志 2009.2

《静夜思》所写时令是秋天吗 胥洪泉 文史杂志 2009.2

李白诗歌的旅游审美境界初探
夏立恒 余均委 合肥学院学报 2009.2

论李白仙道诗的清静与超越
张宗福 西华师范大学学报 2009.2

李白对《诗经》的接受 方新蓉 西华师范大学学报 2009.2

极言视角下的李白诗歌 张道新 辽宁工业大学学报 2009.2

《李白与杜甫》研究综述 杨胜宽 郭沫若学刊 2009.2

李白《静夜思》中的“床”指什么 陈志刚 文史天地 2009.2

论李白对魏晋风度的继承和超越
杨兰凯　中共郑州市委党校学报　2009.3
李白诗歌地名运用艺术谫论　沙玉伟　贵州文史丛刊　2009.3
李白岳州诗略论　谭立群　绥化学院学报　2009.3
李白的平交心态与平交行为　卢如华　湘南学院学报　2009.3
永远的梦——李白的理想　赵平略　贵阳学院学报　2009.3
李白五古三论　汤华泉　苏州科技学院学报　2009.3
《李白文化研究》序　薛天纬　苏州科技学院学报　2009.3
神思飞扬，挥洒自如——李白《梦游天姥吟留别》赏析
李秀月　漯河职业技术学院学报　2009.3
李白籍里洛阳说——《中国唐代诗人研究——李白新论》补证　王元明　洛阳理工学院学报　2009.3
李杜与唐代南北文化交流　葛景春　杜甫研究学刊　2009.3
李白与惠特曼比较　刘翠湘　船山学刊　2009.3
道教文化对李白人生道路及其诗风的影响
李丽荣　河北科技师范学院学报　2009.3
且就洞庭赊月色，将船买酒白云边——解读诗人李白的月亮情结　杨　灿　中南林业科技大学学报　2009.3
李杜诗篇的人文意蕴与英译策略　魏　瑾　外语学刊　2009.3
漫游诗——李白心灵的呼唤
焦爱娣　江苏科技大学学报　2009.3
浅析《长干行》与《新婚别》中女主人公形象
曾秀芳　文化学刊　2009.3
李白山东居住地的诗文考辨　初建伟　现代语文　2009.3
谪仙风采　无言心许——苏轼论李白浅述
朱秋德　石河子大学学报　2009.3
涌动的江上诗情——论江行生活与李白诗歌创作的关系　李德辉　苏州科技学院学报　2009.3
中国李白研究会第十四届年会暨李白国际学术研讨会在苏州科技学院召开　阮堂明　苏州科技学院学报　2009.3
论李白诗化激情人生的成因及其诗歌意象
杨俊华　中共贵州省委党校学报　2009.3

李白散文艺术成因探讨　伍丹阳　青年文学家　2009.5
“浪漫”而非“主义”——兼论浪漫主义在李白阐释中的有效性问题　杨学敏　青年文学家　2009.5
浅议李白散文中的序　毕晓飞　沧桑　2009.5
唐代“三李”诗歌的精神流变　韩大强　南都学坛　2009.5
以美学视角的“对等”比较李白诗歌中数词的英译　陈清贵等　西南科技大学学报　2009.5
李白籍里“山东”说新探　王元明　洛阳理工学院学报　2009.5
诗歌意象背后的原始意象——重解“青梅竹马”并兼论析李白的《长干行》　杨　朴　名作欣赏　2009.6
金陵怀古第一诗——李白《金陵三首》荐赏　王志清　古典文学知识　2009.6
论李白的人生理念对当前人文教育的启示　湛玉钊　忻州师范学院学报　2009.6
孰为诗“圣”？——杨慎“扬李抑杜”论　高小慧　运城学院学报　2009.6
李杜诗风的转变与唐代文化的转型　葛景春　天水师范学院学报　2009.6
缺席的女性——论李白的妇女诗　何李新　天中学刊　2009.6
论李白山水诗的精神意趣　吴向婷　青年文学家　2009.6
论“月亮”与李白的审美追求　吴京华　安徽文学　2009.6
李白《长干行》译本中文化的传播和亏损　刘红华　大众文艺　2009.6
跨越时空的浪漫交汇——浪漫主义诗人李白与雪莱比较　丁晓惠　青年科学　2009.7
探寻李白的亲月行为　尹华琼　安徽文学　2009.7
漫谈李白的布衣情结　赵文华　新西部　2009.7
悠悠故乡情，万里话送别——浅析李白《渡荆门送别》　顾素芝　现代语文　2009.7
《文苑英华》之录李白诗文所本寻踪　杨栩生　沈曙东　绵阳师范学院学报　2009.7

论李白思想的复杂性——基于《古风》五十九首为中心
王金玉等　语文学刊　2009.10

三杯通大道，一斗合自然——李白与酒
高建新　博览群书　2009.10

诗性的浪漫——李白与拜伦比较
詹晓娟　熊晓霜　宜宾学院学报　2009.10

李白与盛唐诗人的交往及诗歌创作
吕新峰　新西部　2009.10

“有我之境”与李白笔下的僧人与佛寺描写
陈雪艳　安徽文学　2009.10

李白与山西　王志华　严寅春　时代文学　2009.10

论李白古赋的艺术特征　王淑红　美与时代　2009.10

李白诗歌中的酒和月　张环蓉　文学教育　2009.10

中国知识分子精神气质的嬗变——以李白和郁达夫之关联论析为例　梁光焰　名作欣赏　2009.10

李白诗歌中的舜帝意象
翟满桂　湖南科技学院学报　2009.11

浅谈李白的山水诗　班　岚　现代语文　2009.11

浅谈李白诗歌中虚词的使用　刘非非　大众文艺　2009.11

浅谈李白和他的山水诗　屈福生　硅谷　2009.11

李白《静夜思》的文本演变　胥洪泉　文史知识　2009.12

李白的“独酌”诗浅论　任鑫星　语文学刊　2009.12

《月下独酌》英译浅析　胡筱颖　长城　2009.12

李白诗歌词汇文化意义的解读与翻译
骆海辉　绵阳师范学院学报　2009.12

李白功业理想的阶段性——以李白题赞谢安的诗歌为中心　朱少山　绵阳师范学院学报　2009.12

“李白《蜀道难》后继之作”解读
朱昌林　绵阳师范学院学报　2009.12

李白婚姻带来的家庭悲剧　慧　泉　文史天地　2009.12

简论李白怀古诗的“怀古伤世”之风
张　舒　现代语文　2009.12

李白和杜甫的"求官信"　　孙存准　杂文月刊　2009.12
论李白金陵诗的帝都文化意蕴　　赵丹琦　求索　2009.12
一生坎坷事,几折饮酒歌——浅论李白诗歌中的"酒"
　　王　单　安徽文学　2009.12
李白的月亮诗及诗中情愫之探析
　　迟　遇　中国科技信息　2009.12
李白诗歌中的"心"意　　李艳丽　语文教学与研究　2009.14
李白乐府诗的人物形象塑造　　蔡　蓁　学习月刊　2009.14
简析李白和莎士比亚著作中的月亮意象
　　葛飒飒　黑龙江科技信息　2009.15
琐谈李白的咏月诗　　徐　灵　中国科教创新导刊　2009.17
浅谈李白的任侠思想　　张海军　青年文学家　2009.17
论李白诗歌的悲情浪漫主义
　　钟　菱　中国科教创新导刊　2009.19
略论李白非凡创造力之缘由　　李洪良　学理论　2009.19
细品李白作品《早发白帝城》——探讨诗人释去政治
理想后的道家追求　　林思思　青年文学家　2009.21
情之所在　东西皆美——李白与西方浪漫派之比较
　　熊晓霜　詹晓娟　作家　2009.22
"我有吴趋曲","醉发吴越调"——试论李白的吴歌
创作及他对唐代吴歌演唱情况的著录
　　吉文斌　山花　2009.22
试论李白《将进酒》一诗的气势狂放美
　　刘文晶　中国科教创新导刊　2009.26
论李白诗歌中的思想矛盾　　王楠楠　才智　2009.30

崔　颢

崔颢、李白名诗格律研究　　梁光华　贵州文史丛刊　2009.1
崔颢《黄鹤楼》诗解要诠　　孙桂平　集美大学学报　2009.2
崔颢《黄鹤楼》之接受史及其诗法意义
　　张　伟　当代小说　2009.2

《黄鹤楼》成就诗坛崔颢名　许禾钢　文史天地　2009.8

杳如黄鹤无踪迹——崔颢生平及诗　贺　坚　现代语文　2009.11

清刚劲健，风骨凛然——评崔颢的边塞诗　李小刚　作家　2009.12

刘眘虚

愿守黍稷税　归耕东山田——刘眘虚隐逸思想探析　李荣昌　船山学刊　2009.1

常　建

论常建诗歌的艺术美　赵亦文　学术交流　2009.2

常建生卒年考辨　谭　庄　文化学刊　2009.3

音乐与诗歌的渗透——浅谈常建诗歌的音乐性　孙丽君　今日南国　2009.9

储光羲

隐与仕的双重矛盾——储光羲诗歌创作的地域文化观照　陆　亮　太原城市职业技术学院学报　2009.2

“行针布线”——韩驹、储光羲诗的相似处　孙明材　西南交通大学学报　2009.3

论储光羲诗歌的民本思想　贺剑飞　牛海蓉　北京理工大学学报　2009.5

殷　璠

《箧中集》之“风骨”：以《河岳英灵集》为参照　黄碧玉　陈　菲　湖北第二师范学院学报　2009.1

杜 甫

成县杜甫草堂历代诗碑考述　蔡副全　杜甫研究学刊　2009.1

论《杜诗详注》中的论世知人
（日）佐藤浩一　杜甫研究学刊　2009.1

论杜甫成都草堂时期诗歌与其诗歌主体风格之差异——“草堂诗歌”之“平和之象”　闫　岑　语文学刊　2009.2

杜诗中的“卫八处士”　锁　理　文史杂志　2009.2

论杜诗的句法艺术　韩成武等　河北学刊　2009.2

儒禅互补与杜甫的精神世界　王　贞　大连大学学报　2009.2

论杜甫对同代诗人的推崇　黄去非　云梦学刊　2009.2

杜甫诗中的漂泊感　周艳菊　湖南工业大学学报　2009.2

抒情诗歌中的叙事图景——杜甫前期诗歌叙事艺术探析　贾丹丹　船山学刊　2009.2

创新求变——杜甫湖南诗歌的重要特色
熊治祁　船山学刊　2009.2

杜甫陇右边塞诗的主题与艺术特色
晏　波　天水行政学院学报　2009.2

对“三吏”“三别”诗史含义的重新理解
程诗惠　湖南第一师范学院学报　2009.2

杜甫在唐代诗学论争中的意义与效应
廖美玉　中华文史论丛　2009.2

杜甫赠内诗的情感论析　陈小波　巢湖学院学报　2009.2

杜诗“读书难字过”辨正　高　智　时代文学　2009.2

杜甫主导诗风及其审美阐释　常　康　作家　2009.2

文本阐释视域下的杜诗“诗史”之名缘起
侯丽俊　晋中学院学报　2009.2

《钱注杜诗》和《读杜心解》阐释特色之比较
李海燕　湖南文理学院学报　2009.2

悲悯诗圣的仁者情怀——从《茅屋为秋风所破歌》说起
忻洪山　宁波大学学报　2009.2

杜甫七绝平议　李　翰　文学遗产　2009.2

再论杜甫诗歌对遗山词风的影响
赵永源　江苏大学学报　2009.2

从《秋兴八首》看杜甫后期创作的非惯性思维
方　波　唐碧珍　重庆科技学院学报　2009.2
杜诗三笺与钱谦益诗史观的深化　丁功谊　江汉论坛　2009.2
名封“诗圣”性亦狂　何秀瑜　福建教育学院学报　2009.2
浅谈杜甫对四川旅游文化资源的贡献
胡　尧　四川职业技术学院学报　2009.2
由杜甫疏救房琯谈其侠义精神
张　娟　保定职业技术学院　2009.2
评杜甫《春望》中的移情手法之英译处理
潘文礼　刘继坤　石家庄理工职业学院学术研究　2009.2
新论“沉郁顿挫”的内涵　韩成武　杜甫研究学刊　2009.2
论杜诗的“事对”艺术　张　戬　杜甫研究学刊　2009.2
试论杜甫诗中的“行不进貌”——以踟蹰、徘徊为例
何骐竹　杜甫研究学刊　2009.2
万物之爱与忧国忧民同源——杜甫写景咏物诗的生态情怀及其文化渊源　周进珍　杜甫研究学刊　2009.2
《寄李十二白二十韵》钱笺说有未周论
邝健行　杜甫研究学刊　2009.2
翁方纲肌理视野下的《秋兴八首》
廖宏昌　杜甫研究学刊　2009.2
纪容舒《杜律详解》考论　孙　微　杜甫研究学刊　2009.2
从结构分析中得心解——浦起龙《读杜心解》特色之一
张家壮　林继中　杜甫研究学刊　2009.2
穿透夜幕的诗思——论杜诗中的暮夜主题
莫砺锋　文学遗产　2009.3
杜甫五古的艺术格局与杜诗“诗史”品质
刘　宁　文学遗产　2009.3
杜诗的张力——忠君爱民思想在杜诗中的表现形式
林继中　文学遗产　2009.3
论杜诗“遣兴体”及其诗史意义　曹辛华　文学遗产　2009.3
“我生苦飘零，所历有嗟叹”——论杜甫后期诗歌的自传性　江建高　湖南科技学院学报　2009.3

朝“神”的天路——试论杜诗审美理想核心的实现

苏利国　内蒙古电大学刊　2009.3

杜诗“沉郁”的文化心理管窥

杨映红　甘肃联合大学学报　2009.3

刘辰翁的杜诗评点初探　赵　星　安徽农业大学学报　2009.3

黄生杜诗研究方法略说　王　飞　合肥学院学报　2009.3

杜甫是伟大诗人吗——历代贬杜论的谱系

蒋　寅　国学学刊　2009.3

试论集杜诗的发展及其与杜诗的关系

张明华　李晓黎　东方丛刊　2009.3

杜甫何以没有海棠诗？　刘蔼萍　安徽文学　2009.3

“情”与“志”的矛盾和张力——试论杜甫《自京赴奉先县咏怀五百字》　廖述丽　四川教育学院学报　2009.3

从“三吏”、“三别”看杜甫的忧国忧民思想

曾　坤　青年文学家　2009.3

流水生涯尽浮云世事空——杜甫哭字诗分析

徐锦初　内蒙古农业大学学报　2009.3

王士禛的杜诗学研究及其文化蕴涵

孙纪文　姚雪洁　甘肃高师学报　2009.3

横行思神骏，腾举企高远——对杜甫诗歌中鹰、马意象的解读　曹颂今　中州大学学报　2009.3

读杜甫的《天河》、《牵牛织女》等诗

赵逵夫　天水师范学院学报　2009.3

论杜甫的“登楼”诗　李　新　石家庄铁道学院学报　2009.3

试论杜甫的“安得”情怀　潘殊闲　杜甫研究学刊　2009.3

从曲江诸诗看杜甫的心路历程

单　芳　杜甫研究学刊　2009.3

“诗史《春秋》笔，大名垂草堂”：以杜甫为例

张金梅　杜甫研究学刊　2009.3

杜诗与成都的历史地理研究　王小红　杜甫研究学刊　2009.3

“圣”照耀下的“史”——杜甫几首咏怀古蜀史迹诗读后

王　煜　杜甫研究学刊　2009.3

杜甫诗歌中的"星"意象浅析　韩晓光　杜甫研究学刊　2009.3
牛溲马浡皆有意　不许后生漫涂鸦——唐人选本不选杜诗不能证明杜甫是二流诗人
张　起　杜甫研究学刊　2009.3
刘辰翁评点杜诗著作叙录　焦印亭　杜甫研究学刊　2009.3
略论文彦博对杜甫诗歌的接受
侯小宝　杜甫研究学刊　2009.3
胡小石先生杜诗研究发微　杨思贤　杜甫研究学刊　2009.3
21世纪以来韩国杜甫研究述评
王红霞　李廷宰(韩国)杜甫研究学刊　2009.3
朝鲜柳梦寅《燕京杂诗》与杜甫《秦州杂诗》之比较——兼论柳梦寅对杜甫诗歌的接受与批评
曹春茹　杜甫研究学刊　2009.3
翟理斯《古今诗选》中的英译杜诗
郝　稷　杜甫研究学刊　2009.3
弘扬杜甫精神　恢复祭祀盛典
杨渝泉　杜甫研究学刊　2009.3
杜甫《同谷七歌》有我之境新探
蒲向明　宜宾学院学报　2009.4
诗圣诗史唱大风——杜甫的反战诗论略
卢英宏　云梦学刊　2009.4
论杜甫对中国文化精神的传承与影响
刘海燕　中州学刊　2009.4
《戏为六绝句》与杜甫文学思想
李凤岐　佳木斯大学社会科学学报　2009.4
从杜甫"问题诗"看杜甫中年以后的心路历程
管大龙　乐山师范学院学报　2009.4
略论杜甫的隐逸思想
赵子抄　李寅生　唐山学院学报　2009.4
杜甫诗歌中的儒家思想
杨景春　湖南第一师范学院学报　2009.4
再谈杜甫的卒年问题——兼与傅光《杜甫研究》(卒葬

杜甫诗歌生命意识解读　　史晴华　现代语文　2009.9

杜甫流寓夔州期间三诗编年琐考

朱少山　宜宾学院学报　2009.9

杜诗中的唐代异族民俗风情浅析　　马　兰　作家　2009.10

《沧浪诗话》和《原诗》中的杜甫论探析

唐明生　新闻爱好者　2009.10

从象似性角度看诗歌翻译中声音的传递——以杜甫诗歌为例　　宋　恒　赵　芳　长城　2009.10

从几首杜诗看杜甫与郑虔的交友

王　冰　安徽文学　2009.11

杜甫与大云寺及赞公　　鲁克兵　玉溪师范学院学报　2009.11

《绝句》(两个黄鹂)的艺术得失　　孙桂平　语文建设　2009.11

诗清立意新——杜甫《夜宴左氏庄》赏析

孟　飞　文史知识　2009.12

论陈与义在杜诗接受上的变革　　黄桂凤　电影文学　2009.15

杜甫诗歌的当代解读　　龚　贤　写作　2009.17

"诗有史,词亦有史"——论杜甫诗、李清照词的共同美学特质　　陈桂成　作家　2009.18

简议杜甫"草堂诗"的接受——以晚唐、北宋为例

戴　路　青年文学家　2009.19

杜甫《光禄坂行》诗考　　李　慧等　青年文学家　2009.19

直白叙述中的开阔意境——浅析杜甫诗中的叙事艺术

王英斌　青年文学家　2009.20

"清新"与"老成"——浅论杜甫草堂诗歌的艺术特色

刘　丹　大众文艺　2009.20

聚增势能　洞穿感知——杜甫《登高》的诗学张力

周吉本　山花　2009.20

"诗可以观":杜甫草堂诗之诗画情趣

周喜英　青年文学家　2009.21

岑　参

“胡地”与岑参边塞诗之奇峭美

高建新　内蒙古大学学报　2009.1

剑气萧心两销魂——论岑参诗歌的阳刚风格及道释意蕴　申明秀　凯里学院学报　2009.1

岑参与嘉州文化　何玉兰　西华大学学报　2009.1

近十年岑参研究综述　史国强　新疆教育学院学报　2009.1

反面衬托与正面描绘的有机组合——以《走马川行奉送封大夫出师西征》为例

张　岚　河北大学成人教育学院学报　2009.1

两度出塞的不同心态在岑参边塞诗中的体现

马得禹　湖南医科大学学报　2009.1

论岑参诗歌创造奇象奇境的艺术

陶文鹏　陆　平　齐鲁学刊　2009.2

豪迈雄壮，奇伟瑰丽——岑参西域送别诗简析

滕桂华　伊犁师范学院学报　2009.2

岑参边塞风光诗探析　张彩秋　长城　2009.2

论岑参边塞诗的主要思想内容

刘　娜　湖南民族职业学院学报　2009.3

悲喜交织　别样悲壮——读岑参《登嘉州凌云寺作》

刘越峰　古典文学知识　2009.4

岑参诗中的西域主将和僚佐　马登杰　西域研究　2009.4

岑参对先唐送别诗的艺术超越

杜　莹　牡丹江师范学院学报　2009.5

岑参诗歌研究状况简析　侯文慧

辽宁经济职业技术学院(辽宁经济管理干部学院)学报　2009.5

岑参《还高冠潭口留别舍弟》重读

张桂丽　古典文学知识　2009.6

论《白雪歌送武判官归京》的感情脉络——兼评《“风掣红旗冻不翻”新解》　吴忠耘　绵阳师范学院学报　2009.6

岑参与高适边塞诗内容与形式的艺术比照
刘万苍　科技信息　2009.6

诵读佛经与防虎豹鱼龙——由岑参“夜泊防虎豹，朝行逼鱼龙”说起　任文京　文史知识　2009.6

吟唱边塞的心曲——从思想内容和艺术特色浅析岑参的边塞诗　张　榕　现代语文　2009.8

岑参早期写景诗简论　李厚琼　四川教育学院学报　2009.9

岑参晚年“东归”去向辨　邓桂姣　边疆经济与文化　2009.10

试论岑参的边塞诗与盛唐气象　李杨笑　飞天　2009.16

岑参早期山水田园诗初探　管　珂　作家　2009.22

李　华

读李华《三贤论》纠《新唐书》谬误二则
唐华全　南昌航空大学学报　2009.4

刘长卿

刘长卿蒙冤入狱及两遭贬谪始末析
赵银芳　甘肃理论学刊　2009.1

刘长卿蒙冤入狱及两遭贬谪主观原因探
赵银芳　华北电力大学学报　2009.1

刘长卿山水诗中的情感内涵分析
朱丹阳　辽宁师范高等专科学校学报　2009.2

刘长卿与佛教相关事迹考　何剑平　武汉大学学报　2009.5

隐隐青山无限意——论刘长卿诗中的青山意象
卢笑涵　湖南工业职业技术学院学报　2009.5

刘长卿诗歌中的蒙太奇　范爱菊　时代文学　2009.5

论刘长卿以冷感意象群营造意境
王义梅　李明亮　重庆科技学院学报　2009.7

刘长卿：大历才子的正宗唐音
柏　桦　西部广播电视　2009.7

刘长卿诗歌情景交融的手法特点及意义

李文胜 哈尔滨学院学报 2009.9

贾 至

李杜多佳誉 雄笔映千古——贾至诗歌艺术论

李 新 保定学院学报 2009.5

元 结

略谈元结对周敦颐的影响

魏崇周 河南工程学院学报 2009.1

论元结的诗学主张 戴 婕 江西青年职业学院学报 2009.3

元结的文学创作及其贡献刍议 蔡静波 作家 2009.4

谈元结永州诗歌中的战乱文化特征

张金玉 重庆电子工程职业学院学报 2009.5

元结《七不如篇》解读 蔡静波 孙慧玲 名作欣赏 2009.7

李嘉祐

李嘉祐诗歌用韵考 孔 珍 语文学刊 2009.5

张 继

张继《枫桥夜泊》缀合抒写意境之美刍议

张 斌 科技信息 2009.26

独孤及

试论独孤及的奏议文——兼论独孤及古文创作的贡献
及地位 魏丽苹 太原大学学报 2009.1

论独孤及的古文革新理论及影响

魏丽苹　唐山师范学院学报　2009.1

唐代古文运动中的独孤及和韩愈　郗　韬　安徽文学　2009.2

灵　一

《唐才子传校笺·道人灵一传》补正一则

王松涛　中国典籍与文化　2009.1

刘方平

唐代诗人刘方平《月夜》一诗的英译品评

温中兰　马大森　宁波工程学院学报　2009.3

韩　翃

论韩翃诗歌的语言风格　鲍俊琴　现代语文　2009.3

顾　况

旨趣相同各具风姿——顾况、李贺诗歌"新奇美"之比较

张国荣　百色学院学报　2009.1

论顾况诗歌的想象艺术　郑顺婷　井冈山学院学报　2009.1

顾况诗文著录与版本考述　冯淑然　图书馆杂志　2009.12

戴叔伦

"东邻西舍花发尽，共惜馀芳泪满衣"——唐代诗人戴叔伦妇女诗研究

高中坡　太原城市职业技术学院学报　2009.2

戴叔伦诗歌意象新解

王乐为　佳木斯大学社会科学学报　2009.3

论戴叔伦的仕隐与诗歌

赵红爱　内蒙古农业大学学报　2009.5

韦应物

寄至味于淡泊——浅析韦应物山水田园诗的风格

顾　静　齐齐哈尔师范高等专科学校学报　2009.2

寄寓于山水中的乱世情怀——论韦应物山水诗幽野之调的形成原因　丁红丽　安徽文学　2009.3

韦应物仕隐心态平议——兼论其诗歌主导风格并非“高雅闲淡”　邵明珍　华东师范大学学报　2009.4

Bynner 英译韦应物《滁州西涧》评析

姚　颖　吉　进　山西师范大学学报　2009.5

略论苏轼对韦应物诗歌的接受及其影响

韦　江　乐山师范学院学报　2009.6

韦应物冲淡诗境的美学简析　孟祥燕　安徽文学　2009.8

冷淡抒寂寞，闲雅颂幽独——韦应物诗歌意境的主导倾向　孙丽萍　现代语文　2009.16

李　冶

彻悟背后的伤痛——由唐代女冠诗人李冶的《八至》诗说起　珊　丹　名作欣赏　2009.7

皎　然

论皎然“诗家之中道”

刘启旺　赵丽梅　邢台学院学报　2009.1

如来清净禅对皎然诗歌的影响

徐　涛　滨州学院学报　2009.2

诗情缘境发——浅谈皎然的意境论

郭利军　现代语文　2009.2

皎然《诗议》考　　卢盛江　南开学报　2009.4

皎然、司空图诗歌意境理论脞说

李金坤　李　莹　金陵科技学院学报　2009.4

皎然诗学“作用”新论

赵　欣　泰安教育学院学报岱宗学刊　2009.4

王国维境界说与皎然取境说之比较

曾羽霞　景遐东　安阳师范学院学报　2009.4

唐代诗僧皎然对茶道美学的贡献

朱海燕等　湖南农业大学学报　2009.5

司空曙

论司空曙的诗歌创作及影响　张声怡　中国韵文学刊　2009.1

卢　纶

盛唐边塞诗的余响——从卢纶《塞下曲》谈起

董定一　安徽文学　2009.4

诗史互文关系索解——以《史记・卫将军骠骑列传》与卢纶《塞下曲》为例　田　蔚　史小军　文学评论　2009.6

刘言史

平实铺张　美丽恢赡——论中唐河北诗人刘言史诗歌的艺术性　胡　蓉　邢台学院学报　2009.1

张志和

张志和《渔歌子》五首地名确解　许伯卿　江海学刊　2009.6

从张志和的“绿蓑衣”兼谈其他　呼建兵　现代语文　2009.11

李端

李端诗人名考　张国浩　信阳师范学院学报　2009.2

刘商

中唐诗人刘商的生平　刘　杨　文教资料　2009.1
浅议中唐诗人刘商诗歌的构思技巧
刘　杨　大众文艺　2009.10

李益

试论李益边塞诗中的音乐描写
戴金波　湖南科技学院学报　2009.1
中唐大漠孤烟中的一曲婉歌——论李益边塞诗歌
关学锐　安徽文学　2009.1
李益佚文及其文献价值　王胜明　李天道　文献　2009.4
新发现的崔郾佚文《李益墓志铭》及其文献价值
王胜明　文学遗产　2009.5
试论李益边塞诗的人文关怀精神
赵　谨　马　瑜　牡丹江大学学报　2009.10
李益及其边塞诗　王金香　丝绸之路　2009.14
边塞诗人李益及其诗中的笛声
刘　华　语文教学与研究　2009.20

沈既济

《任氏传》中妇女形象的意义　郭竞芳　殷都学刊　2009.1
《枕中记》与《南柯太守传》创作手法比较谈
张　黎　新西部　2009.2
红裳撩激情　去扇现理性——唐传奇中美惠情理兼备

孟　郊

权德舆

薛　涛

从薛涛诗看其人格美

刘　展　淮北职业技术学院学报　2009.1

薛涛诗英译与西方女性主义文学　卢丙华　时代文学　2009.1

试说薛涛井的文化价值　陈友山　文史杂志　2009.2

薛涛和她的花与树　谢天开　西部广播电视　2009.5

论薛涛的爱情诗　杨凯丽　大众文艺　2009.5

总向红笺写自随——薛涛小议

缪君芳　青年文学家　2009.11

欧阳詹

世风、士风与唐代婚恋传奇的流传与接受——以欧阳詹与太原妓传闻为中心的比较研究

杨为刚　中国文化研究　2009.1

欧阳詹文友"李评事"考　杨遗旗　湖南科技学院学报　2009.6

裴　度

裴度《寄李翱书》系年考

莫山洪　南宁师范高等专科学校学报　2009.2

裴度分司东都与大和末年洛阳的诗歌唱和

刘艳萍　作家　2009.10

王　建

唐王建《宫词》著作年代考索　贺　忠　长城　2009.2

王建《宫词》中所见唐代宫廷柘枝舞　贺　忠　舞蹈　2009.3

唐代诗人王建与宦官王守澄关系考论——以王建《赠枢密》诗为中心　贺　忠　沈阳工程学院学报　2009.4

王建七律艺术品貌探析　王君泽　德州学院学报　2009.5

王建《宫词》中所见之唐代宫廷音乐

贺　忠　王承文　四川戏剧　2009.6

韩 愈

论韩愈《师说》与中唐师道运动
陆敏珍 社会科学战线 2009.1

论中唐骈散相争与韩愈的"破骈为散"
莫山洪 中国文学研究 2009.1

韩愈诗歌艺术风格浅议 于 歌 菏泽学院学报 2009.1

论韩愈岭海诗文之变 杨子怡 韩山师范学院学报 2009.1

论韩碑中的"文"与"道" 殷海卫 北方论丛 2009.1

韩愈故里问题研究综述及相关思考
苏全有 李玉莉 焦作大学学报 2009.1

修武韩文公故里碑、韩文公墓碑解读
程 峰 张全顺 焦作大学学报 2009.1

韩愈对骈文的扬弃例证 陈淑娥 宜宾学院学报 2009.1

论韩孟诗派的产生及其诗歌艺术风格
刘海利 和田师范高等专科学校学报 2009.1

试论韩愈墓志的写作特色
武全全 辽宁教育行政学院学报 2009.1

韩愈与皇甫湜关系辨正 李最欣 中州学刊 2009.1

试论韩诗对苏诗的影响 时 伟 周口师范学院学报 2009.1

相生相养:论韩愈的社会和谐思想
刘真伦 周口师范学院学报 2009.1

继往开来 共建韩学——2008 中国·孟州韩愈国际学术研讨会开幕词 卞孝萱 周口师范学院学报 2009.1

平易清新 朴素无华——解读韩愈的几首七言绝句
赵云长 边疆经济与文化 2009.1

试论韩愈《送穷文》的声律 黄耀堃 南开语言学刊 2009.1

试论韩诗对苏诗的影响 时 伟 周口师范学院学报 2009.1

孟学与韩愈的人格及心态 余祖坤 广西大学学报 2009.2

论韩愈对屈原文学精神的继承
郑继猛 安康学院学报 2009.2

从汉唐碑志的文体演变看韩愈碑志的正与变
周　悦　中国文学研究　2009.3
韩氏源流辨析　程　峰　河南理工大学学报　2009.3
谈韩愈"不平则鸣"说的缘起及内涵
涂宇明　闽西职业技术学院学报　2009.3
论韩愈文论观的矛盾与统一
沈时蓉　北京化工大学学报　2009.3
韩愈故里问题再探讨　程　峰　中州学刊　2009.3
韩愈的自荐意识　刘伟生　淮海文汇　2009.3
韩愈性情论及其现代启示探析　侯步云　华夏文化　2009.3
《师说》中的师生观及其现代启示
彭　梅　沙洋师范高等专科学校学报　2009.3
朝鲜柳梦寅《送黄圣源洛出宰尚州序》与韩愈《送董邵南序》之比较　曹春茹　中州大学学报　2009.3
曾国藩的韩愈情结　代　亮　船山学刊　2009.3
万古江山留姓氏，千秋俎豆荐馨香——潮汕崇韩古诗思想内涵和艺术风格初探　姚佳妮　汕头大学学报　2009.4
评朱熹的韩欧文变化"无心""有心"论——以两家赠序文为例　洪本健　周口师范学院学报　2009.6
论韩、柳古文创作实践对散文文体的影响
孙丽丽　语文学刊　2009.4
韩愈抒情观之重估——以《送高闲上人序》为中心
杨　伯　南开学报　2009.4
韩愈赠序刍议　何敏锐　前沿　2009.4
试论韩、柳文道观对散文文体的影响
孙丽丽　赤峰学院学报　2009.4
朱子与《韩文考异》　戴从喜　上海第二工业大学学报　2009.4
论朱熹的韩愈研究　全华凌　船山学刊　2009.4
试论韩愈诗歌的艺术表现力
吴振华　周口师范学院学报　2009.4
韩愈先世辨析　程　峰　周口师范学院学报　2009.4
韩愈先世辨疑　刘真伦　周口师范学院学报　2009.4

从《欧阳生哀辞》看韩愈对哀祭文的贡献

徐　晖　社会科学论坛　2009.12

走近韩愈——读《石鼓歌》　梁伟伟　语文学刊　2009.12

简论韩学盛行于欧阳修时代的原因

全华凌　理论月刊　2009.12

韩愈诗歌风格的成因及其演变　陈　曦　飞天　2009.20

论韩愈的交友诗　赵永平　学理论　2009.23

论韩愈的举荐文书及其现实意义

肖　虹　兰台世界　2009.24

张　籍

评点视野下的张籍五律诗歌艺术——以李怀民评点为例　宗瑞冰　苏州大学学报　2009.2

《估客乐》唐代商人生活的真实写照

王　达　湘南学院学报　2009.3

唐张籍诗误收林逋诗二首

徐礼节　安徽农业大学学报　2009.5

崔　护

中日文学中爱情母题研究初探——以崔护的诗《题都城南庄》和《伊势物语》第四段为例

刘九令　渤海大学学报　2009.4

真挚的人生体验　自然的情感咏叹——崔护《题都城南庄》赏析　李　明　语文学刊　2009.10

吕　温

中唐吕温诗歌成就述论　董　超　沧桑　2009.4

李 翱

从古文运动看李翱的礼学思想　李小山　郑州大学学报　2009.1

李翱“诚”的思想及意义　吴　丹　南通大学学报　2009.3

所尚各异　得失互参——李翱、皇甫湜古文理论与创作特色之比较　石明庆　王光义　湖州师范学院学报　2009.5

李翱人性论思想的理论特质(下)——“援佛、道入儒以反佛、道的人性论”　姜赛飞　科技信息　2009.8

刘禹锡

旷达与抑郁——刘禹锡、柳宗元贬谪心态比较　王建梅　贵阳学院学报　2009.1

论刘禹锡咏史怀古诗的取象与造境　刘宝明　德州学院学报　2009.1

20 世纪以来刘禹锡研究综述——以生平、作品及文集的文献学考索为中心　洪迎华　尚永亮　文献　2009.2

唐、五代笔记诗话纠谬——以刘禹锡事迹为例　卞孝萱　阅江学刊　2009.2

刘克庄解读“诗豪”刘禹锡　洪迎华　古典文学知识　2009.3

论刘禹锡诗歌创作中的“意气飞扬”　肖淑琴　湘潭师范学院学报　2009.4

刘禹锡《始闻秋风》创作时间考辨　李　亮　呼伦贝尔学院学报　2009.4

刘禹锡任连州刺史对当今清远人的五点启示　刘国华　清远职业技术学院学报　2009.5

论刘禹锡讽刺诗对毛泽东的影响　何正力　楚雄师范学院学报　2009.5

重估刘禹锡咏史诗的新拓意义　沈文凡　彭　飞　西华大学学报　2009.6

精炼含蓄，流畅自然——解读刘禹锡《金陵五题》三首

赵云长 世纪桥 2009.11

文人性情傲苍穹——浅说刘禹锡的几首桃花诗

庄国岳 现代语文 2009.11

浅谈刘禹锡连州时期的诗文 苏荣滨 青年文学家 2009.11

论刘禹锡的乐府诗 韦燕宁 学理论 2009.12

道风俗而不俚，言情爱而不艳——论刘禹锡新题乐府诗对民俗风情题材的开掘 韦燕宁 作家 2009.18

平生有知己——简析刘禹锡的生平交往

王景慧 青年文学家 2009.21

刘禹锡百年研究综述 姚雪红 作家 2009.24

白居易

拟制考 谢思炜 文学遗产 2009.1

唐代三教融合思潮对白居易思想的影响

陈 龙 暨南学报 2009.1

长安的槐树景观与唐代的科举文化——以白居易为中心的研究 杨为刚 唐都学刊 2009.1

从《白氏文集》看13世纪中朝日三地文化交流

（日）静永健 刘维治译 南阳师范学院学报 2009.1

长恨千年，佳篇流芳——浅析《长恨歌》的主题和特色

韩 璐 蔡晓薇 太原大学教育学院学报 2009.1

长恨绵绵，为情所困——论白居易《长恨歌》的主题思想

晏家春 中华文化论坛 2009.1

论宋初"白体诗"风格形成的社会原因

秦 蓁 重庆电子工程职业学院学报 2009.1

白居易诗歌英译的多元化策略描述

姜光辉 南京农业大学学报 2009.1

白居易《牡丹芳》中的"卫公"指谁 傅绍磊 江海学刊 2009.1

白居易诗中的女性形象分析

赵 莺 湖北生态工程职业技术学院学报 2009.1

儒学思想与白居易《新乐府》创作
李传慰 聂艳莲 现代语文 2009.1

白居易子嗣考辨 文艳蓉 重庆社会科学 2009.2

《长恨歌》主题辨析 樊毓霖 阴山学刊 2009.2

试论白居易《与元九书》的以情纬文
刘绚蓓 牡丹江师范学院学报 2009.2

白居易的江州体验与庐山草堂的空间建构
曹淑娟 中华文史论丛 2009.2

试论白居易诗中生理层次的“闲适”表现——兼及姚合闲适诗 (日)中木爱 中华文史论丛 2009.2

王禹偁对白居易诗歌主题的继承与发展
秦 蓁 成都理工大学学报 2009.2

从“审悲”到“审乐”——论白居易的闲适美对中国审美理想的改变和影响 杜学霞 河南社会科学 2009.2

《长恨歌》文本结构与哲理意蕴新探
李亦辉 李秀萍 南华大学学报 2009.2

丹纳的“时代精神”与白居易的“为时”、“为事”
徐亚玲 六盘水师范高等专科学校学报 2009.2

《琵琶行》与《李凭箜篌引》里的音乐描写
赵 冬 文学教育 2009.2

略谈白居易叙事诗在中唐诗坛的意义
高林清 文教资料 2009.2

论白居易的“知足”与“不足”——兼论其忠州起复后之仕隐心态 邵明珍 中山大学学报 2009.3

解读《长恨歌》——兼述日本现阶段《长恨歌》研究概况
(日)下定雅弘 南开学报 2009.3

论白居易曲词写作的词体发生史意义
木 斋 新疆大学学报 2009.3

闲适诗在白居易诗歌中的地位及产生的原因
闫敬芳 贵州大学学报 2009.3

再谈张中宇先生的逻辑及其他——白居易的自省意识探析 周相录 学术界 2009.3

《放鹰》诗是白居易向皇帝建言"驭臣之术"
邵明珍　文史知识　2009.11
文章合为时而著　歌诗合为事而作——浅析白居易功利主义诗歌主张　刘学文　时代文学　2009.11
论白居易的独善心态及其审美意蕴
李昌舒　文艺研究　2009.11
崇高的生命意识　进步的女性观念——浅析白居易的妇女诗　覃素安　湖北第二师范学院学报　2009.12
从白居易的讽喻诗看报告文学的雏形
张　祝　今日科苑　2009.14
白居易诗歌中包含"月"字小句的功能语篇分析
何云剑　作家　2009.16
《琵琶行》美学特征三题　彭　倩　飞天　2009.16
音乐与文学的共鸣——解读白居易《琵琶行》之音乐描写　梅洪琼　科技信息　2009.27
白居易的自责诗　清　风　政府法制　2009.36

柳宗元

论柳宗元"永州八记"的复式结构模式
李君怡　贵州民族学院学报　2009.1
柳集五百家注俞良甫翻宋本考述
岳　珍　中国典籍与文化　2009.1
柳宗元的弥陀净土信仰
郭莲花　柳州师范高等专科学校学报　2009.1
柳宗元——从革新能臣到自由知识分子
何生风　湖南科技学院学报　2009.1
柳宗元永州行迹再考　洋中鱼　湖南科技学院学报　2009.1
试论柳宗元山水游记的"旷如"与"奥如"
周慧玲　杨年丰　湖南科技学院学报　2009.1
"名为司马，实如囚徒"辩——以柳宗元为个案，论贬谪

“投迹山水地，放情咏《离骚》”：论柳宗元的诗学观
杨文榜　太原师范学院学报　2009.6
从柳宗元的寓言看其社会心态　亓　琪　安徽文学　2009.6
田园情与骚怨心——陶渊明与柳宗元诗的差异性之精神解读　黄桂凤　山花　2009.6
从“千万孤独”到“为农信可乐”——柳宗元在永州的山水游踪及心路历程　曹建华　语文学刊　2009.6
《柳集版本丛考》续　刘汉忠　广西地方志　2009.6
论柳宗元传记文学的成就　赵新国　现代语文　2009.7
柳宗元《龙安海禅师碑》所记禅宗法统释证
程羽黑　社会科学　2009.7
新批评对阐释诗歌的启示——关于《江雪》的另一种解读　魏　琼　怀化学院学报　2009.7
识透古今、眼空百世、俊杰廉悍、踔厉风发——论柳宗元议论散文的特色　赵新国　安徽文学　2009.7
惊风密雨何处来？——重读柳宗元《登柳州城楼寄彰汀封连四州刺史》　万德敬　名作欣赏　2009.8
柳宗元山水文学美学特点形成原因初探
赵　欣　新西部　2009.8
中国平民传记的开山之作——柳宗元传记散文琐议
王　青　语文学刊　2009.8
《龙城石刻》应是柳宗元手迹
喻国伟　广西社会科学　2009.10
柳宗元谪居二考　翟满桂　广东技术师范学院学报　2009.10
析“永州八记”中“虚实相生”的写景艺术
艾　瑛　文史博览　2009.10
柳宗元的佛教律学观　张　勇　湖南科技学院学报　2009.11
诗无达诂觅知音——读柳宗元诗札记
吕国康　湖南科技学院学报　2009.11
中兴诗人对柳宗元诗歌的接受——以陆游为例
杨再喜　兰州学刊　2009.11
对柳宗元山水游记的看法　刘九生　语文学刊　2009.11

欲采蘋花不自由——柳宗元《酬曹侍御过象县见寄》解读　张笑难　名作欣赏　2009.11

柳宗元和刘禹锡天人关系思想比较　娄欣星　语文学刊　2009.12

试论柳宗元借鉴元结游记艺术　周玉华　社会科学论坛　2009.12

论柳宗元伦理思想中的政治色彩　杨　涛　湖南科技学院学报　2009.12

柳宗元《永州八记》的写作启示　蒋新红　作家　2009.20

论柳宗元的寓言　储　庆　青年文学家　2009.20

魅力阅读:横看成岭侧成峰——柳宗元山水游记多元内蕴探因　陈仕龙　山花　2009.22

浅谈柳宗元山水游记的情境美　张喜平　吉林教育　2009.27

陈　鸿

怅望千秋一洒泪　萧条异代不同时——《东城老父传》与《促织》的参照阅读　柳卓娅　淄博师范高等专科学校学报　2009.3

姚　合

"峭冷"诗人"清峭"诗——兼论姚合诗歌对中晚唐苦吟诗风的创新　邹　艳　徐　勇　江西教育学院学报　2009.4

姚合贾岛五言律诗的体式特征　白爱平　唐都学刊　2009.5

论姚合在姚贾诗派中的领袖地位——兼析贾岛未能成为领袖的原因　张震英　广西社会科学　2009.6

廖有方

新出土唐代诗人廖有方墓志考论　胡可先　中山大学学报　2009.5

白行简

民间想象、士族欲望与文人叙事:试析《李娃传》的大团圆结局　祖国颂　福州大学学报　2009.1

摇曳多姿,引人入胜——试析唐传奇《李娃传》的故事情节　郭竞芳　濮阳职业技术学院学报　2009.2

《李娃传》与《绣襦记》的比较研究　胡艳兰　南昌高等专科学报　2009.4

灵魂的自赎与自我的超越——唐人传奇《李娃传》的结构主义叙事学文本分析　刘延超　社会科学家　2009.8

试比较《李娃传》和《霍小玉传》中的人物形象　曾礼红　安徽文学　2009.8

从《李娃传》到《曲江池》——试析李氏形象变异及其与时代文化背景的关系　滕　云　名作欣赏　2009.9

从创作主体心理角度再探《李娃传》思想价值意义　张隋全　宜宾学院学报　2009.10

皇甫湜

皇甫湜、李贺生平二题　吴在庆　李　芊　河南科技大学学报　2009.6

元　稹

试论《莺莺传》的艺术价值　周承铭　浙江教育学院学报　2009.1

重新评估《莺莺传》的艺术价值　周承铭　玉林师范学院学报　2009.1

元稹集编年笺注散文卷序　朱季海　苏州科技学院学报　2009.1

浅析元白判文　肖莹星　南昌高等专科学报　2009.1

《莺莺传》叙事艺术探析　祖国颂　林继中　东南学术　2009.2

元稹散文概说　杨　军　苏州科技学院学报　2009.2

论《莺莺传》"忍情"议论的批判作用和艺术价值
崔有第　安康学院学报　2009.2

从元稹、白居易艳诗看中唐诗歌的写实倾向
刘艳萍　长安大学学报　2009.2

古典爱情的现代演绎:《伤逝》与《莺莺传》之比较研究
宋剑华　李　哲　现代中国文化与文学　2009.2

元白唱和及其诗史意义　段承校　盐城师范学院学报　2009.3

元、白诗歌的传播学考察
吴淑玲　贵州师范大学学报　2009.3

"元稹自寓说"辩议　罗朝蓉　时代文学　2009.3

元稹佚诗《题虎丘山生公讲堂影牌》考
陈　翀　文学遗产　2009.3

崔张形象嬗变与封建士子理想婚恋观
陶广学　贵州文史丛刊　2009.3

"元、白"的无嗣之忧及其文化心理意蕴
肖伟韬　兰州学刊　2009.4

《才调集》元稹诗歌考略
黄冬红　柳州师范高等专科学校学报　2009.4

从崔莺莺的姓氏谈起——论元稹与山东士族
黄贤忠　合肥学院学报　2009.4

封建礼制的叛逆女性——崔莺莺与杜丽娘形象比较研究　施晓雷　濮阳职业技术学院学报　2009.4

《莺莺传》非行卷作品　钟翠红　江海学刊　2009.4

元稹悼亡诗"夸张矫饰"说质疑
王　军　忻州师范学院学报　2009.4

元稹与禅宗关系摭谈　刘铁峰　天水师范学院学报　2009.4

论贬谪对元稹诗歌创作的影响
刘铁峰　湖南人文科技学院学报　2009.5

元稹与禅宗论略　刘铁峰　南华大学学报　2009.5

日常生活的诗意再现——论《莺莺传》对唐传奇的创新
郭自虎　江淮论坛　2009.5
论宦官内争与元稹及其制诰改革
傅绍磊　西南交通大学学报　2009.5
悰绪竟何如？棼丝不成绚——元稹爱情婚姻复杂心态别论　许金华　福建论坛　2009.6
“黄泉”的得名与元稹通州诗　周宗旭　文史杂志　2009.6
浅论元稹伤悼诗的艺术特色　廖丽梅　鸡西大学学报　2009.6
元白唱和诗研究　赵　乐　北京大学学报　2009.6
论乐人与元白诗歌的传播
柏红秀　河南师范大学学报　2009.6
元稹《遣悲怀》与苏轼《江城子》比较探析
董以平　飞天　2009.8
试论从《莺莺传》到两本《西厢记》的嬗变成因
赵缈缈　中华活页文选　2009.8
无情不似多情苦——从叙事学角度解读《莺莺传》
魏艳君　重庆工学院学报　2009.10
诗到元和体变新——元稹次韵律诗刍议
郭自虎　安庆师范学院学报　2009.10
对元稹《离思》五首之四属于悼亡诗的疑议
乔　任　文教资料　2009.15
元稹诗歌理论与创作思想的离与合
顾春军　文教资料　2009.19
从《莺莺传》看唐传奇的艺术特色
李志敏　青年文学家　2009.20
从《莺莺传》到《西厢记》看古代爱情观的演变
赵永华　飞天　2009.20
“元和体”补正　李红雨　青年文学家　2009.21
文情并茂，凄婉动人——《莺莺传》莺莺书信之解读
张　璇　山东大学学报　2009专辑

贾　岛

贾岛五律与佛教戒律的类比之误——以宇文所安的晚唐诗研究为例　　陈小亮　浙江学刊　2009.2

同题诗歌的异质美——《寻(访)隐者不遇》之比较　　李　姝　李　睿　绵阳师范学院学报　2009.6

贾岛山水诗定量分析　江　瑛　荆楚理工学院学报　2009.10

李朝威

完美儒生　侠义风范——析唐传奇《柳毅传》中的柳毅形象　　周爱金　语文建设　2009.1

从温顺到节烈——《柳毅传》与《蜃中楼》龙女形象比较研究　　姜　楠　铜陵职业技术学院学报　2009.4

传奇以弘道——《柳毅传》主题新探　　朱俊松　中共银川市委党校学报　2009.6

宿命还是其他——论社会习惯心理对唐人小说《柳毅》的影响　　徐拥军　哈尔滨学院学报　2009.10

《柳毅传》龙王形象的立体解读　陈玉红　语文学刊　2009.10

从《三卫》到《柳毅传》结局改变的分析　　张　倩　现代交际　2009.11

李公佐

亦梦亦真,实写人生——李公佐《南柯太守传》主题思想和艺术成就探析　　郭竞芳　新乡学院学报　2009.1

重新评估《南柯太守传》的艺术价值　　周承铭　今日科苑　2009.2

貌合神离——李公佐《谢小娥传》、李复言《尼妙寂》《新唐书·谢小娥传》比较阅读　　柳卓霞　社会科学论坛　2009.7

试析李公佐传奇中的思想　　李征松　电影评介　2009.23

蒋防

从唐传奇《霍小玉传》到"上昆"版《紫钗记》
朱恒夫　上海戏剧　2009.3

中西方语境下女性婚变复仇母题比较研究——以《美狄亚》、《霍小玉传》为例　高江涛　邢台学院学报　2009.3

从女性形象塑造看唐传奇创作意识——以李娃、霍小玉为例　孙鸿亮　湖南社会科学　2009.5

权力体制下男性主体性的丧失——《霍小玉传》的一种新解读　高江涛　吉林省教育学院学报　2009.9

福祸无门　惟人自召——浅析《霍小玉传》与《窦氏》结局不同的原因　刘晓洁　青年文学家　2009.11

空前绝后的一夫一妻制理想——论《霍小玉传》
冯琳瑛　科教文汇　2009.12

张祜

论张祜送别诗的艺术特色
赵立春　承德民族师范高等专科学校学报　2009.1

试论中晚唐诗人张祜的宫词
赵　乐　程郁缀　内蒙古大学学报　2009.1

略论张祜诗的艺术特色　谢　伟　沈阳农业大学学报　2009.3

张祜写"李杨关系"诗的特色——兼与白居易的《长恨歌》作比较　赵立春　赤峰学院学报　2009.9

大唐题咏诗创作第一人:论张祜的题咏诗
王辉斌　南阳师范学院学报　2009.11

论张祜乐舞诗的价值　兰　芳　科技信息　2009.30

徐凝

虽非绝唱　确是佳篇——徐凝《庐山瀑布》诗琐议
牟国相　沧州师范高等专科学校学报　2009.3

牛僧孺

论牛僧孺《玄怪录》并非行卷之作
张萧绎　甘肃理论学刊　2009.1

唐代进士行卷制度与《玄怪录》
王　新　和田师范高等专科学校学报　2009.1

玄虚怪谲，史辞兼重——从《玄怪录》看牛僧儒传奇创作的审美追求　张　岗　哈尔滨学院学报　2009.2

沈亚之

古文风貌与楚调悲歌——论沈亚之的文学素养与其小说创作之关系　陈才训　中国文学研究　2009.4

浅谈中唐文人沈亚之的归属问题
韩小燕　中国商界　2009.11

沈亚之文学作品中的梦幻意识和现实之关系
高聚斌　魅力中国　2009.16

施肩吾

论施肩吾的艳诗及其诗史意义
贺威丽　泰安教育学院学报岱宗学刊　2009.3

施仙岩与施肩吾　朱国林等　江西师范大学学报　2009.6

李德裕

论李德裕的公文创作与《左传》、《汉书》之关系
曲景毅　江淮论坛　2009.4

李　贺

李贺与屈原的爱国精神之比较
胡敦飞　柳州师范高等专科学校学报　2009.1

论李贺神鬼诗反诗歌传统的美学特征
王抒凡　牡丹江师范学院学报　2009.1

李贺的长安经验与其宫怨、闺怨诗的创作
魏　娜　西南交通大学学报　2009.1

现世与理想的双重关注——论李贺诗歌鱼意象的深层含义
龚慧兰　乐山师范学院学报　2009.1

李贺鼻观下的唐代香文化　瞿明刚　求索　2009.2

李贺:以天地为我心　范冬冬　河南工业大学学报　2009.3

屈原李贺爱国精神比较　胡敦飞　职大学报　2009.3

诸神的脱冕与绝对的怀疑论——李贺"神仙诗"解读
李　华　吉新宏　中国海洋大学学报　2009.3

不幸人生的诗意书写——李贺《马诗二十三首》的悲剧意蕴
李海娟　河南教育学院学报　2009.3

论李贺在对《楚辞》接受中的创新
张宗福　乐山师范学院学报　2009.3

李贺诗歌意象的虚幻新奇及其成因
李　宜　宝鸡文理学院学报　2009.4

揭秘李贺的内心世界——重读《苏小小墓》
李玉环等　南昌教育学院学报　2009.4

略论李贺与波德莱尔通感象征手法及意象世界的构筑
张宁宁　邢台学院学报　2009.4

《李贺诗集》注释商兑一则
乔立智 西南民族大学学报 2009.4
李贺诗歌悲剧气氛探微 于秀丽 剧作家 2009.4
李贺诗歌色彩词的语法研究 程江霞 语文学刊 2009.5
人间、鬼域和天界——浅探李贺诗中的三重世界
季建萍 东岳论丛 2009.5
“异己世界”中的一曲悲歌——论李贺诗中的宫女形象
李华 吉新宏 济南大学学报 2009.5
我有迷魂招不得——大唐鬼才李贺的生前身后事
王开林 国学 2009.5
李贺诗歌隐性色彩词研究 程江霞 科教文汇 2009.5
李贺《将进酒》解析 过常宝 文史知识 2009.6
论李贺诗歌的艺术特色 刘阅 青年文学家 2009.6
浅析李贺诗中的生命意识与死亡氛围
唐晨 安徽文学 2009.6
晚唐诗人李贺的生死观——兼论唐代诗人对生与死的理解与诠释 沈文凡 赵丹 长春大学学报 2009.7
李贺非古题乐府的数量和篇目 李淼 科教新报 2009.7
李贺诗歌色彩词的修辞 程江霞 文教资料 2009.7
李贺诗歌中的生命意识 张慧 山西教育 2009.9
论郭璞“游仙诗”在李贺笔下的继承与发展
阙雯雯 宋延屏 内江师范学院学报 2009.9
试析李贺所处的生活环境对其诗风的影响
王楠 任青 语文学刊 2009.10
川合康三的李贺研究 李雪菲 今日南国 2009.12
李贺诗歌中的色彩表现 曹亚辉 青年文学家 2009.15
浪漫摇曳在幻想夸张之中 典范长存于音乐飘香之外——李贺《李凭箜篌引》营造的音乐美
余翔 林阳地 电影评介 2009.15
试论李贺对屈原的继承与发展 潘莉 大众文艺 2009.19
论李贺诗歌中的色彩运用特征 周春晓 文教资料 2009.20
“淡妆浓抹总相宜”——以李贺为例略论唐代色彩诗

歌　　李连霞　王加鑫　黑龙江史志　2009.24
论李贺的病变与文变　　曹　琰　科技信息　2009.29
以幻象抒真情——剖析李贺诗中的鬼神意象
周馨璐　科技信息　2009.32

卢　仝

试论卢仝的艳冶之作　　郑慧霞　唐都学刊　2009.2
试论卢仝诗的"俗"趣
郑慧霞　郑州航空工业管理学院学报　2009.2
简论卢仝诗的"怪"趣　郑慧霞　绍兴文理学院学报　2009.3
卢仝《月蚀诗》主旨探微　　郑慧霞　中国韵文学刊　2009.4
卢仝《春秋摘微》流传与著录研究
郑慧霞　河南教育学院学报　2009.4
卢仝体艺术特征简论　　李　军　盐城师范学院学报　2009.5
论"卢仝体"　　肖　波　荆楚理工学院学报　2009.6

韦　绚

韦绚及《刘宾客嘉话》考论　　王　伟　西北大学学报　2009.2

杜　牧

杜牧诗文在朝鲜半岛的流传及其影响——以李奎报
为例　　朴锋奎　延边大学学报　2009.1
论杜牧出守湖州风情诗中的政治寓意——以《叹花》
为例　　赵美香　德宏师范高等专科学校学报　2009.1
一曲《清明》千古新——杜牧《清明》诗的接受方式
李金坤　文史杂志　2009.2
"云容水态还堪赏，啸志歌怀亦自如"——杜牧扬州生
活之主旋律　　赵　非　廊坊师范学院学报　2009.2
论杜牧"以文为诗"　彭笑远　北京青年政治学院学报　2009.2

析杜牧诗歌的意象群　栾巧云　贵阳学院学报　2009.2
浅论杜牧诗文中的军事思想与《孙子兵法》
杨　辉　现代语文　2009.2
浅析杜牧诗歌的早期传播　周　杰　时代文学　2009.3
论杜牧"以才学为诗"　彭笑远　毕节学院学报　2009.3
杜牧文艺思想新论　孙大军　安徽理工大学学报　2009.3
杜牧焚诗考　史广超　郑州航空工业管理学院学报　2009.3
杜牧诗歌中的女性话语特征及其文化底色
李　军　现代语文　2009.3
杜牧绝句变体及其诗学意义
彭笑远　北京教育学院学报　2009.4
哀悼诗中的千古绝唱——杜牧《清明》赏论
李金坤　名作欣赏　2009.4
杜牧涉酒诗中的忧患意识
赵　非　曲晓明　燕山大学学报　2009.4
杜牧诗歌中对妓女特殊观照的原因
姚璐甲　十堰职业技术学院学报　2009.4
情景交融，寄慨遥深——杜牧《泊秦淮》赏论
杨绍玲　名作欣赏　2009.5
杜牧的登高诗及其艺术精神　王辉斌　唐都学刊　2009.5
重意立言　追求高绝——谈杜牧的文学思想
伍微微　凯里学院学报　2009.5
《泊秦淮》英译文的经验纯理功能分析
李红艳　社会科学论坛　2009.5
抒情溢俊爽　写景盈纯清——试论杜牧写景抒情诗的
艺术美　潘爱锋　湘潭师范学院学报　2009.5
略论杜牧咏史诗的创作
许陆生　湖南工业职业技术学院学报　2009.6
杜牧宫怨诗的思想内容　余　丽　现代语文　2009.6
论杜牧诗歌中的女性观照　许慧君　安徽文学　2009.6
也谈杜牧《山行》的押韵　吴晓燕　语文学刊　2009.8
杜牧艳诗的雅化色彩及其与元白艳诗之异同——从

杜牧对元稹、白居易艳诗的批评说起

刘艳萍　长春大学学报　2009.9

杜牧题材古代历史剧之本事溯源及形象解析

严　岩　乐山师范学院学报　2009.10

评杜牧《泊秦淮》的两个英译本　石　蕾　文学教育　2009.10

试论杜牧、李商隐诗序的差异及其原因

吴振华　广东技术师范学院学报　2009.11

“寻僧解忧梦，乞酒缓愁肠”——析杜牧酒后诗中的忧生之嗟　赵　非　曲晓明　时代文学　2009.11

论杜牧对宋词的影响　许秋群　社会科学论坛　2009.12

立意高绝，史论结合——例谈杜牧咏史诗中的历史辩证法　王晓英　岳永生　青年文学家　2009.12

杜牧《泊秦淮》五种英译文的逻辑功能分析

徐喜梅　科技信息　2009.17

杜牧怀古诗的表现技巧浅析　张　舒　青年文学家　2009.19

杜牧诗歌的艺术性及其史学价值

柳红星　魅力中国　2009.22

论杜牧女性题材诗歌的文学地位

杨万里　天府新论　2009.s1

许　浑

论许浑诗歌“气”的艺术风格

赵丽玲　周金声　喀什师范学院学报　2009.1

许浑诗与江苏地域的关系　贾　捷　安徽文学　2009.1

晚唐诗人许浑卒年应如何考订——与吴在庆、高玮商榷

罗时进　中州学刊　2009.2

从《瀛奎律髓》看方回的许浑批评

王奎光　李　良　中国文学研究　2009.2

试论南宋江湖派对许浑诗歌的接受

徐永丽　现代语文　2009.2

卢　肇

马戴

李　玫

李　郃

薛能

韦　瓘

方　干

曹　唐

李商隐

李商隐诗歌研究综述

叶刘伟　袁书会　柳州职业技术学院学报　2009.1

话语与心理变迁:再论义山的一首《无题》诗

何易展　重庆交通大学学报　2009.2

痛苦体验生成的忧患情结——李商隐悲剧心理透视之一　李措吉　青海民族学院学报　2009.2

论李商隐的《蝉》　汪　慧　淮北职业技术学院学报　2009.2

蓝田日暖,良玉生烟——从李商隐诗的朦胧美看中国古典诗歌的审美特质　唐小娟　西安文理学院学报　2009.2

意态由来画不成——《锦瑟》英译中的意象流失

曾景婷　江苏科技大学学报　2009.2

《锦瑟》英译和法译的隐喻学对比研究

晏　雪　黑龙江教育学院学报　2009.2

论李商隐无题诗的朦胧特征

欧阳伟华　辽宁行政学院学报　2009.2

李商隐诗歌中"烛"意象探析　余　菲　文教资料　2009.2

浅谈戴望舒对李商隐诗歌的继承和发展

李　璇　现代中国文化与文学　2009.2

《锦瑟》英译中的诠释多元走向

曾景婷　河南理工大学学报　2009.2

论小说对李商隐诗歌创作的影响　余恕诚　文学遗产　2009.3

论李商隐和他的无题诗

斯琴高娃　张国军　赤峰学院学报　2009.3

李商隐《韩碑》诗主旨新探　王永波　中华文化论坛　2009.3

含蓄之美——李商隐诗歌的艺术特色

赵玉萍　时代文学　2009.3

李商隐对杜甫七律章法句法的接受

康　勇　现代语文　2009.3

言为心声,托物抒怀——略述李商隐咏物诗

钟德玲　现代语文　2009.3

可怜夜半虚前席　不问苍生问鬼神——李商隐人生之道　李　仁　朔方　2009.3

只是当时已惘然——说李商隐《锦瑟》
周汝昌　中华活页文选　2009.3

课虚无以责有　叩寂寞而求音——从李商隐对前代诗文的接受看义山诗风的成因
何小芬　陕西理工学院学报　2009.3

论李商隐诗歌的佛理禅趣　黄昭寅　德州学院学报　2009.3

论李商隐诗的艺术特色
刘卫平　佳木斯大学社会科学学报　2009.4

阮籍、李商隐诗歌"隐秀"略析——以"咏怀"、"无题"为核心　李青唐　浙江社会科学　2009.4

李商隐诗歌的分期与风格特点
庞维跃　新疆职业大学学报　2009.4

浅谈李商隐的双重仙道观　周庆弄　河池学院学报　2009.4

《宏观世界话玉溪——试论李商隐在中国诗歌史上的地位》一文学术方法的运用探究
张　虹　和田师范高等专科学校学报　2009.4

李商隐的幕府酬唱诗与用世情怀　陆婵娣　安徽文学　2009.4

《锦瑟》的美学意蕴　刘　婧　作家　2009.4

李商隐无题诗的悲剧美
齐珺琰　延安职业技术学院学报　2009.4

心灵深处的诗美体验与诗意追寻——王蒙的李商隐研究综论　路元敦　泰山学院学报　2009.4

李商隐文集中与道教有关典故的运用
于　平　语文学刊　2009.5

李商隐《无题二首》解　董希平　古典文学知识　2009.5

待得孤月上，如与佳人来——李商隐诗歌的月亮意象
刘小兵　大连大学学报　2009.5

理想与现实冲撞间的李商隐悲情
汤素琴　衡水学院学报　2009.5

论《新唐书》、《旧唐书》对李商隐评价之差异
张俊海　合肥学院学报　2009.5

苦难心灵的历程——论李商隐《无题》
宋阿娣　昌吉学院学报　2009.5

梦负雄才，酒化相思——论李商隐的孤独及其排遣方式
刘一锜　安徽文学　2009.5

清代蒙古诗人博明与其《义山诗话》
米彦青　内蒙古大学学报　2009.5

宋、元“义山体”《无题》诗风及其东传
陈彝秋　阜阳师范学院学报　2009.5

论李商隐无题诗的修辞运用
王冠玉　西南科技大学学报　2009.5

李商隐《白云夫旧居》考辨
王东峰　牡丹江教育学院学报　2009.5

李商隐及其诗与令狐綯之关系
景红录　江汉大学学报　2009.5

李商隐与济慈诗歌创作艺术之比较
蔡　庆　李　睿　现代语文　2009.6

论李商隐无题诗忧愁的成因　严雨莹　黑龙江史志　2009.6

“征南幕下带长刀”——李商隐诗歌尚武精神浅探
陈艺鸣　新余高等专科学报　2009.6

论西昆体对义山体的渐变及其诗学价值估定——以咏史诗为例　傅蓉蓉　湖南社会科学　2009.6

花须柳眼各无赖　紫蝶黄蜂俱有情——浅析李商隐诗歌意象的审美特质
李爱民　山东商业职业技术学院学报　2009.6

李商隐无题诗的构思特征——兼论李商隐对李贺的继承　孙　婷　甘肃联合大学学报　2009.6

敛放悲喜话玉溪　闫俊伟　广东技术师范学院学报　2009.6

从《锦瑟》看李商隐的意象观
黄　珊　边疆经济与文化　2009.8

解读义山　雨在心头——欣赏李商隐咏物诗中的“雨景”
袁广利　中华活页文选　2009.8

温庭筠

温庭筠词题材特征下的时代心态　苑慧香　作家　2009.6

温、韦、李“严妆”、“淡妆”和“粗服乱头”之辨　倪孟达　现代语文　2009.7

温庭筠姓名考　高宪帅　安徽文学　2009.7

唯美的世界与绮怨的情怀——温庭筠艳体乐府诗论析　刘艳萍　安徽文学　2009.7

一个古典母题的现代变奏——温庭筠《望江南》、席慕容《悲喜剧》对读　高瑞芹　胡鹏　时代文学　2009.9

论唐宋词中“狂”的精神内涵及其演变——从温庭筠到辛弃疾　谷青　时代文学　2009.11

艳俗词风隐藏下的末世哀叹——温庭筠诗歌赏析　郭尧　文教资料　2009.11

温庭筠“侧词”辨　李博昊　华章　2009.12

温庭筠恋情词抒情视角分析　刘代霞　作家　2009.16

段成式

《酉阳杂俎》中的鬼文化浅探　李晓霞　辽宁工程技术大学学报　2009.2

段成式交游考　常恒畅　湖南医科大学学报　2009.6

从《酉阳杂俎》看唐朝婚俗　姜川子　消费导刊　2009.8

论《酉阳杂俎》奇异故事的双重特性　倪杨　语文学刊　2009.11

曹邺

论晚唐曹邺效陶诗　周静　井冈山学院学报　2007.7

晚唐社会的缩影——晚唐诗人曹邺诗作简论　周兰　广西教育　2009.15

孙樵

孙樵《寓汴观察判官书》写作年代考
丁恩全　文学遗产　2009.1
孙樵的史学思想及其散文的精神实质
丁恩全　河南大学学报　2009.2

陈陶

陈陶诗歌用韵研究　张硕　现代语文　2009.4

李群玉

论李群玉山水诗的文学价值
林华　黎小平　滁州学院学报　2009.5

刘驾

商人悲惨命运的写真——刘驾《贾客词》赏析
张克峰　古典文学知识　2009.4

张为

略论《诗人主客图》的版本著录及流传情况
赵子抄　李寅生　河北经贸大学学报　2009.3
《诗人主客图》的文献综述研究
赵子抄　李寅生　唐都学刊　2009.5
略论《诗人主客图》"摘句论诗"形式的渊源及流变
赵子抄　大连大学学报　2009.5
略论《诗人主客图》之"清奇僻苦派"
赵子抄　李寅生　沈阳大学学报　2009.6

于 濆

胡 曾

裴 铏

薛 调

罗 隐

剧人生和诗文创作　　　陈　鹏　玉溪师范学院学报　2009.1
雍文华校本《罗隐集》误校误改举隅
李定广　翁　艾　汕头大学学报　2009.5
罗隐论史的独特视野　　　　乐　朋　文化月刊　2009.7
通俗讽刺隐逸中的悲剧性——谈罗隐的七绝创作
刘俊林　青年文学家　2009.7
百年罗隐研究综述　　　　　胡江山　华章　2009.24

秦韬玉

《贫女》之现象学美学赏析
谢　君　沧州师范高等专科学校学报　2009.1

皮日休

皮陆诗中的"唐音""宋调"　林晓玲　九江学院学报　2009.2
皮日休吴地创作中的吴地饮食文化
王艳芳　湖北三峡职业技术学院学报　2009.2
皮日休对儒家传统的继承与突破
高徽征　太原科技大学学报　2009.2
皮日休后期创作特征平议
彭庭松　中国石油大学学报　2009.2
皮日休的《诗经》阐释　　赵棚鸽　河北师范大学学报　2009.5

陆龟蒙

略论陆龟蒙的赋体小品　李秀敏　中国海洋大学学报　2009.5
诗意的栖居——陶渊明与陆龟蒙比较探微
林晓玲　重庆科技学院学报　2009.5
陆龟蒙自传体小品浅论　　　　李秀敏　名作欣赏　2009.7

韦庄

夏承焘《韦庄年谱》生年续考
毛兰球　柳州师范高等专科学校学报　2009.1

论韦庄词与审美超越　邓红学　社科纵横　2009.1

韦庄入蜀仕蜀考辨　周世伟　中华文化论坛　2009.1

韦庄入蜀原因探析　张美丽　文学教育　2009.2

新奇可爱——韦庄诗的典故运用
张美丽　伊犁师范学院学报　2009.3

也谈韦庄广明元年底至中和三年春的行迹
曹丽芳　古典文学知识　2009.4

论韦庄词的诗学精神及词史意义
张美丽　杭　勇　山西师范大学学报　2009.4

韦庄词作审美意蕴浅析
许冬梅　田恩铭　赤峰学院学报　2009.4

借古以抒怀　吊古以伤今——论韦庄的咏史怀古诗
张美丽　黑龙江教育学院学报　2009.4

《秦妇吟》之讳因考辨　薛　茜　现代语文　2009.4

试论韦庄词情感实质与艺术表达的矛盾性
周世伟　前沿　2009.5

试论韦庄词风格成因及起结艺术
田玉军　现代语文　2009.12

司空图

《二十四诗品》之典雅、清奇及其与孟浩然诗风
张国庆　学术探索　2009.2

论司空图诗论中的"格"　冯丽霞　东莞理工学院学报　2009.2

论《二十四诗品》的诗美意象　李美乐　许昌学院学报　2009.3

司空图著作权被质疑后《诗品》的价值和地位问题——

以《〈二十四诗品〉诗歌美学》为中心进行讨论
陈友康　云南民族大学学报　2009.4
论司空图"味外之旨"对诗味论的发展
非云华　昆明学院学报　2009.4
论司空图《二十四诗品》对中国美学和诗学的重要建树
王　凯　武汉大学学报　2009.4
超象之思:司空图的"四外说"——以司空图有关诗学信札为例
郭建平　开封教育学院学报　2009.4
司空图《二十四诗品》的基本美学思想
魏俊玲　新乡教育学院学报　2009.4
读司空图《荥阳族系记序》札记
张固也　古籍整理研究学刊　2009.4
浅谈《二十四诗品》之"雄浑"范畴——兼论其创作论意义
葛艳奇　现代语文　2009.4
司空图"味外说"误解辨正　申　阅　新乡学院学报　2009.5
简论司空图的"自然观"及其对宋诗的影响
郝丽梅　吴　微　内蒙古农业大学学报　2009.5
论司空图的为文观　杨　宁　现代语文　2009.11
淡而有味——司空图美学思想浅析
李彦栋　文教资料　2009.22

章　碣

章碣诗歌用韵考　李源清　广西大学学报　2009.2

罗　虬

罗虬《比红儿诗》本事演变及真相新探
李最欣　中南民族大学学报　2009.4

鱼玄机

论鱼玄机诗的炼字艺术　李素平　长江大学学报　2009.1
论鱼玄机诗歌中的悲剧意识　李素平　长沙大学学报　2009.1
鱼玄机诗歌的比喻艺术
李素平　牡丹江教育学院学报　2009.2
袁克文与宋陈氏书棚本《唐女郎鱼玄机诗》
丁延峰　李　波　古典文学知识　2009.3
鱼玄机诗歌用典艺术初探
李素平　江西科技师范学院学报　2009.3
浅论鱼玄机的双重人生悲剧及其成因
李素平　牡丹江师范学院学报　2009.4
鱼玄机与《文选》宋玉三赋　钟其鹏　钦州学院学报　2009.5
论鱼玄机诗歌多种辞格的综合运用及其艺术效果
李素平　名作欣赏　2009.7
鱼玄机爱情诗以外的题材及其意蕴价值
李素平　安徽文学　2009.8
梦为蝴蝶也寻花——唐代女冠诗人鱼玄机情感世界解读　郭江惠等　名作欣赏　2009.9
鱼玄机创作的心路历程透视　刘松梅　作家　2009.18
论鱼玄机诗的思想闪光点　涂序南　文教资料　2009.28

孙　棨

试谈《北里志》的小说特征　王晓鹃　榆林学院学报　2009.5
从《北里志》看唐末长安歌妓的生活
王晓鹃　兰州学刊　2009.10

韩　偓

韩偓政治诗情感表达的文本解读　周秀娟　船山学刊　2009.2

韩偓"香奁诗"解析　　文航生　赤峰学院学报　2009.9
真挚与清新——韩偓与其《香奁集》浅论
江海鹰　语文学刊　2009.12

杜荀鹤

毁誉参半的杜荀鹤与"杜荀鹤体"
罗芳芳　方　胜　安徽理工大学学报　2009.1
"言论关时务，篇章见国风"——读杜荀鹤《山中寡妇》诗　　马丕环　阅读与写作　2009.3
也论"杜荀鹤体"　　叶　宽　太原师范学院学报　2009.4
谈杜荀鹤的文学创作理论　　刘叶敏　大众文艺　2009.5
时进时退，退隐亦为入世故——从文学创作看杜荀鹤的仕进与退隐　　陶建君　现代语文　2009.10

郑　谷

对郑谷诗"格卑"的辨析　　陈清云　船山学刊　2009.1
郑谷诗歌"诗史"探微　　李　娟　济宁学院学报　2009.2
试析郑谷仕与隐的矛盾彷徨
陈清云　哈尔滨学院学报　2009.2
郑谷诗学观探微　　陈清云　重庆邮电大学学报　2009.3
清婉·浅切·悲凉——郑谷诗歌风格略析
崔　霞　绍兴文理学院学报　2009.3

崔致远

宾唐进士崔致远《应天节斋词》研究
王国彪　华夏文化　2009.1
崔致远《应天节斋词》研究
曹春茹　安徽理工大学学报　2009.2
崔致远三元、黄箓斋词研究　　王国彪　湘南学院学报　2009.4

吴　融

吴融塞北游历考述　许浩然　扬州教育学院学报　2009.1

唐末文人吴融二事考述　许浩然　江苏教育学院学报　2009.2

吴融、陆希声交游考述

许浩然　牡丹江师范学院学报　2009.6

论晚唐诗人吴融的隐逸心态　李双月　山东文学　2009.10

李　珣

五代词人李珣《琼瑶集》及其生平新探

高法成　今日南国　2009.1

论回族先民李珣词的形象塑造及其文化诉求

宋彩凤　铜仁学院学报　2009.3

齐　己

《风骚旨格》与齐己的诗歌创作——诗格与诗歌创作的个案考察之一　李江峰　前沿　2009.2

唐　求

论晚唐诗人唐求　王定璋　西华大学学报　2009.2

王仁裕

王仁裕笔记小说《王承休》的文体学价值

温虎林　甘肃高师学报　2009.1

欧阳炯

孙光宪

冯延巳

詹敦仁

李 煜

论李煜词中的女性化意识及其成因
欧阳丽花　南昌高等专科学报　2009.1

李煜后期顿宕哀婉词风探微
庞维跃　陈俊文　乌鲁木齐成人教育学院学报　2009.1

试比较词坛“二李”的愁恨词
陈季皇　开封教育学院学报　2009.1

李煜新论　白笑天　西北民族大学学报　2009.2

文化语言学视角中《虞美人》英译文的得与失
林　燕　重庆工学院学报　2009.2

论李煜的艺术成就　高　琛　艺术教育　2009.2

怎一个愁字了得——李煜诗词道释意蕴探析
申明秀　德宏师范高等专科学校学报　2009.2

李煜词女性意象探微　谢　健　重庆社会科学　2009.2

读者嗜爱李煜词探秘　邓心强　河南工程学院学报　2009.2

豪华落尽见真淳——李煜词探微　张　宏　时代文学　2009.2

浅谈李煜后期词的艺术特色
钱丽萍　中共太原市委党校学报　2009.3

李煜词意境特质的审美透视　包绍亮　三明学院学报　2009.3

抒情主人公的出现——李煜对词体的贡献
景旭锋　周　龙　琼州学院学报　2009.4

一枝一叶总关情——李煜词的情感特色及成因解析
康　莉　安徽文学　2009.4

浅析李煜词中意象的运用及特点　许晓燕　时代文学　2009.4

论李煜词的文化内蕴
杜宏春　徐进虎　兵团教育学院学报　2009.4

召唤结构与李煜后期词的魅力
刘伟安　阜阳师范学院学报　2009.4

从尼采的悲剧世界观看李煜的审美人生
陈桂华　重庆教育学院学报　2009.4

试论李煜词对中国传统文化困境的超脱
欧阳钦　吉林省教育学院学报　2009.4

敦煌文学

敦煌本《韩擒虎话本》的写卷制作方式和文学特点

(韩)郑广薰　艺术百家　2009.2

敦煌变文《舜子变》中的后母形象解析

赵秀林　衡水学院学报　2009.2

周绍良先生的敦煌文学研究

伏俊琏　张艳芳　敦煌学辑刊　2009.2

敦煌写卷名物类文献对敦煌学研究的价值

杜朝晖　中国典籍与文化　2009.2

敦煌佛教曲子词之调名源流考辨　王志鹏　敦煌研究　2009.3

郑振铎先生的敦煌文学研究　杨晓华　敦煌学辑刊　2009.3

略述20世纪80年代甘肃敦煌文学研究的卓越成就

刘进宝　敦煌研究　2009.4

俄藏敦煌韵书考释　徐朝东　艺术百家　2009.5

敦煌文学的程式化特征及其来源

孙尚勇　西南石油大学学报　2009.5

敦煌俗赋的叙事艺术　周兴泰　前沿　2009.6

敦煌佛教歌辞的特征及其影响　王志鹏　兰州学刊　2009.9

对敦煌学研究的回顾与展望　杨际平　社会科学战线　2009.9

敦煌文学作品中的史学研究价值

卞孝萱　邵文实　社会科学战线　2009.9

敦煌文学研究的当务之急　颜廷亮　社会科学战线　2009.9

汉语史研究应重视敦煌佛教文献

董志翘　社会科学战线　2009.9

略谈敦煌、吐鲁番经济文献研究

李天石　社会科学战线　2009.9

三十年来敦煌文献整理的重大进展

刘进宝　社会科学战线　2009.9

简论敦煌边塞词中的兵器意象

吴　徽　郝丽梅　怀化学院学报　2009.10

敦煌文研究综述　夏向军　现代语文　2009.16

敦煌变文研究综述　张淑乐　黑龙江史志　2009.16